PERNILLE BOELSKOV

DAS GRANITGRAB

FORLAGET 4. TIL VENSTRE

PERNILLE BOELSKOV

DAS GRANITGRAB

AUS DEM DÄNISCHEN VON PATRICK ZÖLLER

FORLAGET 4.
TIL VENSTRE

Das Granitgrab

Aus dem Dänischen von Patrick Zöller

Originaltitel: Granitgraven
Originalverlag: Forlaget 4. til venstre

Umschlag: Mikkel Henssel
Autorinnenfoto: Rasmus Kahlen
Satz: Minion
Druck: Toptryk

ISBN 978-87-998081-4-4
4. Auflage 2017
Gedruckt in Dänemark 2017

Erschienen bei Forlaget 4. til venstre
www.4tilvenstre.dk

Denn nichts ist verborgen, was nicht offenbar wird,
und nichts ist verhüllt, was nicht entdeckt wird.

Matthäus, Kap. 10, Vers 26

Zuvor

Ungefähr hundert Kilo totes Gewicht baumelt zwischen ihnen, und obwohl sie beide einen guten Griff haben, jeder an seinem Ende, ist der leblose Körper in dem Sack schwerer, als sie es erwartet hatten. Aber sie müssen ihn tragen. Können nicht riskieren, den Sack zu ziehen und eine Schleifspur auf dem matschigen Waldboden zu hinterlassen. Das Beste wäre, es blieben auch keine Fußspuren zurück.

Die Atemzüge werden schwerer, sie haben nur wenig Zeit. Bald wird jemand entdecken, dass sie weg sind. Aber nur mit dem Mond über Gudhjem ist es schwer, sich im Wald zurechtzufinden. Die Holzschuhe, die schmatzend im Boden versinken, machen die Sache nicht einfacher. Sie müssen weiter, weiter weg von den Kommandorufen der deutschen Soldaten oben auf der Straße.

Trotzdem siegt sehr bald die Erschöpfung und sie lassen den Sack auf den Boden sinken. Zwischen den Zweigen können sie immer noch einen Streifen Licht erkennen, der unter einem der Verdunkelungsvorhänge hervorkriecht und sich vom Hof seinen Weg in Richtung Wald bahnt.

Sie fangen an zu graben. Schaufel für Schaufel arbeiten sie sich im Halbdunkel immer tiefer zwischen den Wurzeln in die Erde. Allmählich wächst das Loch unter ihnen, und ein säuerlicher Schweißgeruch ersetzt den waldigen Duft von Bärlauch.

Aber dann geschieht, was nicht geschehen darf: Mit einem lauten, metallischen Ton trifft die Schaufel auf Fels. Funken schlagen, und das verräterische Echo hängt einen langen Moment zwischen den Baumstämmen in der Luft. Die Rufe der Soldaten verstummen.

Unbeweglich stehen sie da. Fürchten die plötzliche Stille der Nacht. Halten den Atem an. Ein Stück entfernt beginnt ein Hund zu bellen. Dann ertönen wieder die barschen Befehle: „Los, vorwärts!"

Sie atmen auf, arbeiten weiter. Achten darauf, nicht noch einmal mit dem Granit in Berührung zu kommen. Endlich ist das Grab tief genug, und sie rollen die Leiche in das Loch. Jetzt müssen sie es nur noch zuschaufeln.

Jetzt

Donnerstag, 9. juli

1

„Denn Staub bist du.“

Das Geräusch der Erde, die auf den Sargdeckel trifft, legt sich über den Friedhof und dringt unter die Haut. Ein hohler Laut. Als ob der Mensch im Sarg bereits verschwunden wäre.

Agnethe Bohn weicht der Zeremonie aus. Eilig nimmt sie den Umweg, der unter der Blutbuche entlang und an den Gräbern der Unbekannten vorbei bis zum Friedhofsbüro führt. Sie hasst Beerdigungen. Schon die Nähe eines offenen Grabs jagt ihr kalte Schauer über den Rücken, aber als frisch gebackene Pfarrerin in ihrem ersten Amt wird sie sich nicht ewig davor drücken können.

„Bohn!“

Schnelle Schritte in dem grauen Granitkies hinter ihr.

„Bohn, ich muss Sie sprechen“, keucht der Friedhofsverwalter und holt sie ein, ausreichend weit entfernt von den schwarzen Gestalten der Trauernden. „Die Polizei hat einen Toten gefunden, oben im alten Granitbruch bei Vang. Sie brauchen Ihre Hilfe.“

„Meine Hilfe? Wozu?“

Der Friedhofsverwalter geleitet sie ein Stück weiter zu drei noch unbelegten Urnengrabstellen und dämpft die Stimme. „Um ihn zu identifizieren. Sie sagen, er habe Verbindungen zum christlichen Milieu unserer schönen Insel gehabt und sei auf jeden Fall in der Kirche gewesen.“

Hinter ihnen kippt Munk Mortensen zum zweiten Mal eine Schaufel Erde über dem Sarg aus. Und zum Staub wirst du zurückkehren.

„Und wer ist es?“

„Das wissen sie eben nicht. Noch nicht. Er hatte eins der Info-Blättchen über die Gemeinde dabei, also war er wohl ein Tourist, nehme ich mal an. Sie haben ein Bild geschickt, per Mail, das wir uns ansehen sollen“, sagt der Friedhofsverwalter und zieht ein zusammengefaltetes Papier aus der Innentasche seiner Fjällräven-Weste.

Während er den Bogen auseinanderfaltet, nimmt die Nahaufnahme eines leblosen Mannes zwischen groben Granitbrocken in ihrem Kopf Gestalt an. Ein versteinerter Blick zum Himmel. Sie würde am liebsten davonlaufen, bevor der Verwalter ihr das Bild vors Gesicht halten kann, aber ihre Füße rühren sich nicht.

Das Foto wurde nicht im Granitbruch bei Vang aufgenommen, und es zeigt nichts weiter als einen bleichen Hals sowie eine Halskette mit einem Kreuz aus weißen Rinderknochen und einem dunklen Fleck an einem Ende des Querbalkens. Es ist fast noch schlimmer, und einen Moment lang versagen ihre Lungen den Dienst.

„Tja, das ist ja nun wirklich nicht viel", hört sie den Friedhofsverwalter sagen. Seine Stimme scheint von weit weg zu kommen.

Die letzte Schaufel Erde fällt mit einem dumpfen Schlag auf den Sargdeckel.

Es ist Daniil Khristovs Kreuz.

Das Kreuz hatte sich in die Vertiefung seines Schlüsselbeins gelegt, der weiße Rinderknochen war glatt und warm von der Hitze des Körpers gewesen. Agnethe hatte gefragt, ob er religiös sei.

„Vielleicht eher einsam als religiös", hatte er geantwortet.

Es muss noch andere als Daniil Khristov geben, die ein solches Kreuz um den Hals tragen.

Agnethe lehnt ihr Fahrrad an die weiße Betonfassade der Polizeidienststelle Rønne. Drinnen nimmt sie Blickkontakt mit der Frau auf, die hinter einer Theke sitzt. Fast ähnelt das Ganze dem Empfang eines kleinen Hotels.

„Ich muss mit Lars Bohn Hansen sprechen."

Keinen Atem und keine Zeit für Höflichkeitsfloskeln.

„Worum handelt es sich?"

„Vang. Der Tote im Granitbruch."

Die Frau hinter der Theke nickt, viel zu ruhig – und bittet sie, zu warten. Warten! Als hätte sich die Polizei um dringendere Angelegenheiten zu kümmern. Ein toter Mann liegt am Grund eines Granitbruchs, und es darf nicht Daniil Khristov sein.

Sie dreht sich um und starrt auf eine hoffnungslos überfüllte Informationstafel. In die eine Ecke hat jemand eine ältere Karte der Insel gepinnt. Agnethe atmet ein paar Mal tief durch und konzentriert sich auf ihre Füße in den Sandalen. Alles ist willkommen, um den Gedanken wegzuschieben. Den südlichen Teil der Karte verdeckt eine Broschüre über Opferberatung, aber Vang und der Granitbruch sind zirka einen Zeigefinger nördlich von Rønne entfernt zu sehen.

„Du bist also tatsächlich wieder da."

Lars ist neben der Frau hinter der Theke erschienen. Sie haben sich nicht gesehen, seit Agnethe achtzehn war, aber er ist leicht wiederzuerkennen. Ihr älterer Cousin hat immer noch etwas von dem charmanten, jungenhaften Aussehen, das sie schon früher an ihm gemocht hatte.

„Hej, Lars."

Natürlich hatte sie gewusst, dass sie sich früher oder später ihrer Familie würde stellen müssen, als sie das Vikariat auf Bornholm annahm. Aber so hatte sie sich ihre erste Begegnung nicht vorgestellt – nicht so schnell und schon gar nicht von Berufs wegen.

Etwas unbeholfen bringt Lars' linke Hand sein Pony in Ordnung. Dann lächelt er.

Das Grübchen in der linken Wange ist noch da.

Sie kann sich nicht entscheiden, ob eine Umarmung angemessen oder ein Händedruck passender ist, aber in diesem Moment wird Cousin Lars mit dem Grübchen von einer offiziellen Ausgabe seiner selbst beiseite gedrängt, bei der es sich offensichtlich um den Ermittler Bohn Hansen handelt. Der Ermittler streckt die Hand aus, drückt entschlossen zu und parkt sie anschließend in der Hosentasche. Umarmungen kommen hier ganz eindeutig nicht in Frage.

„Wie ich höre, weißt du etwas über die Person, die wir oben in Vang gefunden haben?"

„Ich fürchte, ich weiß, wer er ist …"

„Komm bitte mit", sagt Lars und schiebt sie in Richtung Fahrstuhl. Drinnen drückt er auf den Knopf für den ersten Stock, die Türen schließen sich lautlos und der Mechanismus setzt sich brummend in Gang. Jemand sollte etwas sagen. Sie müssen mehr als ein Jahrzehnt Vergangenheit aufholen, aber jetzt gerade ist es unmöglich, sich auf etwas anderes als Daniil zu konzentrieren. Auf die Intensität seiner dunkelbraunen Augen und das Leben, das ihm vielleicht seitdem entrissen wurde.

Die Fahrstuhltüren öffnen sich und geben den Blick frei auf einen Korridor mit einer aschfahlen Tapete. Leise dringen Stimmen durch die geöffneten Bürotüren zu ihnen auf den Flur, und Lars geht voran bis zu einem kleinen Einzelbüro, lässt sich hinter dem Schreibtisch nieder und deutet auf den gepolsterten Besucherstuhl. Dann nickt er ihr aufmunternd zu, als müsse er sie nur einschalten wie die Lampe vor ihm auf dem Tisch, aber sie starrt ihn einfach nur an. Studiert das Gesicht und entdeckt die vertrauten Züge wieder, die Linien und die Mimik. Er sieht sie abwartend an, als sei sie jemand x-Beliebiges.

„Du weißt also, wer der Tote ist?", fragt er schließlich.

„Ja. Oder … Ich habe erst vor Kurzem hier angefangen, als Pfarrerin …"

„Ich weiß."

Die Zunge klebt beinahe am Gaumen – wie damals, als sie und Lars sich viel zu viele von Omas Karamellbonbons in den Mund gestopft hatten. Vor einer Ewigkeit.

„Dann erzähl mal", fordert Lars sie auf, immer noch distanziert und offenbar völlig ahnungslos, was den Kloß in ihrem Hals angeht.

Sie muss wissen, ob es Daniil ist.

„Letzten Sonntag nach der Messe sprach mich ein Russe an und fragte, ob ich ihm helfen könne, seinen Großvater zu finden. Ich glaube, er ist der Tote, den ihr in dem Granitbruch gefunden habt. Also der Russe."

„Warum glaubst du das?"

Sie schluckt ein Klumpen Speichel herunter. Es darf nicht Daniil sein.

„Die Halskette."

„Die Halskette?"

Sie muss sich zusammenreißen, um die nächsten vier Worte sagen zu können.

„Ich habe sie wiedererkannt."

„Aha."

Lars kritzelt ein paar unleserliche Notizen auf den Block, der auf seinem Schreibtisch liegt. Sie nimmt ihren Mut zusammen. Sie muss fragen.

„Wie ist er gestorben?“

„Das darf ich dir nicht sagen. Er war also Russe, meinst du?“

„Er war aus Nischni Nowgorod, Russlands fünftgrößter Stadt. Ich habe es nachgeschlagen. War es ein Unfall, oder wie ist er …“

„Wir ermitteln in dem Fall, mehr kann ich nicht sagen. Weißt du sonst noch etwas über ihn?“

Ihr Cousin ist eine ansehnliche Erscheinung, attraktiver, als sie es sich vorgestellt hatte. Die gut trainierten Oberarme, das hellblaue Hemd, ein paar graue Strähnen, die ihm aber gut stehen.

Sie würde ihn gerne nach dem Foto auf dem Schreibtisch fragen, nach der blonden Frau und den zwei hübschen Kindern. Das kleinere streckt die Zunge raus. Ihn nach etwas fragen, das nichts mit Daniil zu tun hat, aber es scheint, als sei ihr Cousin ganz und gar hinter dem Ermittler verschwunden, der vor ihr sitzt.

„Agnethe, weißt du sonst noch etwas über ihn?“

„Er sagte, er sei auf Bornholm, um seinen Großvater zu finden. Vor fast einem Monat ist er in die Kirche gekommen. Ein vergilbtes Passfoto war alles, was er von seinem Großvater hatte, keinen Namen, nichts.“

„Hm.“

„Seine Großmutter war Soldatin in der Roten Armee.“

„Soldatin?“

„Ja, sie war dabei, als Bornholm befreit wurde. Sie wurde schwanger, als sie hier war.“

Lars sieht von seinem Notizblock auf.

„Die Russen haben Bornholm nicht befreit, sie haben Bornholm *besetzt*.“

Zwei Furchen, die ihr bisher fremd waren, tauchen auf der Stirn ihres Cousins auf.

„Hat dir dein Vater nichts über Bornholmer Geschichte bei gebracht? Das musst du dringend nachholen, wenn du hier als Pfarrerin arbeiten willst.“

Die Narbe auf ihrem Oberarm beginnt zu jucken, und sie unterdrückt den Impuls, den Ärmel hochzuziehen und sich an der rötlichen Schwellung zu kratzen. Warum muss er ihren Vater erwähnen? Den Streit.

Aber sie ist nicht hier, um die Kämpfe der Vergangenheit auszutragen. Nicht jetzt.

„Wie auch immer, jedenfalls hatte er nicht einmal den Namen seines Großvaters, also habe ich ihm erklärt, dass ich ihm nicht helfen kann, und ihm geraten, sich ans Stadtarchiv zu wenden."

Sie faltet eine körnige Kopie des Passfotos auseinander und legt sie vor Lars auf den Tisch.

„Das ist sein Großvater. Aber niemand kennt ihn, jedenfalls keiner, den ich gefragt habe."

„Und wen hast du gefragt?"

„Alle in der Kirche."

Lars studiert die Kopie.

Sie folgt seinem Blick zu dem schwarzweißen Porträt eines Mannes, der etwa Anfang zwanzig war, als er abgelichtet wurde. Es muss lange her sein, der sorgfältigen Arbeit mit Licht und Kontrast nach zu urteilen. Personen auf alten Fotografien wirken oft steif und künstlich, beklommen darüber, vor einer Kamera zu stehen. Ganz anders der vermeintliche Großvater. Ein einnehmendes Lächeln und ein schelmisches Flirten in den Augen. Ähnlich wie Daniil.

„Stand irgendetwas auf der Rückseite?"

„Nur der Stempel eines Fotoladens. *Polyfoto*, glaube ich. Kein Datum."

Lars legt das Papier auf der Tischplatte ab, lehnt sich in seinem Stuhl zurück und sieht sie zum ersten Mal eindringlich an, so kommt es ihr vor. Als frage er sich, ob er ihr glauben könne. Wahrscheinlich bekommt er ständig die haarsträubendsten Räuberpistolen aufgetischt, und jetzt glaubt er noch nicht mal mehr seiner eigenen Cousine.

„Hast du diesen Russen danach noch mal gesehen?"

„Nein … Doch, am Mittwochmorgen. Er war auf dem Weg ins Archiv. Als ich am Nachmittag ins Pfarrbüro kam, hatte er das hier für mich abgegeben."

Sie legt den Zettel mit Daniils Handschrift auf den Tisch. *I found something. Call me,* steht da, darunter sein Name, sowohl mit kyrillischen als auch lateinischen Buchstaben geschrieben, samt einer dänischen Mobilnummer. Sie hatte das Stück Papier in ihrem Briefkasten zu Hause in der Damgade entdeckt, nicht im Pfarrbüro, aber das muss er nicht wissen. Ganz unten auf dem Zettel sind drei Kreuze zu sehen.

Lars unterzieht den Papierfetzen einer etwas eingehenderen Untersuchung als die Fotografie.

„Und? Was hatte er gefunden?"

„Ich weiß es nicht. Ich habe ihn angerufen, aber er hat sich nicht gemeldet."

Seitdem hat sie wohl hundert Mal versucht, ihn zu erreichen, hat auf seine Mobilbox gesprochen. Aber er hat nicht zurückgerufen. Hoffentlich gibt es eine andere Erklärung dafür als ein zertrümmertes Handy in einem stillgelegten Granitbruch.

„Was haben die Kreuze zu bedeuten?"

„Ich habe keine Ahnung."

Lars notiert sich ihre Mobilnummer und ihre Mailadresse.

„Ich mache mir eine Kopie davon, und von dem Foto. Hat er gesagt, wo er wohnt? Im Hotel? Oder hat er Familie hier?"

„Er war auf der Suche nach seiner Familie."

Anscheinend hat Lars nicht verstanden, wie die Sache zusammenhängt.

„Er wohnt in dem Hotel, wenn man am Friedhof vorbei ist … Radisson. Ziemlich teuer, hab ich noch gedacht."

Einen Moment lang begegnen sich ihre Blicke, bevor Lars wieder auf seinen Block sieht.

„Also im Fredensborg."

„Fredensborg?"

Das Kratzen des Kugelschreibers vermischt sich mit dem schwachen Rauschen des Ventilators, während er einigermaßen leserlich *Fredensborg?* auf den Block kritzelt.

„Nur Touristen nennen es Radisson."

Er sieht auf. Wieder Blickkontakt.

„Wir überprüfen die Handynummer", sagt er und zeigt auf den Zettel. „Und das Hotel. Es kann ja sein, dass er dort ist."

„Ich habe die Nummer angerufen, auf dem Weg hierher."

Sogar acht Mal. Jeder Anruf wurde direkt auf die Mobilbox

geleitet.

„Es kann nichts schaden, das Handy zu checken, nur um ganz sicher zu sein."

Er steht auf und will das Büro verlassen, hält dann aber inne und dreht sich zu ihr um.

„Meinst du, du kannst ihn identifizieren? Wenn er es ist, dann brauchen wir jemanden, der ihn ganz offiziell identifiziert."

Nicht noch einmal.

Nicht wieder das Leichenschauhaus. Er will, dass sie dort hinkommt, sich neben einen toten Körper stellt – und nickt oder den Kopf schüttelt. Wie damals. Damals war es der Körper ihres Vaters, der auf der Bahre lag. Damals hatte man ihr ein Nicken abverlangt, das über ihre Kräfte ging. Die Narbe juckt.

2

Ein süßlicher Geruch empfängt sie im Leichenschauhaus, durchzogen vom Zitronenduft der Putzmittel.

Blinzelnd blickt Agnethe hoch zu dem Neonlicht an der Decke. Ein paar Sonnenstrahlen fallen flirrend in den engen Korridor, an dessen Ende die Bahre steht.

„Nur einen Augenblick, dann ist es überstanden", flüstert Lars kaum hörbar neben ihr, vielleicht um sie aufzumuntern, aber es funktioniert nicht. Ein Augenblick oder eine Ewigkeit. Jetzt gerade scheint es ein und dasselbe zu sein.

Die Kälte kriecht über die Knöchel die sommerwarmen Beine hoch. Sie machen einen Schritt nach dem anderen und noch einen und noch einen, ohne der Bahre näherzukommen.

Lars scheint völlig unbeeindruckt zu sein, setzt entschlossen einen Fuß vor den anderen. Sicher ist er diesen Weg schon unzählige Male gegangen.

Agnethe nur ein einziges Mal. Damals.

Mehr Schritte. Nicht aufblicken. Nicht schätzen, wie oft der Fuß noch gehoben und vorwärts gezwungen werden muss. Einfach weitergehen. Sieh auf Lars' gewöhnliche Schuhe aus schwarzem Kunstleder, die sich leise knirschend über die weißen Bodenfliesen bewegen. Folge ihnen. Sie ist jetzt Pfarrerin. Sie muss damit umgehen können, tote Menschen zu sehen.

Aber der Geruch.

„Alles in Ordnung? Du bist ganz blass."

Lars ist stehen geblieben. Die Bahre ist direkt vor ihnen.

Sie nickt, obwohl es eine Lüge ist. Nichts ist in Ordnung.

Ein steifes Laken bedeckt den menschlichen Körper auf der Bahre. Füße und Gesicht zeichnen sich unter der weißen Baumwolle ab. Es könnte irgendjemand sein, der darunter liegt, und die Toten sitzen an Gottes Seite.

Aber der Gedanke spendet keinen Trost. Nicht hier. Es darf nicht Daniil sein.

Lars nimmt ihre Hand, mit der anderen greift er nach dem

Laken. Zögert einen Moment, bevor er es umschlägt und das Gesicht des Toten zum Vorschein kommt.

„Oh Gott!"

Die Worte rutschen ihr heraus, ohne dass sie etwas dagegen tun kann.

Es ist das zweite Mal, dass sie neben der Hülle eines Menschen steht, den Geist und Seele verlassen haben. Schultern, an die sie ihren Kopf gelegt hat. Unter dem Laken die Konturen der zuvor so starken Arme, die nur noch leblose Glieder sind und unter dem Stoff beinahe bläulich zu schimmern scheinen.

Der Geruch ist der gleiche wie damals, ein süßlicher Gestank nach einsetzender Verwesung, direkt unter einer dünnen Schicht aus Putzmittel.

„Ist er es?"

Sie will ja sagen, aber es kommt nur Luft aus ihrem Mund. Die Lachfältchen an den zugedrückten Augen sind noch da, obwohl er nicht einmal lächelt.

Natürlich ist er es. Kein Zweifel.

Es ist Daniil.

Sie zwingt ihren Kopf nach unten und wieder nach oben, bringt ein Nicken zustande.

„Und du bist sicher?"

Das blonde, leicht gelockte Haar wirkt, als habe es jemand zurechtgemacht, bevor sie ihn auf die Bahre gelegt haben.

„Er ist es", stößt sie mühsam hervor und erkennt kaum ihre eigene Stimme wieder.

„Danke. Komm, gehen wir nach draußen."

Lars' Hand zieht sanft, aber bestimmt an ihrer. Sie fühlt sich robust an, stark, und auf irgendeine Art und Weise überträgt sich ihre Stärke auf sie und hält sie aufrecht. Etwas muss sie noch tun.

„Kann ich ein paar Minuten alleine mit ihm sein?"

Sie kann ihn nicht loslassen.

Noch nicht.

Muss noch einen Augenblick stehenbleiben, versuchen, eine Form von Frieden zu finden, die sie weitergeben kann. Die Augen schließen und ein stilles Gebet für Daniil Khristov sprechen. Und vielleicht für eine Bornholmer Familie, die noch nicht weiß, dass einer ihrer Verwandten in diesem kalten Leichenschauhaus liegt.

Es lag an seinen Augen. Normalerweise nahm Agnethe Arbeit nicht mit ins Bett, aber bei Daniil Khristov hatte sie eine Ausnahme gemacht. Es waren die Augen. Ihr Blick ließ sie schamlos werden, und sie hatte vorgeschlagen, die Kirche zu verlassen und ihr Gespräch bei ihr zu Hause fortzusetzen. Ganz privat.

Als sie ihm am Esstisch gegenüber saß, verstand sie das mit den Augen. Die Dunkelheit in ihnen wirkte anziehend, und sie strahlten Selbstsicherheit aus. Vielleicht nicht, was sie, Agnethe, anging, sondern mehr eine Selbstsicherheit dem Schicksal gegenüber, die deutlich machte, er werde schon zurechtkommen, was das Leben auch für ihn bereithalten mochte.

Der Rotwein und die warme Sommernacht sorgten dafür, dass ihr Gespräch eine Intensität annahm, wie sie nur beim allerersten Date entsteht. Die Augenblicke des Kennenlernens, in denen alles passieren kann und in denen elektrische Funken schlagen. In denen Gespräche zu Entdeckungsreisen durch die innerstädtischen Zonen eines anderen Menschen werden, wo sich Boulevards kreuzen und Straßenecken vertraut anmuten. Daniil erzählte ihr, wie er das Passfoto gefunden hatte, als er und sein Vater die Sachen seiner verstorbenen Großmutter sortierten.

„Mein Vater wollte es wegwerfen. In Russland ist es meistens keine gute Idee, in der Vergangenheit herumzustochern. Es ist gefährlich", versuchte er ihr zu erklären.

Dennoch nahm er das Bild des vermeintlichen Großvaters an sich, ohne dass sein Vater es bemerkte.

„Ich glaube, ich würde ihn wiedererkennen. Ich weiß, das klingt seltsam, aber ich würde ihn gerne kennenlernen, falls er noch am Leben ist. Ich bin sicher, dass ich spüren kann, ob er wirklich mein Großvater ist. So etwas spürt man doch, oder?"

Sie hatte genickt und das Gefühl wiedererkannt, die Sehnsucht nach etwas Unbekanntem. Etwas, von dem man nicht weiß, ob es außerhalb der eigenen Fantasie existiert. Die Angst, enttäuscht zu werden, nicht geliebt zu werden von der Familie, die man möglicherweise findet.

„Warum war deine Großmutter auf Bornholm?"

„Sie war Soldatin", antwortete er mit Wehmut in der Stimme, „stationiert auf Bornholm, nachdem die Rote Armee die Insel von den Deutschen befreit hatte. Im Zweiten Weltkrieg."

„Gab es damals Soldatinnen?"

„Ja, eine ganze Menge sogar, zumindest in der Roten Armee. Viele der Männer waren gefallen, also brauchte man die Frauen. Einige von ihnen waren Scharfschützinnen, weil man meinte, sie hätten eine ruhigere Hand als Männer."

Er blickte in sein Glas, das noch zu einem Drittel mit einem wenig überzeugenden Burgunder gefüllt war, und erzählte einfach weiter. Sie hatten eine ganze Reihe Medaillen unter Großmutters Sachen gefunden, einen Orden, eine Tapferkeitsmedaille und Auszeichnungen für ihre Leistungen als Scharfschützin. Sie hatte sie nie jemandem gezeigt, und Daniils Vater vergrub sie auf dem Grünstreifen zwischen ihrem Wohnblock und dem der Großmutter.

„Als sie nach Hause kam, war sie schwanger. Alle dachten, der Vater des Kindes sei ein Soldat, aber mein Vater hat mir erzählt, er sei Zivilist gewesen. Ein *Dattjanin*, ein Däne. Ich glaube, er hier ist der Vater", sagte er und tippte mit dem Finger auf das Foto des mutmaßlichen Großvaters. „Und ich glaube, er ist Bornholmer. Jedenfalls steht *Rønne* auf der Rückseite."

Er sprach Rønne wie *Rune* aus, und auf sonderbare Weise klang es charmant. „Deshalb bin ich hier. Ich will ihn finden. Ihn oder seine Familie."

An diesem Abend hatten sich ihrer beider Leben überlappt. Er war durch mehrere Zeitzonen gereist, um nach einem Menschen zu suchen, dessen Namen er nicht einmal kannte. Und sie hatte ihr gesamtes Leben einer Insel anvertraut, auf die sie über ein Jahrzehnt lang keinen Fuß gesetzt hatte, auf der Suche nach Vergebung, die ihr nur die Menschen gewähren konnten, die sie längst nicht mehr kannte.

Deshalb war es schrecklich gewesen, ihm sagen zu müssen, dass die Kirche ihm nicht helfen konnte. Dass es unmöglich war, ohne weitere Informationen in den Kirchenbüchern nachzuschlagen, einen Namen oder wenigstens ein Geburtsdatum.

„Ich dachte, in eurem Land hilft die Kirche immer", hatte er auf dem Küchenstuhl sitzend gemurmelt und die Knie unter das Kinn gezogen.

Danach hatten die Augen anders geblickt. Immer noch ruhig, aber auch mutlos. Es stand ihm nicht. Vielleicht hatte sie ihm deshalb vorgeschlagen, im Stadtarchiv zu suchen. Und ihm zu helfen und ihn zu begleiten. Und über Nacht zu bleiben.

Was das Stadtarchiv anging, hatte er abgelehnt.

3

Normalerweise ist die Stimmung im Pfarrbüro Rønne gedämpft. Die vier Pfarrer der St.-Nicolai-Gemeinde kümmern sich um sich selbst, obwohl der Probst ständig davon redet, die Synergieeffekte zwischen den Ämtern zu erhöhen.

Aber heute hat eine seltene Unruhe den Normalzustand abgelöst.

Agnethes Kollegen haben sich um einen der Schreibtische versammelt und in die *Bornholms Tidende* vertieft. Nur Frank bringt ausreichend Geistesgegenwart auf, um der neuen Pfarrerkollegin zuzunicken und mit einer Handbewegung anzudeuten, neben ihm sei noch Platz. Sie schüttelt den Kopf, und ihre Lippen formen ein lautloses *Nein, danke*, denn sie will Thorkild nicht unterbrechen, der sich offenbar das Recht erstritten hat, den anderen den Zeitungsartikel vorzulesen.

„Der stillgelegte Granitbruch bei Vang wurde abgesperrt, nachdem man dort in den Morgenstunden die Leiche eines jungen Mannes gefunden hat", hört sie seine Stimme, während die Kollegen angestrengt über seine Schulter auf den Bildschirm sehen.

Sie drängt sich an den Schreibtischen vorbei bis zu ihrem eigenen. Versucht, die Worte nicht an sich heranzulassen.

„Wie die Polizei mitteilt, entdeckte ein älteres Ehepaar beim Spaziergang mit seinem Hund den bislang noch nicht identifizierten Toten", fährt Thorkild fort.

Aber die Leiche wurde inzwischen identifiziert, und sie spürt den Drang, Thorkild zu korrigieren und zu erzählen, dass die Halskette und das Kreuz Daniil Khristov gehört haben. Dass in diesen Minuten jemand seinen Namen in einen Polizeibericht schreibt. In einen Totenschein einträgt. Eine Anfrage an die russischen Behörden schickt. Aber es fühlt sich falsch an, und erst jetzt schüttelt sie allmählich die Kälte des Leichenschauhauses von sich.

Nachdem es vorbei und Daniil identifiziert war, hatte Lars gefragt, ob sie sich einen Moment setzen wolle und er ihr eine Tasse Kaffee holen solle, bevor sie sich auf den Heimweg mache. Natürlich wollte sie das nicht. Sie braucht sein professionelles Mitleid nicht.

Der Tod ist Teil der Arbeit einer Pfarrerin, allerdings braucht es mehr als zwei Monate Erfahrung, um angemessen damit umzugehen, wenn ein Leben vor der Zeit verloren geht. Das eines Russen in ihrem Alter. Oder das eines Vaters.

Die anderen Pfarrer haben kein Problem damit, jedes Detail des spektakulären Todesfalls bei Vang zu diskutieren, das Bild von der Halskette und dem Kreuz anzuklicken, wieder und wieder, beides genau zu studieren und sich gegenseitig zu versichern, dass man der Polizei gerne behilflich ist, sollte es nötig sein. Sie müssen einen mentalen Schutzpanzer entwickelt und um ihr Herz gelegt haben.

Agnethe sinkt auf den Stuhl hinter ihrem Schreibtisch. Als Pfarrvikarin hat sie den Schreibtisch unter der Treppe im nördlichen Querschiff der Kirche bekommen, das als gemeinsames Büro für alle Pfarrer der Gemeinde Rønne dient. Er steht nur ein paar Schritte von der schweren Eichenholztür entfernt, durch die es beständig zieht, und am weitesten weg von dem geräumigen Einzelbüro, in dem der Probst residiert.

Hätte sie in sein Hotel fahren und nach Daniil fragen sollen? Hätte sie wissen müssen, dass er ihr nicht die kalte Schulter zeigte, als er nicht auf ihre Anrufe reagierte? Dass etwas nicht in Ordnung war? Würde er noch leben, wenn sie ihn als vermisst gemeldet hätte?

Die dunkelbraunen Augen.

Die Lachfältchen.

Etwas, aus dem vielleicht mehr hätte werden können, das aber nie eine Chance bekam. Und eine Ahnenforschung, die ohne Versöhnung endete.

Munk Mortensen dreht das Transistorradio auf seinem Schreibtisch lauter, das permanent auf die Frequenz von Bornholms Radio eingestellt ist, und Thorkild unterbricht seine Lesung. Mit einem *Mathilde Kroager, was wissen wir?* gibt der Nachrichtensprecher an den Ü-Wagen in Vang ab.

„Ich stehe hier am Rand des stillgelegten Granitbruchs, wo Kriminaltechniker und Ermittlungsbeamte immer noch dabei sind, Spuren zu sichern", meldet sich die Reporterin. „Vor ein paar Minuten hatte ich kurz Gelegenheit, mit dem Leiter der Ermittlungen zu sprechen, Niels Peter Laursen, und er hat betont, dass von einem Unfall nicht die Rede sein kann. Die Polizei geht also von einem Verbrechen aus. Im Klartext: Es geht um Mord."

„Teufel auch."

Thorkild lehnt sich in seinem Stuhl zurück und legt die Beine auf die Tischkante. Munk Mortensen dreht das Radio noch etwas lauter.

Sie hatte den Gedanken bisher nicht zu Ende denken können, aber etwas sagte ihr, dass Mord die einzige Erklärung war, die einen Sinn ergab. Daniil war nicht an der Abbruchkante gestolpert und unglücklich zu Tode gestürzt. Jemand hatte ihm das Leben entrissen. Und die Sicherheit, die sein Blick ausgestrahlt hatte. Aber warum? Warum sollte ihn jemand ermorden?

„Mathilde, wissen wir schon, um wen es sich bei dem Opfer handelt?" fragt der Nachrichtensprecher.

„Diese Frage habe ich dem leitenden Ermittlungsbeamten vorhin ebenfalls gestellt. Offenbar hat die Polizei den Mann inzwischen identifiziert, will die Öffentlichkeit zum jetzigen Zeitpunkt aber nicht über die Identität des Toten informieren."

„Und was sagt uns das?"

„Nun ja, es deutet wohl darauf hin, dass die Familie des Opfers noch nicht unterrichtet ist, was wiederum den Schluss nahelegt, dass wir es hier nicht mit einem Bornholmer zu tun haben. Aber das ist natürlich Spekulation."

„Verdammt, es ist einer von drüben", brummt Thorkild, während die Reporterin Atem schöpft.

Einer von drüben bedeutet *einer von der anderen Seite des Wassers,* also ein Nicht-Bornholmer; einer der wenigen Bornholmer Ausdrücke, die ihr Vater benutzte und an den sie sich erinnern kann.

Munk Mortensen nickt. Offensichtlich ist er mit Thorkilds Schlussfolgerung einverstanden.

„Ein Tourist", murmelt er. „Das erklärt auch den Gemeinde-Flyer."

Das Interesse an dem spektakulären Todesfall lässt beträchtlich nach, als die Konsequenzen der Schlussfolgerung ins Bewusstsein der Anwesenden dringen.

„Na, dann können wir ja den Standby-Modus aufheben“, meint Frank und ist schon dabei, seinen Fahrradhelm aufzusetzen und den Halteriemen festzuziehen. Auch Thorkild steht auf.

„Genau, sie brauchen ja nur runter zum Bethesda oder einem der anderen christlichen Ferienlager zu gehen und sein Bild rumzeigen.“

Einen Augenblick später ist nur noch Munk Mortensen da, der seinen Körper umständlich in einen dünnen Sommermantel bugsiert und dann ohne ein überflüssiges Wort wie *Tschüss* oder *Wiedersehen* ebenfalls verschwindet. Nur die Eichentür seufzt noch, als sie in den schiefen Rahmen fällt.

Am Sonntag vor knapp zwei Wochen hatte sie genau diese Tür nach ihrem Gottesdienst hinter sich geschlossen und Daniil mit nach Hause genommen. Sie hatten den nächsten Vormittag, den nächsten Nachmittag und den nächsten Abend miteinander verbracht und in Agnethes verwahrlostem Garten die Sonne genossen und Kaffee getrunken.

Sie hatten weiter über ihre Familien gesprochen, und sie hatte von dem Loch erzählt, das sie zurück nach Bornholm gebracht hatte und das sie schließen wollte. Zumindest wollte sie es versuchen, und er hatte Fingerspitzengefühl genug bewiesen, nicht nach dem Unglück zu fragen, das sie getroffen hatte.

„Immerhin weißt du, wer sie sind, wie sie heißen. Warum klopfst du nicht einfach eines schönen Nachmittags an ihre Tür?“ fragte er.

Sie zuckte mit den Achseln.

„So einfach ist das nicht.“

„Glaubst du etwa, es ist einfacher, den ganzen langen Weg von Russland hierherzukommen, auf eine Insel mitten in der Ostsee, und nach Menschen zu suchen, die man gar nicht kennt? Von denen man noch nicht mal weiß, ob sie existieren?“

Er klang nicht gereizt oder enttäuscht, nur verwundert. „Du hast eine Chance. Hier und jetzt. Ich würde sofort mit dir tauschen“, sagte er und lächelte.

„Vielleicht weiß ich einfach nicht, was ich zu ihnen sagen soll.“

„Ist das so schwer? Ich habe mir gedacht, wenn ich meine Familie finde, dann sage ich einfach *Hej, ich heiße Daniil.*“

Den letzten Teil des Satzes sagte er auf Dänisch und sprach dabei den S-Laut viel zu kantig aus, sodass *heiße* wie *heize* klang. Aber er hatte recht. Einen Elefanten verzehrt man Bissen für Bissen, und ein Loch in der Seele flickt man Stück für Stück. Aber heute in Lars' Büro zu stehen war weder ein Schritt auf dem Weg ans Ziel noch ein Flicken auf der Seele – es war ein Quantensprung mitten rein in den Schmerz, der seit mehr als einem Jahrzehnt an ihr nagte.

Sie schiebt die Gedanken beiseite und holt das Bild einer Marien-Ikone hervor, die Jungfrau in einem dunklen Gewand mit dem Jesuskind auf ihrem Schoß. Die Ikone trägt sie bei sich, seit sie den letzten Umzugskarton ausgepackt hat, aber bis jetzt hat sie es nicht gewagt, sie an der Wand über ihrem Schreibtisch aufzuhängen. Sie legt sie auf den Stapel Papiere mit der Predigt für den Hochzeitsgottesdienst am Samstag, an der sie heute noch weiterschreiben sollte.

Sie weiß, was die anderen Pfarrer zu der Ikone sagen werden. Dass es eine katholische Unsitte ist, die sich seit der Reformation erledigt hat. Und sie werden den Probst aus seinem Büro holen und zu ihrem Schreibtisch lotsen und mit dem Finger auf den Frevel zeigen, aber das Heiligenbild hat sie begleitet, seit sie in Loreto wohnte und es einem der örtlichen Ikonenschreiber abkaufte.

Sogar heute übt die Mutter Gottes einen beruhigenden Effekt aus. Nur nicht auf die Gedanken.

Am Mittwochmorgen hat sie Daniil zum letzten Mal gesehen. Wie sie es Lars gesagt hat. Aber sie hatte ihn nicht auf dem Weg zum Archiv getroffen. Stattdessen hatte er kurz nach neun ihre Wohnung verlassen und die Tür hinter sich zugezogen – fest entschlossen, den zweiten Tag in Folge in alten Dokumenten herumzustöbern. Am Abend hatte der Zettel in ihrem Briefkasten gelegen: *I found something. Call me*, darunter drei Kreuze. Englisch für *Kuss*.

Er antwortete nicht, als sie ihn anrief. Also schickte sie ihm ein paar SMS, und als er sich endlich meldete, stand da nur *Rufe später zurück*. Er hatte nicht zurückgerufen und würde es auch nie mehr tun.

Hatte er im Archiv etwas gefunden, das ihn nach Vang und zu dem Granitbruch geführt hatte? Hatte er etwas gefunden, das der

Grund dafür war, dass es ihn nicht mehr gab?

Aber was?

Lars meldet sich mit vollem Namen, Amtsbezeichnung und einem Hauch von Verärgerung in der Stimme. „Agnethe, ich bin auf dem Sprung zum Briefing."

Ein Elefant, Bissen für Bissen, ein Loch in der Seele Stück für Stück.

„Ich mache es kurz: Wisst ihr, warum Daniil Khristov in Vang war?"

„Nein."

„Aber ihr seid sicher, dass der Mord in Vang begangen wurde?"

„Vorsätzliche Tötung. Es heißt vorsätzliche Tötung. Mord ist ein Wort für die Medien. Bei der Polizei sprechen wir von vorsätzlicher Tötung und Totschlag, und abgesehen davon darf ich mit dir nicht über eine laufende Ermittlung sprechen. Das ist vertraulich, so einfach ist das."

Die Stimme ist scharf, beinahe abweisend. Fünfzehn Jahre Vorwürfe und Anschuldigungen lauern direkt unter der Oberfläche.

„Was ist mit seiner Bornholmer Familie?"

„Wir wissen nicht, ob Khristov überhaupt Familie hier hatte."

„Hatte er. Und sie hat ein Recht, es zu erfahren, oder meinst du nicht? Ihr werdet sie doch ausfindig machen?"

Ein Seufzen am anderen Ende, während das schwache Summen im Hintergrund an Lautstärke zunimmt und sich zu Bruchstücken von Sätzen materialisiert.

„Hör zu, Agnethe: Wir werden herausfinden, wie die ganze Sache zusammenhängt. Und wenn wir es wissen, wird eine eventuelle Familie sofort informiert – und du natürlich auch. Wir sind immer dankbar, wenn sich Zeugen melden und uns weiterhelfen, aber jetzt musst du uns unsere Arbeit tun lassen."

Ist es eine eingeübte Replik, die er jedes Mal herunterleiert, wenn jemand den Ermittler Lars Bohn Hansen anruft? Es hört sich so an. „Ich muss jetzt los."

Ohne ein weiteres Wort legt er auf und lässt das Tuten im Hörer als einzigen Abschiedsgruß zurück. Ein Schritt vor und zwanzig zurück, was die Versöhnung der Familie Bohn angeht. Es war klar, dass es so einfach nicht werden würde.

Sie steht auf, geht in den Keller der Kirche und holt einen Hammer aus dem Büro der Küsterin.

Warum sucht die Polizei nicht nach Daniils Familie? Ist Daniil nach Vang gefahren, weil er im Archiv etwas über seine Familie gefunden hatte? Eine Familie, die wahrscheinlich noch nicht einmal ahnt, dass sie russische Verwandte hat? Jemand muss sie informieren.

Zurück an ihrem Schreibtisch, schlägt sie einen Nagel in den Balken unter der Treppe. Kurz darauf wacht die Heilige Maria über den Schreibtisch der neuen Pfarrvikarin.

Daniils Bornholmer Familie muss Bescheid wissen. Und wenn Agnethe sie selbst finden muss.

Freitag, 10. Juli

4

Das Regionalarchiv Bornholm residiert in einem Keller unter der Bibliothek in Rønne und teilt sich Regalmeter und Archivschränke mit dem Stadtarchiv. Hinter einer schweren Brandschutztür entdeckt Agnethe einen älteren Herrn, der seine ganze Aufmerksamkeit auf das Regal vor ihm gerichtet hat, während er einige verschlissene Bücher in braunen Einbänden hin und her schiebt. Die Hände wandern mit geübten Bewegungen über die Buchrücken, und wird ein Buch an eine andere Stelle versetzt, geschieht es mit größter Sorgfalt. Es muss Sven-Åge sein, der Archivar, an den sie der Bibliothekar eine Etage höher verwiesen hat.

Seine Lippen bewegen sich. Als sie näherkommt, vermischt sich sein Flüstern mit dem leisen Summen der Neonröhren an der Decke.

„1801, 1834, 1850, hier muss es hin …"

Sie versucht es mit einem *Entschuldigung?!*, das keinen Zweifel daran lässt, dass die Katakomben des Archivs Besuch bekommen haben. Aber der Archivar fährt unbeeindruckt mit seinen Zahlenkolonnen fort.

„Ibsker 1827 …"

Etwas lauter jetzt. Er nimmt noch ein Buch aus dem Regal und sortiert es zwei Bücher weiter rechts wieder ein, bevor er sich zu ihr umdreht. Langsam, als müsse er prüfen, ob die Titel, über die sein Blick dabei schweift, auch tatsächlich an der korrekten Stelle stehen.

„Ja?"

Während sie Daniil beschreibt, wandert Sven-Åges Blick zurück zu den Büchern. Vielleicht ist der Archivar enttäuscht darüber, dass sie nicht hier ist, um Ahnenforschung in eigener Sache zu betreiben oder ein Buch auszuleihen.

„Im Sommer verirrt sich kaum jemand hier herunter. Die Leute liegen lieber am Strand. Deshalb kann ich mich natürlich an den jungen Mann erinnern. Er sprach kein Dänisch, also haben wir uns mit Englisch beholfen. Es war sicher nicht so einfach für ihn zu verstehen, wie das Archiv geordnet ist. Da, wo er herkommt, kennt man solche Ordnungssysteme anscheinend nicht."

„Er war auf der Suche nach seinem Großvater."

Sie holt die Kopie des mutmaßlichen Großvaters aus der Tasche. „Hier, kennen Sie ihn?"

Sven-Åge nimmt ihr das Papier aus der Hand und hält es sich dicht vors Gesicht. Jetzt, da sie ein älteres Artefakt ins Spiel bringt, ist er offenbar eine Idee interessierter. Die Brille in den grauen Haaren verändert ein wenig ihre Position, als er die Stirn in Falten legt und den vermeintlichen Großvater genau unter die Lupe nimmt.

„Nein. Es ist ein weit verbreitetes Missverständnis, dass auf Bornholm jeder jeden kennt. Und außerdem sehen diese Porträtfotos irgendwie immer gleich aus", meint er lakonisch und reicht ihr den Großvater zurück.

„Hat er gefunden, wonach er suchte?"

Der Archivar nimmt ein abgewetztes Buch aus dem Regal. *Königlich Dänische Handelsbriefe, Bornholm 1774.* Er inspiziert den Rücken des Werks, das dringend eine neue Klebebindung nötig hat.

„Das ist nicht so einfach, wenn man weder einen Namen noch ein Geburtsdatum hat", sagt er und legt das Buch auf einem Rolltisch hinter sich ab, wo es anderen ramponierten Exemplaren, die sich mit der Vergangenheit Bornholms beschäftigen, Gesellschaft leistet.

„Er hat mir das Originalfoto gezeigt. Auf der Rückseite stand irgendetwas ... *Polyfoto*, glaube ich. Ist das ein Fotoladen, den es vielleicht immer noch gibt oder über den Sie etwas hier im Archiv haben?"

Sven-Åge hustet kurz und trocken.

„Nein. Sie sind keine Bornholmerin, oder?"

Die Frage wird ihr nicht zum ersten Mal gestellt, und inzwischen antwortet sie stets mit Nein. Es ist viel zu beschwerlich zu erklären, sie sei eine halbe Bornholmerin, denn dann läuft das Gespräch immer auf die Jagd nach gemeinsamen Bekannten oder auf den alten Pfarrer in Nyker hinaus, oder es endet in einer Diskussion darüber, wie viele Generationen der Bornholmer Stammbaum zurückreichen muss, und zwar für beide Elternteile, bevor man sich mit Fug und Recht als Bornholmer bezeichnen darf. Manche meinen drei, andere fünf.

Die einfachste Lösung ist ein Kopfschütteln, was Sven-Åge veranlasst, seufzend ein leises *Dacht' ich's doch* auszustoßen, bevor er sich ihrer dennoch erbarmt.

„Polyfoto war eine Kette. Auf der Insel gab es vier Läden, einen in Rønne, einen in Nexø und einen in Sandvig. Der in Aakirkeby kam erst später dazu."

„Gibt es die Läden noch?"

„Leider nicht. Es gibt ja sowieso kaum noch Fotoläden. Seit die Leute alle mit ihren Digitalkameras herumlaufen, legt doch niemand mehr Wert auf ordentliches Handwerk."

Er breitet die Arme aus um zu unterstreichen, dass die Buchdruckerkunst selbstverständlich genauso unter ordentliches Handwerk fällt.

„Und nein, hier im Archiv haben wir nichts über Polyfoto."

„Ich glaube, Daniil Khristov hat hier etwas gefunden. Haben Sie vielleicht gesehen, was es war?"

„Er hat zwei Tage lang hier gesessen, von frühmorgens, wenn ich geöffnet habe, bis spätabends, wenn ich geschlossen habe, und alte Zeitungen durchgeblättert. Aber ich bin keiner, der den Leuten bei dem, was sie tun, über die Schulter schaut."

„Nein, natürlich nicht."

„Darf ich fragen, warum Sie an dem jungen Mann so interessiert sind?"

„Ich habe versprochen, ihm zu helfen."

Das ist nicht die ganze Wahrheit, aber es ist immerhin auch nicht gelogen. Und wenn Sven-Åge den Zusammenhang zwischen dem jungen Mann und dem Toten in Vang bisher nicht entdeckt hat, gibt es keinen Grund, unnötig Probleme heraufzubeschwören.

„Glauben Sie, er hat in den Zeitungen etwas gefunden?"

Sven-Åge zuckt mit den Schultern.

„Möglicherweise, jedenfalls ist er nicht mehr wiedergekommen. Und er bat um Kopien einiger Seiten. Also hat er wohl gefunden, wonach er suchte. Das tun die meisten, die hierherkommen."

Ein Kribbeln unter der Haut macht sich bemerkbar. Hartnäckig. *I found something*, hatte auf Daniils Zettel gestanden. War er hier im Archiv auf dieses *something* gestoßen? Etwas, das es wert war, kopiert zu werden und das ihn nach Vang geführt hat?

Sven-Åge dreht sich um, schiebt den Rolltisch hinüber zu einem der Archivschränke und zieht einige Schubfächer auf. Sie folgt ihm.

„Haben Sie gesehen, was genau er gefunden hat?"

Der Archivar lacht trocken. Tatsächlich ist es eher ein Grunzen.

„Wie gesagt, ich schaue den Leuten nicht über die Schulter, schließlich haben sie einen Anspruch darauf, hier unten in Ruhe arbeiten zu können."

„Was ist mit dem Kopierer? Speichert er die Vorlagen ab? Oder sonst irgendwelche Daten?"

„Wenn Sie ihm wirklich versprochen haben, ihm zu helfen, fragen Sie ihn wohl am besten selbst, was er gefunden hat. Und nein, der Kopierer speichert keine Daten. Bei Ahnenforschung geht es auch um Diskretion."

Ein Anflug von Verärgerung meldet sich in Sven-Åges Stimme, und er wendet ihr demonstrativ den Rücken zu, als wolle er das Gespräch beenden.

„Er ist drüben, und ich konnte ihn nicht mehr erreichen."

Die Erklärung, die die ersten Male so unglaubwürdig klang, ist inzwischen integraler Bestandteil ihres Wortschatzes geworden. Hier ist sie eine allzeit gültige Wahrheit: Ist man nicht auf der Insel, ist man schwer zu erreichen, allen Handys zum Trotz – und da, wo Daniil sich jetzt befindet, machen Handys in der Tat keinen Unterschied. Sie muss wissen, worauf er gestoßen ist.

Es scheint, als würde sich Sven-Åges Rücken entspannen. Vielleicht weil sie *drüben* gesagt hat.

„Warten Sie …"

Der Archivar blickt in eines der offenen Schubfächer des Archivschranks vor ihm und massiert mit den Zeigefingern die Schläfen.

„Wenn ich darüber nachdenke … Er hat mich nach einer Bildunterschrift gefragt, unter einem Foto in einer der Zeitungen. Es ging um irgendeinen Namen."

Das Kribbeln unter der Haut nimmt zu, wird zu einem Zittern, als ob sich die Elektrizität der Neonröhren auf ihren Körper überträgt. Er hat einen Namen gefunden!

„Können Sie sich an den Namen erinnern? Oder an das Bild?"

„Wie gesagt, die Leute haben einen Anspruch darauf, die Archivalien zu nutzen, ohne dass ich meine Nase in alles stecke."

„Aber …"

„Und außerdem darf ich diese Informationen sowieso nicht an Dritte weitergeben. Diskretion, das verstehen Sie doch sicher."

„Das verstehe ich, aber ich bin Pfarrerin der St.-Nicolai-Kirche, und Daniil Khristov ist zu mir gekommen. Ich habe ihm versprochen, in den Kirchenbüchern nachzuschlagen, sollte er einen Namen finden."

„Es ehrt Sie natürlich sehr, dass Sie Ihre Hilfe angeboten haben und nun sogar hierherkommen. Aber Ahnenforschung ist nun mal Privatangelegenheit, und private Informationen darf ich nicht weitergeben. Aber Sie können gerne selbst suchen, wenn es eilt. Die alten Zeitungen sind hier drüben."

Sven-Åge marschiert an einer Reihe Archivschränke entlang, die vom Boden bis zur Decke reichen. Dann dreht er an einem Handgriff, und zwischen zwei Schränken öffnet sich ein Spalt. Der Spalt wächst zu einem schmalen Gang, auf beiden Seiten gesäumt von Büchern in DIN-A3-Format. Bornholms Social-Demokrat steht auf den Rücken der Bücher, die nach Jahreszahlen geordnet sind. Das Buch rechts von ihr beherbergt die Zeitungsausgaben von 1902.

Hier, zwischen Bornholmer Geschichte, Staub und Fotografien aus einer Zeit, als man sich noch ordentlich anzog und die Haare kämmte, wenn man zum Fotografen ging, hatte Daniil einen Namen gefunden. Eine schier unmögliche Aufgabe, aber es musste ihm geglückt sein. Und dann war er nach Vang gefahren, um jemanden zu besuchen. Den vermeintlichen Großvater, den er in einer alten Zeitung wiedererkannt hatte? Es musste so sein.

„Ich habe morgen eine Trauung, auf die ich mich noch vorbereiten muss, aber ich komme wieder."

Warum auch hatte sie die Predigt wieder mal bis zum letzten Moment aufgeschoben? Schließlich war es ihr erster Hochzeitsgottesdienst.

„Darf ich das Bild hierlassen, nur für den Fall, dass Sie über etwas stolpern oder ihn wiedererkennen?"

„Ich stolpere nicht über etwas, ich archiviere."

Sven-Åge dreht wieder an dem Handgriff, und der Eingang zu *Bornholms Social-Demokrat* wird kleiner. Dafür öffnet sich ein neuer Gang auf der anderen Seite, voll mit Ausgaben von *Bornholms Tidende*. Seine Körpersprache deutet an, dass er seinen Beitrag zu ihrem Gespräch als abgeschlossen betrachtet.

„Natürlich, ich dachte nur, dass …"

„Pfarrerin hin oder her, was die Leute hier finden, ist ihre Sache. Ich bin sicher, das werden Sie ebenfalls zu schätzen wissen, sollten Sie sich irgendwann mal auf die Suche nach Ihren Vorfahren machen."

„Ja, selbstverständlich, aber wie gesagt, hat er bereits um meine Hilfe gebeten. Meine Hilfe als Pfarrerin. Eine Vollmacht oder etwas in der Art dürfte somit wohl nicht nötig sein."

Sven-Åges Hände auf dem Handgriff halten inne.

„Sie sind also ausschließlich von Amts wegen hier?"

Sie nickt.

„Dann lassen Sie das Bild in Gottes Namen hier. Und grüßen Sie Thorkild Andreasen, wir spielen Bridge zusammen."

5

Thorkild knallt das Manuskript für Agnethes Predigt am nächsten Sonntag auf ihren Schreibtisch. Es ist übersät mit Streichungen und Anmerkungen am Seitenrand, alles in Rot, ein Massaker.

„Probieren wir's mal in der Kirche aus, das ist am authentischsten", knurrt er und verschwindet durch die Tür zum Kirchenschiff, wo sich das Geräusch seiner hastigen Schritte verliert.

Sie hasst es, dort zu stehen, wie eine Schülerin, der man eine Lektion erteilt.

„Bohn, schwing deinen süßen Popo gefälligst hierher", ruft Thorkild, und das Wort *Popo* hallt seltsam deplatziert durch das Kirchenschiff, bis zu ihr ins Pfarrbüro. Widerwillig steht sie auf und folgt seiner Aufforderung, bevor er noch mehr Blasphemie an diesem heiligen Ort verbreitet.

In der Kirche bleibt sie vor der ersten Reihe aus Bänken stehen, unterhalb der Kanzel.

Der Probst hat Thorkild als ihren Mentor eingesetzt, ein Pilotprojekt, das die Einarbeitung der neuen Pfarrerin in ihr Amt vereinfachen soll. Thorkild nimmt die Aufgabe überaus ernst und meint offenbar, er habe damit das Mandat erhalten, sämtliche ihrer Predigten schon lange im Voraus umzuschreiben.

Sie räuspert sich.

Versucht einen Sinn in den Kringeln und Schnörkeln auszumachen, die Thorkild oberhalb ihrer nun durchgestrichenen Einleitung auf das Papier gekritzelt hat. Es gilt, diese Farce zu überstehen, damit ihr Mentor seinen Frieden hat und sie sich den Worten für den morgigen Hochzeitsgottesdienst widmen kann, obwohl sie es als schamlos empfindet, ein Fest für zwei Liebende zu feiern, ausgerechnet jetzt. Aber erst, wenn sie damit fertig ist, kann sie sich wieder in Sven-Åges beeindruckendes Zeitungsarchiv begeben und nach dem suchen, was Daniil gefunden hat. Einen Namen. Eine Familie.

Könnte sie wenigstens einfach anfangen, aber zunächst muss Thorkild ihr …

„Es hat seinen Grund, dass es Kanzel heißt", fährt er sie an, drückt sich an ihr vorbei und lässt sich demonstrativ mit verschränkten Armen auf der vordersten Bank nieder, weniger als einen Meter von ihr entfernt. Er will, dass sie sich dort oben hinstellt, auf die reich verzierte hölzerne Kanzel, und verschanzt hinter den Worten vom guten Hirten aus dem Johannes-Evangelium, der sein Leben für seine Schäfchen hingibt.

Aber ihre Worte soll niemand von oben herab hören.

Hier unten, auf Augenhöhe, auf dem Boden aus dunklem Granit-Klinker, vor den Kirchenbänken – hier ist der Platz, den sie sich extra dafür ausgesucht hat.

Sie blickt wieder auf das Manuskript. Die Worte zwischen ihren Händen verschwinden unter Thorkilds rot leuchtenden Korrekturen und scheinen ihren Geist verloren zu haben. Kein anderer Pfarrer in der Dänischen Volkskirche ist solchen Bevormundungen ausgesetzt, was die eigenen Predigten angeht.

Im Pastoralseminar hatte sie sich darauf gefreut, Predigten zu schreiben und auf diese Weise zu zeigen, wer sie als Pfarrerin ist. Stattdessen muss sie jetzt um jedes Wort kämpfen. Predigten halten, die nichts als ein unerträglicher Kompromiss mit Thorkild und seinen Belehrungen sind.

Auch diesmal soll sie wieder halbherzige Worte mit aller Welt teilen – oder zumindest mit der Gruppe Touristen, die zufällig gerade mit zur Decke gerichteten Blicken ein Stück weiter den Mittelgang hinunter das Kirchenschiff studieren.

„Jetzt mach schon, Bohn."

Es kommt ihr vor, als würde der Boden unter ihr leicht schwanken. Vielleicht bemerken die deutschen Touristen es auch. Jedenfalls verstummen sie und trippeln Richtung Ausgang.

„It's okay, kein Problem", ruft Thorkild ihnen aufmunternd hinterher, aber sie sind schon draußen in der kleinen Vorhalle. „Los jetzt, rauf auf die Kanzel, Bohn. Ein Priester, der unten auf dem Boden steht, ist kein richtiger Priester. Darüber haben wir doch schon gesprochen."

Natürlich, Thorkild hat davon gesprochen. Genau betrachtet hat er von nichts anderem gesprochen, als er darauf bestand, ihr bei ihrer ersten Predigt „Hilfestellung zu geben".

„Ich bleibe hier unten, nahe bei meiner Gemeinde."

Thorkild seufzt übertrieben dramatisch.

„Na schön, reden wir also erst mal über den Inhalt, während du dich zusammenreißt und auf diese Kanzel steigst, damit deine Gemeinde dich auch sehen kann."

„Thorkild, ich würde gerne selbst ..."

„Wie ich höre, hast du heute unserem schönen Regionalarchiv einen Besuch abgestattet. Ich bin gespannt zu hören, wie du die Erkenntnisse aus diesem Besuch in deiner Predigt verarbeitest – oder ging es dabei etwa um den Hochzeitsgottesdienst morgen?"

Anscheinend hatte Sven-Åge nichts Eiligeres zu tun, als seinen Bridge-Freund anzurufen.

„Das ist Privatsache."

„Privatsache?"

Ein Kardinalfehler – Privatsachen reizen Thorkilds Neugierde besonders.

„So so, du betreibst also Ahnenforschung? Na, da kann ich dir ein paar Dinge über deinen Großvater erzählen, als er noch Pfarrer in Nyker ..."

„Nein. Ich habe nach Daniil Khristov gesucht."

Er soll sich nicht in ihre Familienangelegenheiten einmischen.

„Was für ein Khristov?"

„Daniil Khristov, der Russe, der vor ein paar Wochen bei mir war und mich um Hilfe bei der Suche nach seiner Bornholmer Familie gebeten hat."

Sie bemüht sich, die braunen Augen zu verdrängen, die sich vor ihrem geistigen Auge manifestieren, als sie den Namen sagt. Es gelingt beinahe. „Ich habe dir doch das Bild gezeigt und dich gefragt, ob du den Mann auf dem Foto kennst. Wahrscheinlich ist das sein Großvater."

„Ach so, der. Und das ist privat?"

„Hm."

„Der Typ war neulich noch mal hier, hatte das Bild bei sich und fragte nach dir, ob du etwas in den Kirchenbüchern für ihn nachschlagen könntest. Das klang mir nicht unbedingt nach

Privatsache."

Im selben Augenblick läuft ein eisiger Schauer durch ihren ganzen Körper. War Daniil noch mal hier? Das kann nicht sein.

„Er war vor kurzem noch mal hier? Bist du sicher, dass es dasselbe Bild war?"

„Ja, verdammt, natürlich bin ich sicher."

„Wann war das?"

„Das weiß ich nicht mehr genau. Vor ein paar Tagen."

„Aber … Daniil Khristov ist der Tote, den man in Vang gefunden hat."

„Wie bitte?"

Thorkild springt beinahe auf und wirft die Kopie der von Berichtigungen durchzogenen Predigt auf die vorderste Bank.

„In dem alten Granitbruch. Er ist der Mann mit dem Foto."

Sie wollte es nicht sagen. Noch nicht. Aber er war zurückgekommen. Mit dem Namen seines Großvaters – und hatte um Hilfe gebeten, hatte gebeten, in den Kirchenbüchern nachzuschlagen. Also musste er im Archiv einen Namen gefunden haben. „Thorkild, wann war er hier?"

„Tja, letzte Woche, Mittwoch, glaube ich."

Mittwoch? An diesem Tag hatte Daniil den Zettel mit *I found something* in ihren Briefkasten geworfen. An diesem Tag hatte der Gemeinderatsvorsitzende sie zu sich nach Hause eingeladen, und seine Frau hatte darauf bestanden, ihr ein ganzes Fotoalbum mit Bildern vor und nach der Renovierung des Kircheninnenraums 1982 zu zeigen – und hätte es im Übrigen als Affront empfunden, wäre die neue Pfarrerin nicht zum Abendessen geblieben.

„Wann am Mittwoch?"

„Das weiß ich nicht mehr."

Thorkild zuckt mit den Achseln. „Er ist nur ein paar Minuten geblieben. Ich konnte ihm ja nicht helfen."

„Warum nicht?"

„Ich sollte den Namen eines älteren Herrn nachschlagen, aber er hatte keinen Nachweis, dass er mit ihm verwandt war. Ein Mann, der erst vor ein paar Jahren gestorben ist. Also habe ich ihm erklärt, dass solche Informationen nicht zugänglich sind, es sei denn, man erbringt den Nachweis, dass man mit dem Betreffenden verwandt ist. Und mehr war nicht."

„Du hast ihm nicht geholfen?"

„Sehe ich etwa aus wie ein Ahnenforscher?"

Beleidigt über ihre Andeutung, er hätte dem Russen helfen müssen, zieht Thorkild die Augenbrauen zusammen. Natürlich hätte er das tun müssen. Dann wäre Daniil vielleicht noch am Leben.

„Ich konnte ja nicht wissen, dass ihn jemand ermorden würde, oder? Und jetzt lass uns diese Predigt hinter uns bringen."

Er sinkt wieder auf die vorderste Bank und lehnt sich zurück, mit vor der Brust verschränkten Armen. Keine weitere Diskussion.

„Aber hatte er denn tatsächlich seine Familie gefunden?"

„Bohn, wenn der, nach dem man in den Kirchenbüchern sucht, kein Verstorbener ist, der heute mindestens hundertzehn Jahre alt wäre, darf man persönliche Informationen über den Betreffenden nicht weitergeben. Es sei denn derjenige, der die Informationen haben will, kann dokumentieren, dass er mit dem Gesuchten verwandt ist. Das konnte er nicht. So sind nun mal die Vorschriften. Das solltest du wissen."

„Aber du hättest ihm vielleicht Gewissheit verschaffen können. Vielleicht war das, was du in den Kirchenbüchern für ihn nachschlagen solltest, eben der Beweis, dass er mit dem Verstorbenen verwandt war."

„Jetzt hör mal zu, Bohn: Ich mache meine Arbeit, und ich verstoße nicht gegen Vorschriften, nur weil jemand sentimental wird."

„Hier geht es doch nicht um Sentimentalitäten."

„Ach, jetzt hör schon auf, Bohn. Du argumentierst mit Gefühlen. Ich führe die Kirchenbücher, und ich halte mich an die Vorschriften. Ich habe den Namen gecheckt, und es war offensichtlich, dass dein Freund kein Recht auf die Informationen hatte. Ende der Durchsage."

Thorkilds Arme lösen sich aus ihrer Verschränkung und zeichnen zwei unbarmherzige senkrechte Linien in die Luft, um seinen lächerlichen Standpunkt zu unterstreichen.

„Ich argumentiere nicht mit ..."

„Schluss jetzt, Bohn. Außerdem war dein Freund Russe, okay?"

Thorkild schürzt die Lippen und entblößt dabei schwarzen, unappetitlichen Speichel, der von dem Rest Kautabak herrührt, der sich zwischen Oberlippe und Gaumen festgesetzt hat. Seine aus Schweden importierte Waffe gegen das Rauchverbot im Pfarrbüro. „Russe! Ist dir eigentlich klar, was die Russen Bornholm angetan haben?"

„Ja, ja, die Besatzung Ende des Zweiten Weltkriegs. Aber mal ganz ehrlich, Thorkild: Wer argumentiert hier eigentlich mit Gefühlen?"

„Die Be-satz-ung", schreit er nahezu und tippt bei jeder Silbe hart mit dem Zeigefinger auf ihr Manuskript, „NACH dem Zweiten Weltkrieg, Bohn! Der Krieg war zu Ende – nur nicht hier. Ein wichtiger Teil der Geschichte Dänemarks, junge Dame. Sogar der Weltgeschichte."

„Was ist denn hier los?"

Der Probst steht in der Tür zum Pfarrbüro. Schall-Isolierung war eindeutig kein Kriterium, auf das man beim Bau der Kirche besonderen Wert gelegt hat – und auch nicht bei ihrer Renovierung 1982. Während der Gottesdienste kann man im Pfarrbüro jedes Wort der Predigt hören. Sehr praktisch für den Probst, auch jetzt gerade.

„Eure Diskussion ist ja sehr anregend, aber ich muss doch bitten, dass wir hier einen ordentlichen Ton anschlagen", ermahnt er sie. „Und Thorkild hat recht, Agnethe. Es gibt Gründe, warum die Vorschriften so sind, wie sie sind. *Best practice*, wenn du verstehst. Wir müssen das Recht des Einzelnen auf seine Privatsphäre akzeptieren – auch nach dem Tod. Ich schlage vor, das Ministerialblatt 57 des Kirchenministeriums vom 30. Juni 2006 siehst du dir mal etwas genauer an."

Best practice? Frank hat erzählt, es sei noch nicht allzu lange her, dass der Probst an einer Fortbildung für Führungskräfte teilgenommen hat. Seitdem gehören Schlagworte wie *Best practice* oder *werteorientierte Mitarbeiterführung* zu seinem täglichen Repertoire.

Der Probst zögert. Sicher überlegt er, ob es sich lohnt, ein paar Worte über Best practice und Predigten von der Kanzel zu verlieren, besinnt sich dann aber und verschwindet wieder im Pfarrbüro.

Äußerst werteorientiert lässt er die Tür offen stehen, obwohl er ja sowieso alles hören kann, was sie sagen.

Die plötzliche Stille in der Kirche wirkt monumental. Der einzige Laut kommt von Thorkilds Absatz, der rastlos auf den Boden klopft.

Ein Amt auf Bornholm stand unter den anderen im Studium nicht sehr weit oben auf der Wunschliste. *Die Heimat der schwarzen Priester* hatte ein Kommilitone die Insel höhnisch genannt. Aber Agnethe hatte während ihrer Studienzeit eingesehen, dass eine Pfarrerin seelische Stabilität braucht, um den Schmerz anderer in sich aufnehmen zu können. In diesem Sinne war das Vikariat in Rønne für sie ein Schritt auf dem richtigen Weg – und gleichzeitig ein Schritt zurück. Es war eine Chance auf Heilung. Teile des Gemeinderats hatten das anders gesehen. Sie hatten sich gegen eine *so junge* Pfarrerin ausgesprochen, wie der Vorsitzende ihr später verriet. Aber das Alter war nicht das eigentliche Problem. Zwar stand Rønne in dem Ruf, über einen einigermaßen moderaten Gemeinderat zu verfügen, nichtsdestotrotz gab es einige erzkonservative Mitglieder, in deren Augen eine Frau im Talar eine ebenso große Sünde war wie die Trauung Homosexueller. Zum Glück hatte der Name ihres Großvaters Agnethe eine hauchdünne Mehrheit beschert.

Thorkild hätte gerne ein anderes Ergebnis gesehen.

„Schlag Seite drei auf, Bohn. Ich habe ein paar Korrekturen vorgenommen."

Es ist nahezu unmöglich, unter Thorkilds Korrekturen ihren ursprünglichen Text zu erkennen.

„Thorkild, ich komme alleine mit dieser Predigt klar."

Thorkild blickt auf, der Absatz hält inne.

„Du musst dich anpassen, Bohn. Ein Pfarrer darf dem Evangelium nicht im Wege stehen. Wir sind eine Kirche, in der der Pfarrer von der Kanzel predigt. Die Kirche ist entsprechend gebaut. Die Akustik verlangt es, das wirst du sicher verstehen."

„Aber ich will zeigen, dass ich es wage, hier zu stehen, verwundert über die Botschaft, zusammen mit meiner Gemeinde – und nicht über sie erhoben."

Thorkild starrt sie an.

„Verwundert über die Botschaft?"

Er fährt von der Bank hoch und baut sich vor ihr auf, die Hände in die Hüften gestemmt, unversöhnlich und breit. Sein Gesicht ist nur wenige Zentimeter von ihrem entfernt.

„Also gut, junge Dame, und was glaubst du, wie deiner Gemeinde das gefällt? Stell dir vor, der Pfarrer steht so dicht vor seiner Gemeinde wie ich jetzt vor dir. Findest du das angenehm? Das ist eine Invasion. Die Gemeinde sitzt da", faucht er und zeigt hinter sich in die Kirche. „Und der Pfarrer sollte seinen Platz kennen!"

Der Zeigefinger dreht sich von den Kirchenbänken weg und hin zur Kanzel.

„Dort oben. Und du hast nicht verwundert über die Botschaft zu sein. Du hast die Botschaft für deine Gemeinde zu *interpretieren*. Das ist Aufgabe eines Pfarrers. Irgendetwas müsst ihr doch in euren Seminaren gelernt haben. Und jetzt setz dich in Bewegung."

Der säuerliche Geruch nach abgeschmacktem Kautabak steigt ihr in die Nase, und ihr Oberkörper weicht instinktiv zurück. Ihr Blick heftet sich auf die Nummern der Psalmen des letzten Gottesdienstes, die die Küsterin noch nicht ausgetauscht hat. Psalm 728: *Du gabst mir, oh Herr, ein Stück deiner Erde*. Klassisch epochal, klassisch Thorkild.

Herr, vor dir beuge ich mein Haupt: Das Feld, das mein wurde, ward doch ewig dein. Das hier ist Thorkilds Feld, Thorkilds Domäne. Thorkild, der hinter verschlossenen Türen lange Gespräche mit dem Probst führt und den man im Gemeinderat aus irgendeinem schleierhaften Grund sehr schätzt. Thorkild, der der Gemeinde Rønne seit einem halben Menschenalter dient und der erwartet, dass man sich ihm fügt. Und der jetzt verlangt, dass sie ihre Ideale aufgibt.

Wird er ihr den Namen sagen, auf den Daniil gestoßen ist, wenn sie ihn dieses Mal gewinnen lässt? In einer leeren Kirche von der Kanzel zu predigen, ist ein minimales Opfer, wenn sie dafür der Familie Frieden geben kann.

Sie dreht sich zu den Stufen um.

Um Daniils willen.

Und es wird das einzige Mal sein, dass sie dort oben steht.

Die Treppe knarrt ergeben, als sie die Kanzel erklimmt. Erhoben über die Gemeinde.

„Denk dran, Bohn: Du hast immer einen Zuhörer mehr, als du sehen kannst – einen unsichtbaren Zuhörer, nämlich Gott im Himmel", ruft Thorkild triumphierend von unten. So laut, dass weder dem Probst noch dem unsichtbaren Zuhörer eines seiner Worte entgehen könnte.

„Thorkild, wen solltest du für Daniil Khristov in den Kirchenbüchern nachschlagen?"

Ihre Stimme klingt von hier oben in der Tat sehr viel anders. Schallt durch das Kirchenschiff. Trotzdem benutzen alle bei ihren Gottesdiensten in dieser Kathedrale ein Mikrofon. „Ich werde versuchen, ihn über andere Wege ausfindig zu machen", fügt sie unnötig laut hinzu. Der Probst soll nicht glauben, sie ignoriere Ministerialblätter und halte sich nicht an Vorschriften.

„Ich kann mich nicht erinnern. Und außerdem ist das vertraulich. Schweigepflicht."

Thorkild antwortet, ohne sie anzusehen, den Blick steif auf die Kopie ihrer Predigt gerichtet. „Wir fangen auf Seite drei an."

„Aber Daniil Khristov ist tot. Wie kann das dann noch vertraulich sein?"

„Du müsstest eigentlich wissen, dass die Schweigepflicht durch den Tod eines Menschen nicht außer Kraft gesetzt wird."

„Ich will doch nur …"

„Nein."

„Aber Thorkild, wenn er hier auf der Insel Familie hatte, dann haben sie doch wohl einen Anspruch darauf, es zu erfahren."

„Seite drei, zweiter Absatz. Es sei denn, du willst mit der Lesung anfangen."

Sie muss ihn dazu bringen, ihr den Namen zu sagen. Das hier ist zu wichtig.

„Thorkild, ich verspreche, dass ich es beim nächsten Mal von hier oben versuchen werde. Du hast recht, die Akustik ist besser."

Er tut so, als sei seine ganze Aufmerksamkeit auf eine Passage zwischen einigen roten Streichungen gerichtet, bevor er sie ansieht.

„Ausgezeichnet. Und da du ja anscheinend deine Zeit unbedingt damit verplempern willst … es war irgendwas mit Sommer … aber Bohn, keine Ahnenforschung während der Arbeitszeit, verstanden?“

„Natürlich nicht.“

„Vorname Karl, wenn ich mich richtig erinnere.“

Er steht auf.

„Nur, damit es keine Missverständnisse gibt: Die Kirchenbücher dürfen nur von Amts wegen benutzt werden, alles andere ist ungesetzlich, ausgenommen du bist der Kirchenbuchschreiber. Ansonsten brauchst du die Genehmigung von oben. Ist das klar?“

„Völlig klar, Ministerialblatt 57 vom 30. Juni 2006.“

Aber ein kurzer Blick kann ja wohl nicht schaden.

Als Agnethe nach Hause kommt, liegt ein dicker Umschlag auf der Fußmatte im Flur – keine Briefmarke, kein Absender. Jemand muss ihn durch den alten Briefschlitz gequetscht haben, anstatt den Briefkasten zu benutzen.

Sie setzt sich an den Küchentisch und öffnet ihn. Es ist ein Notizbuch mit ramponierten Ecken und einem grünen Einband. An einigen Stellen ist die Farbe verblasst. Beigelegt ist ein von Hand beschriebener Bogen aus dünnem Papier, offenbar aus jener Zeit, als es noch von größerer Bedeutung als heute war, das Gewicht eines Briefes möglichst gering zu halten. Die Schrift ist verschnörkelt, die Hauptwörter sind mit großem Anfangsbuchstaben geschrieben.

Liebe Agnethe,
dies ist das Tagebuch deines Großvaters. Ungeachtet der Ereignisse in unserer Familie habe ich immer gewusst, dass ich es für dich verwahrt habe. Ihr beide habt so viel gemeinsam, und jetzt bist du auch Seelsorgerin, so wie er es war. Ich hoffe, unsere Familie wird sich eines Tages versöhnen, und dass ich das noch erleben darf.
Liebe Grüße
Martha

Sie hat nicht mit *Oma* unterschrieben. So hat Agnethe sie immer genannt. Aber sie gibt ihr ein Zeichen, dass fünfzehn Jahre Unfrieden vielleicht eines Tages doch in Versöhnung enden können. Es ist ein Schritt nach vorn.

14. März 1945, Nyker

Die Verunsicherung liegt wie eine Glocke über Rønne. In den Straßen hört man das Trampeln der Stiefel und die Lieder, die die deutschen Soldaten singen. Die Schiffe des Dritten Reichs scheinen im Linienverkehr zwischen der Front und Bornholm zu pendeln. Jedes Mal, wenn ich in Rønne bin, sehe ich, wie sie Waffen und Kanonen ausladen, die Bornholm verteidigen sollen, falls es den Russen einfällt anzugreifen. Das ganze Kanonental ist abgesperrt, überall liegen zu Haufen aufgeschichtete Säcke mit Pulver und Kugeln.

Die großen Schiffe im Hafen laden außerdem verwundete Soldaten ab. Die Pfarrer in Rønne haben schon mindestens sieben Deutsche beerdigt, die als Verwundete hierherkamen, aber nicht überlebt haben. Ein Sturm scheint aufzuziehen, auch hier.

Die Gestapo hat ihre willkürlichen Personen- und Fahrzeugkontrollen verstärkt, besonders in Rønne. Bei einem Besuch in der Hauptstadt heute wurde ich von zwei Deutsch sprechenden Gestapo-Männern angehalten, die meine Ausweispapiere sehen wollten. Nervös habe ich die Papiere aus der Tasche gefummelt, trotzdem musste ich vom Rad steigen, und sie haben meinen Rucksack durchsucht. Sie waren offensichtlich unzufrieden damit, dass sie nichts finden konnten, doch durfte ich immerhin passieren.

Letzte Woche waren wir zu Ejner Nielsens Geburtstagsfeier im Foyer des Kinos in Rønne eingeladen. Er leitet das Kino und wurde vierzig. Das müsse gefeiert werden, meinte er, trotz Krieg und Rationierungen.

Wir standen im Foyer und nippten an unserem Glas Champagner, den er schon vor ein paar Wochen in Schweden besorgt hatte. Die Stimmung war nicht besonders ausgelassen, nicht so wie früher. Alle waren sehr darauf bedacht, nichts Falsches zu sagen, aber hier und da wurde sich doch zugeprostet und gelacht. Nach und nach tauten alle ein bisschen auf und wurden etwas gelöster. Ich genoss die angenehme Gesellschaft, und Ejner war anzusehen, dass er es genoss, seinen Freunden Champagner anbieten zu können.

Aber plötzlich stürmten der Leiter der Gestapo und vier seiner

Handlanger herein. Sie brüllten: *Mikkel Nielsen? Wo ist Mikkel Nielsen?*, bellten es förmlich durch das ganze Foyer, in dem es ansonsten mit einem Mal sehr still geworden war.

Nach einem längeren Aufenthalt drüben war Ejners Sohn erst seit ein paar Tagen zurück in Rønne. Es hieß, er sei dabei gewesen, als die Bahnlinie bei Roskilde in die Luft gesprengt wurde. Das war noch nicht lange her. Die Gerüchte mussten auch der Gestapo in ihrem Hauptquartier in der Vestre Skole zu Ohren gekommen sein.

Wir alle hatten Mikkels Rede zu Ehren seines Vaters zehn Minuten zuvor gehört. Jetzt war er nirgendwo zu sehen.

Die Soldaten trieben uns in kleineren Gruppen zusammen, und während zwei von ihnen unsere Ausweispapiere überprüften, durchsuchten die beiden anderen und ihr Vorgesetzter das Kinogebäude. Wir warteten. Die Soldaten mit der Hand auf den Pistolen, ich mit Marthas Hand in meiner. Ich spürte, dass sie schwitzte und Angst hatte.

Eine der anderen Frauen, die bei uns standen, hatte ihre Ausweispapiere vergessen. Sie bekam einen ordentlichen Rüffel, auf Deutsch, Name und Adresse wurden aufgenommen. Tränen liefen ihr über die Wangen, als sie wieder zu uns kommen durfte. Mit meiner freien Hand nahm ich die ihre. Sie zitterte.

Ich sprach ein stilles Gebet, sie mögen Mikkel nicht finden, aber dann tauchte der Anführer des Gestapoleute wieder auf – und hielt Mikkel am Kragen gepackt. Er stieß den verängstigten jungen Mann vor sich her und durchquerte mit entschlossenen Schritten das Foyer. Wir hielten alle den Atem an.

An dem Tisch mit den Champagnerflaschen blieb er stehen und inspizierte alles gründlich und seelenruhig. Dann befahl er seinen Lakaien, einige der Flaschen mitzunehmen. Seine große Hand packte wieder Mikkels Kragen, und mit einem kräftigen Stoß beförderte er ihn nach draußen – ohne ein weiteres Wort. Die vier Handlanger folgten ihm, in jeder Hand eine Flasche Champagner.

Als sie weg waren, löste sich die Gesellschaft schnell auf. Ejners Frau war völlig verzweifelt. Ejner hat noch immer nichts von Mikkel gehört. Ich bete dafür, dass es ihm nicht allzu schlimm ergangen ist.

Samstag, 11. Juli

6

Ein Hauch von Idyll hängt immer noch in der Kirche. Agnethe geht an den Bänken entlang und sammelt die Gesangbücher ein, denn Hochzeitsgäste sind selten regelmäßige Kirchgänger und lassen die Bücher meistens in den Bänken liegen, anstatt sie in das Regal am Eingang zurückzustellen. Aber das macht nichts, denn die Trauung war perfekt und fühlte sich nicht im Geringsten unpassend an, obwohl erst zwei Tage vergangen sind, seit sie Daniil im Leichenschauhaus identifiziert hat.

Gerade, als die Braut durch den Mittelgang zum Altar geführt wurde, brach die Sonne durch die Glasmosaike der Chorfenster und tauchte die Kirche in Wellen farbigen Lichts. Agnethe war nervös und fühlte sich gleichzeitig geehrt. Dem Bräutigam ging es sicher ähnlich. Die Predigt, die sie letzte Nacht geschrieben hatte, rief in der ersten Reihe sogar ein paar Tränen hervor, und ein paar Augenblicke lang verschwanden Daniil und das Ministerialblatt 57 über die Benutzung der Kirchenbücher komplett aus ihren Gedanken. Nach dem Ja-Wort küsste sich das Hochzeitspaar unter dem lauten Jubel der meisten anderen Menschen in der Kirche fast eine Minute lang, und kurz darauf fuhren die frisch Verheirateten in einem reich geschmückten VW-Bulli davon.

Beinahe lautlos gleiten die Gesangbücher auf ihren Platz in dem Regal hinter der letzten Bank. Frank hatte hier gesessen und als einziger ihrer Kollegen der Zeremonie beigewohnt, war aber unmittelbar nach dem Kuss verschwunden. Auch er wird nicht gerne bei einer Trauung eines Geschiedenen gesehen, der wieder verspricht zu lieben, bis der Tod ihn scheidet. Was Gott einmal zusammengefügt hat, dürfen hier auf der Insel weder Mensch, Vernunft noch Verliebtheit trennen. Und doch macht man sich zum Herrn über das Schicksal anderer, in dem man von Menschen geschriebene Paragraphen in irgendwelchen Ministerialblättern rigide handhabt und so bestimmt, wer das Recht hat, seine Familie in den Kirchenbüchern zu suchen und wer es offenbar nicht hat.

Sie geht durch das Kirchenschiff auf das moderne Altargemälde zu, das Jesus und seine seekranken Jünger an Bord eines Bootes inmitten einer aufgewühlten See zeigt. Mit einer Handbewegung beruhigt der Herr die Wogen, und Sonnenstrahlen fallen auf die Szenerie. *Seid nicht furchtsam, doch glaubt* steht unter Christus und dem Meer.

Daniil wagte zu glauben. Daran, dass er seine Familie finden würde – mit oder ohne die Hilfe der Kirche. Daran, dass die Familie ihn aufnehmen würde. So weit reicht ihr Glaube an Familienversöhnung kaum. Und dennoch liegt er jetzt in einer kalten Kapelle und wartet. Darauf, dass jemand in Dänemark oder Russland ihn holen wird und beerdigt.

Gestern Abend rief sie Lars an um zu fragen, ob Daniils russische Familie ihn abholen werde, aber er antwortete so, wie sie es erwartet hatte. Zu einer laufenden Ermittlung könne er nichts sagen.

„Aber ich möchte ihnen gerne kondolieren."

Es war dünn. Wenn sie wenigstens wüsste, dass es jemandem gab, der sich um ihn kümmern würde. Jemand, der ihn abholen würde.

„Okay", antwortete Lars endlich. „Wir haben bei den russischen Behörden angefragt, aber auf den ersten Blick sieht es nicht danach aus, dass er nahe Familienangehörige hat, an die der Leichnam übergeben werden kann. Aber die Sache ist noch nicht ganz geklärt, sie stellen noch weitere Nachforschungen an. Sobald wir mehr wissen, melde ich mich."

Vielleicht gibt es niemanden, der sich von Daniil verabschieden will. Niemanden, der um ihn trauert und weder Mühen noch Kosten scheut, ihn nach Russland zu überführen und feierlich zu beerdigen und einen Grabstein aufzustellen.

Jemand hat mal zu ihr gesagt, man sterbe dreimal: das erste Mal, wenn der Körper aufhört zu funktionieren; das zweite Mal, wenn der Körper beerdigt wird und das dritte Mal, wenn jemand zum letzten Mal den Namen desjenigen ausspricht, der fortgegangen ist. Daniil – er wird gestorben sein innerhalb der Zeitspanne, die man braucht, um eine Leiche nach Nischni Nowgorod zu fliegen und in ein anonymes Gemeinschaftsgrab zu legen. Dreimal sterben, bevor eine Woche vergangen ist.

Es sei denn, sie findet seine Bornholmer Familie. Dann endet wenigstens eine Familienzusammenführung, wenn auch nicht glücklich, aber immerhin geklärt. Und wenn derjenige, den sie über die Kirchenbücher findet, tatsächlich mit Daniil verwandt ist, dann muss die Benutzung doch durch die Vorschriften des Ministerialblatts 57 gedeckt sein – andernfalls könnte man die Kirchenbücher ja gleich vergessen.

Sie reißt sich von dem Gemälde los und geht ins Pfarrbüro, schaltet den Computer ein und klickt sich bis zu den Kirchenbüchern durch. Die Originale der Bornholmer Kirchenbücher liegen im Reichsarchiv in Kopenhagen, aber der umtriebige Verein für Ahnenforschung hier auf der Insel hat die Kirchenbücher eingescannt, beginnend mit dem Jahr 1738, und mit den Einträgen seit Anbeginn des digitalen Zeitalters zu einer Datenbank zusammengeführt. Bis auf Weiteres haben nur die Pfarrer der Insel eine Zugriffsberechtigung, und Einträge dürfen ausschließlich die bestellten Kirchenbuchschreiber der einzelnen Gemeinden vornehmen.

Ihr Passwort klebt auf einem Post-it an dem Stifteköcher auf ihrem Schreibtisch. Sie gibt die acht Ziffern sowie ihre Initialen ein und wird eingeloggt. Von jetzt an kann jeder Klick vom Probst nachvollzogen werden und muss in Zusammenhang mit der Ausübung ihres Amtes stehen. Natürlich hat niemand ein Auge darauf, was sie tut, aber formell ist es Amtsmissbrauch, Übertretung von Verwaltungsvorschriften, und mit Sicherheit ein Kündigungsgrund. Wäre sie doch bloß die Kirchbuchschreiberin der Gemeinde.

Unschlüssig loggt sie sich aus.

Amtsmissbrauch.

Sechs Monate Gefängnis. Im schlimmsten Fall.

Sie lockert die weiße Halskrause, nimmt sie ab und legt sie vorsichtig auf den Schreibtisch. Fingert an den steifen Falten herum. 'Sie ist mit Reisstärke getränkt und soll zusammen mit meinem Talar die nächsten acht Jahre meiner Karriere halten', denkt sie. Acht Jahre. Loggt sie sich jetzt in die Kirchenbücher ein, muss sie beides vielleicht schon viel früher zurückgeben, beinahe ungebraucht.

Sie steht auf, legt den Talar ab und trägt ihn durch die Kirche zur Sakristei. Hängt Halskrause und Talar auf den Bügel. Sie sind das stärkste Symbol dafür, dass sie ein Hirte ist wie der in Jesus' Gleichnis vom Hirten und den einhundert Schafen. Der Hirte, der neunundneunzig seiner Schafe in den Bergen zurücklässt und sein Leben einsetzt, um das eine verirrte Lamm zu suchen. *Nicht eines von diesen soll verloren gehen*, predigt Jesus.

Sie muss Daniil helfen.

Und wer soll schon eine einzige, etwas zweifelhafte Suche in den Kirchenbüchern bemerken?

Die Suche ergibt zwei Treffer: Karl Sommer, der nur vierzig Jahre alt wurde und zur Zeit der deutschen und der russischen Besatzung noch nicht lebte, und Karl Henning Sommer, der vor fünf Jahren im Alter von einundachtzig gestorben ist. Er muss es sein, er ist der Großvater – immerhin scheint Thorkilds Gedächtnis noch zu funktionieren. Aber Thorkild hat sich anscheinend nicht die Mühe gemacht, seine Suchanfrage zu erweitern, denn dann hätte er gesehen, dass Karl Henning Sommer mit Krista Sommer, geborene Jensen, verheiratet war. Und Krista Sommer lebt noch.

Wegen Thorkilds Sturheit blieb Daniil diese Information verwehrt. Er hatte die Kirche mit dem Namen eines toten Großvaters verlassen, war in die Damgade gegangen und hatte an Agnethes Tür geklopft. Sie war verschlossen geblieben, und er hatte einen Zettel in ihren Briefkasten geworfen … um dann was zu tun? Was hätte sie getan, wenn sie vor verschlossener Tür gestanden hätte?

Wäre sie wieder ins Archiv gegangen – um wonach zu suchen? Todesanzeigen in alten Zeitungen in einer Sprache, die sie nicht versteht?

Ihr Blick fällt auf Maria, die Mutter Gottes, die offenbar bisher unbemerkt an ihrem Balken über dem Schreibtisch hängt. Nein. Sie würde sich an einen Computer mit Internetzugang setzen und Google mit den Wörtern *Bornholm und Karl Henning Sommer* füttern.

Die Suchergebnisse füllen drei Seiten. Der erste Treffer wirbt dafür, Urlaub auf Bornholm zu machen. Drei Übernachtungen in Gudhjem im Sonderangebot. Der nächste führt auf die Seite des Sportvereins in Østermarie. ØIF hat letztes Jahr sein 50-jähriges Jubiläum gefeiert. Aus diesem Anlass hat der Vorstand den Beschluss gefasst, in Zukunft Ehrenmitglieder zu ernennen, und das erste Ehrenmitglied ist Krista Sommer – Witwe des Vereinsgründers Karl Henning Sommer, der leider bereits verstorben ist und das Jubiläum daher bedauerlicherweise nicht mehr erleben durfte. Ein Ereignis, über das er sich sehr gefreut hätte, da ist der Vorsitzende sicher.

Auf dieser Seite hätte Daniil womöglich gefunden, wonach er suchte.

Unter dem Text ist eine amateurhafte Aufnahme zu sehen, die eine ältere Dame zeigt, mit einem Pokal in der einen und einem unförmigen, in Cellophan verpackten Knäuel in der anderen Hand und einem Lächeln im Gesicht. Es ist Krista Sommer, die Frau von Daniils Großvater.

Es gibt also vielleicht doch jemandem, der Daniil begegnet ist. Jemanden, der sich an Daniil Khristov erinnert und für den er nicht nur der Name eines Mordopfers in einem Granitbruch bei Vang ist. Jemand, der ihn beerdigen will.

7

Rønne riecht nach frisch gemähtem Rasen, und der Duft von gegrilltem Fleisch weht durch die Gärten, als sich Agnethe mit zwei Einkaufstüten am Lenker ihres Fahrrads auf den Heimweg macht. Sie überholt zwei sonnengebräunte Teenager mit nacktem Oberkörper und Badelatschen an den Füßen, die sicher auf dem Weg zum Jugendzentrum an der Ecke sind.

Vielleicht hätte sie Krista oder Karl Henning Sommers Heiratsurkunde ausdrucken oder irgendeinen anderen amtlichen Grund für ihre Benutzung der Kirchenbücher fingieren sollen. Aber erstens ist sie nicht die Kirchenbuchschreiberin und zweitens liegt Kristas Wohnsitz in einer anderen Gemeinde. Das Ganze ist einfach zu offensichtlich.

Die Damgade liegt sommerträge und still da. Irgendwo schlägt eine Dannebrog-Flagge leise und unregelmäßig gegen ihren Fahnenmast. Ein paar Straßen weiter rumpelt ein Auto langsam über das Kopfsteinpflaster.

In ihrem Rucksack steckt der Ausdruck ihrer Predigt für den Hochzeitsgottesdienst, auf die Rückseite des letzten Blatts hat sie Krista Sommers Telefonnummer gekritzelt. Aber kann man eine ältere Dame anrufen und fragen, ob sie Besuch von einem jungen Russen bekommen hat, der inzwischen ermordet wurde? Vielleicht hat ihr Karl Henning Krista nie erzählt, dass er während des Krieges mit einer russischen Soldatin mehr als nur geflirtet hat?

Ihr Nachbar kommt angefahren und steigt von seinem Rad, als Agnethe ihren Schlüsselbund hervorkramt. An einigen Stellen scheinen die Häuser der Damgade miteinander verwachsen zu sein, und ihre Eingangstüren liegen Seite an Seite. Bisher haben sie die Existenz des anderen stets nur mit einem stummen Nicken auf dem Weg nach drinnen oder draußen quittiert.

„So langsam wird's ein bisschen peinlich, finden Sie nicht?“ sagt er und lehnt sein Rad gegen die Hauswand. „Darf ich mich vorstellen? Ich heiße Henrik.“

Astrup Hauge mit Nachnamen, wie ihr das Türschild bereits verraten hat. Er sieht gut aus, ist der Typ, den ihre Freundin Anja mit Sicherheit *fickbar* nennen würde.

Sie stellt sich als die neue Pfarrerin der Gemeinde Rønne vor. Es ist schon zur Gewohnheit geworden.

„Ich wusste gar nicht, dass wir eine neue Pfarrerin haben. Ist mir ein Vergnügen."

Aus der Nähe betrachtet, sieht er älter aus, als es das lässig über die Hose hängende Sommerhemd und die kakifarbenen Shorts vermuten lassen. Wahrscheinlich Ende dreißig.

„Als Vertretung für Lauridsen. Er ist zurzeit als Diakon in Kamerun."

„Exotisch. Ich bin Lehrer am Gymnasium, Deutsch und Geschichte. Drüben eine hoffnungslose Fächerkombination, aber hier kein Problem. Und der Job ist auch wirklich nicht schlecht."

„Sie sind also ein Zugereister?"

Zwar hat er *drüben* gesagt, aber seine Aussprache klingt nicht Bornholmisch. Allerdings sprechen viele jüngere Bornholmer den Dialekt nur im Kreis ihrer Familien.

„Ja, Zugereister im dritten Jahr. Kann ich Ihnen mit den Tüten helfen?"

Er deutet mit einem Nicken auf die Einkaufstüten, die sie vom Kvickly unten am Hafen bis hierher geschafft hat. Bevor sie protestieren kann, greift sich Henrik die Tüten, spaziert die wenigen Meter bis in ihre Küche und stellt sie auf dem Tisch ab. Sicher ein Versuch, galant zu sein, aber sie wird sich hüten, sich dafür zu bedanken. Stattdessen nimmt sie den Weißwein aus einer der Tüten, den einzigen Nebbiolo Bianco, den sie hatten.

„Möchten Sie ein Glas? Obwohl er gekühlt sicher besser schmeckt."

„Wie könnte ich da nein sagen?"

Sie nimmt zwei Chardonnay-Gläser aus dem Schrank und schenkt ein.

„Haben wir etwas zu feiern – also außer unserer jungen Bekanntschaft?"

„Außer mit Ihnen Bekanntschaft zu machen, habe ich heute

meinen ersten Hochzeitsgottesdienst hinter mich gebracht."

Die Flasche verschwindet im Kühlschrank, und Henrik gratuliert ihr. Sie stoßen an. Der Wein ist trocken und gekühlt eindeutig schmackhafter. Als wäre er zu Hause beginnt Henrik, ihre Einkäufe auszupacken.

„Dem Inhalt ihrer Tüten nach zu urteilen müssten Sie eigentlich Köchin sein."

„Köchin?"

„Ja, manchmal höre Sie ich ja auch in der Küche herumwuseln."

Ist die Wand so dünn? Kann er auch ihre Telefonate mithören, wenn er nebenan ist? War er auch da, als Daniil bei ihr war?

Er stapelt die vier Dosen Thunfisch neben dem Küchenschrank. „Aber vielleicht mögen Sie auch einfach nur Thunfisch?"

„Ehrlich gesagt mag ich besonders Vitello Tonnato, Kalbfleisch in Thunfischsoße", sagt sie und nimmt das Kalbfleisch aus der Tüte.

„Mmh, italienisch, lecker. Und wer kommt heute Abend zum Essen, um ihre erste Hochzeit zu feiern?"

Sie legt das Fleisch in einen Topf und wünschte, sie könnte antworten, Lars käme zum Abendessen, mit seiner Frau und den beiden Kindern. In ihrer Fantasie hatte sie sich vorgestellt, Lars würde sie bei ihrer ersten Begegnung nach ihrer Rückkehr zum Grillen in den Garten hinter seinem Haus einladen. Dass sie bei Steaks und kühlem Rotwein vergessen würden, wie eine ganze Familie sie jahrelang für ein Unglück verantwortlich machen konnte, für das in Wahrheit niemand etwas konnte. Aber es war Wunschdenken, eine unrealistische Träumerei, es brauchte noch so viele Flicken auf der Seele und viel mehr Geduld. Warum verheilen die Wunden nie, die man sich innerhalb der Familie zufügt?

„Niemand, ich hab's einfach vergessen, einzuladen", sagt sie und nimmt noch einen Schluck Wein.

Henrik lacht.

Es ist eine törichte Antwort. Sie hätte lügen sollen. Richtig lügen.

„Sie haben es vergessen?"

Henrik gluckst. „Ich habe Sie gerade erst kennengelernt, und schon haben Sie alle meine Vorurteile über weltfremde Pfarrer bestätigt, Frau Pfarrerin."

Und plötzlich muss auch sie lachen. Er hat recht, verdammt noch mal.

„Was ist mit Ihnen? Haben Sie nicht Lust auf Vitello Tonnato?"

Er leert sein Glas.

„Klingt verlockend, aber ich muss heute Abend zum Stammtisch, mit meinem Opernklub."

„Mit Ihrem Opernklub?"

Natürlich muss er zum Stammtisch seines Opernklubs. Es ist Wochenende. Sie hätte nicht fragen sollen.

„Ja, wir fahren ab und zu nach Italien oder nach Wien und hören uns Opern an. Besonders Wagner, aber meistens treffen wir uns zum Biertrinken im Kreuz oder im Palæ."

„Aha …"

„Aber es wäre natürlich schlechter Stil, Sie alleine feiern zu lassen – mit ausgezeichnetem Essen und ausgesuchten Wein", sagt er und nickt in Richtung des leeren Glases. „Wir können ja zusammen essen, und wenn Sie Lust haben, kommen Sie nachher einfach mit zum Stammtisch. Also wenn Sie sich trauen. Wahrscheinlich geht's um Opern, und es wird bestimmt einigermaßen verrückt zugehen, Sie sind also gewarnt. Oder dürfen Pfarrer nicht in die Kneipe gehen?" fügt er etwas verlegen hinzu.

So ist es, seit sie sich für Theologie eingeschrieben hatte – Fragen, ob sie etwas nicht darf, weil sie Pfarrerin ist. Das ist natürlich Quatsch. Man kommt ja auch nicht in die Hölle, nur weil man Sex vor der Ehe hat.

„Abgemacht. Abendessen um halb sieben?"

5. Mai 1945, Nyker

Dänemark ist wieder frei, und ich danke Gott von ganzem Herzen. Heute Morgen konnten wir endlich als stolze Dänen aufstehen und den Dannebrog am Kirchturm hissen, in einem Land, das nicht länger von den Deutschen besetzt ist.

Als um 8.00 Uhr die Kapitulation in Kraft trat, läuteten überall auf der Insel die Glocken eine ganze Stunde lang. Hier in Nyker versammelten sich die Leute auf dem Kirchplatz. Der Küster und ich standen auf der Treppe, und wir spürten, wie die Freiheit im Takt der Glockenschläge, die den Frieden verkündeten, die Insel überspülte.

Gestern Abend hörten wir den dänischen Radiosender aus London. Es begann wie immer, aber nach ein paar Minuten verstummte der Sprecher plötzlich, um gleich darauf die mit Sehnsucht erwartete Nachricht von der Kapitulation der Deutschen zu verkünden.

Wir saßen in der guten Stube, rückten näher an das Radio heran und lauschten auf jedes einzelne Wort. Dann umarmten wir uns, Martha weinte, und ich spürte, wie mir kalte Schauer über den Rücken liefen. Dann sprangen wir auf unsere Räder und fuhren zum Dorfgemeinschaftshaus, wo sich schon viele Menschen versammelt hatten. Wir sangen die schönen alten dänischen Lieder, und die Verdunkelungsvorhänge wurden abgerissen und ins Feuer geworfen. Bis tief in die Nacht wurde gefeiert, obwohl die Behörden dazu aufforderten, Ruhe und Ordnung aufrechtzuerhalten. Als wir nach Hause radelten, brannten in allen Fenstern entlang der Hauptstraße Kerzen. Ein unvergesslicher Anblick.

Am nächsten Vormittag wurde in Rønne gefeiert. Die ganze Stadt war in Rot und Weiß gekleidet, und der Store Torv war voller Menschen, und alle strahlten vor Freude.

Es ist, als ob das ganze Land erleichtert aufatmet. Auch die deutschen Soldaten freuen sich. Ein paar haben sogar den Dannebrog geschwenkt.

Aber es ist nicht alles nur Freude. Ich habe gehört, dass immer noch viele deutsche Flüchtlinge in Nexø ankommen. Sie kommen über die Ostsee, in Schiffen, Prahmen und Jollen. Es sind ganz gewöhnliche Menschen auf der Flucht aus den Ostgebieten, die vor dem Krieg zu Deutschland gehörten. Sie sagen, sie haben fürchterliche Angst vor den Russen.

Viele von ihnen versuchen, sich nach Rønne durchzuschlagen, von wo aus sie mit Schiffen in die Teile Deutschlands gebracht werden, die sich den Alliierten ergeben haben. Unter ihnen sind viele Soldaten und Verwundete. Es heißt, manche wollen gar nicht nach Rønne, sondern tauchen irgendwo auf der Insel unter und geben sich als Dänen aus.

Die, die es bis in die Hauptstadt schaffen, schleppen sich erschöpft und ausgemergelt durch die Straßen runter zum Hafen. Sie haben nur wenige Habseligkeiten bei sich und halten sich krampfhaft an den Händen. Es sind Menschen, und ich bete, dass sie in Sicherheit gelangen mögen.

Martha war mit dem Dänischen Frauen-Hilfskorps in Nexø, um den Flüchtlingen mit Essen und Pflege beizustehen. Sie kochten Brei und gaben Milch aus. Die Flüchtlinge aßen mit einem solchen Appetit, dass sogar der Brei, der bei der Ausgabe auf den Boden fiel, augenblicklich aufgeleckt wurde.

Ich habe Kolonnen völlig entkräfteter Soldaten am Straßenrand von Nexø nach Rønne gesehen. Sie marschieren nicht, sie gehen nicht einmal mehr. Sie taumeln und wanken vorwärts. Viele haben Gewehr und Gepäck vor lauter Erschöpfung einfach fallen lassen. Andere liegen schlafend im Straßengraben. Ich habe sogar ein paar gesehen, die einfach mitten auf der Straße zusammengesunken waren.

Sie sind alle auf der Flucht vor den Russen, vor der Roten Armee. Aber sie bleiben nicht hier. Sie fühlen sich hier nicht sicher. Und wie könnten wir uns dann sicher fühlen? Hoffentlich kommen die Briten. Bald. Schnell.

Sonntag, 12. Juli

8

„Agnethe, ich habe frei. Kann das nicht bis morgen warten?"

Sie hat Lars auf seinem Handy angerufen, im Hintergrund sind das Klappern von Besteck und Kinderstimmen zu hören. „Wir grillen gerade."

„Tut mir leid, dass ich störe, aber das kann leider nicht warten. Haben sich die russischen Behörden gemeldet? Wisst ihr inzwischen, ob Daniil Familie in Russland hat?"

Ein Kind ruft nach seinem Vater, ein Junge, der Stimme nach zu urteilen – sicher der, der auf dem Bild in Lars' Büro zu sehen ist. Er will noch ein Würstchen.

„Augenblick", sagt Lars kurz angebunden und stürzt sich in eine Diskussion darüber, wie viele Würstchen in einen Kindermagen passen und versucht dabei, die Hand über den Hörer zu halten, wie es scheint.

Henrik hat gestern etwas gesagt. Etwas, das sie Lars wissen lassen muss.

Während sie Agnethes äußerst respektables Vitello Tonnato und die Flasche leicht gekühlten französischen Rotwein genossen, die Henrik mitgebracht hatte, erzählte sie ihm von Daniil. Nicht alles, nur den offiziellen Teil der Geschichte, von Vang und dass man nicht wisse, ob er Familie in Russland habe. Und von dem mutmaßlichen Großvater auf Bornholm.

Nach eineinhalb Flaschen Wein hätte sie sich wohl besser darauf beschränken sollen, von ihren eigenen Bornholmer Vorfahren zu erzählen. Aber im Gegensatz zu Daniil ist sie keinen Schritt weitergekommen, was die Versöhnung mit ihrer Familie angeht. Eher im Gegenteil.

„Hört sich so an, als solltest du dieses Kapitel unbedingt abschließen", sagte Henrik, nachdem sie im Laufe der ersten Flasche zum Du übergangen waren.

Diesen Satz muss Lars unbedingt hören. Grillen hin oder her. Wenn sie ihr eigenes, in Fetzen liegendes Kapitel schon nicht abschließen kann, kann sie wenigstens Daniil helfen. Wenn es keine russische Familie gibt, dann wird sie Krista Sommer aufsuchen.

„Agnethe, ich ..."

„Ich will nur wissen, ob ich mich darum bemühen soll, seine Bornholmer Familie ausfindig zu machen, damit sie ihn eventuell beerdigen können, wenn es in Russland niemandem gibt, der das tun will. Dann kann ich das Kapitel ..."

„So einfach ist das nicht", unterbricht Lars sie. „Wir glauben, es geht um eine vorsätzliche Tötung, also Mord. Wahrscheinlich war der Russe in den Drogenhandel hier auf der Insel verwickelt."

„Drogenhandel? Aber er suchte doch nach seiner Familie."

„Wir haben hier mehr mit Drogenkriminalität zu tun, als man denkt. Und zwar schon länger."

Zischend wird ein Steak oder ein Würstchen gewendet, bevor Lars fortfährt. „Khristov war allein unterwegs und ist in einem der teuersten Hotels auf der Insel abgestiegen. Einen ganzen Monat lang. Das ist verdächtig."

„Warum glaubt ihr, dass er mit Drogen zu tun hatte?"

„Dazu kann ich nichts sagen."

„Er war in keinen Drogenhandel verwickelt. Ich habe ihn kennengelernt. Er war ein guter Mensch. Was ist mit seiner Familie?"

„Die Ermittlungen deuten darauf hin, dass die Geschichte mit der Familie reine Erfindung war."

„Erfindung? Aber er ..."

„Ich sagte, die *Ermittlungen* deuten darauf hin, dass er das alles nur erfunden hat."

Im Hintergrund ist es jetzt nicht mehr so laut. Keine brutzelnden Würstchen. Er muss vom Grill und seiner Familie weggegangen sein.

„Die Ermittlungen? Aber du bist anderer Meinung?"

Was will er ihr sagen?

„Hör zu, in jeder Ermittlung ist man zu einem bestimmten Zeitpunkt gezwungen, Theorien und Motive einzugrenzen. Mein Chef ist der Auffassung, dass dieser Punkt gekommen ist. Die Theorie *Familie* ist für die Ermittlung zurzeit von untergeordnetem Interesse. Und meine Meinung ändert daran gar nichts."

„Aber du glaubst, die Familientheorie könnte von Bedeutung

sein?“

„Vielleicht.“

„Könnte es dann nicht auch von Bedeutung sein, seine Bornholmer Familie ausfindig zu machen?“

„Ich sage nur, dass die Polizei in diesem Fall nach besten Kräften ermittelt.“

Aber sagt er auch, dass *nach besten Kräften* nicht gut genug ist? Dass Familien es wert sind, sich für ihren Zusammenhalt einzusetzen?

„Agnethe, mein Urlaub wurde gestrichen. Es ist Sonntag und ich muss jetzt wieder nach dem Grillfleisch sehen.“

„Aber die Beerdigung? Hat er Familie in Russland?“

„Nein, er hat keine Angehörigen, die wollen, dass der Leichnam überstellt wird. Keine Geschwister, der Vater ist kürzlich verstorben, die Mutter schon vor vielen Jahren, wenn ich mich richtig erinnere. Und sonst gibt es niemanden.“

„Aber was ist mit …“

„Verdammt noch mal, die Steaks brennen an!“

Ein Rascheln ist zu hören, dann wird aufgelegt. Ihr Cousin hält offenbar nicht viel davon, Telefongespräch auf konventionelle Art zu beenden.

Sie setzt sich an das Fenster zur Straße und starrt auf den abscheulichen Türklopfer am Haus gegenüber, ein bleischwerer Delfin aus klobigem Metall.

Hat Lars sie diskret und zwischen den Zeilen aufgefordert, Krista Sommer einen Besuch abzustatten? Nach Østermarie zu fahren und die Bornholmer Familie ausfindig zu machen, damit Daniil eine ordentliche Beerdigung bekommt? Damit das Kapitel abgeschlossen werden kann und die Polizei Daniils Leichnam nicht zu einer 08/15-Beerdigung auf einem russischen Friedhof zurückschicken muss? Ja, genau das hat er getan.

„Dein Haus ist ein bisschen kleiner als Henriks, oder?“

Mathilde Kroager sieht sich abschätzend in Agnethes Küche um, während sie die Sonnenbrille ins Haar schiebt. Gucci. „Wie viel kleiner?“

Die Journalistin vom Lokalradio rief mitten in Agnethes täglichem Tai-Chi-Training an, gerade, als sie sich entschieden hatte, am Nachmittagsgottesdienst teilzunehmen.

„Ich bin noch nicht in Henriks Haus gewesen. Und ich möchte nicht interviewt werden."

Am Telefon hatte sich die Journalistin als Henriks Freundin vorgestellt und gesagt, Henrik habe erwähnt, die Pfarrerin nebenan wisse etwas über den Toten aus dem Granitbruch. Und dann stand die Frau in ihrer Küche und lud sich selbst auf einen Kaffee ein – genau zur Nachmittagsmesse.

„Ja, selbstverständlich. Es geht auch nur um ein paar Hintergrundinformationen."

Sie fischt einen Block aus ihrer Tasche. „Na gut, Sie wissen also etwas über den Mord oben in Vang, wie ich höre?"

In ihrem Magen bildet sich etwas Hartes. Hatte sie sich die Vertrautheit gestern Abend nur eingebildet?

Es war wie eine Befreiung, mit jemandem zu Abend zu essen, der nicht mit der Gemeinde oder ihrem Umfeld zu tun hatte. Nicht Pfarrerin sein zu müssen, sondern einfach nur die neu zugezogene Nachbarin. Als sie sich später mit Henriks Freunden im Palæ trafen, erkannte sie es kaum wieder. Das letzte Mal war sie in den Neunzigern hier gewesen, als sie noch mit Lars um die Häuser gezogen war. Damals war es eine Kneipe gewesen, jetzt eine Mischung aus Bistro, Pizzeria und Diskothek. Sie erzählte Henrik von den knallblauen Teenager-Cocktails mit Sprite und Spirituosen. Es fühlte sich gut an, über Daniil zu sprechen.

Im Morgendunst am Laksetorvet küsste er sie auf die Wange und sagte, es sei ein Vergnügen gewesen, der Geistlichkeit zu zeigen, wie ihre Schäfchen feiern. Und dann hatte er anscheinend als Erstes seiner Journalistenfreundin von der Kneipentour mit neuer Pfarrerin berichtet.

Sie hätte die Journalistin abwimmeln und zur Kirche gehen sollen. Jetzt muss sie sie irgendwie loswerden, ohne zu viel über Daniil zu verraten.

„Ja. Woher kennen Sie Henrik denn?" startet sie ein Ausweichmanöver und bittet die Journalistin mit einer Handbewegung, Platz zu nehmen. Die Frau ignoriert das Angebot und bleibt mitten in der Küche stehen. Offenbar ist sie zu angespannt, um sich zu setzen.

„Wir waren zusammen auf der Uni."

„Sie sind also auch noch einigermaßen neu auf der Insel?"

Unten auf dem Kirchplatz kündigen die Glocken den Beginn des Gottesdienstes an. Frank wird über Jesus' Besuch bei dem Zöllner Zachäus predigen.

„Ja, aber in meinem Job lernt man die Insel sehr schnell kennen. Um ehrlich zu sein: Ich bin nicht so angetan von Bornholm wie Henrik. Sie dürfen es niemandem verraten, aber ich hatte schon ein Gespräch mit BT. Ich will gerne zurück nach Kopenhagen."

Über einen Mordfall auf Bornholm zu berichten ist anscheinend die Eintrittskarte für eine Festanstellung bei einer der Kopenhagener Tagezeitungen, wo es sicher vollkommen akzeptabel ist, die Tragödien anderer zu benutzen, um selbst Karriere zu machen. Aber man soll nicht urteilen, sondern sich bemühen, das Beste in jedem Menschen anzusprechen, wie Frank den Kirchgängern sicher gleich nahelegen wird.

„Aber jetzt berichten Sie fürs Lokalradio über den Mord in Vang?"

„Ja, ich bin die Kriminalreporterin bei Bornholms Radio. Meine Quellen innerhalb der Polizei sagen, es gehe um Drogen, Amphetamin. Und ich weiß, dass der Tote nicht in dem Granitbruch ermordet wurde. Man wollte die Leiche nur da oben entsorgen und verstecken. Die Kriminaltechniker suchen noch nach dem Tatort. In seinem Hotel wurde er nämlich auch nicht umgebracht."

Ihr Kopf fühlt sich wie ausgetrocknet an. Beinahe staubig. Daniil ist also nicht nach Vang gefahren. Der Mörder hat nur versucht, das Ergebnis seiner Tat in einem Grab aus Granitblöcken verschwinden zu lassen.

„Warum glaubt die Polizei, es ginge um Drogen?"

So lange Mathilde Kroager redet, muss Agnethe ihr zumindest nichts erzählen.

„Das ist eine lange Geschichte. Es ist ein paar Wochen her, dass die Polizei einer Schmugglerbande auf die Spur gekommen ist, die Amphetamin aus Polen erst nach Bornholm und dann weiter nach

Kopenhagen und Stockholm schafft. Sie haben sowohl mit den schwedischen ebenso wie mit den polnischen Behörden zusammengearbeitet, eine ziemlich komplexe Sache."

Die Journalistin stellt ihre Tasche auf den Esstisch und platziert Block und Kugelschreiber daneben. „Ich war dabei, als sie zwei Polen in einem Wohnwagen auf dem Campingplatz in Allinge festgenommen haben, ein junges Ehepaar. Sie waren mit der Fähre aus Polen nach Bornholm gekommen, das Amphetamin war in dem Wohnwagen versteckt. Polen gehört zu den führenden Produzenten von Amphetamin in Europa. Ihr Plan war, sich als Touristen auszugeben, eine Woche auf Bornholm zu bleiben und dann weiter nach Schweden zu fahren. Sie hatten sogar ihren kleinen Sohn dabei."

Die Journalistin muss kurz Luft holen. „Ich will nicht überheblich klingen, aber hallo!? Das ist ja wohl die lächerlichste Story, die die Welt je gehört hat. Polnische Camper. Hat irgendjemand jemals von polnischen Campern gehört?" fragt sie und lacht.

Natürlich gibt es polnische Camper. Die Polen sind die drittgrößte Touristengruppe auf Bornholm, schrieb Bornholms Tidende erst letzte Woche. Sie brachten sogar ein Interview mit einem Ehepaar aus der schnell wachsenden und mit hoher Kaufkraft gesegneten Mittelschicht, für die Bornholm als Urlaubsziel genauso attraktiv ist wie Gran Canaria. Aber vielleicht hat die Journalistin ja keine Zeit, um Zeitung zu lesen …

„Na, wie auch immer, jedenfalls haben sich die Dauercamper gewundert, weil die Polen offenbar kein sonderliches Interesse am Campen hatten. Später haben mir einige von ihnen anvertraut, dass die Polen kaum da waren und anscheinend überhaupt nicht in ihrem Wohnwagen gewohnt hätten, obwohl sie das Vorzelt und alles aufgebaut hatten."

Mathilde Kroager legt eine Kunstpause ein und fährt dann in dramatischem Flüsterton fort.

„Es stellte sich heraus, dass überall in dem Wohnwagen Amphetamin versteckt war. Sogar in den Gasflaschen und im Trockenklo. Im Laufe der Verhöre haben die beiden die Namen ihrer Kontaktmänner hier auf Bornholm und in Schweden genannt."

„Aber was hat das mit Daniil Khristov zu tun? Er war Russe und nicht Pole."

Die Journalistin greift nach ihrem Block und dem Stift.

„Aha, der Ermordete war also Russe, sagen Sie? Und wie ist der Name? Daniil …?"

„Daniil Khristov."

Die Journalistin kritzelt etwas auf ihren Block.

„Wie buchstabiert man das? KriSH oder KHris?"

Mathilde Kroager sieht sie an. Die Journalistin kennt nicht einmal den Namen und die Nationalität des Mordopfers, über das sie berichtet. Agnethe weiß, sie sollte nichts mehr sagen, nur noch zusehen, dass sie die Frau in ihrer Küche irgendwie hinauskomplimentiert und sich dann schnell in Franks Gottesdienst schleichen. Vielleicht reicht der Name ja aus, um sie zum Gehen zu bewegen. Seit sie Daniil im Leichenschauhaus identifiziert hat, sind einige Tage vergangen, und mit ihren guten Verbindungen innerhalb der Polizei kann es ja wohl nur eine Frage der Zeit sein, bis die Journalistin den Namen auf diesem Weg erfährt. Außerdem kennt auch Thorkild den Namen des Toten. Und das Hotelpersonal.

„KHris und mit *v* am Ende, das im Russischen wie *f* ausgesprochen wird. Aber das ist wie gesagt nicht für die Öffentlichkeit bestimmt."

„Also *Khristov*."

Sie spricht es falsch aus. Wie in dem alten Tommy-Kenter-Sketch über Frau Christoff.

„Und Sie sagen, er war Russe. Woher wissen Sie das?"

„Er sagte, er sei aus Nischni Nowgorod."

Die Journalistin ihr gegenüber blinzelt ein paar Mal. Anscheinend steht die fünftgrößte Stadt Russlands nicht auf dem Stundenplan der Journalistenausbildung und ist ebenso wenig Thema in Bewerbungsgesprächen bei Kopenhagener Tageszeitungen.

„Und Sie glauben, er hat die Wahrheit gesagt?"

„Für mich klang es so. Und wenn die Drogenkuriere Polen waren, dann verstehe ich nicht, wie er …"

„Die Polizei geht davon aus, dass die Polen die Drecksarbeit für die Russenmafia erledigen. Die Russen haben in Polen regelrechte Amphetamin-Fabriken hochgezogen, und ihre Strohmänner verfrachten das Zeug nach Skandinavien. Die polnische Polizei behauptet jedenfalls, das festgenommene Pärchen habe Verbindungen zu einer dieser Amphetamin-Fabriken, hinter denen die Russen stehen. Deshalb wirft die Bornholmer Polizei ein besonderes Auge auf alle, die hier ankommen und Kontakte nach Russland haben."

Agnethe nickt langsam, lehnt sich gegen den Küchentisch und verschränkt die Arme vor der Brust.

„Und die Polizei meint also, Daniil hatte Kontakte zur russischen Drogenmafia?"

„Ich glaube schon. Meine These ist, er wollte einen Weg ausbaldowern, auf dem die nächste Lieferung sicher transportiert werden kann. Wussten Sie, dass er mit der Fähre aus Polen gekommen ist? Wie die beiden Kuriere auf dem Campingplatz."

Daniil ein Drahtzieher des Drogenhandels? In ihren Ohren klingt es immer noch wie eine haarsträubende Räuberpistole. Er wollte seine Familie finden, saß zwei Tage lang im Archivkeller – niemand betreibt einen solchen Aufwand, um seine Spuren zu verwischen. Und außerdem ist er tatsächlich auf einen Namen gestoßen.

„Aber wenn Daniil zur russischen Drogenmafia gehörte, wer soll ihn denn dann umgebracht haben? Hier auf Bornholm wird sich ja wohl kaum jemand mit russischen Drogenhändlern anlegen."

Möglicherweise ein Detail, das Mathilde Kroager nicht in Betracht gezogen hat, als sie ihre These aufstellte.

„Die Rocker. Die Polizei wollte sich bisher nicht dazu äußern, wen sie im Verdacht hat. Aber ich glaube nicht, dass sich die Rockerbanden hier auf der Insel einfach so damit abfinden, wenn ihr Revier infiltriert wird. Tatsächlich ist denkbar, dass sie den Russen einen Denkzettel verpassen wollten: *Bornholm ist tabu für euch, kapiert?* Es würde mich auch nicht wundern, wenn sie der Polizei einen Tipp gegeben haben, sich den Campingplatz in Allinge mal genauer anzusehen. Aber wie kam Ihr Kontakt zu Daniil Khristov eigentlich zustande?"

Immer noch die hoffnungslos falsche Aussprache seines Namens. Zählt das, wenn sich jemand an einen Toten erinnert, aber nicht mal seinen Namen korrekt aussprechen kann?

„Wir sind uns einig, dass das hier ausschließlich Hintergrundinformationen sind, oder?"

„Selbstverständlich."

„Wollen Sie vielleicht eine Tasse Kaffee?"

Die Journalistin schüttelt den Kopf. „Nein, danke. Erzählen Sie mir einfach von Ihrer Begegnung mit Daniil."

Agnethes Magen grummelt. Plötzlich hat sie förmlich einen Heißhunger auf Pommes frites. Am liebsten von McDonald's. Aber sie hat längst im Netz nachgesehen, und es müssen achtunddreißig Seemeilen in nordwestlicher Richtung zurückgelegt werden, um McDonald's-Pommes auf die Felseninsel zu importieren. Aus Schweden. Der letzte Brückenkopf der Fastfoodkette auf Bornholm schloss seine Pforten 2006.

„Oder einen Tee? Ein Glas Rotwein?"

Vom gestrigen Abend ist noch ziemlich genau ein Glas übrig.

Die Journalistin belässt es diesmal bei einem Kopfschütteln, also zieht Agnethe den Korken aus der Flasche und schenkt ein Glas für sich ein. Dann erzählt sie in groben Zügen davon, wie Daniil sie nach ihrem Gottesdienst ansprach; von dem Foto und seinen Recherchen im Archiv. Keine Details und erst recht nichts von ihren Recherchen in den Kirchenbüchern und den Nächten in der Damgade. Und nichts davon, dass er ihren Namen immer falsch aussprach. *Akneta.* Aber hoffentlich genug, damit die Journalistin sie in Frieden lässt.

„Glauben Sie wirklich, er war auf der Suche nach seiner Familie? Oder hatten Sie vielleicht den Eindruck, das Ganze sei nur vorgeschoben?"

Für einen Augenblick sieht die Journalistin von ihrem Block auf.

„Es war nicht vorgeschoben. Er wollte seine Familie finden."

Sie überlegt kurz, etwas hinzuzufügen. Dass man so etwas spürt. Aber ist das so? Oder hat sie sich vielleicht doch geirrt?

Sie nippt an dem Rotwein. Gestern schmeckte er deutlich besser.

„Aber Sie können nicht ausschließen, dass er eventuell Verbindungen zur Drogenszene hatte?"

Eine törichte Frage. Rein grammatikalisch betrachtet überhaupt keine Frage.

„Nein. Aber wie gesagt, auf mich wirkte er ehrlich. Er *war* ehrlich.“

„Aber …“

„Mehr weiß ich nicht.“

Mathilde Kroager nickt.

„Ja, sicher, Sie müssen ja auch zur Kirche.“

Warum glauben alle, dass man jeden Sonntag zur Kirche muss, nur weil man Pfarrerin ist?

Die Journalistin drückt Agnethe ihre Visitenkarte in die Hand. „Ich muss los. Ich habe ein Date mit Ihrem Nachbarn. Rufen Sie mich an, wenn Sie etwas Neues in der Sache hören.“

Ein Date? Sind sie zusammen?

Draußen läuten die Glocken zum Ende des Gottesdienstes.

Sie hätte der Journalistin überhaupt nichts über Daniil sagen sollen. Nicht einmal seinen Namen.

7. Mai 1945, Nyker

Ich traute meinen Ohren nicht, als die Bomben fielen. Den ganzen Vormittag über hatte es Gerüchte gegeben, aber niemand glaubte ernsthaft daran, dass die russischen Flugzeuge zurückkommen würden.

Wir versicherten uns gegenseitig, es seien nur Aufklärer. Als müsse man es nur oft genug sagen, damit es wahr wird. Als müssten wir keine Angst haben, dass sie das nächste Mal Bomben dabei haben.

Schon früh am Morgen war eine Familie aus Rønne gekommen und bat darum, in unserer Scheune bleiben zu dürfen. Sie glaubten den Gerüchten. Natürlich haben wir sie ins Haus eingeladen, aber sie bestanden darauf, uns nicht zur Last zu fallen, und das Heu sei sehr gut. Im Laufe des Vormittags kamen immer mehr Leute zur Kirche und fragten mich um Rat. Einige baten um den Segen Gottes, andere waren sicher, der Tag des Jüngsten Gerichts sei gekommen. Aber wie soll ich Rat geben in einer Zeit, in der uns jegliche Macht genommen wurde und in den Händen des deutschen Kommandanten liegt? Hitlers oberster Befehlshaber auf der Insel will sich nur einem von Churchills Soldaten ergeben. Der Rest Dänemarks jubelt, aber hier müssen wir warten. Wir haben Kopenhagen darum ersucht, uns einen Briten zu schicken, irgendeinen, aber es scheint, als hätten sie uns in ihrem Freudentaumel vergessen.

Die ersten Bomben schlugen kurz nach Mittag ein. In Rønne und Nexø. Ich traute wirklich meinen eigenen Ohren nicht. Es klang, als reiße jemand den Himmel in Stücke. Die ganze Insel erbebte, wenn die todbringende Ladung ausgeklinkt wurde und auf die Erde traf. Wir rannten in die Scheune und brachten unsere Gäste in die Gesindestube, wo wir uns mit den Arbeitern vom Hof zusammenkauerten. Niemand darf alleine bleiben, wenn ein solches Inferno losbricht.

Die Frau war schwanger, und die runde Kugel ihres Bauchs gab uns allen Hoffnung, glaube ich. Gab uns den Glauben, nach diesen fürchterlichen Tagen werde etwas Besseres kommen. Nach all der Angst und dem Grauen.

Ich fürchte, ihre kleinste Tochter wird diesen Tag nie vergessen. Zitternd saß sie unter dem Tisch und weigerte sich hervorzukommen, drückte nur ihre Puppe an sich. Wir anderen saßen still da und warteten, machtlos, hilflos. Hofften und beteten, die Bomben mögen Frauen, Männer und Kinder verschonen.

Es war so plötzlich vorbei, wie es begonnen hatte. Noch lange blieben wir sitzen und fragten uns gegenseitig, ob es wirklich vorbei sei. Ob wir der Stille vertrauen könnten.

Nach ein paar Stunden donnernder Stille machte ich mich auf den Weg nach Rønne, um zu helfen. Dort gab es keine Stille, nur Chaos. Obwohl die Feuerwehr ihr Bestes tat, standen überall Häuser in Flammen, und Ruinen fielen in sich zusammen.

Ich ging zum Krankenhaus und half den Pfarrern der Gemeinde Rønne. Wir sprachen mit den Verwundeten, den Angehörigen und denen, die im Keller des Krankenhauses Schutz vor den Bomben gesucht hatten.

Bevor ich wieder aufbrach, hatte man bereits fünf Tote ins Krankenhaus gebracht. Wie viele Verwundete es gab, weiß ich nicht, doch wenn ich die Augen schließe, sehe ich immer noch ihre flehenden Blicke und höre ihr leise gemurmeltes *Warum*.

Als ich Rønne gegen Abend verließ, kamen sie wieder. Ich glaube, sie versuchten, die deutschen Schiffe unten im Hafen zu treffen. Sicherlich auch die Flugabwehrgeschütze, die die Deutschen überall in den Straßen aufgestellt hatten.

War ihre tödliche Fracht gelöscht, warfen sie Flugblätter ab. Auf Russisch forderten sie den Kommandanten auf, zu kapitulieren, andernfalls würden sie morgen früh zurückkommen. Alle in Rønne sind dazu aufgefordert, die Stadt zu verlassen, und wir bereiten die Gästezimmer vor.

Allmählich wird uns klar, dass gerade, als wir glaubten, der Krieg sei vorbei, er für uns wohl erst begonnen hat …

Montag, 13. Juli

9

Über Aakirkeby nach Østermarie zu fahren, ist definitiv ein Umweg. Trotzdem bringt Agnethe Henriks Auto an der Umgehungsstraße bei Aakirkeby zum Stehen und biegt dann nach links ab, nach Norden Richtung Almindingen und weiter nach Østermarie und zu Krista Sommer. Richtung Daniils Familie, die für die Polizei nur von untergeordnetem Interesse ist. Noch hat Agnethe keine Ahnung, was sie sagen soll, wenn sie dort ist.

Durch den Umweg wird die Fahrt sechs Kilometer länger. Sie hat es überprüft. Sechs zusätzliche Kilometer, um einen Straßenabschnitt im Segenvej zu vermeiden, genauer gesagt den flachen Abschnitt direkt nach der Kaserne, wo Dänemarks fünftgrößter Staatswald beginnt und sich die Baumkronen ein gutes Stück oberhalb der Straße die Hände reichen. Eine gut einsehbare Strecke mit Geschwindigkeitsbegrenzung.

Eine Strecke, auf der eigentlich keine Unfälle passieren können.

Gestern am späten Abend hatte sie sich zusammengenommen und an Henriks Tür geklopft, mit dem ehrgeizigen Vorsatz, eine gute Nachbarin zu sein und ihm seine Redseligkeit gegenüber seiner Journalistenfreundin zu vergeben. Wie sich zeigte, fiel ihr die Vergebung rein hypothetisch sehr viel leichter als tatsächlich. Also fragte sie einfach, wie man am schnellsten nach Østermarie kommt.

„Østermarie? Meinst du die Stadt, deren größte Touristenattraktion aus Straßen und Plätzen mit seltsamen Namen besteht, die nach Ehrenkünstlern benannt sind, die überhaupt nichts mit dem Ort zu tun haben? Mein Favorit ist der Jesper-Klein-Bahnhofsplatz."

„Ja, genau das Østermarie."

Seit letzten Samstag lag Krista Sommers Telefonnummer auf ihrem Esstisch, ohne dass Agnethe sich dazu durchringen konnte, sie anzurufen. Sie wusste nicht, wie sie es anpacken, wie sie ihr von Daniil erzählen sollte, und schließlich nahm der Gedanke Gestalt an, nach Østermarie zu fahren.

„Und nein, es geht nicht um sonderbare Touristenattraktionen, sondern um ein seelsorgerisches Gespräch."

Kein Grund, ihm mehr zu verraten, obwohl er sich sicher denken konnte, was sie in Østermarie wollte. Zum Glück war er klug genug einfach nur zu antworten, dass sie natürlich mit dem Bus fahren konnte, die Strecke aber in weniger als einer halben Stunde zu bewältigen sei, wenn sie sein Auto nehme und über Almindingen fahre. Den Segenvej.

„Wie lang dauert es mit dem Bus?“ platzte sie heraus.

Autofahren ist kein Problem für sie, die Kopenhagener Innenstadt macht ihr nichts aus, nur lange, gerade Landstraßen, auf denen niemand unter hundert fährt, mag sie nicht besonders. Und davon gibt es auf dem Weg nach Østermarie einige – unter anderem den Segenvej. Aber das Angebot war Henriks Art, um Vergebung zu bitten, und sie bedankte sich, den alten Saab leihen zu können, bei dem man unterwegs vielleicht Wasser nachfüllen müsse, vielleicht aber auch nicht.

Sie behält eine dem Alter des Saab angemessene Geschwindigkeit bei und nähert sich dem grünen Wall Almindingens von Süden. Nimmt im Vorbeifahren aus den Augenwinkeln Ekkodalen wahr, wo die vom Tau feuchten Felsen des Spalttals in der Sonne glänzen. Es fühlt sich an, als käme sie nach Hause. Ein rauschartiges Gefühl, hervorgerufen von der rohen Kraft der Bornholmer Natur, die Täler und Risse in das felsige Fundament getrieben hat und gleich daneben die Zerbrechlichkeit des Almindinger Waldes setzt. Die Schönheit der Insel, die einen beinahe dazu zwingt, an eine der Natur innewohnende Göttlichkeit zu glauben.

Als sie in sicherem Abstand von der fatalen Stelle auf den Segenvej einbiegt, hat sie sogar Muße einer Familie zuzunicken, die an einem Tisch- und Bank-Set auf einem der Rastplätze ihren Morgenkaffee und die Sommerferien genießt.

Sieben Kilometer bis Østermarie.

Der Nachrichtenjingle des lokalen Radiosenders durchdringt die Fahrerkabine, und als der Sprecher ankündigt, Thema des Tages sei der Mord in Vang, ist Agnethe gezwungen, lauter zu stellen. Sie tastet nach den Knöpfen des Autoradios und hält dabei den Blick steif auf die Fahrbahn gerichtet, auf das lange, gerade verlaufende Stück

Asphalt vor ihr. Ein leerer, grauer Streifen, gesäumt von schlanken Birken und flacher Moorlandschaft.

Hoffentlich hält sich Henriks Journalistenfreundin an ihre Absprache über Hintergrundinformationen.

„Alles deutet darauf hin, dass der Mann, der letzte Woche tot im Granitbruch bei Vang gefunden wurde, Russe war und Verbindungen zur russischen Drogenmafia hatte. Mathilde Kroager weiß mehr", leitet der Sprecher das Thema des Tages ein.

„Mehrere Quellen haben unabhängig voneinander Bornholms Radio gegenüber bestätigt, dass es sich bei dem Ermordeten um den Russen Daniil Khristov handelt, der möglicherweise Kontakte zur russischen Drogenszene hatte."

Die innere Ruhe, zu der ihr Bornholms Schönheit noch kurz zuvor verholfen hatte, ist wie weggeblasen. Mit einem einzigen Satz hat die Journalistin ihre Abmachung gebrochen. Hintergrundinformationen. Es bedeutet, dass sie nicht berechtigt war, etwas von dem zu veröffentlichen, worüber sie gesprochen haben. Das Gegenteil von einem Interview – so viel hat Agnethe im zweitägigen Medienseminar des Pastoralverbundes Bornholm gelernt. Trotzdem hat Mathilde Kroager Daniils Namen preisgegeben und ihn auch noch als Drahtzieher des russischen Drogenhandels abgestempelt. Das ist gegen ihre Absprache. Und obendrein spricht sie seinen Namen immer noch falsch aus.

„Aller Wahrscheinlichkeit nach war er auf Bornholm, um auszuloten, ob die Insel ein interessanter Markt für die russische Drogenmafia sein könnte, die mit polnischem Amphetamin handelt", fährt die Journalistin mit dramatischer Stimme fort. „Noch weiß die Polizei nicht, wer ein Interesse daran haben könnte, polnisches Amphetamin von der Insel fernzuhalten und damit mutmaßlich für den Mord verantwortlich ist. Klar ist aber, dass der Russe versucht hat, sich eine Art Alibi für seine Anwesenheit auf Bornholm zu verschaffen. Angeblich suchte er nach seiner Bornholmer Familie und hat sich deswegen an die neue Pfarrerin der St.-Nicolai-Kirche in Rønne gewandt."

Sie hätte genauso gut Agnethes Namen nennen können. Hätte Lars erzählen können, dass seine Cousine alles ausgeplaudert hat.

Auch die Kirchenbesucher werden sich erinnern, dass sie das Bild von dem vermeintlichen Großvater herumgezeigt hat. Hilfsbereitschaft ist nun mal nicht Munk Mortensens oder Thorkilds Sache.

Für ein paar Sekunden schließt sie die Augen. Versucht, die Konsequenzen dessen zu durchdenken, was sie gerade gehört hat.

Ohne zu blinken und mit einem scharfen Griff ins Lenkrad bugsiert sie den Saab auf einen unbefestigten Weg, der sich in das sumpfige Terrain schiebt. Hinter ihr ertönt die zornige Hupe eines Volvo, und im Rückspiegel sieht sie den Wagen in einem übertriebenen Bogen vorbeirauschen. Der Moderator der Nachrichtensendung im Radio berichtet, Daniil Khristov habe dem Archiv in Rønne einen Besuch abgestattet. Und dann ist Sven-Åge zu hören, der Archivar.

„Ja, also, er kam mir gleich verdächtig vor, wusste offenbar nicht, wie man sich in einem Archiv verhält", lautet Sven-Åges Urteil, und die bedrückende Akustik des Kellers mit seinen vollgestopften Regalen ist unüberhörbar. „Im Nachhinein kann ich mir schon vorstellen, dass er nur hier war, um etwas vorzutäuschen", schlussfolgert Sven-Åge mit überraschend klarer und fester Stimme, die sie nach ihrer Begegnung mit dem Archivar kaum wiedererkennt.

Ihre Stirn sinkt auf das sonnenwarme Lenkrad des Saab.

„Sie haben gesagt, es ginge um Hintergrundinformationen."

Agnethe überspringt die Begrüßungsfloskeln, für gute Manieren fehlen ihr im Moment die Kapazitäten.

„Ja", antwortet Mathilde Kroager. Sie klingt provozierend unbekümmert.

„Aber Sie haben seinen Namen gebracht und auch sonst alles, was ich Ihnen erzählt habe. Und das, obwohl wir vereinbart hatten, dass es sich ausschließlich um Hintergrundinformationen handelt. Ihr müsst ein Dementi bringen!"

„Nein, müssen wir nicht, ich habe Sie ja nicht zitiert. Mein Beitrag basiert einzig und allein auf einem Interview mit Sven-Åge Sonne vom Archiv in Rønne. Zufällig gibt es in einigen Punkten Übereinstimmungen zwischen dem, was er gesagt hat und dem, was Sie mir zwecks Hintergrundrecherche erzählt haben."

Verdammt.

Sie lässt sich gegen die Rückenlehne des Fahrersitzes fallen. Die Sonne brennt durch die Windschutzscheibe. Warum hat sie diese Journalistin bloß in ihre Wohnung gelassen?

Denn sie hat recht. Mathilde Kroager hat nicht sie zitiert, sondern den Archivar dazu gebracht, dasselbe zu sagen. Und hat dann ihn zitiert. Ethisch verwerflich, aber legal. Mit einer Ausnahme. Vielleicht.

„Aber Sie haben Daniils Namen veröffentlicht, obwohl wir besprochen hatten, dass Sie das nicht tun werden. Und Sie haben aller Welt erzählt, dass er bei mir in der Kirche war."

„Ja, aber nur, weil sich der Archivar an den Namen des Russen erinnern konnte. Und als ich im Fredensborg angerufen habe, wurde mir der Name bestätigt. Außerdem haben Sie Sven-Åge von dem Besuch des Russen in der Kirche erzählt. Wenn das so ein Geheimnis ist, hätten Sie das besser für sich behalten sollen."

Agnethe kann das Lächeln der Journalistin beinahe hören. „Wir recherchieren gerade Khristovs persönliche Verhältnisse und versuchen, einen Kommentar aus Russland zu bekommen, vielleicht von einem Nachbarn. Oder wollen Sie sich vielleicht dazu äußern?"

„Ein Nachbar? Sehen Sie eigentlich nicht selbst, wie unmoralisch das ist, was Sie da tun?"

„Willkommen in der Welt der Nachrichten."

Jetzt lacht sie tatsächlich.

„Wenn das hier Auswirkungen auf die Ermittlungen haben sollte, werde ich der Polizei erzählen, wie es dazu gekommen ist."

Es hört sich wie eine Drohung an, obwohl es nicht so gemeint ist. Aber ohne ein Dementi wird Lars kein Wort mehr mit seiner Cousine reden.

„Ja, nur zu. Auf dem Revier in Rønne habe ich ein paar gute Bekannte, grüßen Sie sie von mir."

„Nun gut, wir werden ja sehen … Auf Wiederhören."

Na toll, jetzt ist sie die besserwisserische Pfarrerin, die glaubt, etwas von Presse-Ethik zu verstehen und über die man sich beim Lokalradio vor Lachen auf die Schenkel klopft. Und noch schlimmer: Sie muss Lars anrufen, bevor die Katastrophe noch größere Ausmaße annimmt. Oder ist es schon zu spät?

10

„Ich glaube keine Sekunde lang daran, dass dieser nette junge Mann irgendetwas mit Drogen zu tun gehabt haben soll. Keine Sekunde."

Krista Sommer wirft eine Hand voll Unkraut in die Schubkarre neben ihr und erhebt sich aus dem Beet gelber Rosen. Offenbar hört auch sie Bornholms Radio. „Sie müssen ihn mit einem der Polen verwechseln, die dieses Jahr auf der Insel sind. Unten in Nexø laufen sie überall herum, habe ich gehört."

„Er ist also hier gewesen?" fragt Agnethe. „Daniil Khristov, der Russe?"

„Ja, er war hier."

Krista Sommer befreit ihr Haar von dem Tuch, dass sie sich um den Kopf gebunden hat, um sich vor der Sonne zu schützen. Wischt sich die Stirn damit ab.

„Es ist eine Schande, dass es so enden musste. Er war ein höflicher junger Mann."

Der Sommerwind rauscht in den Pappeln hinter dem Hof. Daniil ist hier gewesen. Genau hier. Mitten im Nichts kurz hinter Østermarie. Ein Zweiseithof aus Fachwerk und mit Reet gedeckten Dächern am Ende eines holprigen Feldwegs. Risenlund. Hier.

„Ich brauche eine Pause", sagt Krista und wirft das Tuch auf die Schubkarre. „Darf ich der Pfarrerin ein Glas Möhrensaft anbieten? Gepresst aus Möhren aus dem eigenen Garten. Bio-Möhren, möchte ich mal behaupten."

Agnethe nimmt das Angebot dankend an und folgt Krista in Richtung des Wohnhauses.

„Das sind Bechermalven", sagt Krista und deutet auf ein Meer aus rosa und weißen Blüten links von ihnen. Es sieht so aus, als müsse der Rasen Jahr für Jahr Quadratmeter um Quadratmeter an neue Blumenbeete abtreten.

„Und da drüben, das sind Große Kapuzinerkressen", fährt sie fort und zeigt auf ein anderes Beet.

Daniil hat Krista Sommer also ausfindig gemacht, aber warum nimmt sie seinen Tod scheinbar so gelassen? Hat er ihr die Wahrheit nicht verraten? Weiß sie nicht, dass Karl Henning Daniils Großvater war?

In dem kleinen Schuppen, der an das Haus stößt, krempelt Krista die Ärmel hoch und wäscht sich die Hände, während sie Agnethe weiter in die Küche dirigiert. Sie soll ein Tablett aus dem Hängeschrank nehmen und mit der Saftkanne auf dem Tisch, zwei Gläsern und der Keksdose ausstatten.

Wenn Daniil Krista nichts von ihrer familiären Beziehung erzählt hat, bleibt es an Agnethe hängen, ihr die Nachricht von dem russischen Kuckucks-Enkel zu überbringen. Aber das Kapitel muss abgeschlossen werden. Und danach wird sie sich zusammenreißen und Lars anrufen.

Krista balanciert das Tablett in den Garten und lehnt Agnethes Angebot, ihr behilflich zu sein, aufs Entschiedenste ab. Sie setzen sich an den von Patina überzogenen Gartentisch, der im Schatten einer dichten Eichenkrone steht. Ein behaglicher Ort. Krista schenkt ihr ein Glas Saft ein und hält ihr die Keksdose hin.

„Sie sehen aus, als könnten Sie ein Plätzchen vertragen."

Die Kekse schmecken nach abgestandenem Weihnachten.

„Einen schönen Garten haben Sie."

Smalltalk, aber irgendwie muss sie nun mal anfangen.

„Tja, seit die Kinder ausgezogen sind, habe ich sonst nichts mehr, worum ich mich kümmern könnte."

„Wie viele Kinder haben Sie?"

„Einen Augenblick."

Krista springt auf und eilt mit erstaunlicher Geschwindigkeit ins Haus. Die sommerlichen Temperaturen können ihr augenscheinlich nichts anhaben. Kurz darauf kehrt sie mit einem Fotoalbum zurück. Einen Augenblick später lachen drei Wonneproppen auf einer Plüschdecke liegend nicht nur dem Fotografen, sondern auch Agnethe entgegen.

„Das sind Hanne, Inger und Anders", zeigt Krista nacheinander. „Inger wohnt in Poulsker zusammen mit Jan. Und das hier sind ihre beiden Jungs."

Krista blättert weiter. Noch mehr Kinder haben den Weg vor die Linse des Fotografen gefunden. Anders' und Evas Jüngste.

Eine Familie vor einem längst verkauften Reihenhaus. Das älteste Enkelkind mit Abimütze auf dem Kopf. Und Emma, sie ist jetzt acht Jahre alt, ein Frühchen war sie, aber jetzt ist sie ein richtiger Goldklumpen.

Krista blättert, erklärt und erzählt, und Agnethe schwirrt der Kopf von all den Namen und Bildern und dem Lob, das in üppigen Portionen verteilt wird. Und was ist mit Daniil?

Als die letzte Seite in Kristas Familien-Tour-de-force umgeblättert ist, lehnt sich die alte Frau mit dem Album auf dem Schoß in ihrem Gartenstuhl zurück, und Agnethe trinkt ihren Möhrensaft aus. Es ist Zeit.

„Wie gesagt, bin ich wegen des Russen hier, der bei Ihnen war."

Krista nickt.

„Hat er gesagt, warum er hier war?"

„Ja, er hatte ein altes Zeitungsfoto dabei, auf dem Karl Henning, mein Mann, zu sehen war. Es muss aus der Zeit gewesen sein, als Rønne nach den russischen Bomben wieder aufgebaut wurde. Eine fürchterliche Zeit. Aber das ist inzwischen so viele Jahre her. Erik war auch auf dem Bild."

„Erik?"

„Er war einer unserer besten Freunde. Er starb kurz nach Karl Hennings Tod", sagt Krista mit kummervollem Blick. „Nachdem Karl Henning gestorben war, kam Erik fast jeden Tag hierher. Wir saßen immer in der Küche, haben eine Brotzeit zu uns genommen und uns die Zwölf-Uhr-Nachrichten im Radio angehört. Wenn der Wetterbericht anfing, ist er dann gegangen. Er sei zu alt, um übers Wetter zu reden, sagte er jedes Mal."

Daniils Familiengeschichte gerät offenbar ins Abseits. Wieder mal.

„Wie lange ist es her, dass Ihr Mann …?"

„Im Herbst fünf Jahre, am 14. Oktober. Erik ist genau zwei Monate später gestorben, am 14. Dezember. Man ist alt geworden, wenn man seine beiden besten Freunde innerhalb von zwei Monaten beerdigen muss."

Krista füllt ihr Glas wieder mit Saft.

„Woran sind sie gestorben?"

„Altersschwäche. Erik jedenfalls. Ich glaube, Karl Henning war krank. Vielleicht Krebs, aber er weigerte sich, einen Arzt an sich ranzulassen. Wollte einfach in seinem Bett liegenbleiben und einschlafen, sagte er."

„Und wie dachten Sie darüber?"

Krista schüttelt leicht den Kopf und schenkt Agnethe noch ein Glas Saft ein.

„Selbst nach fünfzig Jahren ist man sich nicht immer einig …"

Wenn Daniil es nicht gesagt hat, wie soll sie es dann können? Ist es nicht gleichgültig, dass Karl Henning vor so vielen Jahren eine Sommeraffäre mit einer anderen Frau hatte, wenn die, die hier im Garten vor ihr sitzt, ihn liebte und es immer noch tut? Daniil hatte Feingefühl genug, Krista Sommer nicht mit den Dämonen der Vergangenheit zu behelligen, warum also sollte sie es tun?

„Verstehen Sie mich richtig", sagt Krista und setzt sich auf dem knarrenden Gartenstuhl zurecht. „Ich freue mich wirklich über Ihren Besuch, aber im Grunde verstehe ich nicht, warum Sie hier sind."

„Ich wollte Daniil helfen ..."

„… seinen Großvater zu finden?"

Sie nickt.

Hat Daniil es ihr doch gesagt? Das passt nicht zusammen.

Krista richtet sich auf und nimmt ein Plätzchen aus der Keksdose, beißt ein Stück ab und fährt mit Krümeln in den Mundwinkeln fort.

„Tja, er sprach ja kein Dänisch, und zuerst dachte ich, es ginge um Karl Henning …"

„Daniil meinte, dass Karl Henning sein Großvater sein könnte?"

Krista kichert – beinahe wie ein Schulmädchen.

„Nein, nein, Karl Henning hat sich immer ordentlich benommen. Wir haben uns während des Krieges verlobt. Nein, es war einer der anderen auf dem Bild, von dem der junge Mann meinte, er sei sein Großvater."

„Einer der anderen?"

„Ja, sicher", antwortet Krista und lacht so sehr, dass ein paar Plätzchenkrumen auf dem Tisch landen.

Karl Henning Sommer war also gar nicht Daniils vermeintlicher Großvater.

„Und wer war es? Wen hielt er für seinen Großvater?"

„Nun ja, Marius aus Pedersker."

„Marius?"

„Ja, einer der anderen auf dem Bild."

„Wie viele Männer waren denn auf dem Bild?"

„Hm, es wurde in Rønne aufgenommen. Karl Henning und ein paar andere junge Burschen halfen beim Wiederaufbau, und sie waren alle auf dem Bild. Der Russe wollte wissen, wer die anderen waren."

„Und einer von ihnen war also Marius? Von dem Daniil meinte, er sei sein Großvater?"

„Ja, wie gesagt, Marius aus Pedersker."

Agnethe kramt einen Notizblock aus der Tasche und schreibt *Marius aus Pærsker* auf das oberste Blatt. Sie muss sich immer noch an den Bornholmer Brauch gewöhnen, dass Ortsbezeichnungen und die Namen von Bauernhöfen die Familienzugehörigkeit einer Person genauer angeben als Nachnamen.

„*Pedersker* mit *d*", berichtigt Krista die Notiz. „Es wird nur *Pærsker* gesprochen, aber Pedersker geschrieben. *Ker* bedeutet Kirche, und Pedersker heißt also nichts weiter als *Peters Kirche*."

Agnethe schreibt es auf und fragt nach dem Nachnamen, obwohl sie weiß, dass es umsonst ist. Und ganz richtig schüttelt Krista den Kopf.

„Es war irgendetwas mit K ... Kofod, vielleicht auch Kjøller. Nein ... Aber er hat Johanne vom Bakkegård oben aus dem Nordland geheiratet. Ich glaube, sie sind dann nach Rønne gezogen."

„Erinnern Sie sich wohin?"

„Nein, wir waren auch nicht sehr gut bekannt mit ihnen."

Es ist befreiend, dass sie nicht gezwungen ist, Krista Sommers große Liebe zu beflecken, gleichzeitig ist die Suche nach Daniils Familie sehr viel schwieriger geworden. Wenn Krista nicht mehr über den mutmaßlichen Großvater aus der Gegend bei Pedersker weiß, hatte Daniil seine Familie dann überhaupt gefunden? Jemanden, der sich an ihn erinnern wird? Und wie soll sie ihn ausfindig machen?

„Und Daniil war sicher, dass dieser Marius sein Großvater war?"

„Ja, so habe ich ihn jedenfalls verstanden. Er hat mir sogar noch ein Foto von Marius gezeigt, also gehe ich mal davon aus, dass es um ihn ging."

Es muss dasselbe Passfoto gewesen sein, dass er auch ihr gezeigt hat.

„Können Sie mir das Bild beschreiben? Das mit Karl Henning, meine ich. Erinnern Sie sich vielleicht, wann es aufgenommen wurde?"

„Ich glaube, es muss ein Bild aus der Tidende oder der Bornholmeren gewesen sein. Auf jeden Fall aus einer Zeitung. Damals gab es ja noch ein paar mehr. Heute haben wir nur noch die Tidende."

„Sie sagten, außer Karl Henning waren noch andere auf dem Bild."

„Ja, Erik natürlich."

Krista kneift die Augen zusammen, bemüht, sich zu erinnern. Agnethe blättert eine neue Seite ihres Notizblocks auf. „Versuchen wir es mal so."

Sie zeichnet drei Strichmännchen in einem Rechteck auf das Papier. Kristas Blick folgt ihren Bewegungen.

„Nein, es waren mehr als drei."

„Mehr?"

„Ja."

Pause. „Ich glaube, noch einer oder zwei."

Sie fügt zwei Strichmännchen hinzu.

„Karl Henning stand in der Mitte, wenn ich mich richtig erinnere."

Das Strichmännchen in der Mitte bekommt ein Namensschild oberhalb des Kopfes.

„Erik stand da", sagt Krista und zeigt auf das Blatt. „Und Svend aus Rønne stand am Rand, hier meine ich", murmelt Krista, nimmt Agnethe den Kugelschreiber aus der Hand und schreibt *Marius* und *Zugereister* über die beiden übrig gebliebenen Strichmännchen. „So."

„Ein Zugereister? Wie hieß der Mann?“

„Ich weiß es nicht. Karl Henning und ich haben erst später geheiratet, und ich kannte ja nicht alle seine Freunde von damals.“

Krista schiebt die Zeichnung über den Tisch zu ihr zurück, drückt den Deckel auf die Keksdose und zeigt hinüber auf eine Blumenpracht in zartem Lila.

„Haben Sie schon meine Sommerastern gesehen? Sind sie nicht schön? Eigentlich wollte ich dieses Jahr Georginen setzen, aber ich mag Astern viel zu sehr.“

Die alte Dame steht von ihrem Gartenstuhl auf. Offenbar hat sie lange genug in der Vergangenheit geweilt.

„Kommen Sie, ich zeige Ihnen, wo ich die Georginen stattdessen untergebracht habe.“

Nicht lange, und Agnethe hat eine komplette Führung durch den Garten bekommen, wurde in Kristas Pläne eingeweiht, was die Georginen angeht, hat das Staudenbeet bewundert und gelernt, dass Platterbsen jede Menge Sonne brauchen und der Pflaumenbaum eigentlich schon längst gefällt werden sollte, weil sein Schatten genau auf das Küchenfenster fällt.

„Aber letztes Jahr hatte ich so viele Pflaumen, dass ich sie unten an der Straße hätte verkaufen können. Und ich bringe es einfach nicht übers Herz, ihn fällen zu lassen.“

Krista tätschelt den Stamm des Baumes, als sei er ein braver Hund. „Zwetschgen, sie sind ganz fantastisch. Ich habe bestimmt noch ein paar Einmachgläser voll. Wir müssen dran denken, dass Sie sich eins mitnehmen.“

„Wissen Sie, ob sich Daniil auf die Suche nach Marius machen wollte?“

Krista sieht hinüber zum hinteren Teil des Gartens, der im kühlen Schatten des Baumes liegt.

„Karl Henning und ich haben dort hinten drei Apfelbäume gepflanzt, einen für jedes der Kinder“, sagt sie und nickt in Richtung einer Reihe stattlicher Bäume, die den Garten von dem dahinter liegenden Feld trennt. „Ich liebe Filippa-Äpfel. Sie vielleicht auch?“

Agnethe versteht nicht das Geringste von Apfelsorten, aber sie weiß, dass sie eine Antwort auf ihre Frage haben muss, bevor sie

Kristas Hof verlässt.

„Hat Daniil gesagt, ob er nach Marius suchen wollte?"

Krista dreht sich um und sieht sie an.

„Nein, ich glaube nicht, aber ich verstehe ja kein Englisch. Kommen Sie, ich zeige Ihnen noch den Kräutergarten ..."

Krista Sommers Interesse an Daniil scheint verschwunden zu sein. Denn sein Großvater war nicht Karl Henning Sommer, sondern ein anderer Mann mit einer anderen Familie. Menschen, die Daniil vermutlich nicht mehr kennengelernt hat. Menschen, die nicht wissen, dass sie einen russischen Verwandten hatten. Immer noch niemand, der Daniil Khristovs Namen in Zukunft noch laut aussprechen wird.

Sie muss Marius aus Pedersker finden.

11

Der Probst bleibt neben seinem Stuhl stehen. Die Vertiefungen auf seiner Stirn sind ausgeprägter als gewöhnlich.

Agnethe ist viel zu schnell gefahren, um es noch rechtzeitig zur Montagsbesprechung zu schaffen – der wöchentlichen Séance, bei der sich die Pfarrer der Gemeinde an dem Buchenholztisch im Büro des Probstes versammeln. Thorkild und Munk Mortensen sitzen auf der guten Seite, mit Aussicht auf den Rest des pröbstlichen Büros und den größten Teil des Pfarrbüros. Sie und Frank haben feste Plätze auf der Seite, von der aus man auf eine schmucklose, getünchte Wand mit einem schauerlichen Aquarell blickt, Christus am Kreuz, und das auch noch in Pastellfarben.

Der Probst räuspert sich. Selbst Thorkild spürt, dass etwas anders ist als sonst und hält in seinem Monolog darüber inne, welche Psalmen Witwen bei einer Beerdigung am liebsten auswählen.

„Ihr habt die Tagesordnung ja bekommen, aber …"

Der Probst legt das Papier mit den acht Tagesordnungspunkten zur Seite. Wägt seine Worte ab. Dann beginnt er:

„Aber zunächst muss ich euch darüber informieren, dass uns eine Beschwerde vorliegt."

Auf der anderen Seite des Tischs sehen sich Thorkild und Munk Mortensen überrascht an.

„Von wem?" murmeln sie in asynchronem Chor.

Ein kaltes Prickeln läuft über ihren Körper und wird zu einer Gänsehaut. Sie kennt die Antwort bereits, bevor der Probst sie gibt. Wenn sie sich nur irren würde. Wenn es eine Beschwerde über die manchmal brüske Art wäre, auf die Munk Mortensen die Gemeindemitglieder oft behandelt. Oder über Thorkilds tabakgeschwärztes Zahnfleisch oder seine pechschwarzen Predigten. Aber natürlich ist es nicht so.

„Von der Polizei. Über Agnethe."

Ihr Körper fällt zurück gegen die Stuhllehne, die Hände sinken in den Schoß.

Hat sich Lars über sie beschwert? Es muss Lars sein, sie hat mit niemandem sonst bei der Polizei gesprochen. Hat sie seine Aufforderung, nach Daniils Familie zu suchen, doch missverstanden?

„Offen gesagt bin ich genauso schockiert wie ihr. Einen Anruf wie diesen habe ich von der Polizei noch nie entgegennehmen müssen."

Der Probst hebt die Schultern, atmet tief ein und mit einem schier endlosen Seufzer wieder aus. Dann fährt er fort.

„Vor ein paar Stunden hat der Polizeichef angerufen und mich darüber in Kenntnis gesetzt, dass Agnethe sich offenbar in die Ermittlungen im Mordfall an einem gewissen Daniil Khristov eingemischt hat. Dass du mehrfach versucht hast, Auskunft über den Stand der Ermittlungen zu bekommen und sogar vertrauliche Informationen an die Presse weitergegeben hast. Du behinderst die Ermittlungen ... die Worte des Polizeichefs."

Er sieht sie an. Wahrscheinlich wünschte er, sie würde jegliche Kenntnis sowohl über die Ermittlungen als auch über Daniil Khristov abstreiten, damit er die Beschwerde des Polizeichefs zu den Akten legen und zum Business-as-usual übergehen kann.

„Es ist dir hoffentlich klar, dass weder die Gemeinde noch der Bischof oder ich erfreut darüber sind, wenn sich die Polizei beschwert, einer unserer Pfarrer behindere die Ermittlungen in einem Mordfall. Das ist ein ernster Vorwurf. Nicht nur gegenüber der Gemeinde, sondern gegenüber der Kirche als Ganzes. Das schadet unserem Image."

Irgendwo in der Kirche knarrt einer der Balken, die die Backsteine an ihrem Platz halten. Der Probst sinkt auf seinen Stuhl.

„Und das bei deinem familiären Hintergrund. Dein Großvater war ein überaus angesehener Pfarrer."

„Ich behindere die Ermittlungen nicht."

Sie will mehr sagen, bekommt die Worte aber weder im Kopf noch im Mund richtig sortiert. Er hat sicher schon mit dem Bischof gesprochen, hat ihre eben erst begonnene Laufbahn in der Gemeinde Rønne mit ihm diskutiert, mit der obersten Institution des Kirchenstifts. Der Bischof hat sie eingestellt und bis zum Ende des Vikariats auch die Macht, sie zu entlassen. Und er entscheidet in ein paar Monaten über ihre Festanstellung – und über eine Bewerbung auf ein anderes Amt in einem anderen Stift. Die Suche nach Daniils Familie sollte keine Auswirkungen auf die Ausübung ihres Amtes haben, das hatte sie sich fest vorgenommen. Aber gerade deswegen, wegen ihres Amtes, hatte sie ihn nicht abweisen können. Christus half denen, die um Hilfe baten. *Dem Nächsten.* Nächstenliebe. Sie ist die Grundlage der Kirche. Seinem Nächsten mit Liebe zu begegnen. Das muss der Probst doch einsehen.

Eine Hand legt sich ruhig auf ihre Schulter. Es ist Franks Hand. Bitte erklär es uns, sagt die Geste.

„Ich habe der Polizei geholfen, den Toten zu identifizieren. Daniil Khristov."

Es schmerzt beinahe, seinen Namen auszusprechen.

„Dass die Polizei uns um Hilfe bittet, einen Toten zu identifizieren, ist kein Mandat, sich in Ermittlungen einzu…"

„Es war nie meine Absicht, mich einzumischen."

Sie bringt es nicht über sich, dem Probst in die Augen zu sehen, starrt stattdessen auf das Jesus-Aquarell an der Wand. Sein Oberkörper ist in einem seltsam blassen Hellrot gehalten, und der Lendenschurz ähnelt einer Windel.

„Die Polizei hat die Suche nach seiner Familie zurückgestellt, also versuche ich, sie zu finden. Er war hier, um sie zu finden, und ich denke, es ist meine Pflicht, ihm zu helfen."

„Aha."

Es macht nicht den Eindruck, als sei der Probst überzeugt.

„Kannst du das bitte näher erläutern?"

Sie erzählt von ihrer Begegnung mit Daniil in der Kirche, von der Identifikation der Leiche und dem Gespräch mit der Journalistin. Würde gerne etwas Bissiges über dieses ehrgeizige Biest hinzufügen, das nur seine Karriere im Kopf hat, aber ein guter Mensch lädt keine Schuld auf andere, und Franks Hand liegt immer noch auf ihrer Schulter.

Es gibt keinen Grund, ihre privaten Rendezvous mit dem Toten oder die Kirchenbücher zu erwähnen. Und erst recht nicht ihren Besuch heute Vormittag in Østermarie. Dass Lars ihr Cousin ist, hat aus ihrer Sicht auch keine Relevanz.

„Ich will ihm Frieden geben."

Der Probst nickt.

„Ich verstehe. Aber das ändert nichts daran, dass ich ernsthaft überlege, einen schriftlichen Bericht an den Bischof aufzusetzen."

Weit weg knarrt wieder der Balken, als missbilligten selbst die Backsteine das Verhalten der neuen Pfarrerin. Ein schriftlicher Bericht an den Bischof kommt einem dicken Minus in ihrer Personalakte gleich, das sich zu einem Rauswurf entwickeln kann. Und ein Amt im Stift Kopenhagen in ferner Zukunft kann sie dann auch ad acta legen. Frank drückt sanft ihre Schulter und nimmt die Hand weg. Jetzt muss sie alleine klarkommen.

„Es war nie meine Absicht, mich in die Ermittlungen einzumischen."

Sie füllt die Lungen mit Sauerstoff und spürt, wie sich Brustkasten und Bauchhöhle heben.

„Ich wollte nur einem anderen Menschen helfen. Alles andere ist eine Verkettung unglücklicher Umstände – und sicher auch auf mangelnde Urteilskraft meinerseits zurückzuführen, aber meine Absicht war rein. Ist rein."

„Aha", brummt der Probst wieder und klingt immer noch so, als sei er sich der Aufrichtigkeit ihrer Beweggründe nicht gewiss.

„Ich konnte ihm nicht helfen, als er noch am Leben war. Deshalb versuche ich es jetzt. Als Pfarrer haben wir eine besondere Verpflichtung unseren Nächsten gegenüber. Darum darf es nicht falsch sein, zu helfen."

„Und die Presse? Wenn ich den Polizeichef richtig verstanden habe, gab es heute Vormittag im Lokalradio einen Beitrag, in dem vertrauliche Informationen über die Identität des Toten veröffentlicht wurden. Die Polizei ist der Ansicht, die Informationen kommen von dir."

Jetzt schweigt selbst das Kirchengebälk.

Nur Frank ist zu hören, wie er seinen rotbraunen Bart kratzt.

„Es war abgesprochen, dass alles, was ich sage, nur Hintergrundinformationen sind, die nicht veröffentlicht werden dürfen. Die Journalistin hat sich nicht daran gehalten."

Der Probst steht auf. Sein nachdenklicher Blick ist auf einen

Punkt über ihrem Kopf gerichtet. Wieder atmet er hörbar ein, aber diesmal durch die Nase wieder aus, bevor er etwas sagt.

„Du sagst also, dass du der Polizei nur *geholfen* hast und die Sache mit der Journalistin ein bedauerlicher Irrtum war?"

„Ja."

Auf der anderen Seite des Tischs arbeitet Thorkilds Zunge angestrengt daran, den Klumpen Kautabak soweit unter die Oberlippe zu schieben wie möglich. Entspannt verfolgt er den Auftritt mit aufgesetzt ernster Miene und blättert hin und wieder in einem Stapel Papiere auf seinem Schoß. Neben ihm hat sich Munk Mortensen gemütlich auf seinem Stuhl zurückgelehnt und sieht den Probst abwartend an.

„Und mehr hast du mit dieser Sache nicht zu tun, oder?"

Zwar ist es als Frage formuliert, doch besteht kein Zweifel, dass er gerade eine unmissverständliche Dienstanweisung ausgesprochen hat. Sie schüttelt gehorsam den Kopf.

„Nein."

Kommt sie um ein Gespräch wegen dienstlicher Vergehen mit dem Bischof herum? Um einen Einschnitt in ihre Laufbahn?

„Ich habe dem Polizeichef gesagt, dass ich zunächst deine Stellungnahme hören will, bevor ich entscheide, wie wir uns zu der Beschwerde verhalten", fährt der Probst fort und trippelt dabei unangenehm berührt auf der Stelle. „Agnethe, du bist noch unerfahren als Pfarrerin, aber wenn du den Begriff der Nächstenliebe weiterhin so weit auslegst, wirst du bald die ganze Welt retten wollen. Und das geht nicht. Ich will dich nicht in deinem persönlichen Glauben beeinflussen, aber in deiner Rolle als Pfarrerin dieser Gemeinde musst du den Blick auf das Ganze bewahren."

Der Probst zupft die Manschetten seines Hemds zurecht, sodass sie wieder die gebührenden eineinhalb Zentimeter aus dem Jackenärmel herausschauen.

„Betrachte das hier als eine Gelbe Karte. Lass die Polizei in Zukunft ihre Arbeit tun und kümmere dich um die deinige, andernfalls …"

Er bringt den Satz nicht zu Ende, sondern sieht sie stattdessen an, als erwarte er ein Ja oder zumindest ein Nicken. Er bekommt beides und setzt sich wieder auf seinen Stuhl.

„Gut, ich informiere den Polizeichef, dass es zukünftig keinen Ärger mehr geben wird."

Noch ein Nicken, während sie Thorkild im Auge behält. Er hat sich vorgebeugt und seine ganze Aufmerksamkeit auf den Papierstapel gerichtet, der jetzt vor ihm auf dem Tisch liegt.

„Entschuldigt bitte, ich will mich ja nicht einmischen", beginnt Thorkild, „aber da wir nun schon mal beim Thema sind, muss ich darauf hinweisen, dass es mir als Fräulein Bohns Mentor nicht verborgen geblieben ist, dass sie in letzter Zeit häufig abwesend war."

Sie glotzt ihn an. Abwesend? Er verschwindet doch andauernd stundenlang, um seinen Vorrat an Kautabak aufzustocken. Aber Thorkild sieht aus, als meine er es tatsächlich ernst.

„Ich möchte niemanden an den Pranger stellen, aber es ist wichtig für die innere Dynamik hier im Pfarrbüro und in der Gemeinde, dass wir präsent sind."

Er spielt die Dynamikkarte, ein Steckenpferd des Probstes, und legt eine Kunstpause ein. Alle sehen ihn an. Er genießt es.

„Wir dürfen nicht vergessen, dass Bohns Vikariat in ein paar Monaten ausläuft, und in diesem Zusammenhang ist eben auch die Meinung der Kollegen relevant, bevor Entscheidungen über Bohns eventuelle Zukunft hier in der Gemeinde getroffen werden."

Ihr Körper richtet sich auf, schießt verräterisch nach oben, ohne dass sie es kontrollieren könnte. Er verklausuliert es, doch man braucht keinen Doktor in alttestamentarischer Theologie um herauszuhören, dass er sie loswerden will. Aber es gibt Grenzen, und man muss sich nicht mit allem abfinden.

„Thorkild, du bist mein Mentor."

Aller Augen ruhen auf ihr, alle erwarten eine Gegenrede – oder eine Ohrfeige.

„Du solltest …"

Halte auch die andere Wange hin.
Matthäus
Kapitel fünf
Vers neununddreißig
Halte auch die andere Wange hin.

Sie zwingt sich, ihre Füße zu spüren. Nicht provozieren lassen. Nicht auf Thorkilds Spielchen einlassen. Es gibt schon genug Einträge über sie im Schwarzbuch des Probstes.

Spür den Körper. Konzentrier dich auf die Atmung. Schuhsohlen auf den Granitboden drücken. Langsam gewinnt sie die Kontrolle zurück und stützt den Rücken an der Lehne ihres Stuhls ab. Thorkild wird sie nicht dazu bringen, die Fassung zu verlieren.

Aber er hat natürlich noch einen Pfeil im Köcher.

„Außerdem finde ich es bemerkenswert, dass ein Ikonenbild über Bohns Schreibtisch hängt."

Fußsohlen.

Spür deine Fußsohlen.

Löse dein Bewusstsein aus dem Kopf und transportiere es in die Bauchhöhle.

„Eine katholische Unsitte, die ihr sicher auch schon bemerkt habt", fährt Thorkild fort. „Diese Art der Götzenverehrung müssen wir uns nicht antun. Das hier ist ein Gotteshaus, und ich meine …"

Der Probst hebt die Hand, und merkwürdigerweise akzeptiert Thorkild das Stoppschild und verstummt.

„Ich habe gehört, was du sagst, Thorkild. Und ich stimme dir zu, dass unser Projekt, Synergieeffekte über die Grenzen unserer einzelnen Ämter hinaus zu erschließen und nutzbar zu machen, nur dann gelingen kann, wenn jeder wenigstens drei Tage wöchentlich auf die Arbeit hier im Pfarrbüro verwendet. So, wie es unsere gemeinsam erarbeitete Strategie vorsieht. Das gilt natürlich auch für dich, Agnethe. Aber Personalangelegenheiten fallen nicht in deine Verantwortung, Thorkild."

„Das ist mir klar, aber …"

„Thorkild, ich schätze deine Impulse für die Arbeit in unserer Pfarrgemeinde sehr", unterbricht ihn der Probst mit fester Stimme, „aber wie gesagt, für Personalangelegenheiten bist du nicht zuständig."

Thorkild ist mit dieser Zurechtweisung nicht zufrieden, das ist unübersehbar. Immerhin hat er Fingerspitzengefühl genug, nicht weiter nachzuhaken. Das hat Munk Mortensen nicht.

„Ich glaube, es geht hier weniger um Personalangelegenheiten als um die Ikone. Sie muss weg."

Munk Mortensen schlägt mit seiner schweren Faust auf den Tisch, sodass die Kaffeetasse vor ihm auf ihrer Untertasse klirrt.

„Das sehe ich genauso", erklärt Thorkild, unbeeindruckt vom Rüffel des Probstes.

Munk Mortensen sieht sie scharf an, aber die Heilige Mutter Gottes gibt sie nicht kampflos auf. Andere Wange hin oder her.

„Ich bin mir darüber im Klaren, dass Maria nicht göttlich ist. Aber sie sagte ja zur unbefleckten Empfängnis und nahm Christus ohne Vorbehalte auf. Das ist ein gutes Vorbild, wie ich meine."

Thorkild fährt von seinem Stuhl auf.

„Unsinn! Genau mit diesem Unsinn hat die Reformation aufgeräumt."

Neben ihr ist Frank so gut wie verschwunden. Nur das außergewöhnlich intensive Kratzen am Bart verrät seine Anwesenheit.

„Am Ende willst du wohl auch noch den Rosenkranz und den Ablass wieder einführen?"

Mit Empörung und begleitet von schwarzen Speicheltröpfchen, die auf der Tischplatte landen, spuckt Thorkild ihr die Worte förmlich entgegen. Dieses Mal prallt die erhobene Hand des Probstes von ihm ab. „Sie ist eine Katholikin", faucht er.

„Ich glaube, wir sollten alle …"

Der Probst zögert einen Moment, den sie für sich nutzt.

„Nein, Thorkild. Ich bin genauso protestantisch, wie du es bist. Und ich möchte niemanden damit kränken, dass ich ein Bild der Heiligen Mutter Gottes über meinem Schreibtisch hängen habe. Es hätte auch ein Bild von Elvis Presley sein können, aber es ist nun mal die Jungfrau Maria. Für dich ist der Unterschied derselbe."

„Es reicht, alle beide", schneidet die Stimme des Probstes in einem so kräftigen Tonfall dazwischen, wie man ihn von dem sonst so beherrschten Mann am Kopfende des Tischs nicht kennt.

Frank hört auf, sich am Bart zu kratzen.

„Thorkild, setz dich. Und Agnethe: Die Regeln sind klar. Dekorationen an den Kirchenwänden müssen vom Gemeinderat genehmigt werden. Du nimmst die Ikone umgehend ab, und zwar mitsamt Nagel, bist aber natürlich berechtigt, einen Antrag an den

Gemeinderat zu stellen, sie wieder aufhängen zu dürfen. Oder du stellst sie einfach auf den Schreibtisch, das steht dir ebenfalls frei."

„Selbst wenn du dir ein Abbild des Teufels auf den Schreibtisch stellst", brummt Munk Mortensen.

„Jetzt ist es aber genug!"

Wie es sich wohl mit der schrecklichen Malerei an der Wand gegenüber verhält? Ob der Probst dieses Jesusbild, auf dem der Herr mehr einem entstellten Baby als dem Menschensohn ähnelt, selbst genehmigt hat? Jedenfalls ist sie deutlich blasphemischer als eine einfache Ikone.

Jetzt, da die Tage der Jungfrau Maria über dem Schreibtisch gezählt sind, schmerzt ihr Anblick in den Augen. Der Tatsache, dass sie ihren Platz räumen muss, hat ihr die Magie genommen.

Die anderen haben das Büro längst verlassen, aber Agnethe kann einfach nicht aufstehen. Ihre Beine sind schwer, die Gedanken pochen in ihrem Kopf.

Natürlich war es naiv gewesen, zu glauben, keiner würde die Ikone bemerken. Ob der Probst es so auslegen wird, dass sie ihr Amt nicht ernst nimmt, wenn sie das Bild nicht umgehend abnimmt? Wahrscheinlich.

Aber das ist nicht das Schlimmste.

Das Schlimmste ist auch nicht, dass die Versöhnung mit Lars und dem Rest der Familie in unendliche Ferne gerückt ist.

Nein, das Schlimmste ist die Bedingung, die der Probst gestellt hat.

Dass er sie gezwungen hat, ihre Suche nach Daniils Familie einzustellen. Dass sie Marius aus Pedersker, den mutmaßlichen Großvater, nicht ausfindig machen darf. Zumindest dann nicht, wenn sie eine Zukunft als Pfarrerin haben will.

Es ist diese Bedingung, die ihre Beine schwer wie Granit hat werden lassen. Die Erkenntnis, dass sie wählen muss: Entweder hält sie ein unausgesprochenes Versprechen, eine Familie zu finden, oder sie entscheidet sich für eine Laufbahn in der Gemeinde. Sie hat sich bemüht, sie genauer kennenzulernen, sich in ihre Aufgabe als Pfarrerin hineinzuarbeiten, in den Dialekt, den sie gerne verstehen will. Sie sieht auf den Block mit den Notizen, die sie gemacht hat, als sie bei Krista Sommer war. Bornholmer Worte und Ausdrücke, die sie in ihrem zerfledderten Wörterbuch Bornholmisch-Dänisch oder im Internet nachschlagen will, das hat sie sich fest vorgenommen. Sie hat die Worte *Johanne vom Bakkegård oben aus dem Nordland* eingekreist.

Sie gibt es in den Computer ein.

Nordland bezeichnet den nördlichen Teil der Insel, aber *Bakkegård* stellt sowohl für Google als auch für das Wörterbuch ein unlösbares Problem dar. Das Telefonbuch in ihrer Schublade enthält ein Verzeichnis aller Höfe auf Bornholm. Wie selbstverständlich benutzen die Einheimischen die Namen der Höfe als Peilmarken der Inselgeografie, zur vollumfänglichen Verwirrung Zugereister. Vielleicht ist deshalb jemand auf den vernünftigen Gedanken gekommen, sie ganz hinten im Telefonbuch aufzulisten. Es gibt vierzehn Bakkegårde auf Bornholm. Vierzehn Höfe mit demselben Namen in einem Areal, das gerade einmal 1,4 Prozent der Fläche Dänemarks ausmacht. Das ist statistisch unwahrscheinlich – und unübersichtlich.

Die meisten Bakkegårde liegen im Nordland, und ohne die Kirchenbücher wird sie Johanne nicht näher kommen. Und somit auch nicht Marius aus Pedersker, nach dem sie ja nicht mehr suchen darf.

Es ist eineinhalb Stunden her, dass sie dem Probst versprochen hat, Daniil der Polizei zu überlassen. Der Polizei, die nicht auf Lars hört und bestenfalls am Rande daran interessiert ist, Daniils Familie zu finden. Warum auch sollte es den dänischen Behörden schlaflose Nächte bereiten, wenn Daniil Khristovs Name niemand mehr ausspricht – außer Staatsdiener und sensationshungrige Journalistinnen?

Aber ihr bereitet es schlaflose Nächte. Dem Menschen und der Pfarrerin Agnethe Bohn.

Denn Daniil hatte verstanden, dass Familien Menschen dazu bringen, unüberlegte Entscheidungen zu treffen und hoffnungslose Konfrontationen durchzustehen, weil Blutsverwandtschaft etwas bedeutet. Weil ein Instinkt in uns zu wissen verlangt, wohin wir gehören. Wo unser Platz in der Geschichte unseres Lebens ist.

Darum kann es kein Entweder-oder geben. Sie haben es beide verdient, ihren Platz zu finden. Es muss möglich sein, sich ihrer Aufgabe zu stellen und nach Daniils Familie zu suchen. Letzteres wird sie in ihrer Freizeit tun, ein Kompromiss, gegen den der Probst ja wohl nichts haben kann.

Aber er kann natürlich etwas dagegen haben, wenn sie in den Kirchenbüchern sucht, die auf unerklärliche Weise auf dem Bildschirm vor ihr aufgetaucht sind.

Der Puls klopft in den Schläfen. Man benutzt die Kirchenbücher nicht in der Freizeit. Nicht als Pfarrerin.

Aber vielleicht gibt es eine höhere himmlische Macht, die ihr Tun billigt. Oder zumindest ihre Absichten dahinter. Auch wenn der Probst und der Bischof ganz sicher nicht die Vertreter dieser Macht auf Erden sind.

Ihre Hände zittern leicht, als sie sich über die Tastatur bewegen.

Die obligatorische Mahnung, die Benutzung dürfe nur von Amts wegen erfolgen.

Es wird nicht einfach sein, eine neue Stelle zu finden, wenn ein Eintrag über Amtsmissbrauch die Personalakte ziert und man ohnehin nicht zu den Lieblingen des Bischofs im Kirchenstift Kopenhagen zählt. Und erst recht nicht, wenn sich die Ermittlungen der Polizei bewahrheiten und die Suche nach der Familie nur ein Ablenkungsmanöver war. Wenn Daniil tatsächlich Drahtzieher internationaler Drogengeschäfte war. Soll sie wirklich ihre Karriere aufs Spiel setzen, für einen möglichen Lügner?

Aber es ist die einzige Chance, Lars' Vertrauen zurückzugewinnen.

Und dann die Worte und Tage, die sie mit Daniil geteilt hat, beim Essen, im Schlafzimmer, unter der Sonne in dem kleinen Garten hinter dem Haus. Sie waren nicht Teil eines erfundenen Alibis. Das kann einfach nicht sein.

Der Taufname Marius taucht in der Gemeinde Pedersker im fraglichen Zeitraum neunzehn Mal auf. Zwei Stunden später hat Agnethe alle Einträge durchgesehen und festgestellt, dass nur ein Marius mit einer Johanne aus einer Gemeinde im Norden der Insel verheiratet war. Das Paar hat 1944 in der Kirche in Rønne ja zu guten und zu schlechten Zeiten gesagt, der damalige Pfarrer Rømer das Ereignis unter dem gemeinsamen Nachnamen des Ehepaares in das Kirchenbuch eingetragen. Kure Nielsen. Ein Bakkegård wird zwar nicht erwähnt, aber alles andere passt.

Agnethe blickt verstohlen auf das Bild der Jungfrau Maria. Vielleicht ist es ein Zeichen religiöser Desorientierung, aber die Ikone scheint eine Art gutes Karma auszustrahlen und hat es verdient, an ihrem Platz zu bleiben – zumindest während sie sich die Einträge zu Marius und Johanne näher ansieht.

Die Kirchenbücher weisen aus, dass die Eheleute in den folgenden Jahren drei Kinder taufen ließen: Tove, Axel und Thit. Dann folgt eine lange Periode ohne Einträge bis zu Johannes Beerdigung und bis zu Marius' Tod dreizehn Jahre später. Ein ganz gewöhnlicher Lebenslauf heruntergebrochen auf die Formulare der Kirchenbücher: Taufe, Hochzeit, Beerdigung.

Agnethe steht auf und dreht eine Runde durch das Büro. Kann es sein, dass Daniil auf Marius' Namen gestoßen ist? Auf den Namen seines richtigen Großvaters – und auf die Namen der Kinder seines richtigen Großvaters? Ohne dass er die Hilfe der Kirche in Anspruch genommen hat?

Vor Thorkilds Mahagoni-Schreibtisch bleibt sie stehen. Er hat darauf bestanden, den Koloss zu behalten, als alle anderen durch höhenverstellbare Modelle ersetzt wurden. Zwischen Stapeln aus Papier steht eine Kinderzeichnung in einem Rahmen, die einen Großvater zeigt, der im Garten in der Hängematte liegt und Zeitung liest. Ob Thorkild auch eine menschliche Seite hat?

Wenn Daniil Krista aufgestöbert hat, dann hat er vielleicht auch seine Familie ausfindig gemacht. Obwohl Agnethe ihn im Stich gelassen hatte.

Sie muss die Kinder fragen. Muss ihnen von ihrem russischen Verwandten erzählen, falls sie Daniil nicht mehr kennengelernt haben. Natürlich nur, wenn es passend erscheint.

Während sie die Namen von Marius' und Johannes Kindern notiert, geben die Angeln der Eichenholztür hinter ihr plötzlich ein Seufzen von sich.

Sie wirbelt herum.

Erkennt die Gestalt im Türrahmen, obwohl das Gesicht im Gegenlicht nicht auszumachen ist.

12

„Thorkild?“

Schwülwarm dringt der Sommerabend durch die offene Tür ins Pfarrbüro, kriecht über den Boden und umschmeichelt Agnethes Knöchel. Thorkild sagt nichts. Steht nur in der Tür und sieht sie an. Dann fällt sein Blick auf ihren Bildschirm und auf die geöffneten Kirchenbücher, als sei er nur gekommen, um sich seiner Sache sicher zu sein.

Er macht einen Schritt vorwärts, und jetzt kann sie sein Gesicht sehen. Die Augen sind ein wenig zusammengekniffen, der Mund ist ein Strich.

„Du blätterst in den Kirchenbüchern, Bohn? Von Amts wegen, nehme ich mal an?“

Sie schaltet den Bildschirm aus, aber natürlich hat er längst gesehen, wonach sie suchte, und seine Schlüsse gezogen.

„Ja, natürlich, von Amts wegen.“

Sie bemüht sich, Überzeugung in ihre Stimme zu legen, aber es ist deutlich spürbar, dass weder Thorkild noch sie selbst ihren Worten Glauben schenken.

„Na, dann ist ja alles in Ordnung.“

Aus dem Strich wird ein Lächeln. Er rührt sich nicht, steht nur da.

Hat er ihr deshalb Krista Sommers Namen genannt? Weil er wusste, dass sie zu ihr fahren und anschließend die Kirchenbücher benutzen würde? Um sie dann auf frischer Tat zu ertappen und anschließend dafür zu sorgen, dass sie wegen Amtsmissbrauchs in hohem Bogen vor die Tür gesetzt wird?

Wenn es eine Falle war, dann hat sie in diesem Moment zugeschnappt.

„Wenn ich mich recht erinnere, habe ich dich darüber in Kenntnis gesetzt, dass die Benutzung der Kirchenbücher zu privaten Zwecken Amtsmissbrauch darstellt. Und du hast dem Probst versprochen, dich nicht mehr in die Arbeit der Polizei einzumischen, nicht wahr?“

Seine Stimme klingt ungewohnt freundlich. Dann dreht er sich um und verschwindet genauso plötzlich, wie er gekommen ist.

Die zweihundertfünfzig Meter von der Kirche die Damgade hinauf fühlen sich an wie Kilometer.

Wenn Thorkild zum Probst geht und Daniil die Geschichte über seine Familie nur erfunden hat, hat sie ihre Karriere für nichts und wieder nichts weggeworfen. Was hat sie sich bloß dabei gedacht?

Natürlich wird Thorkild den Probst informieren. Er ist nur darauf aus, seine lästige Mentee loszuwerden und wird es genießen, dem Probst und dem Bischof persönlich und detailliert Bericht darüber zu erstatten, wie sie sich des Amtsmissbrauchs schuldig gemacht und er sie in flagranti erwischt und überführt hat.

Als sie am Amtsgericht vorbeikommt, werden die Kopfschmerzen schlimmer. Zwischen den Backsteinhäusern ist es drückend heiß, die Luft scheint stillzustehen.

Oder besteht vielleicht doch die winzige Möglichkeit, dass Thorkild ihr geglaubt hat, es sei um dienstliche Angelegenheiten gegangen? Immerhin hat der Probst noch nicht angerufen.

Wunschdenken. Wahrscheinlich ist es Thorkilds Taktik, die Zeit für sich arbeiten zu lassen, um sie weiter zu verunsichern.

Zu Hause angekommen schiebt sie den Wohnzimmertisch beiseite. Ein Durchgang Tai-Chi wird ihr jetzt guttun. In ihrer langsameren Ausgabe verhilft ihr die alte chinesische Kampfkunst für gewöhnlich zu innerer Balance, sodass auch ihre Gedanken zur Ruhe kommen.

Sie begibt sich in die Ausgangsposition, verteilt das Körpergewicht zu gleichen Teilen auf beiden Füßen und macht einige tiefe Atemzüge, bevor sie die Arme ruhig vor den Körper hebt und die Handgelenke entspannt, sodass die Hände locker nach unten hängen. Konzentriert sich darauf, Ellbogen und Schultern nicht anzuspannen und lässt die Arme langsam wieder sinken. Der Körper kennt diese einleitende Bewegung bereits und quittiert sie mit einer sich allmählich einstellenden Gelassenheit. Sie macht mit einigen Paraden weiter. Fokussiert ihr Bewusstsein einzig und allein auf die Bewegungen und darauf, wie sie beinahe automatisch in das nächste Bild gleitet.

Wenn Daniil gelogen hat, wird sie wahrscheinlich ihre Stelle verlieren.

Nicht denken. Konzentrier dich auf dein Körperzentrum, von ihm geht die Stabilität für alle Formen aus. Weiter mit den ineinander gleitenden Bildern, mit *Der weiße Kranich breitet seine Flügel aus*, bei dem das Gewicht durch das Standbein nach unten fließt, während sich die Arme leicht wie Flügel ausbreiten.

Es dauert ungefähr zehn Minuten, den ersten Teil Übungen in der langen Form auszuführen. Danach spürt sie, wie das Blut warm und sanft durch den Körper pulsiert. Wie losgelöst. Leider gilt das auch für die Gedanken.

Wenn Daniil Khristov ein russischer Drogenhändler war, der die Suche nach seiner Familie nur vorgetäuscht hat, dann ist es unwahrscheinlich, dass er nach Østermarie gefahren ist und Krista Sommer aufgesucht hat, nur um sein Alibi aufrechtzuerhalten. Und noch unwahrscheinlicher ist, dass er danach noch den Kindern von Marius aus Pedersker einen Besuch abgestattet hat.

Der Probst hat immer noch nicht angerufen.

Falls Daniil Kontakt zu den Kure-Nielsen-Kindern hatte, ist die Suche nach der Familie echt. Der Polizeichef wäre gezwungen, Lars' Einschätzung der Lage zu glauben und die Prioritäten der Ermittlungen neu zu setzen.

Es gibt nur einen richtigen Weg – und das ist nicht der des Probstes, aber hoffentlich der des Herrn.

Sie schiebt den Sofatisch zurück an seinen Platz, nimmt das Telefonbuch aus dem Regal und schlägt die Seiten mit Nielsen auf. Kure Nielsen. Nur einer, Vorname Axel, weder eine Thit noch eine Tove. Axel Kure Nielsen wohnt in Rønne, in der feinen Gegend südlich des Hafens.

Sie muss wissen, ob sie einem Lügner geholfen hat.

Im Süden Rønnes klingelt ein Telefon.

Klingelt.

Klingelt.

Nach dem fünften Rufzeichen springt ein Anrufbeantworter an. Noch vor dem Piepton legt sie auf.

Mist.

Mit ihrem Mobiltelefon ruft sie drei verschiedene Online-Telefonbücher auf. Es gibt keine Tove Kure Nielsen auf Bornholm, stattdessen neunhundertzwölf Tove Nielsens in ganz Dänemark – sieben davon mit Bornholmer Adresse. Und eine Thit Kure Nielsen, in Kopenhagen. Sie nimmt nach dem zweiten Klingeln ab.

„Ich habe noch nie von ihm gehört", unterbricht Thit Kure Nielsen sie, noch bevor Agnethe den Grund ihres Anrufs auch nur halbwegs darlegen kann.

„Sind Sie sicher?"

„Mama und Papa haben sehr jung geheiratet, und ehrlich gesagt kann ich mir nicht vorstellen, dass sie überhaupt auf die Idee gekommen sind, eine Affäre oder so zu haben. Dazu waren sie viel zu altmodisch."

Arme und Schultern fühlen sich plötzlich verspannt an. Der Körper verabschiedet sich schon wieder von dem Wohlgefühl der letzten Minuten.

Hat Lars' Chef doch recht?

Sie sollte sich für die Störung entschuldigen, auflegen und ihr Versprechen halten, das sie dem Probst gegeben hat. Aber ihre Hand will sich nicht bewegen. Das Telefon scheint am Ohr festzukleben.

„Sind Sie noch da?" dringt Thit Kure Nielsens ungeduldige Stimme in ihr Bewusstsein.

„Ja, und ich möchte mich nicht aufdrängen, aber ich muss wissen, ob ich mich geirrt habe. Kannten sich Ihre Eltern schon lange, bevor sie 1944 geheiratet haben?"

„Wissen Sie, ich war ein Nachzügler und weiß darüber nicht sehr viel. Aber ich glaube nicht, dass wir Verwandte in Russland haben, wenn Sie darauf hinaus wollen. Aber rufen Sie mal Tove an, sie kennt sich mit diesen ganzen Familienangelegenheiten viel besser aus als ich."

„Tove?"

„Ich gebe Ihnen ihre Nummer. Sie heißt jetzt Tove Kofoed, hat Fischer-Pouls Namen angenommen, als sie geheiratet haben. Sie war neunzehn damals und wurde immer gleich stinksauer, wenn ihn jemand Fischer-Poul nannte. Aber dann kamen die Fangquoten und die Krise, und sie haben alles verloren … na ja, das ist ja jetzt auch egal."

Agnethe bedankt sich für die Hilfe und notiert eine Nummer und eine Adresse in Tejn.

Nachdem sie aufgelegt hat, bleibt sie am Fenster stehen und betrachtet den Delfin an der Tür gegenüber. Immer noch Kopfschmerzen und keine Tablette. Und keine Hilfe von Thit Kure Nielsen, nur ein noch höheres Risiko, dass sie sich immer tiefer in eine Sache reinreitet, die sie nichts angeht.

Was weiß man eigentlich über seine Eltern, wenn man mal genau darüber nachdenkt? Hätte sie davon gewusst, wenn eine Affäre der Grund für die Scheidung ihrer Eltern gewesen wäre?

Wieder schiebt sie den Tisch zur Seite und wiederholt den ersten Teil der Form, nur noch langsamer. Konzentriert sich darauf, alle Bewegungen von den Füßen her wachsen und im Körper aufsteigen zu lassen.

Nach dem ersten Teil hält sie einen Moment inne und lässt den Körper zur Ruhe kommen. Sie muss mit Tove Kofoed sprechen.

Sie wählt die Nummer. Besetzt.

Noch einmal wiederholt sie die Form. Gibt den Tulpen in der seltsam geformten Glasskulptur Wasser, die sie vom Gemeinderat zu ihrem Einzug in der Damgade geschenkt bekommen hat und als Vase benutzt. Sicher nicht im Einklang mit der Zweckbestimmung, die der Glasbläser seinem Kunstwerk zugedacht hat.

Bei Tove Kofoed ist immer noch besetzt.

Es gibt noch einen Ort, an dem sie nach Daniil fragen kann. Es sind nur zehn Minuten mit dem Rad, und es ist ihre Freizeit.

Der Abend ist lauwarm, die Jacke landet im Fahrradkorb. Am Lille Torv schlendern ein paar Touristen mit einem Eis in der Hand herum, während vor dem Postgebäude vier Teenager mit neidischen Blicken einen Opel Astra mit gelben Felgen bewundern, den einer ihrer Freunde dort geparkt hat, um ihnen die Leistungsfähigkeit der eingebauten Musikanlage auf der nach oben anscheinend offenen Dezibel-Skala zu demonstrieren.

Erst als sie den Kreisverkehr am Zahrtmannsvej erreicht,

verflüchtigt sich das Wummern der Bässe – zusammen mit den Kopfschmerzen.

13

Das Hotel Fredensborg liegt zwischen windgegerbten Kiefern und bietet einen wunderbaren Blick über die Ostsee. Die eleganten weißen Ausläufer des Hotels und die Glasfront des Empfangs erinnern mehr an Kongresse und Konferenzen als an Familienferien. Ein sonderbarer Wohnort, ganz gleich ob man mit Drogen handelt oder auf der Suche nach seiner Familie ist.

Agnethe lässt die Rezeption links liegen und betritt die Bar.

„Kann ich einen Bellini bekommen?"

Der Barkeeper putzt ein blitzblankes Glas mit einem karierten Tuch und erinnert mit seinem streng zurückgekämmten Haar, den Ärmelhaltern und der schwarzen Weste über einem weißen Hemd an ein Überbleibsel aus den Fünfzigerjahren. Nur die Pickel auf der Stirn verraten, dass es sich um einen Teenager handelt, der seinen Ferienjob ernst nimmt. Hoffentlich kann er sich an Daniil erinnern.

„Einen Bellini?"

Der junge Mann legt das Tuch weg und kommt zu ihr.

„Ich habe leider keinen Pfirsichsaft. Kann ich Ihnen stattdessen einen Prosecco anbieten?"

Sie nickt ein *Ja, danke.*

Draußen auf der Terrasse sitzen zwei deutsche Touristen, trinken Bier vom Fass und diskutieren über irgendetwas. In der Bar verstreut sitzen einzelne Gäste vor einsamen Abenddrinks, und am Ende der Theke reden ein Anzug und ein knielanger Rock vertraulich miteinander. Die gedämpfte, klassische Musik wird nur von den Stimmen der Deutschen gestört, die als ein schwaches Murmeln durch die offene Tür hereindringen.

„Ein Bellini wird nur sehr selten bestellt", sagt der Barkeeper und stellt ein Glas perlenden Weins vor ihr ab. „Wohnen Sie hier im Hotel?"

Sie nimmt einen Schluck und überlegt, ob sie lügen soll. Stellt das Glas wieder auf die Theke.

„Nein, ich wollte mich hier mit einem jungen Mann treffen, einem Russen, Daniil Khristov."

Flache Schuhe und ein T-Shirt – nicht gerade die Kleidung für ein Date in einem feinen Tagungshotel, aber die Lüge kommt ihr von irgendwoher in den Sinn, obwohl sie in ihrem erst kürzlich abgelegten Priestergelübde bekundet hat, ihrer Gemeinde stets mit gutem Beispiel vorangehen zu wollen. Unwahrheiten sind nicht mustergültig, aber eben manchmal notwendig.

Der Barkeeper beugt sich über die Theke, und sie rückt etwas näher heran.

„Blonde, lockige Haare und dunkle Augen?“ fragt er mit leiser Stimme.

„Ja, genau.“

Mit dem Mittelfinger tupft der Mann einen Tropfen Prosecco von der Theke.

„Tja, das wird schwierig. Er ist tot.“

Sie fährt zurück. „Tot?“

In diesem Augenblick schauspielert sie nicht. Tatsächlich hätte sie es auf diese oder eine ähnliche Weise erfahren sollen. Jemand erzählt es ihr. Mit Worten. Keine visuelle Konfrontation mit vollendeten Tatsachen in einem kühlen Leichenschauhaus.

In einer Geste, für die er noch nicht erwachsen genug ist, legt der Barkeeper seine Hand auf ihre. „Standen Sie ihm sehr nahe?“

„Nein, nicht wirklich.“

Sie blickt zu Boden. Sie hatten ja keine Zeit, sich nahezustehen – jedenfalls nicht auf die Art, die der Barkeeper meint. Seine Hand liegt immer noch auf ihrer, der Ernst seiner Stimme wirkt absurd, er geht sicher noch aufs Gymnasium.

„Wie ist er gestorben?“

Der Gymnasiast zieht die Hand zurück.

„Ich weiß es nicht genau. Während er hier im Hotel wohnte, kam er regelmäßig hierher. Trank ein Bier und saß einfach nur an einem der Tische. Letzte Woche tauchte er dann plötzlich nicht mehr auf. Ich dachte, er sei abgereist, aber dann kam auf einmal die Polizei und sagte, er sei tot.“

„Hat er lange hier gewohnt?“

„Na ja, es ist schon einen Monat her, dass ich ihn das erste Mal hier gesehen habe.“

„Wissen Sie, was er auf Bornholm wollte?"

Der Barkeeper schüttelt den Kopf.

„Nee, keinen Schimmer, er war nicht gerade sehr redselig. Aber fragen Sie mal den Herrn da drüben, Andrzej."

Der Gymnasiast zeigt auf einen Mann an einem der Tische, der Zeitung liest und ein halbes Fassbier vor sich stehen hat. Es scheint, sein Stuhl könne jeden Moment unter der Last des durchtrainierten Oberkörpers und der kräftigen Oberarme zusammenbrechen.

„Pole, hat sich ein paar Mal mit dem Russen unterhalten."

Ein Pole. Hatte die Journalistin nicht irgendetwas darüber gesagt, die russische Mafia bediene sich polnischer Drogenkuriere?

„May I?"

Agnethe deutet auf den leeren Stuhl neben dem polnischen Kleiderschrank.

„Ja. Ich spreche übrigens Dänisch."

Ein seltsames, fast gesungenes Dänisch, aber gut verständlich.

„Der Barkeeper meinte, Sie seien mit Daniil Khristov bekannt."

„Möglicherweise, aber im Moment lese ich Zeitung."

Der Pole blättert eine Seite der Bornholms Tidende um.

„Ich möchte Sie wirklich nicht belästigen, aber ich habe Daniil Khristov kennengelernt, bevor er …"

„Sind Sie die Pfarrerin?"

Sie nickt, und der Mann steht auf und rückt den Stuhl neben sich für sie vom Tisch ab.

„Andrzej mein Name", sagt er mit einem so bestimmten Rollen auf den Konsonanten in der Mitte des Namens, dass eine dänische Zunge es unmöglich wiedergeben kann. Agnethe nimmt Platz.

Er setzt sich ebenfalls wieder und faltet sorgfältig die Zeitung zusammen.

„Khristov hat mir erzählt, er habe sich an die Kirche gewandt."

Andrzej sieht sie forschend an. Vielleicht weiß er mehr als das, weiß, dass Daniil nach seinem Besuch in der Kirche nicht im Hotel übernachtet hat. Vielleicht haben sie zusammen hier in der Bar gesessen und sich über die blauäugige Pfarrerin halb totgelacht.

„Er sagte, die Pfarrerin sei sehr freundlich gewesen", fährt er fort. „Er war sehr überrascht über Ihr … Wie sagt man das? … Entgegenkommen."

„Er hat keine Familie in Russland. Niemanden, der seinen Tod betrauert. Deshalb suche ich nach seinen Verwandten hier auf der Insel. Wissen Sie, ob er sie gefunden hat?"

„Nein, wir haben uns nur abends ein paar Mal hier getroffen und unterhalten", sagte der Pole mit gedämpfter Stimme. „Er war eher ein schweigsamer Typ, und jetzt ist er tot. Irgendwas mit Drogen, habe ich gehört."

„Drogen?"

„Ja, wird jedenfalls behauptet. Es stand sogar in der Zeitung."

Ein fleischiger Zeigefinger tippt mit einem klanglosen Laut auf die Titelseite der Bornholms Tidende.

„Was denken Sie? Glauben Sie das?"

Andrzej sieht sie wieder prüfend an und lehnt sich in seinem Stuhl zurück, der unter dem Gewicht des Mannes ächzt.

„Sie wissen schon, dass wir nicht allesamt Gangster und Drogenbosse sind, nur weil wir aus Osteuropa kommen, oder?"

„Natürlich, aber …"

„Ich setze Ferienhäuser instand. Dort unten", sagt er und zeigt mit erhobenem Arm auf die Terrassentür und das weiter dahinterliegende Meer.

„Hat Daniil Ihnen erzählt, mit wem er gesprochen hat? Ob er seinen Onkel oder seine Tante ausfindig gemacht hat?"

„Das glaube ich nicht. Aber er hat erzählt, dass er erst dreimal um die Kirche herumgelaufen ist, bevor er sich traute hineinzugehen. Er war schon ein paar Wochen hier, als er sich endlich zusammenriss und Sie aufgesucht hat. Er wusste, dass nur etwa vierzigtausend Menschen auf Bornholm leben, deshalb ging er wohl erst mal davon aus, er müsse nur ein bisschen auf der Insel herumlaufen, dann würde sich schon alles finden. Suchte er nicht nach seinem Großvater?"

„Ja, ein Großvater ohne Namen. Aber warum zögerte er, sich an die Kirche zu wenden?"

Andrzej betrachtet sie aus seiner komfortablen Position, als überlege er, welche Variante der Wahrheit er ihr beibringen solle.

Dann kippt er den Rest seinen Biers hinunter und wischt sich mit dem Handrücken über den Mund.

„Da, wo ich herkomme, spricht man nicht gern mit … nun ja, den Behörden. Man geht ihnen lieber aus dem Weg. Und wenn ich Khristov richtig verstanden habe, sah er das genauso."

„Hatte das mit Drogen zu tun?"

Andrzej schüttelt den Kopf.

„Es gibt noch andere Gründe, staatlichen Organen aus dem Weg zu gehen."

War Daniils Suche nach seiner Familie echt? Oder erfunden?

Langsam radelt Agnethe unter einem Himmel, der zwar ein wenig dunkler geworden ist, den Tag aber immer noch nicht der Nacht überlassen will, Richtung Rønne. Die Unterhaltung mit dem polnischen Handwerker hat sie in der Ansicht bestärkt, dass Lars' Chef im Irrtum ist und Daniil tatsächlich seine Bornholmer Verwandten finden wollte, auch wenn Andrzej nicht näher darauf einging, was er damit meinte, es gebe noch andere Gründe, einen Bogen um offizielle Stellen zu machen.

„Ich habe versucht, Khristov zu erklären, dass es hier anders ist", sagte er. „Dass ich in den fünf Jahren, die ich hier lebe, noch nie Probleme hatte. Solange man sich anpasst, lassen einen die Behörden in Ruhe, ja, sie passen sogar auf dich auf. Ich mag Dänemark", meinte er noch, breitete dabei die Arme aus und nickte ihr zum Abschied freundlich zu, bevor er durch die offene Terrassentür verschwand.

Was osteuropäische Behörden angeht, hat sie irgendetwas nicht ganz verstanden. Aber Andrzej ist neben Krista Sommer der erste, der an Daniil glaubt und nicht an die Geschichte vom russischen Drogenhändler, und Agnethe fühlt sich bestätigt.

Am Strandvejen reiht sich eine Villa mit Markise und Meerblick an die andere. Villen, die mehrere Millionen wert sein könnten, lägen sie am mondänen Strandvejen nördlich von Kopenhagen. Vor einem der Häuser hängt eine verschnörkelte Schnitzarbeit, die ein kleines Vermögen gekostet haben muss, an einem hellen Gestell, Hausnummer 133.

Als sie die 127 erreicht, dreht sie um.

Axel Kure Nielsen wohnt am Strandvejen.

War es nicht die 133?

Die Backsteinvilla liegt etwas zurückgezogen von der Straße hinter einem beinahe wachsartigen Rasen, der nur von symmetrisch angeordneten zierlichen Beeten hellroter Zwergrosen unterbrochen wird. Die Handschrift auf dem Briefkasten informiert darüber, dass sowohl der Garten als auch das Gestell mit der Hausnummer und die dazugehörige Villa das Zuhause der Familie Kure Nielsen bilden. Wahrscheinlich vervollständigen der Mercedes und der Opel in der Einfahrt den Besitz.

Der Probst würde sicher meinen, sie mische sich allzu heftig ein. Dennoch drückt sie den Klingelknopf bis zum Anschlag. Vielleicht befindet sich die Wahrheit über Daniil genau hier.

14

Die Tür der Villa am Strandvejen wird langsam geöffnet. Ein Streifen Licht fällt in die einsetzende Abenddämmerung und wächst, bis eine Frau in der Türöffnung erscheint, die Agnethe mit geröteten Augen mustert. Sie tritt einen Schritt vor, um Agnethes Händedruck mit schlaffer Hand zu erwidern. Ihr Atem riecht schwach nach Alkohol.

„Ich komme in Verbindung mit einem Todesfall. Ein junger Mann …"

Die geröteten Augen blinzeln hastig, um die aufkommenden Tränen zurückzuhalten, aber es gelingt nicht. Einen Moment später sind sie auf dem Weg die Wangen hinunter.

Unwillkürlich weicht Agnethe zurück, weg von der Tür, und entschuldigt sich, dass sie unangemeldet erscheint. Ist die Frau vor ihr Daniil begegnet? Weint sie deshalb?

„Ich suche nach seiner Familie, damit wir die Beerdigung vorbereiten können und …"

Axel Kure Nielsens Frau schnieft mit aufgeblähten Nasenflügeln und dreht sich um. Ruft den Namen ihres Mannes zu der Treppe in den ersten Stock, die Agnethe hinter ihr erkennen kann.

Wenn Daniil die Kure Nielsens aufgesucht hat, kann die Drogentheorie nicht zutreffen.

Axel Kure Nielsen kommt die Treppe herunter. Ein Herr im besten Alter, in bequemen Pantoffeln und gemächlichem Tempo.

„Was gibt es denn?" fragt er und legt schützend einen Arm um seine Frau, die sich gegen ihn lehnt. Sie weint nicht mehr.

„Ich kam gerade vorbei", setzt Agnethe an und stellt sich vor. „Aber ich kann ein anderes Mal wiederkommen."

Axel Kure Nielsen schaut auf seine Armbanduhr.

„Halb zehn ist einigermaßen spät, um vorbeizukommen, wie mir scheint."

Ohne ein weiteres Wort schiebt er seine Frau sanft von der weißen Massivholztür weg und wirft sie hinter sich zu. Die Stimmen dringen nur noch als ein Murmeln nach draußen und verschwinden dann ganz. War's das?

Die Tür geht wieder auf. Dieses Mal ist Axel Kure Nielsen allein.

„Wir setzen uns in den Garten", sagt er und deutet auf einen Weg, der um das Haus herum führt.

Sein Dialekt klingt anders als der, den Krista Sommer spricht – mehr Hochdänisch und doch mit einer ausgeprägten Bornholmer Aussprache. Rønnisch hochnäsig, hat Frank ihr erklärt.

Der Garten hinter dem Haus ist bei Weitem nicht so gepflegt wie der Vorgarten und beherbergt eine Terrasse, deren Quadratmeterzahl die des Erdgeschosses in dem von ihr gemieteten Stadthaus weit übertrifft. Mit einer Handbewegung dirigiert Axel sie zu den weißlackierten Skagen-Gartenmöbeln mit Aussicht über das Feld zwischen Garten und Meer, auf dem zwei Pferde grasen. Er bleibt stehen, bis sie sich gesetzt hat.

„Wie Sie sicher wissen, ist der Vater meiner Frau kürzlich von uns gegangen. Das hat sie etwas aus dem Gleichgewicht gebracht."

„Ihre Frau dachte, ich sei gekommen, um über den Tod ihres Vaters zu sprechen?"

Die Tränen galten also nicht Daniil.

Sie hätte nicht unangemeldet kommen sollen. „Es tut mir leid, dass ich …"

„Sind Sie etwa nicht wegen des Todes meines Schwiegervaters hier?"

Der Abend ist so still, dass das Geräusch der Pferde, die gemütlich Grasbüschel ausrupfen und zerkauen, bis zu ihnen in den Garten dringt.

„Soweit ich weiß, ist wegen der Beerdigung alles geregelt", fügt er hinzu.

Sie sollte sagen, dass sie gekommen sei, um mit seiner Frau über eventuelle weitere seelsorgerische Gespräche zu reden. Aber vielleicht hat sie hier Daniils nächste Verwandtschaft vor sich. Vielleicht ist er hier gewesen.

Auf der Suche nach einer Ähnlichkeit tasten ihre Augen Axel Kure Nielsens Gesicht Zentimeter für Zentimeter ab. Aber weder die Lachfältchen noch die dunklen Augen machen den Eindruck, als beruhten sie auf der gleichen Erbmasse.

Axel räuspert sich ungeduldig und blickt demonstrativ auf seine Armbanduhr.

„Sollte es also keine offenen Fragen mehr geben, was das betrifft, dann …"

Sie atmet tief durch die Nase ein und spürt, wie sich Magen und Zwerchfell weiten. Kontrolliert lässt sie die Luft in einem einzigen, langen Zug entweichen.

Diesmal wird sie sich an die Wahrheit halten.

Axel Kure Nielsens Brauen haben sich zusammengezogen und eine senkrechte Vertiefung oberhalb der Nasenwurzel hervorgerufen. Agnethe hat ihm die Wahrheit erzählt. Jedenfalls das meiste davon.

„Das ist doch völlig verrückt. Sie kommen hierher und behaupten, mein verstorbener Vater hätte eine Affäre gehabt? Mit einer Russin?"

Unter den Brauen hat Axels Gesicht eine rötliche Farbe angenommen. Trotzdem sitzt er immer noch zurückgelehnt auf seinem Stuhl.

„Ich kann es nicht mit Sicherheit sagen, aber Daniil Khristov war überzeugt davon, dass…"

„So ein Unsinn! Das ist erstunken und erlogen – von vorne bis hinten! Mein Vater ist meiner Mutter immer treu gewesen."

Seine Arme fuchteln in der Luft herum, als wolle er Agnethe samt der Vorwürfe einfach wegwischen.

„Mein Vater hasste die Russen. Wissen Sie eigentlich, was sie Bornholm angetan haben?"

Er beugt sich vor und starrt sie mit zusammengekniffenen Augen an, die Hände auf den Oberschenkeln geparkt.

„Wissen Sie eigentlich, dass die Russen halb Rønne zerbombt und Nexø in Schutt und Asche gelegt haben?"

Axel lässt die Frage wie einen sonderbaren Triumph zwischen ihnen in der Luft hängen. Natürlich weiß sie das.

„Wie gesagt, Daniil Khristov glaubte es jedenfalls", sagt sie und kämpft darum, ihre Stimme unter Kontrolle zu behalten. „Er konnte nur nicht mehr herausfinden, wie das alles genau zusammenhängt, bevor er getötet wurde."

Axel starrt sie immer noch an. Wartet sicher auf eine Entschuldigung.

Aber was soll sie sagen? Dass sie sich vielleicht irren könnte? Dass es womöglich doch um russische Drogen und nicht um familiäre Wiedervereinigung geht? Doch ihr Mund formt keine Entschuldigung. Ganz im Gegenteil.

„Wenn es stimmt … Sind Sie kein bisschen neugierig? Wollen Sie wirklich nicht wissen, ob Sie mit ihm verwandt waren?"

„Ach", faucht Axel. „Ich habe wirklich keine Zeit für diesen Nonsens. Ich muss wieder ins Haus und mich um meine Frau kümmern."

Er steht auf, und obwohl er sich um Beherrschung bemüht, bewegt er sich doch so heftig, dass der Gartenstuhl ein paar Zentimeter nach hinten rutscht.

Sie muss wissen, ob er mit Daniil gesprochen hat.

„Daniil hat also zu keiner Zeit Kontakt mit Ihnen aufgenommen, während er hier auf der Insel war?" fragt sie und steht ebenfalls auf. Versucht zu ignorieren, dass die Frage kalt wie Eis in der Luft unter dem sich verdunkelnden Himmel klirrt.

Es kann alles reine Erfindung sein. Eine einzige, große Lüge. Vielleicht steht sie im Garten eines fremden Mannes und wirft dessen Vater Dinge vor, die völlig aus der Luft gegriffen sind.

„Warum sollte er Kontakt mit mir aufgenommen haben? Lesen Sie die Zeitung. Er war hier, um Drogen zu schmuggeln. Und jetzt gehen Sie bitte."

„Wissen Sie, ob Daniil sich an Ihre Schwester gewandt hat, Tove Kofoed?"

„Tove?"

Axel sieht sie verdutzt an.

„Haben Sie mit Tove gesprochen?"

„Noch nicht."

„Auf Wiedersehen, Frau … Wie war doch gleich ihr Name?"

„Bohn, Agnethe Bohn."

„Gut, und jetzt verschwinden Sie, Frau Bohn!"

Axel stößt sie beinahe bis zu dem kleinen Gartentörchen, das auf die Straße führt, stapft zurück zum Haus und wirft die Tür krachend hinter sich ins Schloss. Einen Moment lang scheint das Strandvejen-Idyll empfindlich gestört.

8. Mai 1945, Nyker

Heute ging es weiter. Aus einem wunderschönen Frühjahrshimmel regneten Bomben auf Rønne herab, fast eine Stunde lang.

Schön früh am Morgen begannen die Behörden, die Stadt zu evakuieren. Ich habe gehört, dass knapp elftausend Menschen Rønne verlassen haben, zurückgeblieben ist eine Geisterstadt.

Ein halbes Dutzend Familien haben in der Kirche Zuflucht gesucht. Wir haben Stroh auf dem Boden ausgestreut, damit sie nicht stundenlang auf den harten Bänken sitzen müssen.

Im Pfarrhaus haben wir noch vier Familien untergebracht. Die letzte kam gerade erst an, als wir auch schon das ohrenbetäubende Krachen über Rønne hörten. Schnell holten wir die Leute herein in die gute Stube, wo etwa vierzig Menschen eng zusammenrückten. Einige der Kinder weinten.

Die Angst fuhr uns allen in die Knochen, als wir fünf deutsche Soldaten auf dem Feld hinter dem Pfarrhaus bemerkten. Es sah so aus, als wollten sie ein Flugabwehrgeschütz aufstellen, und wir fürchteten, dass die Bomben bald auch Nyker treffen würden.

Ich sah keinen anderen Ausweg, als die Leute hinüber in die Kirche zu schicken, obwohl dort ohnehin kaum noch Platz war. Während wir mit eingezogenen Köpfen über den Kirchplatz hasteten, warf ich einen Blick auf den Himmel über Rønne.

Es sah aus, als kreise ein Schwarm hungriger Geier über den Häusern und warte nur auf eine Gelegenheit, sich herabzustürzen und die Stadt in Stücke zu reißen. Es müssen mindestens zwanzig Flugzeuge in der Luft gewesen sein.

Einer der Arbeiter lief voraus und sagte den anderen in der Kirche Bescheid, dass wir kämen. Ein paar Mal bin ich mit einem Kind auf dem Arm hin und alleine wieder zurückgelaufen, um das nächste zu holen. Eins der Kleinen zitterte so sehr, dass es mir beinahe runtergefallen wäre. Eine ältere Frau weigerte sich zuerst, das Pfarrhaus zu verlassen, aber als nur noch sie übrig war, konnte Martha sie doch überreden.

Es fühlte sich wie eine Ewigkeit an, bis Martha und ich uns den anderen in der Kirche anschließen konnten.

Ich glaube, die ängstlichen Gesichter, die uns dort begegneten, werde ich nie vergessen. Die Bomben und das tiefe Dröhnen der Flugzeuge hallten in der Kirche wider, und keiner gab auch nur einen Mucks von sich. Alle sahen mich an, als stünde es in meiner Macht, ihnen die Angst zu nehmen. Ich wusste mir keinen Rat, aber dann ergriff Martha meine Hand, und mir wurde klar, dass ich ihnen Hoffnung geben musste.

Ich schob mich zwischen den Leuten hindurch bis zum Altar. Wir sind in Sicherheit, in Gottes Armen, und der Herr wacht über uns, jetzt und immer, sagte ich und versuchte, so ruhig und normal wie gewöhnlich zu klingen.

Lasst uns alle beten.

Gemeinsam sprachen wir das Vaterunser. Die Stimmen waren brüchig und zittrig, und dennoch übertönte unser Gebet die Einschläge der Bomben.

Danach teilte Martha die Gesangbücher aus, und mit jedem Psalm wurde der Chor lauter und klarer. Als wir nach dem fünften Psalm innehielten, waren die Explosionen verstummt.

Kurz nachdem wir wieder zurück im Pfarrhaus waren, tauchte die Freiheitsbewegung auf dem Kirchplatz auf. Sie meinten, es sei zu gefährlich, sich am Stadtrand von Rønne aufzuhalten, und so überließen wir ihnen den Speicher, wo sie ihre Funkausrüstung aufbauten und versuchten, mit wem auch immer Kontakt aufzunehmen.

Unten in der guten Stube lauschten wir gespannt der Nachrichtensendung im Radio. Wir hofften, sie würden etwas darüber sagen, wann Hilfe für die Insel kommen werde, und wie wir uns bis dahin verhalten sollten. Aber sie sagten nichts. Nichts.

Als die Nachrichten zu Ende waren, sahen wir uns alle verwundert an. Ich glaube, noch nie haben wir Bornholmer uns so im Stich gelassen gefühlt.

Ein paar Stunden später ging ich nach oben und sprach mit den Freiheitskämpfern. Sie berichteten, sie hätten Kontakt zu einem Funker in Lyngby hergestellt. Der Amtmann dort werde gleich kommen und versuchen, eine Nachricht nach Kopenhagen zu schicken.

Um Mitternacht tritt Deutschlands bedingungslose Kapitulation in Kraft – uns bleibt also die Hoffnung, dass die Bomben an diesem schrecklichen Tag die letzten waren in einem Krieg, der unendlich zu sein scheint.

Dienstag, 14. Juli

15

Agnethes Schreibtisch sieht noch genauso aus wie gestern, als sie das Pfarrbüro verlassen hat. Papierstapel, eine benutzte Kaffeetasse und vor allem: keine Einbestellung zu einem sofortigen Gespräch mit dem Bischof. Nicht mal eine Mail vom Probst, und sogar die Jungfrau Maria hängt noch über dem Schreibtisch.

Offenbar hat Thorkild dem Probst nicht von ihrem Amtsmissbrauch berichtet. Noch nicht.

Kurz vor vier heute Morgen war sie aufgewacht. Das Laken unter ihr hatte sich zusammengerollt, und sie war aufgestanden und hatte es wieder an den vier Ecken der Matratze fixiert. Dabei kreisten ihre Gedanken um Tove Kofoed aus Tejn und ihren fischenden Ehemann. Das dritte Kind von Marius und Johanne und das einzige, mit dem sie noch nicht über Daniil gesprochen hat. Wenn Tove auch keinen Kontakt zu Daniil hatte, dann gibt es keine Ansatzpunkte mehr, und die Polizei wird an ihrer Theorie über das Bornholmer Drogenmilieu festhalten, den Fall abschließen und Daniils Leiche zurück nach Russland schicken, zu einer anonymen Beerdigung in einem trostlosen Grab. Sie würden weder Daniils noch Lars' oder Agnethes Hypothese über einen Bornholmer Großvater Glauben schenken. Daniil Khristov wäre nichts weiter als ein Mordopfer, das ein Stück Bandenkrieg auf die Sonneninsel gebracht hat.

Nach dem Rauswurf bei Axel Kure Nielsen gestern Abend ist kaum davon auszugehen, dass er seiner Schwester von dem vermeintlichen russischen Halbbruder und einem Neffen von drüben erzählen wird. Aber Tove hat ein Recht, es zu wissen.

Deshalb hatte Agnethe gewartet, bis sich der kleine Zeiger auf ihrem hoffnungslosen analogen Wecker auf die Fünf geschleppt hatte, bevor sie Henrik anrief um zu fragen, ob sie am Nachmittag sein Auto haben könne. Sie müsse nach Tejn.

„Sicher, aber das kostet dich ein Abendessen. Am liebsten heute, mein Kühlschrank ist nämlich leer", sagte er und schlug ihr vor, sie zu begleiten. Dann könne er noch frischen Fisch am Hafen kaufen, für ihr Abendessen.

Sie hatte unter der Bedingung akzeptiert, dass er seiner Journalistenfreundin kein Wort mehr über Daniil erzählte – oder über den Ausflug nach Tejn.

„Natürlich nicht. Das bleibt unser Geheimnis."

Es hatte beinahe geklungen, als ginge es nicht um eine Fahrgelegenheit, sondern als hätten sie ein Date.

Aber vorher muss sie einen Arbeitstag überstehen, an dem Thorkild ihr Dienstvergehen jederzeit zur Sprache bringen kann.

Ein schwaches Knistern dringt von der Stempelkanne in der Teeküche zu ihr, während das kochende Wasser den frisch gemahlenen Bohnen das Aroma und das Kaffeeöl entzieht. An einem Tag, an dem möglicherweise der Bischof über einen Fall von Amtsmissbrauch ihrerseits informiert wird, muss es wenigstens einen guten Kaffee geben.

Es dauert noch ein paar Minuten, bis sie den Stempel nach unten drücken kann. Während sich der ungewohnte Duft morgendlicher Behaglichkeit im Pfarrbüro ausbreitet, geht sie ein wenig auf und ab, um besser nachdenken zu können. Der Probst wird wahrscheinlich gleich kommen, und dann kann Thorkild endlich loslegen.

Als sie am Schreibtisch ihres Kollegen vorbeikommt, nimmt sie das leise Summen des Computers wahr. Ist er noch eingeschaltet? Offenbar hat Thorkild gestern vergessen, den Rechner runterzufahren.

Eigentlich will sie den Computer nur ausschalten, aber als sie die Maus bewegt, sieht sie, dass Thorkilds Mailprogramm noch offen ist. Ihr Blick fällt auf einen Ordner mit der Bezeichnung *Mails von Agnethe.*

Sie ist nicht neugierig, es passiert einfach.

Warum speichert Thorkild ihre Mails in einem gesonderten Ordner? Nicht genug damit, dass er sie gestern auf frischer Tat ertappt hat, sammelt er jetzt auch noch Beweise dafür, dass sie ihre Arbeit nicht oder nur schlecht tut, damit er bei passender Gelegenheit dafür sorgen kann, dass man sie feuert?

Ein zweiter Blick, ebenfalls nicht aus Neugierde, verrät ihr, dass Thorkild nicht der Typ ist, der seine Mails akribisch sortiert. Es gibt nur einen weiteren Ordner, *Protokolle und Niederschriften.*

Plötzlich sind Schritte draußen vor der Tür zu hören. Mit einem unangenehmen Ziehen in Bauch und Brust eilt sie zur Spüle in der Teeküche, wo sich die benutzten Kaffeetassen drängeln. Das heimliche Kriegsgebiet des Pfarrbüros. Die Küsterin ist der Ansicht, dass Spülen nicht zu ihren Aufgaben gehört, hingegen sehen es die Pfarrer als Selbstverständlichkeit an, dass sich andere um den koffeinhaltigen Bodensatz kümmern, den sie hinterlassen. Warum hat Thorkild einen Ordner mit ihren Mails angelegt?

Draußen ist das charakteristische Knarren der schweren Eichenholztür zu hören, die geöffnet wird. Das Ziehen im Bauch nimmt zu. Was soll sie sagen, wenn es Thorkild ist?

Die Eichenholztür fällt nicht krachend ins Schloss, sondern wird leise zugeschoben. Also ist es nicht Thorkild.

Mit einem aerodynamischen Fahrradhelm auf dem Kopf erscheint Frank in der Teeküche.

„Mmh, der Kaffee duftet ja ganz ausgezeichnet", sagt er und verspricht, beim Abwasch behilflich zu sein, bevor er im Büro verschwindet und Helm und Windbreaker ablegt.

Offenbar hat Frank noch nicht von ihrer unerlaubten Benutzung der Kirchenbücher und dem Amtsmissbrauch erfahren. Soll sie ihn nach Thorkild fragen – nach dem Ordner? Vermutlich weiß er nichts davon. Bevor sie zur St.-Nicolai-Gemeinde kam, hat er immer den Abwasch erledigt.

„Hast du mal versucht, Kaffeebohnen zu rösten?" fragt Frank und nimmt dabei ein Trockentuch vom Haken. Nach seiner Tour von Muleby nach Rønne zeichnen sich dunkle Flecken unter den Achseln ab, dennoch riecht er, als käme er gerade aus der Dusche.

„Man kann sie in einem ganz gewöhnlichen Backofen rösten. Gibt 'ne kleine Sauerei, aber eigentlich braucht man gar keinen richtigen Kaffeeröster."

Sie verdrängt die Gedanken an Thorkild, konzentriert sich darauf, getrocknete Kaffeeringe vom Boden der Tassen zu lösen und Franks Redeschwall über Temperaturen und Backbleche zu folgen, der plötzlich abreißt.

„Hast du eigentlich mit der Polizei gesprochen?"

„Worüber?“

„Ich dachte, vielleicht solltest du ihnen sagen, dass du dich nicht mehr einmischst …“

„Ich habe mich nicht eingemischt.“

„Du hast doch Verwandtschaft bei der Kriminalpolizei, oder?“

Warum referiert er nicht einfach weiter über Kaffee?

„Ja, mein Cousin ist bei der Polizei.“

„Lars? Lars Bohn Hansen?“

„Genau. Kennst du ihn?“

„Wir spielen zusammen Handball. Er ist ein ziemlich guter Kreisläufer.“

„Aha. Welche Position spielst du?“

Vielleicht kann sie das Gespräch auf ein anderes Thema lenken. Handball ist besser als Familienzwist. Alles ist besser als Familienzwist.

„Rückraum, aber ich bin nicht annähernd so talentiert wie Lars. Er hat übrigens nach dir gefragt, wie es so läuft und wie es dir geht. Ihr seht euch nicht sehr häufig, was?“

„Nein … unsere Familien reden nicht miteinander.“

Sie drückt den Stempel der Kaffeekanne nach unten und gießt Kaffee in zwei saubere Tassen. Franks Blick folgt der dunklen Flüssigkeit. Er schweigt, wartet darauf, dass sie fortfährt.

„Wie war das noch mal? Bei wie viel Grad kann man Kaffeebohnen im Ofen rösten?“

„Belastet es dich, dass eure Familien nicht miteinander reden?“

Sie nehmen sich beide eine Tasse Kaffee. Sie zuckt mit den Achseln und lehnt sich gegen den kleinen Küchentisch.

„Ehrlich gesagt, würde ich gerne Frieden schließen mit der Vergangenheit. Mit Lars und dem Rest der Familie. Das war einer der Gründe, warum ich mich hierher beworben habe“, sagt sie und nimmt prüfend einen Schluck Kaffee. „Aber ich war wohl etwas naiv …“

Frank hat eine Art, die andere dazu bringt, sich ihm anzuvertrauen. Auch sie, obwohl es ihr am liebsten ist, wenn die Kollegen aus der Pfarrei so wenig wie möglich über ihr Privatleben wissen. Aber Frank ist anders. Er hört tatsächlich zu.

Frank dreht seine Tasse zwischen den Händen.

„Was ist passiert?"

„Das ist eine lange Geschichte."

„Ich habe es nicht eilig."

Schweigen. Ein Schluck Kaffee.

„Agnethe, ich glaube nicht, dass Lars etwas gegen dich hat. Es interessiert ihn wirklich, wie es dir geht."

Mehr Kaffee.

„Mein Vater ist gestorben."

„War er krank?"

„Ein Verkehrsunfall."

Frank nippt an seinem Kaffee. „Tut mir sehr leid."

„Schon gut, das ist lange her. Ich war gerade achtzehn geworden. Es passierte hier auf Bornholm, draußen am Segenvej. Er ist drüben begraben, in Frederiksberg. Nach diesem Sommer haben sich unsere Familien … auseinandergelebt."

Es stimmt beinahe. Auseinandergelebt ist vielleicht etwas untertrieben.

„Lars hat erzählt, ihr hättet als Kinder oft zusammen gespielt. Hier auf der Insel."

„Das hat er erzählt?"

„Ja."

„Ich habe jeden Sommer mit meinem Vater hier verbracht, bis …"

Pause.

„Du musst irgendwann mal beim Handball vorbeikommen. Wir spielen immer am Wochenende."

Das ist das Angenehme an Frank. Er weiß, wann es Zeit ist aufzuhören.

Sie setzen sich an ihre Computer, die Stempelkanne in Reichweite auf dem Schreibtisch des im Urlaub weilenden Munk Mortensen. Am liebsten würde sie sich Thorkilds sonderbare Sammlung ihrer Mails ansehen, aber ihr fällt kein Vorwand ein, unter dem sie sich an seinen Rechner setzen könnte. Was sind das für Mails? Hat er sie gespeichert, weil er sie als Beweise gegen sie verwenden will? Beweise wofür?

Ihr Telefon klingelt, *Thorkild* leuchtet im Display auf. Sie nimmt den Hörer ab und meldet sich mit ihrem Namen. In dem Moment dazwischen durchdenkt sie eine Reihe möglicher Szenarien, wie Thorkild ihre Vergehen, auf seinem Rechner herumgeschnüffelt und unerlaubterweise die Kirchenbücher benutzt zu haben, publik machen könnte. Fast alle Szenarien enden mit einem enttäuschten Probst und einem wütenden Bischof. Oder ihrer Entlassung.

Aber Thorklid ruft nur an, um sich krank zu melden. Migräne, lügt er ohne sich auch nur die Mühe zu machen, wenigstens einigermaßen krank zu klingen.

Geistesabwesend murmelt Frank eine undeutliche Antwort, als sie es ihm sagt.

„Ich soll seinen Computer runterfahren, hat er gestern wohl vergessen."

Nicht sehr glaubwürdig. Seit wann schert sich Thorkild um Energieverschwendung? Aber immerhin.

Frank nickt nur. Zum Glück ist er mit den Gedanken woanders.

Mit der Kaffeetasse in der Hand bleibt sie vor Thorkilds Schreibtisch stehen. Zögert. Die Mails sind von ihr, sie hat sie geschrieben, also kann es ja wohl nichts mit Datenschutz zu tun haben. Sie klickt auf den Ordner. Alle Mails haben eine ähnlich lautende Betreffzeile: *Wir sehen uns gleich, Küsschen und bis nachher* und so weiter.

Das hat sie nicht geschrieben. Nie im Leben. Hat er sich das ausgedacht und irgendwas mit den Mails getrickst, um sie in Misskredit zu bringen? Unsinn, so gerissen ist Thorkild nicht. Frank scheint sich immer noch voll und ganz auf seine Arbeit zu konzentrieren.

Der gesamte im Ordner *Mails von Agnethe* gespeicherte Mailaustausch läuft über ein und dieselbe Adresse: *welcome_mister@hotmail.com*. Soll das Ganze ein Witz sein?

Sie öffnet die Mail, die Thorkild zuletzt bekommen hat. Dort steht nur:

Erwarte dich heute um zwei, Süßer
Heiße Küsse

Heiße Küsse? Sie liest die Nachricht noch einmal. Klickt auf eine

Mail älteren Datums – der Inhalt ist identisch mit dem der ersten Mail, nur die Uhrzeit ist eine andere. Eine ungute Ahnung, dass hier etwas ganz und gar nicht stimmt, steigt in ihr auf. Was ist das für eine merkwürdige Mailadresse?

„Thorkild ist krank, sagst du?"

Frank ist zurück in der Wirklichkeit. Sie wiederholt Thorkilds Migränelüge und beeilt sich, den Computer herunterzufahren, während sie das Gefühl beschleicht, dass sie etwas gesehen hat, das sie nichts angeht. Der Rechner gibt Microsofts metallischen Abschiedssalut von sich, und das schwache Summen der Festplatte verebbt. Stille.

„So ein Mist", stöhnt Frank und fügt ein paar Worte über Munk Mortensens Urlaub hinzu und darüber, dass Thorkild ihn heute bei den Krankenhausbesuchen vertreten sollte.

Hat Thorkild eine Affäre? Alles andere als comme il faut für einen Geistlichen. Seine Frau Marianne scheint ihr nicht gerade die zu sein, die heiße Küsse verteilt – weder real noch elektronisch. Sie ist eher der verhuschte Typ mit kurzen Beinen und blond gefärbter Dauerwelle. Ein paar Mal ist sie mit Apfelkuchen aus gekauftem Apfelmus, verziert mit Sprühsahne, oder mit halb aufgetauten Erdbeeren aus der Tiefkühltruhe im Pfarrbüro erschienen.

Sie hätte die Finger von Thorkilds Eingangsfach lassen sollen. Vielleicht sollte sie Frank oder dem Probst erzählen, was sie entdeckt hat … aber was hat sie eigentlich entdeckt? Und wenn sie mit dem Probst spricht, wird Thorkild keine Sekunde zögern, ihn von ihrem Intermezzo mit den Kirchenbüchern in Kenntnis zu setzen. Wenn er es nicht schon getan hat. Hat er sich deshalb krank gemeldet? Weil der Probst sie in dem Moment, in dem er sich auf seinem Bürostuhl niederlässt, zum Rapport bestellen wird?

„Wie sieht dein Vormittag aus? Wir müssen Thorkilds Schicht im Krankenhaus übernehmen."

Frank steht mit seinem roten Mayland-Taschenkalender in der Hand vor ihrem Schreibtisch.

„Ich habe ein paar Termine, die ich nicht verschieben kann. Das bleibt also wohl an dir hängen."

Sie hatte gehofft, ihre Büroarbeit erledigen und dann mit Henrik nach Tejn fahren zu können. Aber vielleicht ist es besser zu verschwinden, bevor der Probst auftaucht.

Frank ist schon wieder auf dem Weg zu seinem Schreibtisch.

„Ich gebe Else Bescheid, dass du die Vertretung übernimmst. Wenn du Fragen hast, wende dich an sie, sie weiß alles. Ich übernehme dann später den Gottesdienst im Krankenhaus."

Sie nimmt die Jungfrau Maria von der Wand und schiebt sie zwecks moralischer Unterstützung in ihre Tasche. Krankenhausbesuche bedeuten Gespräche mit im Sterben liegenden Patienten.

16

Das Telefon klingelt in der Sekunde, in der Agnethe das Büro des Krankenhauspfarrers betritt. Else hat sie an der Aufnahme erwartet und hierher eskortiert, jetzt durchmisst die Sekretärin mit klackernden Absätzen das Büro und nimmt mit einer routinierten Bewegung den Hörer ab. Die Worte *Büro des Krankenhauspfarrers, wie kann ich Ihnen helfen?* sagt sie ebenfalls nicht zum ersten Mal.

Abgesehen von dem viel zu aufgeräumten Schreibtisch gleicht das Büro des Krankenhauspfarrers einem Wohnzimmer. Eine Sofakombination samt Couchtisch und ein Bücherregal komplettieren das Mobiliar. Die Bücher sind offenbar nach Farbe der Buchrücken sortiert. Weiß dominiert.

„Intensiv? Ja, ist gut. Sie kommt sofort", sagt Else mit einem Nicken in den Hörer.

Intensiv – das heißt dann wohl tatsächlich im Sterben liegende Patienten?

Sie kratzt sich diskret an der Narbe am Oberarm.

Else zupft ein vertrocknetes Blatt von dem Efeu auf dem Schreibtisch, während sie dem Gesprächspartner am anderen Ende der Leitung lauscht. Anscheinend ist sie so abgehärtet, dass Intensivstation und verwelkte Blätter gleichwertige alltägliche Angelegenheiten darstellen.

Agnethe nimmt ihr Gesangbuch und die Jungfrau Maria aus der Tasche und legt beides auf dem Couchtisch neben drei Teelichthaltern ab. Die Heilige Mutter Gottes wird sie sicher noch brauchen.

Else legt auf und sieht sie an.

„Es tut mir leid, aber Sie müssen einen Blitzstart hinlegen. Auf Intensiv liegt eine ältere Frau, die gerne mit einem Geistlichen sprechen will. So schnell wie möglich."

Else sieht sie mit einem besorgten Blick über die kleine, beinahe unsichtbare Brille hinweg an.

„Intensiv ist kein leichter Einstieg."

Was Frank ihr bloß erzählt hat? Dass sie aus Zucker ist?
„Ich komme schon klar."

Agnethe lässt sich auf das Sofa im Büro des Krankenhauspfarrers fallen. Nach den langen Wegen über die Flure zwischen den einzelnen Stationen tun ihr die Füße weh. Aber offenbar wird es nur eine kurze Verschnaufpause, denn draußen nähern sich die Absätze der effektiven Sekretärin – sicher braucht noch jemand einen Geistlichen.

Zu Agnethes Überraschung übergibt Else ihr eine Kopie der Tageskarte aus der Krankenhauskantine.

„Heute gibt's Schweinelendchen, die kriegt der Koch immer perfekt hin", lockt sie.

Obwohl Agnethe hungrig ist, lehnt sie dankend ab und lässt sich noch tiefer in das Sofa sinken. Sie will lieber ihre Verschnaufpause genießen, die anscheinend doch etwas länger ausfällt als eben noch befürchtet.

Das erste Gespräch auf Intensiv war schwierig gewesen. Die Frau war dreiundsiebzig Jahre alt. Der dritte Thrombus hatte ihr linkes Bein gelähmt und sie schwermütig werden lassen.

„Wenigstens liegt sie nicht im Sterben", hatte Else ihr versichert.

Nicht im Sterben.

Also im Leben.

Die seelsorgerischen Gespräche während des Studiums waren Rollenspiele gewesen. Kommilitonen ohne wirkliche seelische Nöte, aber für die dreiundsiebzigjährige Carla Pedersen war die Not allzu wirklich. Zweimal musste Agnethe das Vaterunser mit ihr beten, bevor die ältere Dame überhaupt bereit war, mit ihr zu sprechen.

„Ich glaube, es ist Gottes Strafe, dass ich im Rollstuhl sitze. Sonst hätte er mich gleich beim ersten Mal sterben lassen", hatte sie theatralisch begonnen. Agnethe hatte versucht zu erklären, dass Gott nicht strafe, sondern vergebe.

„Nein. Ich bin seit Weihnachten nicht mehr in der Kirche gewesen."

„Gott verlangt nicht, dass wir zur Kirche gehen. Das Wichtigste ist, Gott und seine Botschaft immer mit sich zu tragen."

Carla Pedersen hatte auf ihrem Kissen so heftig den Kopf geschüttelt, dass die grauen Locken durcheinander gerieten.

„Sie irren sich", hatte sie nur geantwortet und wieder auf die lautlos über den Bildschirm des kleinen Fernsehers flimmernde Quizshow gestarrt und kein Wort mehr gesagt.

Im Büro hatte Else schon mit der nächsten Patientin auf sie gewartet. Auf der Entbindungsstation wollte eine Erstgebärende ein Gebet sprechen, bevor es losging.

Agnethe hatte die Ikone vom Tisch genommen und die Mutter Gottes angestarrt, um Kräfte für die nächste Expedition zu sammeln. Aber es hatte nicht geholfen. Fünf Jahre theologisches Studium der Bibel auf Griechisch, Latein und Hebräisch, detaillierte Kenntnis der Texte der Heiligen Schrift und ihrer historischen Zusammenhänge, aber wozu das alles, wenn es weder Hirn noch Herz gegen die raue Wirklichkeit und zerbrochene Träume wappnen kann?

„Schöne Ikone", hatte Else gesagt und mit einem Nicken auf die Jungfrau Maria gedeutet.

„Danke. Sie wurde in Italien angefertigt. Da unten verstehen sie noch etwas von Ikonenmalerei."

„Aha?"

Sie hatte die Sekretärin betrachtet. Sprach sie von der Ikone, bemerkte sie fast immer ein unsicheres Flackern in den Augen der Leute. Nicht so bei Else, also fuhr sie fort.

„Italienische Ikonenmaler formen zuerst mit dunklen Farben die Figuren. Danach legen sie helle Farben darüber, so wie bei der Schöpfung der Welt: erst die Dunkelheit, dann das Licht, das Formen schafft und Leben spendet. Auf diese Weise existiert auch die Dunkelheit ewig, hinter dem Licht, man sieht sie nur nicht."

„So ist es auch mit dem Leben", hatte Else gesagt, ihr die Ikone vorsichtig aus der Hand genommen und sie sanft Richtung Tür dirigiert.

Der Besuch bei der werdenden Mutter war zufriedenstellend verlaufen, und sogar noch besser hatte sich das Gespräch mit dem siebenundachtzigjährigen Werner entwickelt. Er hatte sie gefragt, was geschehe, wenn man stirbt. Sie hatte von Gott und abstrakt vom Tod gesprochen. Aber das war Werner nicht genug gewesen, der wissen wollte, ob man auf der anderen Seite des Todes weiterlebt. Sie hatte an Daniil gedacht. An ihren Vater. Daran, wie sehr sie sich wünschte, sie seien noch da. An einem anderen Ort. Zusammen mit Gott.

„Ehrlich gesagt, ich weiß nicht, was ich glauben soll", hatte sie geantwortet. „Aber eines weiß ich: Wir sind alle in Gottes guten Händen, hier im Leben, im Tod und auf der anderen Seite des Todes."

Ein Zitat, das sie von einem der Lektoren im Studium gestohlen hatte, das Werner aber Antwort genug war. Der alte Mann hatte genickt, die Augen geschlossen und ihre Hand gedrückt.

Agnethe steht vom Sofa auf. Ja, sie hat Werner das Richtige gesagt. Selbst hier im Krankenhaus, wo die Dunkelheit das Licht bedrängt, ist Gott mit uns. Und genau das ist die Aufgabe des Pfarrers, daran zu erinnern. Den Patienten etwas zu geben, das ihnen weder Ärzte, Krankenschwestern noch Medizin geben können: Glaube und Hoffnung. Ein Geschenk, und trotz allem empfindet sie es als eine Ehre, dass sie dieses Geschenk überbringen darf.

Vielleicht sollte sie sich doch aufraffen und auf die Suche nach Else und den perfekten Schweinelendchen machen …

Else ist in der mit weißen Kitteln beinahe überfüllten Kantine nirgends zu sehen. Agnethe balanciert ihr Tablett samt Schweinelendchen, Brokkolisalat, Kartoffelscheiben und Mineralwasser an den Tischen entlang. Nur hier und da ist noch ein einzelner Stuhl frei.

„Bitte sehr", ertönt eine Stimme hinter ihr.

Ein jüngerer Mann mit offenem Arztkittel und halbleerem Teller vor sich rückt den Stuhl neben seinem vom Tisch ab. Noch einmal hält Agnethe kurz nach Else Ausschau, kann sie aber nicht entdecken und nimmt das Angebot dankend an.

„Sie vertreten den Krankenhauspfarrer, richtig?" fragt der Arzt und stellt sich als Anders Nielsen vor. „Ich habe Sie vorhin zusammen mit Else gesehen, als ich zu Munk Mortensen wollte."

„Er hat Urlaub. Kann ich behilflich sein?“

Sie schneidet ein Stück Fleisch ab. Noch schwach rosa in der Mitte und für einen Kantinenkoch ausgezeichnet, so, wie Else es versprochen hat.

„Fleisch sollte immer ganz durch sein.“

Anders Nielsen blickt auf ihre Schweinelendchen.

„Rotes Fleisch ist ungesund.“

„Aber es schmeckt besser“, sagt sie und bereut es im nächsten Augenblick. Der Koch hat es sicher nicht leicht, für eine ganze Horde gesundheitsbewusster Ärzte jeden Tag etwas auf den Tisch zu bringen.

„Wann ist Munk Mortensen denn wieder da?“

„In zwei Wochen. Aber wie gesagt, wenn ich behilflich sein kann ... für mich gilt ebenfalls die Schweigepflicht.“

Es scheint einigermaßen nutzlos, auf die Schweigepflicht hinzuweisen, denn sie sind von Kolleginnen und Kollegen ihres Tischnachbarn immer noch umzingelt, auch wenn es jetzt rasch weniger werden.

Anders Nielsen schiebt das Tablett mit dem Teller ein Stück weg und lehnt sich zurück, während er mit den Händen die Hosenbeine glatt streicht, obwohl die weiße Ärztekluft nicht über Bügelfalten verfügt. Es geht um etwas, für das er seinen Mut zusammenraffen muss, soviel ist Agnethe klar.

Sie nimmt noch ein Stück Fleisch und etwas Brokkoli und stellt sich die fehlende Rotweinsoße vor. Man muss warten, bis die Leute soweit sind. Nicht drängeln, lautete das Mantra an der Universität zumindest.

„Es geht um unseren Oberarzt, Klaus“, beginnt er und beugt sich zu ihr. „Es ist kein Geheimnis, dass ich ein paar Dinge anders sehe als er.“

Sie legt das Besteck weg, und der Arzt fährt mit gedämpfter Stimme fort.

„Zurzeit haben wir mit einer polizeilichen Angelegenheit zu tun, in der wir mit Kopenhagen zusammenarbeiten, und der Oberarzt und ich sind uns über die Vorgehensweise in dieser Sache nicht einig.“

Eine polizeiliche Angelegenheit? Kann es sich um Daniil handeln?

„Was ist das Problem?"

„Der Oberarzt will nicht mit denen von drüben zusammenarbeiten."

Jetzt schiebt auch Agnethe ihren Teller beiseite und nickt Anders Nielsen auffordernd zu. Zwingt sich, den Blick fest auf den Mann neben ihr zu richten und die Gedanken auf den Zwist mit dem Oberarzt zu fokussieren. Nicht spekulieren.

„Wenn hier auf der Insel jemand einem Verbrechen zum Opfer fällt, ziehen wir normalerweise einen Gerichtsmediziner aus Kopenhagen hinzu, der dann mit dem Flugzeug hierherkommt und sich der Sache annimmt", erklärt der Arzt. „Wir unterstützen ihn dabei im Rahmen unserer Möglichkeiten. Kleinere Routineuntersuchungen können wir natürlich auch selbst durchführen, aber in diesem Fall sind wir nur Zuschauer, und damit kommt Klaus nicht klar. Er tut alles, um die Arbeit des Kollegen von drüben zu torpedieren. Das ist so …"

Er bringt den Satz nicht zu Ende, schüttelt nur resignierend den Kopf.

Wie viele Verbrechen gibt es auf Bornholm, zu deren Aufklärung die speziellen Kenntnisse eines Gerichtsmediziners von drüben beitragen könnten? Sicher nur wenige. Vor ihrem geistigen Auge taucht das Bild von Daniil auf der Bahre im Leichenschauhaus auf, nur dass dieses Mal zahlreiche weiße Kittel die Szene bereichern. Sie blinzelt ein paar Mal, und das Bild löst sich auf. Zwingt sich wieder, die Konzentration auf den jungen Arzt zu richten und nicht auf Daniil.

„Und Sie? Sind Sie dem Kollegen aus Kopenhagen behilflich?" fragt sie und sieht ihm in die Augen.

Er zögert.

„Ja … aber der Oberarzt ist wie gesagt dagegen, und ich bin noch neu auf der Station. Außerdem soll die Leiche sowieso nach Kopenhagen überführt werden, und das ist auch vernünftig, sie haben einfach bessere Möglichkeiten, wenn es um die Details geht. Aber Klaus weigert sich, den Leichnam freizugeben. Das ist so …

unprofessionell!“

Der Ärger in seiner Stimme überrascht Anders Nielsen augenscheinlich selbst. Er blickt sich um.

„Das ist ... ich meine ...“

Es ist jetzt kaum noch jemand da. Nur zwei Krankenträger sitzen ein paar Tische entfernt, tupfen mit Baguettescheiben das Salatdressing von ihren Tellern und tauschen sich über Urlaubs- und Schichtpläne und die Unmöglichkeit aus, beides unter einen Hut zu bekommen.

Sie legt eine Hand auf die Schulter des jungen Arztes.

„Anders, Sie müssen das tun, was Sie für richtig halten. Wenn Sie aber noch neu hier sind, ist es vielleicht besser, erst einmal abzuwarten, wie sich die Sache weiterentwickelt.“

„Ja, schon klar, es ist nur echt frustrierend“, sagt er, spießt noch ein Stück Kartoffel auf und steckt es in den Mund. „Na dann, ich muss wieder zurück auf Station.“

Ein Gedanke nimmt in ihrem Kopf Gestalt an, während er ihr die Hand gibt und sein Tablett aufnimmt.

„Anders, der Tote, den Ihr Oberarzt nicht nach Kopenhagen überstellen will ...“

„Ja?“

Er hat bereits ein paar Schritte in Richtung des Tablettwagens gemacht und dreht sich um.

„Ist das der Russe?“

Der Parkplatz vor dem Krankenhaus ist voll, aber ein rostroter Saab ist nirgends zu sehen. Kein Henrik. Nur ein Teenager mit einem Gipsbein, der seine Mutter barsch zurückweist, die ihm helfen will, an Agnethe vorbei in Richtung Eingang zu humpeln.

Hoffentlich begegnet sie nicht noch Anders Nielsen, während sie wartet. Eilig geht sie über den Parkplatz bis zur Einfahrt.

Als sie den Arzt nach Daniil fragte, wurde ihr bewusst, dass in diesem Moment sie diejenige war, die sich unprofessionell verhielt. Ihre Wangen wurden glühend heiß, als sie versuchte, es ihm zu erklären. Dass Daniil bei ihr gewesen war und in ihrer Küche in der Damgade gesessen hatte, war keine Entschuldigung dafür, einen

Arzt zu bitten, seine Schweigepflicht zu brechen.

„Sie wissen doch, dass ich nicht darüber sprechen darf", antwortete der junge Mann. Kühl.

Sie nickte. Entschuldigte sich und zwang sich, ihm dabei in die Augen zu sehen. Er hatte sie ohne ein weiteres Wort sitzen lassen.

Wann lernt sie endlich, wenigstens kurz nachzudenken, bevor sie den Worten erlaubt, sich selbstständig zu machen?

Anschließend stocherte sie in ihrem inzwischen kalten Mittagessen herum, kaute jeden Bissen mindestens zwanzig Mal, um nicht zurück zu Else ins Büro zu müssen. Schließlich war sie die einzige in der Kantine, abgesehen vom Personal, das damit begann, die Tische abzuwischen.

Natürlich hatte Else sie gesehen, musste es aber bei der Bemerkung belassen, der erst kürzlich eingestellte Anders Nielsen sei Stammgast im Büro des Krankenhauspfarrers, bevor der nächste Anruf kam und Agnethe davonhastete.

Glücklicherweise kam Frank so spät, dass keine Zeit für ein Übergabegespräch oder Smalltalk blieb. Eilig schlüpfte er in sein Priestergewand und lief beinahe Richtung Aufenthaltsraum, um den heutigen Gottesdienst zu halten. Vielleicht war es auch das Beste so. Sie hätte ihm wahrscheinlich ohnehin nicht von dem Gespräch mit Anders erzählt.

Immer noch kein Henrik in Sicht. Sie setzt sich auf die Bordsteinkante, sodass sie hinter einer niedrigen Buchenhecke verschwindet und von den Fenstern des Krankenhauses aus nicht mehr zu sehen ist, und fischt ihr Handy aus der Tasche. Ruft in der Zentrale des Krankenhauses an und lässt sich Anders' Nummer geben. Sie muss es ihm erklären. Warum sie so etwas wie ein fachliches Interesse an Daniil hat. Und das am besten schriftlich. Es dauert fast zehn Minuten, die sicher allzu langen Einlassungen zu tippen. Zweimal liest sie die SMS durch. Senden.

Im selben Moment bringt Henrik sein rostrotes Gefährt vor ihr zum Stehen.

„Hej, Darling", ruft er albern durch die heruntergelassene Seitenscheibe, und sie kann ein Lächeln nicht unterdrücken.

Als sie sitzt, drückt er ihr einen raschen Kuss auf die Wange.

„Schönes Kleid."

Das ist kein Date. Nur eine Fahrgelegenheit.

An der Straße durch Sandkås verkünden Schilder vor potenziellen Feriendomizilen *Ausgebucht* und *Fully booked*. Zum Glück gibt es eine Geschwindigkeitsbegrenzung, und Henrik ist mehr mit Reden als mit Gas geben beschäftigt. Ein paar Kilometer weiter sterben die Ferienwohnungen langsam aus, und das Fischerdörfchen Tejn taucht auf.

Warum hat sie nicht wenigstens vorher angerufen? Was, wenn Tove Kofoed genau wie Axel Kure Nielsen nichts von Daniil wissen will?

Vielleicht ist niemand zu Hause.

Wunschdenken.

Henrik biegt auf den Parkplatz des kleinen Brugsen-Supermarktes ab. Jetzt ist es zu spät, um einen Rückzieher zu machen. Außerdem muss sie wissen, ob Daniil Tove Kofoed ausfindig gemacht hat.

17

„Was habe ich mit einem toten Russen zu tun?"

Tove Kofoed trägt eine Schürze, ihre Hände sind voller Mehl. Einen Moment lang sieht es so aus, als wolle sie die Arme vor der Brust verschränken, aber dann hält sie mitten in der Bewegung inne.

„Darf ich reinkommen?"

„Tja, warum eigentlich nicht? Ich backe gerade Weißbrot", sagt sie und hebt wie zum Beweis die Hände.

Auf dem Tisch der Essküche aus dunklem Palisanderholz liegt ein Klumpen Teig. Tove knetet ihn und wirft ihn auf die Tischplatte, sodass Mehlpartikel vor den hohen Panoramafenstern aufwirbeln.

„So, jetzt die Brote und dann nur noch kurz aufgehen lassen."

Agnethe nickt und entschuldigt sich, dass sie unangemeldet erschienen ist. Sie sieht sich in der Küche um. Wie der größte Teil der Häuser in Tejn wurde auch das von Tove und Poul Kofoed in den Siebzigern gebaut, als der Dorschboom in Eigenheime, Palisanderholz und Sitzrasenmäher umgewandelt wurde.

Ein junger Kerl, vielleicht Mitte zwanzig, sitzt am Esstisch und lässt sie nicht aus den Augen, sagt aber kein Wort. Agnethe nickt ihm kurz zu, ein Händedruck scheint zu formell. Er reagiert nicht.

„Jesper, mein Sohn. Er wohnt immer noch zu Hause, oben im ersten Stock."

Ein Anflug von Bitterkeit mischt sich in Toves Stimme, als sähe sie es gern, ihr Sohn würde sich eine Frau und ein Haus suchen und ein paar Kinder in die Welt setzen, und zwar ein bisschen plötzlich. Oder als sei sie zumindest froh, wenn sie wenigstens nicht mehr für ihren Sohn antworten müsste.

„Und wie läuft es so, Jesper?"

Der junge Mann zuckt mit den Achseln. „Bin Seemann."

„Jesper arbeitet bei Bornholmstrafikken, auf der Ystadroute", antwortet Tove mit dem Rücken zu ihnen und den Fingern im Teig. „Sei so nett und setz Kaffee auf, Jesper."

Toves Sohn steht auf, füllt Wasser in die Kaffeemaschine und wendet den Blick erst von Agnethe ab, als er löffelweise Kaffeepulver dazugibt. Ohne ein Wort zu sagen, sieht er mit resignierter Miene in Richtung seiner Mutter, die sich darauf konzentriert, Brotlaibe aus dem Teig zu formen und seinen Blick nicht bemerkt.

Agnethe dreht sich zu den Panoramafenstern um und schaut auf das Meer.

„Eine wunderschöne Aussicht."

Weder Jesper noch Tove antworten.

Es scheint, als hätten die Mauern des Hauses jedes überflüssige Wort verschluckt. Smalltalk gehört hier jedenfalls ganz offensichtlich schon lange nicht mehr zum Alltag.

Sie schweigt und beobachtet einen Kutter, der auf dem Weg in den Hafen ist. Früher war es einer der wichtigsten Industriehäfen der Ostsee, heute ist er so gut wie leer und bietet reichlich Platz für Jachten und Freizeitkapitäne. Henrik ist nicht zu sehen, nur ein Vater mit drei Eis leckenden Kindern im Schlepptau schlendert am Hafenkai entlang. Sicher Touristen.

Tove ist fertig mit ihren Broten und hat sich die Hände gewaschen. Sie reicht Agnethe eine Tasse Kaffee, die ihr von Daniil und ihrer Suche nach dessen Familie erzählt.

„Und deshalb wüsste ich gerne, ob Sie mit ihm gesprochen haben. Ob er hier gewesen ist", sagt sie schließlich.

Kopfschüttelnd starrt Tove durch das Panoramafenster auf das ruhige Wasser. Auch Jesper, der mit verschränkten Armen an den Küchentisch gelehnt dasteht und zugehört hat, wendet sich ab.

„Bin mal weg", sagt er in die Stille der Küche und nimmt einen Schlüsselbund vom Tisch. Sie hören, wie er im Flur seine Joggingschuhe anzieht und zubindet.

„Bist du zum Abendessen wieder da?"

Jesper antwortet, indem er die Haustür zuschlägt. Tove seufzt. Mehr Stille. Sie sehen zu, wie Jesper den Landrover aus der Einfahrt steuert, beschleunigt und verschwindet. Der Kutter unten im Hafen hat inzwischen angelegt.

„Das würde mich nicht wundern."

Noch immer starrt Tove auf das Meer hinter den Scheiben.

„Was würde Sie nicht wundern?"

„Es würde mich nicht wundern, wenn mein Vater eine Affäre

hatte. Mit einer Russin, hier auf der Insel."

Ist das ein Ja? Hat sie Daniils Familie gefunden?

„Aber ihre Eltern haben doch während des Krieges geheiratet, oder etwa nicht?"

„Ja, schon …"

„Trotzdem glauben Sie, Ihr Vater könnte Daniils Großvater gewesen sein?"

„Wie gesagt, es würde mich nicht wundern."

Tove blickt auf ihre Kaffeetasse.

„Was geschieht denn jetzt mit ihm? Also dem Russen?"

„Er hat keine Verwandten mehr in Russland, aber wenn die Polizei ihre Untersuchungen abgeschlossen hat, schicken sie den Leichnam zurück an die russischen Behörden – es sei denn, seine Familie hier auf Bornholm will ihn beerdigen."

Tove steht auf, stellt den Backofen an und sieht nach den Broten, die unter einem Tuch liegen und aufgehen.

„Wenn er ein Teil unserer Familie war, dann sollte er auch hier beerdigt werden."

Sie spricht so leise, dass Agnethe im Zweifel ist, ob die Worte überhaupt für ihre Ohren bestimmt sind.

„Aber ich kann mir vorstellen, dass mein Bruder Axel nicht sehr viel davon hält."

Sie lächelt entschuldigend, und ihre Blicke begegnen sich.

„Sie waren schon bei ihm, nicht wahr?"

Agnethe nickt, will aber keinesfalls auch noch in die Streitigkeiten anderer Familien hineingezogen werden.

„Er ist der Meinung, dass Daniil gelogen …"

„Ha, das sieht ihm ähnlich! Lästige Verwandtschaft ist ihm ein Gräuel."

Prüfend drückt sie mit einem Finger auf eins der Brote. Sie sind noch etwas mehr aufgegangen.

„Würden Sie die Beerdigung durchführen?" fragt sie und sieht Agnethe an. „Also wenn es tatsächlich dazu käme?"

„Ich?"

Etwas in ihr beginnt zu zittern.

„Ja, Sie. Ich kenne Sie nicht, aber Sie scheinen wirklich an der ganzen Geschichte interessiert zu sein, sonst wären Sie ja nicht extra hierhergekommen."

Daniil beerdigen. Die braunen Augen mit den Lachfältchen beerdigen.

Ein Leben in der Erde des Friedhofs und ihrer Dunkelheit zu Ende bringen.

Aus dem Zittern wird ein Beben, aber Tove hat recht. Es wäre das einzig Richtige.

„Er war kein Mitglied der Kirche, eine richtige Beerdigung mit Messe kann es daher nicht geben, nur eine kleine Zeremonie auf dem Friedhof. Vielleicht eine Andacht in der Kapelle … aber ja, ich würde die Beerdigung durchführen."

„Ausgezeichnet."

Geistesabwesend schiebt Tove die Weißbrote in den Ofen.

„Kommen Sie, ich bringe Sie zur Tür. Übrigens wäre ich dankbar, wenn Sie für sich behalten könnten, dass die russische Frau Soldatin war. Das muss ja niemand wissen."

„Natürlich."

Mit der Hand auf dem Griff der Haustür bleibt Agnethe stehen und dreht sich um.

„Warum wundert es Sie eigentlich nicht, dass Ihr Vater möglicherweise eine Affäre mit einer Russin hatte?"

Tove sieht auf die Topflappen, die sie noch immer in den Händen hält.

„Ich glaube, er hat … Sind Sie verheiratet?"

„Nein."

„Wissen Sie, ich habe Poul aus den falschen Gründen geheiratet", sagt sie und legt die Topflappen auf die Kommode neben der Tür. „Weil ihm der größte Kutter in Tejn gehörte. Weil Poul auf dem Weg nach oben war. Bei der Hochzeit saß der Vorsitzende der Fischereivereinigung an unserem Tisch, und alle Mädchen in Tejn waren neidisch auf mich, weil ich die Auserwählte war. Aber dann fiel der Sauerstoffgehalt der Ostsee, und die Dorsche hatten kaum noch Laichplätze. Danach kamen die Fangquoten und die Krise. Es ging immer weiter bergab."

Tove setzt sich auf die Schuhbank neben der Kommode.

„Poul verbringt die meiste Zeit in seinem Schuppen unten am Hafen und nicht auf seinem Kutter. Er trinkt."

Agnethe lässt sich neben Tove nieder und nimmt ihre Hand.

„Aber das Schlimmste ist … Ich liebe ihn nicht."

Noch mehr Stille.

„Und die Antwort auf Ihre Frage ist, dass mein Vater meine Mutter ebenfalls nicht geliebt hat. Sie haben geheiratet, weil sie mussten. Ich erinnere mich daran, wie mein Vater in Rønne am Hafen stand und über das Wasser sah. Ich glaube, er träumte von etwas anderem, denn sie waren nicht glücklich, obwohl sie enger zusammenrückten, als Thit kam. Aber geliebt haben sie sich nie."

Henrik lehnt lässig an der Motorhaube seines Saab und sieht aus wie ein Filmplakat aus den Neunzigerjahren. Windzerzaustes Haar, sanftes Sommerlicht, im Hintergrund das Meer.

„Eis?"

Er hält ihr ein halb gegessenes Waffeleis hin, aber Agnethe schüttelt den Kopf. Henrik verzehrt den Rest und fragt, wie es gelaufen ist.

„Ich glaube, es ist Daniils Familie."

„Dann hast du das Mysterium also gelöst?"

„Ja … aber irgendwas stimmt nicht. Wenn Daniil herausgefunden hat, dass Marius aus Pedersker sein Großvater war, warum hat er dann nicht mit einem der Kinder gesprochen? Das ist doch seltsam. Tagelang stöbert er im Archiv herum, fährt zu Krista Sommer und stößt tatsächlich auf seinen Großvater. Und dann stattet er weder seinem Onkel noch einer seiner Tanten einen Besuch ab?"

Henrik entlastet die Motorhaube und richtet sich auf.

„Vielleicht ist es nicht mehr dazu gekommen. Oder er hat ihnen doch einen Besuch abgestattet."

„Wie meinst du das?"

„Es kann ja sein, dass sie nicht die Wahrheit sagen. Vielleicht war er doch bei ihnen."

Sie öffnet die Autotür und wirft ihre Tasche auf den Rücksitz. In dem Wagen muss es fünfzig Grad heiß sein. Henrik hält eine weiße Einkaufstüte hoch.

„Dorsch, ganz frisch von einem der Fischer da drüben."

Er deutet mit einem Nicken in Richtung zweier einsamer Kutter am anderen Ende des Hafens.

„Ein ganz schöner Brocken. Ich werde wohl in nächster Zeit öfters zum Essen kommen, der reicht für ein paar Tage."

„Warum sollten Axel und Tove lügen?"

„Tja, warum lügen die Leute? Weil es etwas gibt, von dem andere nichts wissen sollen. Und der Bursche wurde immerhin ermordet."

„Ja, aber …"

„Die Gerüchteküche Tejn behauptet, dass Tove Kofoed vor nicht allzu langer Zeit Besuch von einem blonden Jüngling bekam. Glaubhafte Gerüchte, die es bei den Fischern da hinten gratis gibt."

„Das sind nur Gerüchte."

„Sie sagen, hier sei ein Typ aufgetaucht, den keiner kannte. Und sie glauben, es war dein Russe. In solchen Nestern wie diesem hat man ein Auge aufeinander, falls du das noch nicht bemerkt hast. Wahrscheinlich wissen alle im Ort schon, dass eine Pfarrerin aus Rønne da war. Schließlich warst du in der Zeitung, als du geweiht wurdest."

„Du meinst, als ich ordiniert wurde."

„Hübsches Foto übrigens. Die Überschrift lautete *Junge Pfarrerin kehrt nach Hause zurück* oder so ähnlich, wenn ich mich richtig erinnere?"

Sie nickt und sie steigen ein. Also wusste er von Anfang an, wer seine neue Nachbarin ist. Und auf das Interview in der Bornholms Tidende war sie alles andere als stolz. Der Journalist hatte die ganze Zeit über nur nach den Bornholmer Vorfahren der neuen Pfarrerin gefragt, nicht nach ihrer Vorstellung von moderner Kirche oder ihren theologischen Standpunkten.

„Im Moment kursieren wahrscheinlich Tausende von Gerüchten über Daniil auf der Insel."

Sie kurbelt die Seitenscheibe herunter und hört die Gereiztheit in ihrer Stimme. Man kann doch nicht ohne Weiteres irgendwelchen Gerüchten glauben.

„Vielleicht, aber die Seebären im Hafen wussten außerdem, dass die Polizei bei deiner Fischerfamilie da oben zu Besuch war, obwohl sie in einem Zivilfahrzeug aufgekreuzt sind. Einer der Nachbarn hat gehört, wie sie sich als Kriminalpolizei vorstellten."

„Also du sagst, dass Daniil hier gewesen ist und Tove in irgendeiner Weise unter Verdacht steht?"

„Ich sage nur, was die Gerüchte behaupten. Aber das Wichtigste ist, dass du das Rätsel gelöst hast. Du hast seine Familie gefunden. Und das wolltest du doch, oder?"

„Tove will, dass ich ihn beerdige. Das würde sie ja wohl nicht wollen, wenn sie etwas mit dem Mord zu tun hätte."

„Nein … Es sei denn, sie ist gerissener als sie aussieht."

„Das ist sie nicht. Nicht auf diese Art. Sie meinte es ehrlich."

„Aber wenn doch, dann …"

„Das ist sie nicht!"

Tejn bleibt hinter ihnen zurück, und als Henrik in den fünften Gang schaltet, wirbelt der Fahrtwind lärmend durch die heruntergekurbelten Seitenscheiben. Schweigend fahren sie weiter. Der Wind zerrt an ihren Haaren und an der weißen Einkaufstüte mit dem Dorsch darin, die auf dem Rücksitz liegt.

Die Klinge des Küchenmessers knallt auf das Schneidebrett. Der Dorsch wiegt fast fünf Kilogramm, und für ihr Menü muss Agnethe drei rote Zwiebeln mehr hacken als normalerweise. Auf eine sonderbare Art fühlt es sich befriedigend an zu spüren, wie sich das Messer beinahe wütend vorarbeitet, während ihr der Zwiebelsaft beißend in die Augen steigt.

Tove Kofoed will Daniil beerdigen.

Sich an seinen Namen erinnern und einen Grabstein aussuchen. Ihn noch eine Zeit lang am Leben halten.

Daniils Geschichte hat ihr Ende gefunden, aber warum will sich keine Erlösung einstellen? Warum fühlt es sich immer noch falsch an, sich wieder dem zu widmen, was der Probst ihre *richtige Arbeit* nennen würde?

Würde doch nur dieses eine Prozent Zweifel verschwinden, das um die Drogenhändler-Theorie der Polizei kreist, gewürzt mit Henriks lächerlichem Hafentratsch, Daniil sei doch bei Tove gewesen und Tove habe gelogen und deshalb irgendwie mit dem

Mord zu tun.

Sie wirft die Zwiebeln in die Pfanne, brät sie in Olivenöl an und gibt sie dann in eine ofenfeste Form zu den Dorschfilets. In der Tube ist gerade noch so viel Anchovipaste, wie sie braucht, drei Esslöffel, die sie in die Pfanne klatscht.

Toves Bitte an sie, Daniil zu beerdigen, war aufrichtig. Sie wird doch wohl Aufrichtigkeit und Lüge voneinander unterscheiden können, zum Teufel noch mal. Aber wenn Daniil wirklich bei Tove gewesen ist, warum sollte sie es dann leugnen? Genau genommen hat Tove ziemlich ausweichend geantwortet. *Es würde mich nicht wundern* hat sie zu der möglichen Affäre ihres Vaters mit einer russischen Soldatin nur gesagt, ohne näher darauf einzugehen.

Die Brotkrumen sieden jetzt in dem heißen Öl der Anchovipaste. Sie dreht die Flamme noch ein wenig höher, wartet, bis die Brotkrumen eine nussbraune Farbe angenommen haben und verteilt sie zusammen mit Gewürzkräutern und ein paar schwarzen Oliven über den Filets. Noch ein guter Schuss Weißwein, Alufolie über das Ganze und ab in den Ofen.

Es muss einen Grund dafür geben, dass die Polizei bei Tove war. Dass sie verdächtigt wird. Sie müssen glauben, dass sie etwas mit der Sache zu tun hat.

Gütiger Himmel, wenn Tove Daniil beerdigen lässt und sich dann herausstellt, dass sie in den Mord verwickelt ist! Wenn sie Daniil nicht beerdigen will, um seiner zu gedenken, sondern damit die ganze Sache vorbei ist. Und sie ihn vergessen kann. Und das, was sie getan hat, was womöglich ihre Familie getan hat.

Sie muss wissen, ob Tove wirklich unter Verdacht steht.

Und selbst, wenn Lars' Theorie einer Verbindung zwischen dem Mord und Daniils Bornholmer Familie auf der Prioritätenliste der Ermittler wieder nach oben gerückt sein sollte: Wie ist die Polizei auf die Verwandtschaft des Opfers mit der Familie Kure-Nielsen gestoßen?

Der Sofatisch nimmt wieder seinen Platz an der Wand ein. Sie findet festen Stand und öffnet die Füße leicht nach links und rechts. Führt den ersten Teil der Form in zwei Minuten durch. Viel zu hohes Tempo. Macht mit dem zweiten Teil weiter, gleiches Tempo, und legt zusätzliche Energie in die Tritte.

Sie kann Tove Daniil nicht beerdigen lassen, nicht bevor sie weiß, ob Tove etwas mit dem Mord zu tun hat. Ob Henriks Tejn-Gerüchte irgendeine Substanz haben.

Es gibt nur eine Person, die es ihr sagen kann. Ihr Cousin. Ihr Cousin, der glaubt, sie habe vertrauliche Informationen an die Presse weitergegeben. Lars.

18

Nur, weil Agnethe die Festnetz-Durchwahlnummer angerufen hat, kann sie das behördliche Gemurmel am anderen Ende der Verbindung als die Stimme des Ermittlers Lars Bohn Hansen identifizieren, der sich mit seinem vollen Namen und seiner vollen Amtsbezeichnung meldet. Kein Boden, um das Feld für Familienidylle zu bestellen.

„Agnethe hier."

Kein Gemurmel mehr. Nichts. Als sei sein Büro schallisoliert und von der Außenwelt abgeschnitten.

Sie führt den Fersenkick durch. Volle Kraft vom Zentrum des Körpers über das Bein in den Fuß leiten.

Nach der Beschwerde des Polizeichefs wegen Behinderung der Ermittlungen durch die neue Pfarrerin hat er sicher gehofft, sie werde ihn in Ruhe lassen. Offenbar hat Daniils Versuch, seine Familie zu finden, genauso in eine Sackgasse geführt wie der ihre, nur mit anderen Konsequenzen. Ist das Ironie des Schicksals? Wenigstens ruft sie nicht in eigener Sache an.

„Daniils Bornholmer Familie hat sich an mich gewandt. Sie wollen ihn beerdigen", sagt sie, um einen neutralen Ton bemüht. „Wie ich gehört habe, ermittelt ihr ebenfalls in seinem familiären Umfeld, und ich möchte unbedingt vermeiden, dass es dadurch zu Behinderungen der Polizeiarbeit kommt."

Immer noch nichts. Nichts als durchdringende Stille.

Vielleicht hätte sie sagen sollen, sie wolle vermeiden, dass es erneut zu Behinderungen der Polizeiarbeit kommt, aber dafür ist es sowieso zu spät.

„Gut", erwidert Lars schließlich, im gleichen sachlichen Tonfall. „Du wirst verstehen, dass ich nichts dazu sagen kann, gegen wen wir zurzeit ermitteln. Aber unter bestimmten Voraussetzungen müssen wir die Freigabe der Leiche ohnehin verweigern, bis alle Fragen geklärt sind."

Wirkt seine Stimme hinter den steifen Worten ein wenig brüchig? Oder bildet sie sich das nur ein?

„Im Fall Khristov soll die Leiche zur weiteren Obduktion nach Kopenhagen überführt werden. Das kann ein paar Tage dauern."

Sie wiederholt den Fersenkick. Stellt sich vor, wie ihr Fuß die Journalistin in den Bauch trifft, mit voller Wucht. Die Journalistin landet mit einem dumpfen Knall auf dem Rücken. Und fasst sich als erstes an die Gucci-Sonnenbrille.

Aber das geht natürlich nicht. Sie zieht das Bein zurück und beugt beide Knie. Man darf eigene Schuld nicht anderen aufbürden, sondern muss Verantwortung übernehmen für das, wofür man verantwortlich ist.

„Lars, es tut mir leid, dass ich mit dieser Journalistin vom Radio gesprochen habe. Es war …"

Unverzeihlich? Dumm? Ein Irrtum? Es gibt kein Wort, das alle Aspekte ihres Fehlverhaltens zusammenfassen kann.

Stille.

„Agnethe, ich glaube, wir haben uns beide ziemlich …"

Die Worte hinterlassen ein Vakuum, das sie selbst füllen muss. Anscheinend gehört es zu den Schwächen in ihrer Familie, nach passenden Adjektiven zu suchen und sie nicht zu finden.

„Ich wollte nicht, dass es zu einer offiziellen Beschwerde kommt", fährt er fort. „Ich habe mit meinem Chef über dich und die Informationen gesprochen, die du mir gegeben hast, und er war der Meinung, du mischst dich in die Ermittlungen ein. Ich habe noch versucht, ihn davon abzuhalten, den Probst anzurufen."

Sie hört, wie er tief Luft holt.

„Ich bitte dich um Verzeihung, Agnethe."

Er bittet um Verzeihung.

Ihr Großvater benutzte diesen Ausdruck anstelle einer einfachen Entschuldigung. Entschuldigungen würden inflationär benutzt, hatte er einmal gesagt. Wenn man sich wirklich für etwas entschuldigen wolle, dann solle man um Verzeihung bitten.

„Okay."

Man soll verzeihen. Besonders dem, der bereut.

„Ich muss mich wohl ebenfalls bei dir entschuldigen", bringt sie heraus. Kann sich nicht überwinden, um Verzeihung zu bitten, denn das ist etwas, was ihrer Familie vorbehalten ist, und sie gehört nicht zur Familie. Noch nicht. Falls sie das überhaupt je tun wird.

„Dass ich mit dieser Journalistin gesprochen habe ... Beeinflusst das die Ermittlungen?"

„Hoffentlich nicht."

Neue Stille im Hörer.

„Du hast Khristovs Familie ausfindig gemacht? Hier auf der Insel?"

Die Stimme ändert wieder den Tonfall. Verschwunden ist der Cousin, der um Verzeihung bittet, zurück ist der etwas steife Ermittler. Aber immerhin fragt er. Glaubt ihr, und mit etwas Glück kann sie vielleicht doch herausfinden, ob die Polizei den Gerüchten nachgeht, die in Tejn kursieren.

„Es sieht so aus. Ich glaube, Tove Kofoed aus Tejn ist Daniils Tante."

Kein Grund, den polizeilichen Ermittler mit Einzelheiten darüber zu belasten, dass sie durch unrechtmäßige Benutzung der Kirchenbücher darauf gestoßen ist. Stattdessen berichtet sie, Tove könne sich laut eigener Aussage durchaus vorstellen, dass ihr Vater eine Affäre mit einer russischen Soldatin gehabt haben könnte. Dass sie Daniil beerdigen lassen will, auf Bornholm, wenn es irgendwie machbar ist.

Lars hört zu.

Weil sie über seine Hauptverdächtige spricht? Unsinn, es sind alles nur Gerüchte. Vielleicht ist es tatsächlich interessant für ihn, obwohl die Ermittlungen in eine andere Richtung laufen.

„Aber das ist natürlich vertraulich, Lars", kommt sie zum Ende und erkennt im selben Moment, wie pathetisch es klingen muss. Durch ihre Unachtsamkeit hat sie vertrauliche Informationen in einem Mordfall an die Presse weitergegeben, und jetzt bittet sie einen der polizeilichen Ermittler, über familiäre Angelegenheiten des Mordopfers Stillschweigen zu bewahren, die vermutlich völlig irrelevant sind.

„Wie gesagt, ich sehe, was ich tun kann, was eine eventuelle Beerdigung angeht", entgegnet Lars.

„Und? Glaubst du immer noch, der Mord hängt mit seiner Familie zusammen? Steht Tove ..."

Sie will nicht direkt fragen, schon gar nicht jetzt, wo es gerade erst zu einem Friedensabkommen zwischen ihnen gekommen ist. Wenn auch ein sehr zerbrechliches.

Schweigen herrscht auf Lars' Seite der Verbindung.

„Lars, glaubst du, es hat etwas mit seiner Familie zu tun oder nicht?"

Er räuspert sich.

„Ich glaube gar nichts. Der Mord in Vang ist ungelöst, die Ermittlungen laufen noch."

„Aber du bist nicht der gleichen Ansicht wie dein Chef, Daniil sei ein Drogenhändler gewesen?"

„Der leitende Ermittler bestimmt die Prioritätenliste. So ist das in allen Fällen und ich habe mich danach zu richten", sagt er und holt deutlich hörbar Luft, als wolle er noch etwas hinzufügen, wisse aber nicht, wie er es formulieren soll.

Noch einmal räuspert er sich.

„Aber ... aber es ist natürlich von Interesse für uns, dass du Khristovs Tante gefunden hast."

Agnethe liegt auf dem Boden ihres Wohnzimmers und führt eine Entspannungsübung durch. Die erhoffte Wirkung bleibt aus.

Ihre Schlussfolgerung ist immer dieselbe: Lars kann nicht ausschließen, dass Tove in den Mord verwickelt ist. Aber das darf nicht sein.

Die Deckenpanelen brauchen dringend weiße Farbe.

Jemand hat Daniil umgebracht, und wenn sie sicher sein will, dass es nicht Tove war, dann muss sie herausfinden, wer es getan hat.

Sie haben Agnethes Gartentisch und Henriks Stuhl zwischen die halb verwitterten Mauern gequetscht, die das umgeben, was im Angebot des Maklers als Innengarten bezeichnet wurde. In der Realität sind es drei Reihen ganz und gar charmefreier Betonfliesen. Der Dorsch schmeckt nach südländischem Sommer, herbem Weißwein und Meer – eine glänzende Kombination für einen angenehm warmen Juli-Abend unter einem unendlich hohen, dunkelblauen Himmel.

Als Agnethe den zweiten Bissen in den Mund schiebt, klingelt ihr Handy.

„Einfach ignorieren", schlägt Henrik vor.

Das hat sie schon drei Mal getan, und das Display zeigt zum vierten Mal eine ihr unbekannte Rønner Nummer an.

Hoffentlich ist es nicht der Probst.

„Agnethe Bohn, ich muss Sie dringend auffordern, meine Familie nicht länger unter Druck zu setzen. Unsere Vergangenheit geht Sie nichts an."

Axel Kure Nielsen verschwendet keine Zeit mit Begrüßungsformeln oder anderen Höflichkeitsfloskeln. Ganz wie er vermutet, erkennt sie die barsche Stimme auch so wieder.

„Ich setze niemanden …"

„Wie ich höre, besteht meine Schwester Tove darauf, diesen Russen zu begraben. Und damit ist dieses Kapitel dann auch beendet, und zwar ein für alle Mal", unterbricht Axel Kure Nielsen sie.

Agnethe steht auf, zwängt sich an Henriks Stuhl vorbei und geht in die Küche.

„Ich werde mich nicht damit abfinden, dass das Andenken meines Vaters in den Schmutz gezogen wird", fährt er mit seinem Bombardement fort. „Und schon gar nicht von einer Pfarrerin auf Probe, die noch dazu von drüben kommt. Ich sage es noch einmal in aller Deutlichkeit: Wir haben nichts mit diesem Drogenhändler zu tun!"

Der Dorsch schmeckt plötzlich viel zu sehr nach Fisch und wächst in ihrem Mund zu einem ungenießbaren Klumpen an.

„Ich verstehe natürlich, dass es nicht sehr angenehm für Sie ist, wenn sich die Vergangenheit anders darstellt als …"

„Danke, ich bin mir durchaus im Klaren darüber, wie sich die Vergangenheit darstellt", faucht Axel. „Sehen Sie einfach zu, dass Sie diesen Russen unter die Erde bringen, damit meine Familie wieder zur Ruhe kommt. Und in Zukunft halten Sie sich von uns fern, auch von Thit, verstanden?"

„Die Beerdigung wird sobald wie möglich stattfinden", stößt sie hervor, bevor sie den Klumpen Fisch in die Spüle spuckt. „Aber Sie müssen verstehen …“

„Mir scheint, Sie müssen etwas verstehen, Agnethe Bohn. Um mich unmissverständlich auszudrücken: Sie hören augenblicklich auf, meine Familie mit Dreck zu bewerfen, oder ich werde ein ausführliches Gespräch mit dem Probst führen, den ich übrigens regelmäßig im Rotary-Club sehe. Und wenn ich richtig informiert bin, ist das so ziemlich das Letzte, was eine Pfarrerin auf Probe brauchen kann, die sich schon eine Beschwerde wegen Behinderung polizeilicher Ermittlungen eingehandelt hat.“

Die Drohung flattert in der schwach knisternden Mobilfunkverbindung.

„Ich gehe davon aus, dass wir uns verstanden haben.“

Dann wird aufgelegt, und sie starrt auf ihr Handy. Woher weiß er, dass die Polizei sich über sie beschwert hat?

19

Zufahrt für Unbefugte verboten, kann Agnethe gerade noch auf dem von der Sonne gebleichten Schild entziffern, bevor Henrik von der Hauptstraße nach Allinge abbiegt und den Saab auf einen unbefestigten Seitenweg lenkt.

„Bist du schon mal hier gewesen?"

„Du meinst wegen dem Schild? Das ist aus längst vergangenen Zeiten", sagt er und hält den Blick fest auf die schwierige Piste gerichtet. „Viele Leute kommen hierher, niemand schert sich darum."

Der Ausflug zum Granitbruch war Henriks Idee gewesen. Wahrscheinlich ein Versuch, sie aufzumuntern. Nach dem Gespräch mit Axel Kure Nielsen war ihr der Appetit auf Dorsch gründlich vergangen. Gespräch konnte man es kaum nennen, eher eine Reihe von Befehlen, die sie zu befolgen hat, will sie seine Erwartung nicht enttäuschen.

„Die Polizei hat das Gelände wieder freigegeben. Vielleicht gibt es noch Spuren da draußen", hatte Henrik sie gelockt.

Natürlich ist es vollkommen unrealistisch, dass sie etwas finden, das die Polizei übersehen hat und das Tove von jeglichem Verdacht freispricht. Aber es ist eine Möglichkeit, den Ort zu sehen, an dem Daniil gefunden wurde und einen Strauß Blumen niederzulegen. Also hatte sie ja gesagt.

Der Weg mündet auf ein Plateau, das von den Abbruchkanten des Granitbruchs begrenzt wird. Dahinter geht es senkrecht nach unten. Überall liegen kleine und größere Granitbrocken herum. Hinter einigen davon erahnt sie eine verrostete Maschine.

Henrik folgt ihrem Blick. „Ein Steinbrecher."

Der Steinbrecher gleicht einer Symbiose aus verkrüppeltem Insekt und Flugmaschine aus der Pionierzeit der Luftfahrt, eingeklemmt zwischen Haufen aus Granitbrocken.

„Bornholmer Granit wurde für alle möglichen Bauprojekte verwendet, nicht nur hier auf der Insel, zum Beispiel auch bei der Brücke über den Großen Belt", erklärt Henrik, während sie sich der Kante nähern. Von hier kann man bis auf den Grund des Bruchs sehen, eine bräunliche Narbe mitten in der Landschaft, die einen krassen Gegensatz zu den sanften Wellen des Meeres dahinter bildet.

„Irgendwo da unten haben sie ihn gefunden."

Sie nickt. „Kann man irgendwie da runter kommen?"

Sie folgen dem zunehmend löchrigen Weg. Ein rostiges Schild warnt vor starkem Gefälle und rät, in den zweiten Gang zu schalten. Auf halber Strecke wird das Gelände flacher und läuft schließlich auf einem Platz aus, wo die Reste einer gigantischen LKW-Waage von der Blütezeit des Bornholmer Granitabbaus zeugen. Unkraut und Rost haben die Waage in Besitz genommen. Auf einer Straßenlaterne, die schon lange nicht mehr brennt, hat eine Möwe ihr Nest gebaut. Lautstark beschwert sich der Vogel, als sie näherkommen, ansonsten ist es still.

Am Rand des Platzes liegt ein niedriger Haufen Granitblöcke. Das Absperrband der Polizei flattert im Abendwind, und sie halten sich auf ihrer Seite der Barriere, als existiere eine unsichtbare Grenze des Anstands. Sie platziert die Blumen auf einem der grauen Blöcke. Das Granitgrab. Vor ihr hat hier niemand Blumen niedergelegt.

„Muss eine Heidenarbeit gewesen sein, einen toten Körper hinter die Steine zu bugsieren", sagt Henrik und betrachtet die Ansammlung der wuchtigen Blöcke vor ihnen.

Sie nickt.

„Das schließt Tove eigentlich aus. Ich kann mir nicht vorstellen, dass sie Daniils Leiche dort hingeschleppt hat."

„Auf jeden Fall müsste ihr jemand geholfen haben. Es braucht schon Kräfte, einen toten Menschen da zu verstecken."

„Gerüchte und Polizei sollten sich jedenfalls auf einen Mann konzentrieren. Einen kräftigen Mann. Er ist bestimmt so nah wie möglich mit dem Auto rangefahren. Mit einem Geländewagen müsste das eigentlich machbar sein."

„Na, das schließt mich als Mörder immerhin aus." Henrik lacht unbeholfen. Sein Lachen erzeugt ein schwaches Echo.

Heißt das, Tove ist aus dem Schneider? Nicht wirklich. Man kann nichts ausschließen.

Sie lässt den Blick über den Platz schweifen.

„Hier ist unmöglich was zu finden. Alles nur staubige Erde und zerbröckelter Granit. Eigentlich ein origineller Ort, um eine Leiche loszuwerden."

Die Sonne ist hinter den Wänden aus Granit verschwunden, und zwischen den hohen Wänden setzt schon die Dämmerung ein.

„Lassen wir es gut sein, oder?" meint Henrik.

„Hast du etwa Angst im Dunkeln?"

Sie piekt ihm mit dem Zeigefinger zwischen die Rippen, und er macht einen Schritt zur Seite. Ihre Hände streifen sich. Er hält ihre fest.

Ein Zittern strömt von der Hand durch den Arm, bis ins Herz. Und das Herz versteht lange vor dem Gehirn. Nimmt etwas mehr Raum im Brustkorb ein.

Ohne etwas zu sagen setzen sich ihre Beine in Bewegung und beginnen den Aufstieg. Sein Handrücken ist rau.

„Und, wie gefällt dir der Granitbruch?"

Es gibt zwei Antworten auf Henriks Frage. Er könnte zu denen gehören, die meinen, der stillgelegte Granitbruch komme einer Katastrophe für die Natur gleich. Aber das Timing für eine längere Diskussion über Renaturierungsmaßnahmen und Naturschutz ist nicht gerade gut.

„Ein faszinierendes Fleckchen Erde", sagt sie und hofft, einen diplomatischen Mittelweg gefunden zu haben.

Henrik nickt, ebenfalls diplomatisch.

Aber eigentlich hätte sie sich für die zweite Antwort entscheiden sollen: dass der Granitbruch schön ist. Es ist schön zu sehen, wie die Natur zurückerobert, was der Mensch hinterlassen hat. Wie ein von Menschen geschaffener Krater, der von der Ausbeutung natürlicher Ressourcen erzählt, von Pflanzen und Vögeln eingenommen wird. Wie das Leben zurückkehrt. Aber das sagt sie nicht.

Dann sind sie wieder beim Auto, und er lässt ihre Hand los. Geht um den Wagen herum zur Fahrertür.

Sie ermahnt sich, dass Henrik nicht Daniil ist. Aber dem Herz scheint es egal zu sein. Es sehnt sich danach, für jemanden zu schlagen. Jemanden, der am Leben ist.

9. Mai 1945, Nyker

Während der Rest Dänemarks die neu gewonnene Freiheit feiert, hat eine andere Besatzungsmacht unsere Insel eingenommen. Die Russen sind an Land gegangen.

Heute Vormittag habe ich mich nach Rønne aufgemacht, um bei den Aufräumarbeiten zu helfen, und der Anblick, der sich mir bot, war entsetzlich. Die gestrigen Bombardements waren schlimmer, als ich es jemals für möglich gehalten habe. Überall nur noch Ruinen.

Sogar das Krankenhaus hat zwei Volltreffer abbekommen. Der OP-Bereich wurde getroffen, aber glücklicherweise ist niemand ernsthaft zu Schaden gekommen. Die wenigen Patienten, die noch auf ihre Evakuierung warteten, wurden in aller Eile über die Felder weggetragen, während ihnen die Bomben um die Ohren flogen.

Unten am Hafen ist es am schlimmsten. Es ist wie ein Wunder, aber an der St.-Nicolai-Kirche sind nur einige Fensterscheiben zerbrochen und ein paar Dachziegel zerstört worden. Ansonsten wurde die Kirche von den Bomben verschont.

Die wenigen Einwohner, die nach Rønne zurückgekehrt sind, taumeln blass und verzweifelt zwischen Mauerresten und Geröll herum, suchen nach ihrem Hab und Gut in den Resten ihrer zerbombten Häuser. Ich habe eine junge Frau gesehen, wie sie versuchte, ihre Hühner einzufangen, die nichtsahnend zwischen den Ruinen herumspazierten und hier und da etwas aufpickten.

Ich habe kurz mit Bäcker Munch gesprochen. Seine Bäckerei steht noch, und man hat ihm gesagt: „Je eher du wieder backst, umso besser." Aber erst muss überall sauber gemacht werden. Alles ist von einer Schicht aus feinem, weißem Staub bedeckt, und es ist kein Mehl.

Im Übrigen ist die Stadt nach wie vor eine große Geisterstadt. Nur diejenigen, die lebensnotwendige Arbeiten zu verrichten haben, dürfen schon jetzt zurück. So wie Bäcker Munch.

Später am Nachmittag bemerkte einer der Pfarrer von Rønne Schiffe, die sich dem Hafen näherten. Fünf Schnellboote waren am Horizont erschienen und wurden rasch größer. Wir unterbrachen die Aufräumarbeiten und begaben uns zum Hafen.

Es zeigte sich, dass sich ein großer Teil der Einwohner Rønnes, die bereits wieder in die Stadt zurückgekehrt waren, in sicherer Entfernung vom Kai versammelt hatte – zu diesem Zeitpunkt wusste ja noch niemand, ob es die Russen, Deutsche oder die Briten waren. Wir hofften, es mögen die Briten sein und fürchteten die Russen, aber wir wussten nur, dass sich etwas verändern würde. Sogar die gefangen genommenen Deutschen hörten auf zu murren und starrten in Richtung der Schiffe.

Als die Boote in den Hafen einliefen, gab es keinen Zweifel mehr. Rote Flaggen mit Sternen, Hammer und Sichel flatterten im Wind. Es waren die Russen.

Die Soldaten hielten die Gewehre im Anschlag, als erwarteten sie etwas anderes als ein paar deutsche Offiziere, die von einem halben Dutzend dänischer Widerstandskämpfer in Schach gehalten wurden.

Der russische Befehlshaber sprang an Land, und es stellte sich heraus, dass einer der deutschen Offiziere etwas Russisch sprach. Er zeigte auf die Armbinden der Freiheitskämpfer und sagte etwas, aber das einzige Wort, das ich verstand, war *Partisanski*. Doch das reichte dem Russen ganz offensichtlich, denn er brüllte dem Deutschen ein paar unverständliche Worte ins Gesicht, gab seinen Soldaten einige Befehle und bestieg dann mit einer Handvoll seiner Leute ein Fahrzeug. Einen Augenblick später fuhren sie in Richtung des deutschen Hauptquartiers am Galløken davon.

Etwa zweihundert Mann waren an Bord der Schiffe, die jetzt alle an Land sprangen und als erstes die Widerstandskämpfer entwaffneten. Dann durchsuchten sie die Menschen, die herumstanden und mit einem Mal vom Zuschauer zum Teil des Geschehens wurden, und nahmen ihnen sämtliche Wertgegenstände ab, Uhren, Geld. Gab einer auch nur einen Mucks von sich, wurde auf die schweren Gewehre gezeigt, welche die Soldaten über der Schulter trugen.

Einige der Russen sahen Furcht einflößend aus, ihre Uniformen waren schmutzig und verschlissen, und es schien nicht so, als gehörten regelmäßige Rasuren zu ihren dienstlichen Pflichten. Sie brüllten und kommandierten die Leute herum. Einer von ihnen sah aus, als wolle er sich für alles entschuldigen, was gerade vor sich ging. Er versuchte sogar, einen seiner Kameraden daran zu hindern, ein Fahrrad zu konfiszieren, fing sich aber eine derbe Ohrfeige und ein paar barsche Worte ein, die nichts anderes bedeuten konnten, als dass er sich um seine Angelegenheiten kümmern solle.

Einige der Soldaten begannen, in den Ruinen am Hafen alles Mögliche zusammenzutragen, das die Bomben unbeschadet überstanden hatte und vielleicht noch zu gebrauchen war. Nach und nach zogen sie immer weiter die Stadt hinauf. Starr vor Schreck standen wir da und fragten uns, ob der russische Landgang überhaupt eine Befreiung war.

Zurück in Nyker erfuhr ich, dass die Deutschen dem russischen Befehlshaber gegenüber, den ich am Hafen gesehen hatte, ihre Kapitulation erklärt hatten. Der deutsche Kommandant und seine Handlanger wurden kurz darauf weggebracht. Ich bete, dass wir friedlicheren Zeiten entgegensehen, aber ich habe meine Zweifel.

Mittwoch, 15. Juli

20

Krista Sommer leitet die Teilnehmerinnen ihres Kursus' *Stuhlgymnastik für Seniorinnen* mit solchem Enthusiasmus an, dass die beiden übergewichtigen Damen der Gruppe die Fitnessbänder ein wenig straffer spannen und die ergrauten Grazien den Rumpfdehner etwas intensiver ausführen.

Agnethe wartet in der Cafeteria, in der es nach Frittierfett riecht und von wo aus man die Sporthalle einsehen kann. Sie vertreibt sich die Zeit, indem sie SMS ihrer Mutter beantwortet, die an einer Konferenz in New York teilnimmt, und von Frank, obwohl es ihr freier Tag ist.

Der Gedanke war ihr gestern Abend gekommen. Henrik hatte darauf bestanden, noch auf Hammershus vorbeizuschauen und den Sonnenuntergang zu genießen, bevor sie zurück nach Rønne fuhren. Sie saßen mit dem Rücken an die sonnenwarmen Steine der Burgruine gelehnt da und sahen zu, wie sich die Farbe des Himmels von Feuerrot in Dunkel verwandelte. Die Luft zwischen ihnen knisterte, und in Agnethes Kopf regierte ein sonderbares Chaos. Sie zwang sich, nur an Daniil zu denken, und inmitten der Stille und des prächtigen Sonnenuntergangs begriff sie, dass sie auf ihrer Jagd nach der Wahrheit noch einmal nach Østermarie zu Krista Sommer musste. Es gab eine Frage, die sie der alten Dame stellen musste.

„Ich bin auf dem Weg zu meinem Kursus", hatte Krista gesagt, als Agnethe sie heute Morgen anrief. Der Kursus bestand aus zwei Vormittagsgruppen, Niveau I und Niveau II. Nur widerwillig stimmte Krista zu, in der kurzen Pause nach dem Training der beiden Gruppen und vor dem anschließenden gemeinsamen Kaffeetrinken weitere Fragen zu beantworten.

In der Halle sammeln die Teilnehmerinnen von Niveau II gerade ihre Sachen zusammen. Es dauert ein paar Minuten, bis zwölf betagte Gymnastinnen nach einer Stunde Bewegungsübungen in sitzender Stellung wieder auf die Beine kommen.

Krista bittet Agnethe, ihr beim Stapeln der Stühle behilflich zu sein.

„Wir trinken immer noch Kaffee zusammen, wenn wir hier fertig sind", sagt sie und sammelt dabei die blauen Fitnessbänder auf. „Aber wenn Sie mir ein wenig zur Hand gehen, habe ich ein paar Minuten Zeit für Sie."

Die Stühle stapeln ist nicht so einfach. Sie müssen genau aufeinander gesetzt werden, verkanten aber sehr leicht.

„Krista, ich muss wissen, ob Sie Daniil genug erzählt haben, damit er seine Familie finden konnte."

„Wie ich schon sagte, es war schwierig, sich mit ihm zu verständigen. Er sprach kein Dänisch."

„Aber Sie haben ihm von Marius aus Pedersker erzählt, oder?"

„Ich habe ihm die Namen der Männer auf dem Bild aufgeschrieben, soweit ich sie kannte. Auch Marius, wenn Sie das meinen."

„Haben Sie *Marius aus Pedersker* oder nur *Marius* geschrieben?"

Krista hält inne.

„Ich glaube, ich habe nur Marius geschrieben. Nichts von Pedersker."

Nur ein Vorname. Wie weit kann Daniil damit gekommen sein?

„Wie gut kannten Sie Marius?"

„Na ja, kennen … Sagen wir mal er war auf der Insel bekannt wie ein bunter Hund."

„Was meinen Sie damit?"

„Wenn man Marius aus Pedersker erwähnte, wusste jeder, wer gemeint war. Zumindest die *piblana*. Also die Mädchen", fügt Krista in ungewöhnlich akzentuiertem Hochdänisch hinzu.

Tatsächlich wäre eine Übersetzung in allgemein verständliches Dänisch nicht notwendig gewesen. Alle benutzen das Bornholmer Wort für Mädchen, ebenso wie den entsprechenden Ausdruck für Jungen, *hôrra*, sogar der Probst, der ansonsten nie Bornholmer Platt spricht.

Krista lässt sich auf einem der noch nicht aufgestapelten Stühle nieder und sieht hinüber zu der Uhr auf der Anzeigetafel am anderen Ende der Halle. Sie zeigt immer noch drei Minuten Nachspielzeit für ein längst abgepfiffenes Handballspiel an.

„Marius erinnerte viele an diesen Schauspieler … Wie hieß er noch? … James Dean. Immer ein wenig auf Krawall gebürstet, aber unglaublich charmant. Einer, der sich aus allem rausreden konnte."

Krista lächelt, und einen Moment lang blitzen ihre Augen wie die einer verliebten Siebzehnjährigen.

„Aber wenn er auf Krawall gebürstet war, wie Sie sagen, wie konnte er dann eine russische Soldatin kennenlernen?"

„Ich habe keine Ahnung", antwortet Krista, steht auf und fährt mit ihrer Sammelaktion fort. Jetzt sind die stacheligen Massagebälle an der Reihe, an denen noch Sockenfusseln hängen.

„Gab es denn damals überhaupt viele Soldatinnen?"

„Ja, durchaus, und sie ließen sich nichts gefallen, kann ich Ihnen sagen. Es gab da so eine Geschichte … Einer der Rønne-*hôrrane* soll einer Soldatin hinterhergepfiffen haben. Das gefiel ihr aber wohl nicht besonders, also verabreichte sie ihm eine Ohrfeige, dass ihm das Trommelfell platzte."

Agnethe bugsiert den letzten Stuhl oben auf den Stapel.

„Und Johanne, die er dann geheiratet hat? Was war sie für ein Mensch?"

„Nehmen Sie die hier bitte mit", sagt Krista und drückt ihr ungefähr ein Dutzend Schaumgummistangen in die Hände. Dann nimmt sie Kurs auf die Tür, voll bepackt mit knallbunten Gymnastikgerätschaften. Sie biegen um eine Ecke und gehen einen Gang hinunter, der, dem Geruch von Shampoo und Schweißfüßen nach zu urteilen, an den Umkleideräumen vorbeiführt.

„Johanne habe ich nicht gekannt, aber soweit ich weiß, war sie eher ein stilles Mädchen. Nicht wie die anderen, die Marius so kannte."

Krista schließt eine Tür zu einem im Halbdunkel liegenden Raum auf und räumt die Gerätschaften in zwei Körbe zwischen Netzen voller Fuß- und Basketbälle.

„Letztlich haben seine Eltern die Heirat mit Johanne wohl arrangiert, damit er zur Ruhe kam."

„Heirat arrangiert? Tat man das damals noch?"

„Es kam vor. Besonders wenn ein Mann sehr … rührig war, konnte es sein, dass die Familie ihn einer guten Partie vorstellte."

Krista schließt den Geräteraum ab, und zusammen machen sie sich auf den Weg zu Kaffee und Geselligkeit.

„Was haben Sie Daniil über Johanne erzählt?"

Sie sind in der Cafeteria angekommen. Krista lächelt einer der Damen zu, die sie zu sich winkt. Sie hat einen Platz für die Kursleiterin in der Mitte des Tisches freigehalten, wo die roten Thermoskannen von Hand zu Hand wandern.

„Ich muss zu den anderen. Das gemeinsame Kaffeetrinken ist genauso wichtig wie der Sport."

„Ja, natürlich. Und? Haben Sie ihm von Johanne erzählt?"

„Tja, ich habe wohl erzählt, dass Marius verheiratet war, aber ich habe es nicht aufgeschrieben. Also Johannes Namen. Da bin ich mir sicher."

Sie dreht sich um und geht hinüber zu dem Tisch, und noch bevor sie Platz genommen hat, ist sie schon der natürliche Mittelpunkt der Kaffeegesellschaft.

Kann Daniil, nur mit diesen spärlichen Informationen ausgestattet, die Kinder von Marius und Johanne aufgespürt haben? Oder hat er nach seinem Besuch bei Krista Sommer aufgegeben? Hat ihn deshalb niemand aus der Familie Kure-Nielsen zu Gesicht bekommen?

Vielleicht sucht sie nach einer Familiengeschichte, die es nicht gibt. Eine Konstruktion, die nichts anderes ist als ein Alibi für etwas Größeres. Etwas Schlimmeres.

Nein.

Es gibt noch eine Möglichkeit, der sie nachgehen muss.

21

Agnethe findet Sven-Åge ganz hinten im Archivkeller, vor einem Tisch voller abgegriffener, in Leder gebundener Bücher und alter Dokumente mit Wachssiegel unten auf den Seiten. Er blickt auf und lässt die Lupe, die er an einer Schnur um den Hals trägt, zurück auf die Brust sinken.

„Ah, unsere neue Pfarrerin. Wollen Sie wieder im Zeitungsarchiv stöbern oder wollen Sie etwas über Bornholms Geschichte lernen?"

„Ich bin hier, weil ich Ihre Hilfe brauche. Der junge Mann aus Russland, der hier war: Ist er noch einmal wiedergekommen, nachdem er das Zeitungsfoto gefunden hatte?"

Wenn Daniil nach seinem Besuch bei Krista Sommer nicht aufgegeben hat, kann er nur hierher gekommen sein. Ein anderer Ort, an dem er seine Suche hätte fortsetzen können, fällt ihr nicht ein. Mit dem Namen des vermeintlichen Großvaters hatte er vielleicht bessere Chancen, in Sven-Åges Sammlungen fündig zu werden.

„Aha, Sie sind also immer noch im Namen unseres jungen russischen Freundes unterwegs. Warum haben Sie mir nicht erzählt, dass es derselbe Mann war, den sie oben in Vang gefunden haben?"

Natürlich. Diese Journalisten-Tussi hat ihm erklärt, wie alles zusammenhängt. Agnethe hat eine konkrete Vorstellung, welches Thema ausführlich diskutiert wird, wenn er und Thorkild das nächste Mal zusammen Karten spielen. Oder schon vorher.

„Ich war nicht sicher, dass er es war. Schönes Buch, das Sie da haben", versucht sie auszuweichen und deutet mit einem Nicken auf das aufgeschlagene Werk mit verschnörkelten Buchstaben und einem Schloss aus Bronze auf dem Tisch.

„Ja, etwas ganz Besonderes. Erkennen Sie es vielleicht?"

Sie beugt sich über den Tisch.

„Sieht aus wie …"

„Eine sehr alte Ausgabe der Bibel."

Ein Anflug von Enttäuschung mischt sich in Sven-Åges Stimme, wahrscheinlich darüber, dass die neue Pfarrerin ihr eigenes

Lehrbuch nicht sofort erkannt hat.

„Ja, natürlich, die Resen-Svaningsche Bibel“, unternimmt sie einen gewagten Vorstoß.

„Korrekt.“

„Von 1647, die erste dänische Bibel, die direkt aus dem Griechischen und Hebräischen übersetzt wurde. Schwer verständlich.“

Vorsichtig schlägt Sven-Åge eine der ersten Seiten auf. Zum Vorschein kommt ein Kupferstich mit dem Wort *Biblia* in der Mitte, umgeben von Motiven sowohl aus dem Alten als auch dem Neuen Testament.

„Na, Sie wissen ja doch recht gut Bescheid. Das ist gutes Handwerk, sonst wäre es nicht über dreihundert Jahre alt geworden.“

Der Archivar lächelt.

„Sven-Åge, es tut mir leid, vielleicht hätte ich Ihnen sagen sollen, dass es sich bei dem Toten aus dem Granitbruch und dem jungen Russe, der hier bei Ihnen im Archiv war, um ein und denselben Mann handelt.“

Hoffentlich kann ihr gemeinsames Interesse für historische Bibelübersetzungen den Archivar milde stimmen.

„Ich suche immer noch nach seiner Familie. Ihm war es nicht mehr vergönnt, sie zu finden.“

Sven-Åge runzelt die Stirn und lässt sich auf dem Stuhl vor einem der Mikrofilmscanner nieder.

„Wie ich gehört habe, war Ihr Russe Drogenhändler“, murmelt er.

„Das sind Gerüchte. Die Polizei ermittelt noch. Und wenn Sie etwas wissen, sollten Sie mit ihr reden.“

Sven-Åge schüttelt den Kopf.

„Nun ja, wissen ist so eine Sache …“

„Die Polizei glaubt nicht, dass er wirklich auf der Suche nach seiner Familie war.“

„Da ging es mir anfangs genauso. Diese Journalistin sagte, er sei hier gewesen, um Drogen nach Bornholm zu schmuggeln. Aber je mehr ich darüber nachdenke, umso weniger erscheint es mir plausibel. Und umso mehr plagt mich mein Gewissen, dass ich ihm nicht geholfen habe. Jedenfalls nicht so, wie ich es hätte tun sollen.

Besonders jetzt, wo er das Zeitliche gesegnet hat, und dann auch noch auf diese Weise. Schreckliche Geschichte."

„Ich glaube auch nicht an die Gerüchte über die russische Drogenmafia und das alles. Ich glaube, Daniil Khristov war tatsächlich auf der Suche nach seiner Familie. Und wenn Sie das auch glauben, sollten Sie es der Polizei sagen."

Sven-Åge fingert einen achtlos zurückgelassenen Mikrofilm aus dem Scanner und studiert den roten Aufkleber auf der Spule. Dann blickt er auf das Pendant auf der Schachtel, die vor dem Scanner liegt. Als er sicher ist, das beides übereinstimmt, steckt er den Film in die Schachtel.

„Die meisten, die hierherkommen und nach ihrer Familie suchen, kennen ihre Vorfahren ja schon. Sie wollen nur ein bisschen in den alten Dokumenten stöbern, ist so eine Art Hobby für sie. Ahnenforschung nennen sie das, aber mit Forschung hat es nicht das Geringste zu tun. Nach ein paar Monaten sind sie es dann leid. Und fangen an zu stricken oder so was. Aber dieser Russe war anders. Eifriger, verbissener."

Er beendet das Studium seiner Schuhspitzen und sieht sie an.

„Ich hätte ihm helfen müssen. Richtig helfen."

„Auch wenn Sie ihm geholfen hätten, wäre er jetzt höchstwahrscheinlich tot."

Sven-Åge nickt, steht auf und schlurft mit der Schachtel in der Hand in einen angrenzenden Raum. Sie folgt ihm.

„Ist er noch mal zurückgekommen?"

Er öffnet einen Archivschrank, zieht eine Schublade heraus und legt den Film an seinen Platz, bevor er sich umdreht und sie ansieht.

„Nein, er ist nicht mehr gekommen."

„Sind Sie sicher? Kann jemand anderes ihm vielleicht geholfen haben?"

„Ich bin sicher. Ich bin der Einzige hier unten, und ich war den ganzen Sommer über da. Meine Frau und ich haben eine Kreuzfahrt in der Karibik gebucht, im September. Im Sommer sind hier unten immer nur eine Handvoll Leute, da ist es leicht, den Überblick zu behalten, glauben Sie mir."

Die Schublade gleitet mit einem leisen Klicken zurück in den

Schrank, und Sven-Åge macht sich auf den Weg zu seinem Schreibtisch. Kramt eine Kopie des Bildes mit Daniils mutmaßlichem Großvater hervor.

„Wir haben ein neues System zur Kategorisierung der Mikrofilme bekommen, deshalb hatte ich noch keine Zeit zu suchen …"

Sie nimmt das Bild, das vermutlich Marius aus Pedersker zeigt, einen jungen Charmeur und wahrscheinlich der Großvater, den Daniil nicht mehr finden konnte.

Draußen vor der Bibliothek bleibt Agnethe stehen und blickt auf die wenigen Bäume der Østre Anlæg. Näher als die überschaubare Quadratmeterzahl Wiese, die zur Rückseite des Rathauses hin abfällt, ist Rønne einem Park nie gekommen. Wie sie gelesen hat, lag hier im 19. Jahrhundert der Stadtfriedhof. Damals war der Boden so feucht gewesen, dass man Pumpen einsetzen musste, um die frisch ausgehobenen Gräber von einsickerndem Grundwasser zu befreien, sodass die Verstorbenen trockenen Fußes auf die andere Seite gelangen konnten. Heute scheint das genaue Gegenteil das Problem zu sein. Das vormals saftige Gras hat von der Sonne verbrannten, armseligen Büscheln Platz gemacht, die unter den Schuhen knirschen, als sie das Gelände überquert. Die Gräber sind längst fort und vergessen.

Ist Daniil wirklich nicht weiter gekommen als bis zu Krista Sommer?

Im Schatten einer Buche setzt sie sich ins Gras und lehnt sich gegen den Stamm. Vor sich sieht sie die Zeichnung, die sie bei ihrem ersten Besuch in Østermarie angefertigt hat. Fünf Strichmännchen, die die fünf Männer auf der Fotografie symbolisieren sollen, auf die Daniil gestoßen war und die er Krista Sommer gezeigt hat.

Krista hatte gesagt, Daniils mutmaßlicher Großvater sei Marius aus Pedersker. Möglicherweise hatte Daniil verstanden, sein Großvater sei ursprünglich aus Pedersker gewesen und habe eine Frau namens Johanne geheiratet. Aber konnte er mit so dürftigen Informationen Marius' Kinder ausfindig machen? Sie hat selbst ein paar Stunden in den Kirchenbüchern suchen müssen, um sie zu finden, und diese Möglichkeit hatte Daniil nicht. Ist er Axel, Tove und Thit trotz seines Eifers und seiner Verbissenheit nie begegnet?

Oder hat Henrik recht und sie lügen?

Sie streicht mit der Hand über die Halme. Im Schatten des Baumes sind sie dichter und weicher, laden geradezu ein, sich auszustrecken und auszuruhen. Sie gibt der Versuchung nach. Sie ist ja immer noch so neu in ihrem Amt, dass niemand die Pfarrerin erkennen wird, die in diesem Winkel des Königreichs, in dem jeder über seinen eigenen, gut gepflegten Rasen verfügt, auf einer öffentlichen Wiese herumlümmelt. Das Gras kitzelt an Armen und Beinen. Über ihr die sanft schwankenden Baumkronen und blaue Unendlichkeit, unter ihr Schicksale aus einem anderen Jahrhundert.

Und wenn die Kinder nicht gelogen haben, sondern Krista Sommer?

Agnethe dachte zuerst, Kristas Mann Karl Henning sei Daniils Großvater. Krista macht einen ehrlichen Eindruck auf sie, dennoch ist sie die Einzige, die weiß, auf welchen der fünf Männer auf dem Bild Daniil gezeigt hat, als er sagte, er suche nach seinem Großvater.

Schritte sind zu hören. Agnethe stützt sich auf den Ellbogen und begegnet dem forschenden Blick einer Frau, die einen Hund an der Leine führt. Vielleicht erkennt sie die neue Pfarrerin, aber dann hinterlässt der Cockerspaniel einen ordentlichen Haufen auf der Wiese, und sie macht sich mit Tütchen und Schäufelchen zu schaffen, während sie den Hund ausschimpft.

Agnethe schließt die Augen.

Krista sagte, sie und Karl Henning seien schon verlobt gewesen, als die Russen die Insel besetzten. Wenn Daniil ihr Kuckucks-Enkel war, würde sie dann lügen, um den Seitensprung ihres Mannes mit einer Russin zu vertuschen? Hat sie vielleicht Angst davor, es könnte ans Tageslicht kommen, dass Daniils Großvater nicht Marius, sondern Karl Henning war?

Es gibt nur einen Weg, es herauszufinden: Sie muss das Zeitungsfoto sehen, auf das Daniil im Archiv gestoßen ist. Sehen, welcher der fünf Männer dem auf dem Passfoto gleicht.

22

Als Agnethe den Archivkeller betritt, die Lungen voller sommerfrischer Luft aus der Østre Anlæg, fühlt es sich an, als atme sie Staub ein; alte Worte und alte Buchstaben, die im Hals kratzen.

„Wir schließen in einer Viertelstunde“, teilt Sven-Åge mit, wobei er ihr den Rücken zuwendet. Offenbar hat er ihre Schritte auf der Treppe gehört. „Ach, Sie sind’s wieder.“

Der Archivar räumt weiter Bücher in das Regal vor ihm ein. „Ich habe mit der Polizei gesprochen. Sie meinten, es sei nicht nötig, dass ich vorbeikomme. Ich glaube, Sie haben meinen Anruf gar nicht erst zu Protokoll genommen.“

„Das wundert mich nicht. Sie halten an ihrer Drogentheorie fest“, antwortet sie nur, obwohl sie gerne gefragt hätte, ob er mit Lars gesprochen hat.

Lars hätte zugehört. Aber wenn die anderen Ermittler Lars zuhören sollen, dann muss sie Beweise finden. Und der erste Beweis ist Daniils Foto. *I found something*. Sie muss danach suchen, hier im Archiv, damit sie weiß, ob Krista lügt.

„Wollen Sie mir helfen, das Foto zu finden, das Daniil gefunden hat?“

„Ich habe Ihnen doch gesagt, dass ich den Leuten nicht über die Schulter schaue. Ahnenforschung ist Privatsache.“

„Ja, aber Sie haben auch gesagt, dass es ein Zeitungsfoto war, und ich weiß, dass es aus der Zeit des Wiederaufbaus hier in Rønne ist. Es muss also 1945 oder Anfang 1946 aufgenommen worden sein.“

Sven-Åge dreht sich um und sieht sie an.

„Das ist wirklich bewundernswert von Ihnen. Ganz ehrlich. Aber eher stoßen Sie auf ein gut erhaltenes Exemplar der Resen-Svaningschen Bibel in einem kleinen Stadtarchiv, als dass Sie dieses Foto finden. Damals erschienen noch Bornholms Avis, die Tidende und Bornholms Social-Demokrat.“

„Ja, aber wenn wir das Foto finden, können wir die Polizei vielleicht dazu bringen, auch noch in andere Richtungen zu ermitteln als Drogenschmuggel. Und Daniil hat nicht nur mich, sondern auch Sie um Hilfe gebeten. Das ist das Mindeste, was wir für ihn tun können."

Sven-Åge sieht auf seine Armbanduhr.

„Wir schließen gleich … Meine Frau und ich sind heute Abend zum Essen eingeladen, und deshalb würde ich gerne pünktlich wegkommen, verstehen Sie?"

Sie kann das Foto nicht alleine finden, hat keine Ahnung, wo sie anfangen soll. Sie muss an das Gewissen des Archivars appellieren. An sein schlechtes Gewissen.

„Warum haben Sie im Radio gesagt, Sie seien sicher, dass Daniil nur zum Schein hierher zu Ihnen ins Archiv gekommen ist?"

Sie muss unbarmherzig sein, wenn sie das Foto haben will.

Der Archivar sieht sie an und blickt dann zu Boden.

„Ich bin nicht besonders stolz darauf, das können Sie mir glauben", sagt er und seufzt.

„Sie haben dazu beigetragen, dass diese Journalistin Daniil als Drogenhändler abgestempelt hat."

„Sie sagte, dass …"

„Wir sind es Daniil schuldig, die Wahrheit herauszufinden. Wenn Ahnenforschung überhaupt irgendeinen Sinn hat, dann doch wohl in Fällen wie diesem. Fällen, in denen ein Unschuldiger an den Pranger gestellt wird, in denen historische Quellen verfälscht werden und eine unwahre Geschichte erzählen, weil wir aufgegeben haben."

Sven-Åge zögert. Dann legt er die drei, vier Bücher ab, die er noch in den Händen hält, und geht zu seinem Schreibtisch. Greift nach dem Telefon und wählt eine Nummer.

„Ja, ich bin's. Es wird ein bisschen später heute … In ungefähr einer Stunde … Ja, ja, ich weiß. Leg mir doch bitte schon ein paar Sachen raus, ich dusche dann schnell und … Es ist nun mal dringend, tut mir leid … Ja, ich weiß. Bis gleich."

Nicht, dass sie ein intimes Gespräch mitangehört hätte, dennoch sieht der Archivar Agnethe etwas verlegen an.

„Na denn, wo fangen wir an?" fragt er und schlägt die Hände klatschend vor der Brust zusammen, als wolle er schlechtes Gewissen und bisherige Unstimmigkeiten zwischen ihnen verscheuchen.

Das Geräusch wird nach und nach von den alten Büchern absorbiert. Agnethe erklärt, dass sie nach einem Bild suchen, das fünf Männer während der Wiederaufbauarbeiten in Rønne zeigt.

„Im Text zu dem Bild steht etwas über einen Karl Henning und vielleicht noch ein paar andere Namen."

Sven-Åge nickt und dreht an dem Handgriff des ersten Archivschranks. Die Rollregalanlage setzt sich in Bewegung und öffnet einen Gang zwischen dem ersten und zweiten Schrank. Der Archivar marschiert zum Ende des Gangs, nimmt zwei große Archivbücher aus dem zweiten Schrank und wuchtet sie auf ihre ausgestreckten Arme.

„Die Zeitungen sind nach Jahren und innerhalb der Jahre nach Quartalen archiviert. Sie fangen mit dem zweiten und dritten Quartal 1945 aus der Tidende an, ich mit Bornholms Avis", sagt er und macht sich erneut auf den Weg zum Ende des Gangs. „Die Redaktionsgebäude wurden damals auch von russischen Bomben getroffen. Die ersten Ausgaben erschienen erst wieder am 17. Mai 1945."

Sie schleppen die Zeitungen zu Sven-Åges Schreibtisch im Raum nebenan, setzen sich zurecht und schlagen die Archivbücher auf.

Als der Frieden im Rest des Landes Einzug hielt, kam der Krieg nach Bornholm lautet die Schlagzeile auf der ersten Titelseite. Die acht Seiten danach sind eine Zusammenfassung der Angst und der Unsicherheit der zehn Tage zuvor. Es ist unmöglich, sie durchzublättern, ohne wenigstens die Schlagzeilen und die Bildtexte zu überfliegen.

Neun Tote bei Bombenangriffen. Das Zentrum von Nexø ist ein Trümmerhaufen. Auch Rønne sehr hart getroffen.

Skolestræde in Rønne dem Erdboden gleichgemacht. Frau Møller und ihre Schwester suchen in den Ruinen ihres Hauses nach brauchbarem Inventar. Zurzeit wohnen sie bei Bekannten in Klemensker.

Kapitän Holms Haus in der Damgade wurde von einem Volltreffer zerstört. Kapitän Holm, seine Frau und ihre beiden Kinder starben. Im Hintergrund die Rønner Kirche, die das Bombardement überlebte.

Mühsam arbeitet sich Agnethe vor, neben ihr sitzt Sven-Åge. Im Keller ist es still – nur das Geräusch der alten Seiten, die umgeblättert werden und von Zerstörung und Schicksalsschlägen berichten, ist zu hören.

Auf manchen Bildern völlig zerbombter Häuser erkennt sie Straßenecken in Rønne und Nexø wieder. Oft sind Männer mit hängenden Schultern und in dunklen Jacken zu sehen, grobkörnige Gesichter in Schwarz-weiß, die wortlos von Grauen und Verzweiflung erzählen. An Fahnenmasten, die von den Bomben verschont blieben, weht inmitten der zerstörten Straßen der Dannebrog auf Halbmast.

Seite für Seite zieht ein Teil Bornholmer Geschichte an ihr vorbei. Sie würde gerne alles lesen, die Vergangenheit verstehen, die immer noch so allgegenwärtig ist. Aber nicht jetzt.

Handwerker, Arbeiter und andere Freiwillige räumen die Straßen in Rønne und Nexø frei.

Gasversorgung in Rønne noch nicht wieder hergestellt. Vorsicht: Nicht den Gashahn aufdrehen, Lebensgefahr!

Parlamentsmitglied Frau Rasmussen nimmt durch Bombenangriffe obdachlos gewordene Einwohner aus Rønne bei sich auf.

Außenminister Christmas Møller inspiziert gemeinsam mit Bürgermeister Harild die Ruinen in Nexø.

Lagerhäuser in Kopenhagen randvoll mit Spenden für von Bombenangriffen geschädigte Bornholmer.

Russischer Besuch auf Bornholm nur vorübergehend,
versichert russisches Oberkommando.

„Kann es das hier sein?“ fragt Sven-Åge plötzlich.

Sie hat die ganze Zeit auf ihrem Stuhl gesessen, die Schultern hochgezogen und den Nacken weit vorgeschoben, um die Bilder besser sehen zu können. Jetzt ist ihr Körper steif, und ungelenk beugt sie sich zu Sven-Åge hinüber und betrachtet über seine Schulter hinweg das Bild, auf dem der Zeigefinger des Archivars liegt. Sven-Åge riecht nach Staub, gewürzt mit einem Hauch von Old Spice oder einem anderen klassischen Herren-Eau-de-Cologne.

„Lassen Sie mal sehen.“

Die Schwarz-weiß-Fotografie ist unscharf, zeigt aber immerhin fünf Personen. Im Vordergrund sind drei Männer zu sehen, die um ein Pferdefuhrwerk herumstehen und in die Kamera blicken. Im Hintergrund stolpern zwei Frauen zwischen den Trümmern eines von Bombentreffern zerstörten Hauses umher. Beide haben ein Tuch um den Kopf gebunden. Ein Karl Henning Sommer wird in der Bildunterzeile nicht erwähnt.

Sie schüttelt den Kopf.

„Nein, auf Daniils Bild waren fünf Männer.“

„All right“, sagt Sven-Åge und nickt.

Ohne ein weiteres Wort widmen sie sich wieder ihren Zeitungen. Als er glaubt, sie sieht es nicht, schaut Sven-Åge diskret auf seine Armbanduhr. Das dritte Mal.

Sie müssen dieses Bild finden. Sie muss wissen, ob Krista Sommer die Wahrheit sagt.

Neue Titelblätter.

Neue Bilder.

Neue Schlagzeilen.

Es gibt mehr Diebstähle als je zuvor auf Bornholm. Wachtmeister Mogensen: Überall wird geplündert, sogar in den Ruinen. Die Kriminalpolizei soll nun Verstärkung von der Schutzpolizei erhalten.

Das Versammlungshaus der Lutherischen Missionsgemeinde in der Sankt Mortensgade wurde nach der Beschlagnahme durch die Wehrmacht desinfiziert und wieder freigegeben. Es steht der Gemeinde zur Verfügung, die Sonntagsschule findet wieder statt.

Jede Menge Schlagzeilen, die Zeit und tiefere Auseinandersetzung erfordern. Verständnis.

Bei einer Minenexplosion vor Kolberg in Polen
kommen 11 Bornholmer Seeleute ums Leben.

Aufräumarbeiten in Nexø bald abgeschlossen.

Aber immer noch nicht das richtige Foto.

Das Kronprinzenpaar kommt zu Besuch und isst mit
General Korotkow im Hotel Helligdommen zu Abend.
Einige der Gerichte wurden aus diesem Anlass aus Russland eingeflogen.

Sven-Åge hat recht – es ist ein hoffnungsloses Unterfangen, in das sie sich gestürzt haben. Aber nicht unmöglich, schließlich hat Daniil das Foto entdeckt.

Das Passagierschiff der Reederei 66, die Rotna, das von russischen Bomben beschädigt wurde, kann vermutlich rechtzeitig zum Weihnachtsverkehr wieder auf der Route Rønne–Kopenhagen eingesetzt werden.

Gerüchte, Marschall Stalin wolle auf der Rückreise von der Potsdamer Konferenz Bornholm besuchen.

Um halb sechs ist es mit Sven-Åges Geduld vorbei.

„Ich muss für heute Schluss machen. Meine Frau und ich sind in einer halben Stunde zum Abendessen bei Bekannten in Nyker eingeladen", sagt er, steht auf und fasst dabei an den Kragen seines Hemds, als wolle er unterstreichen, dass er sich noch umziehen muss und es jetzt schon ziemlich knapp wird mit einem frischen Outfit. Und einem Schlips.

Agnethe versucht, sich Sven-Åge mit Schlips vorzustellen. Es gelingt nicht.

Das Titelblatt vor ihr ist vom 7. August 1945. Auf dem Weg zur Werft in Aalborg ist die Fähre M/S Østbornholm auf eine Mine gelaufen. Das Schiff wurde zerstört, der Kapitän kam bei der Katastrophe ums Leben. Aber in Japan sind weitaus mehr Menschen umgekommen. Es ist der Tag nach dem Atombombenabwurf der Amerikaner auf Hiroshima. *Neue amerikanische Waffe von revolutionärer Bedeutung sowohl für den Frieden als auch für den Krieg* weissagt die Zeitung vorausschauend.

Sie haben beide ungefähr die ersten drei Monate durchgesehen, nachdem Rønne von den Russen bombardiert wurde. Nicht sehr viel. Und ohne Sven-Åge wird es noch langsamer gehen, aber ihn zu bitten, ob er nicht länger bleiben könne, bringt sie nicht über sich.

„Kann ich noch weitermachen?" fragt sie stattdessen. „Ich muss dieses Foto finden."

Sven-Åge sieht sie an und fingert wieder an seinem Hemdkragen herum. Wiegt nachdenklich den Kopf. Er wird zu spät zu seinem Abendessen kommen.

Dann macht er entschlossen kehrt, geht zu dem Stummen Diener, an dem sein Mantel hängt, und wühlt in den Taschen. Als er sich wieder umdreht, hält er einen Schlüsselbund in der Hand.

„Was soll's … Schließlich sind Sie Pfarrerin", murmelt er.

Falls Daniils Bild erst 1946 aufgenommen wurde, sitzt sie immer noch hier, wenn Sven-Åge morgen früh wieder auftaucht. Womöglich sogar noch länger. Jemand muss ihr helfen.

Auf der Suche nach ihrem Handy findet Agnethe die Jungfrau Maria, die inzwischen alles andere als standesgemäß in ihrem

Rucksack residiert. Henrik antwortet nach dem achten Klingeln und bedankt sich für den schönen Abend gestern und den leckeren Dorsch. Das seltsame Herzklopfen stellt sich wieder ein, aber mit ein paar tiefen Atemzügen und der Hand über dem Telefon bekommt sie es unter Kontrolle.

„Ich brauche deine Hilfe."

„Schon wieder?"

Henrik lacht.

Noch einmal tief durchatmen.

„Ja, ich bin im Stadtarchiv und suche nach Daniils Foto. Vor mir liegen sämtliche Zeitungen, die Mitte der Vierzigerjahre erschienen sind."

„Okay, ich bin in zehn Minuten da. Nein, sagen wir in fünfzehn, ich muss mich noch anziehen."

Er legt auf.

Warum muss er sich anziehen? Warum sagt er ihr das überhaupt?

Egal.

Weiter.

Ein Bornholmer Abgeordneter hat sich im Parlament hervorgetan und auf die Situation der Insel hingewiesen.

Aber warum hat Henrik nichts an?

Weiter.

Sie muss dieses Foto finden.

23

Sie blättern.

Holen mehr Zeitungen.

Lesen.

Essen Henriks mitgebrachte Sandwiches. Trinken Cola und kämpfen sich mühsam durch eine Zeitung nach der anderen.

„Ich glaube, ich hab's."

Endlich ein Bild, das das Gesuchte sein könnte, daneben ein Artikel über den ersten Besuch des dänischen Staatsministers auf Bornholm nach den Bombardements.

„Ich glaube, ich hab's", wiederholt Agnethe.

Ihre Hand zittert ein wenig, als sie die abgegriffene Ausgabe des Bornholms Social-Demokrat vom Oktober 1945 so dreht, dass auch Henrik das Bild sehen kann. Nicht mehr lange, dann weiß sie, ob Krista Sommer lügt. Ob Daniil nach Karl Henning Sommer suchte. Oder nach Marius aus Pedersker.

Mit Hilfe von Sven-Åges Lupe untersuchen sie die grobkörnig auf Papier gebannte Vergangenheit. Ganz richtig wurde das Bild während des Wiederaufbaus in Rønne nach den Bombenangriffen der Russen aufgenommen. Fünf Männer haben neben einer Palette ordentlich aufgestapelter Backsteine Aufstellung genommen, im Hintergrund ist das hölzerne Skelett eines neuen Hauses zu erkennen. Die Kleidung der fünf Männer ist schmutzig und scheint ihnen am Körper zu kleben. Obwohl es Oktober ist, stehen alle mit nackten Armen da. Die beiden ganz links stützen sich auf ihre Schaufeln.

Agnethe liest die Bildunterzeile: *Nach den Bombenangriffen vom Mai haben beinahe alle Familien in Rønne wieder ein Dach über dem Kopf. Aber der Wiederaufbau ist immer noch in vollem Gange. Hier errichten Karl Henning Sommer (Mitte) und vier weitere Arbeiter ein Haus im Borgmester Nielsens Vej.*

„Das ist es. Das muss es sein."

„Es erfüllt jedenfalls sämtliche Kriterien", sagt Henrik und nickt. „Aber es liefert keine neuen Namen. Wie soll man da wissen, wer von denen der Großvater ist?“

„Ich habe eine Kopie des Fotos von Daniils Großvater. Vergleichen wir mal.“

Agnethe kramt das Passfoto und ihren Notizblock hervor, schlägt das Blatt mit der Strichmännchenzeichnung auf, die sie mit Krista Sommers Hilfe angefertigt hat.

„Nach dem was Krista gesagt hat, müsste der zweite von rechts Daniils Großvater sein, also er hier“, sagt sie und hält die Lupe über die entsprechende Stelle des Bilds.

Unter dem Vergrößerungsglas materialisiert sich ein dunkelgraues, möglicherweise bärtiges Kinn und ein halb offener Mund, als ob der Mann im selben Augenblick etwas sagt, in dem der Finger des Fotografen auf den Auslöser drückt. Er trägt ein Unterhemd, eine schmuddelige Arbeitshose und ein Paar Schuhe, die auf dem unscharfen Ausdruck nur als schwarze Flecken am Ende der Beine zu identifizieren sind.

Agnethe bewegt die Lupe über das Passfoto. Ist die etwas kantige Kopfform dieselbe? Zurück zum Zeitungsbild. Obwohl es ziemlich undeutlich ist meint sie, die schelmisch blickenden Augen wiederzuerkennen, aber tatsächlich ist es die Statur des vermeintlichen Großvaters, die sie überzeugt. Sie ist sicher. Er ist der Einzige der fünf, der nicht steif und wie hingestellt wirkt.

„Der zweite von rechts ist der Großvater.“

Henrik nickt.

„Exakt. Karl Henning sieht dem Typ auf dem Passfoto kein bisschen ähnlich. Sie haben nicht einmal die gleiche Haarfarbe.“

„Richtig. Marius aus Pedersker muss Daniils Großvater sein“, schlussfolgert sie und lässt sich mit dem Rücken gegen die Lehne von Sven-Åges Bürostuhl fallen. Spürt, wie die Schultern nachgeben und der Körper sich automatisch entspannt. Die Atemzüge werden leichter, trotz der nur von dem trägen Ventilator aufgefrischten, staubigen Kellerluft.

Krista hat nicht gelogen. Daniil hat nicht gelogen.

Aber es gibt immer noch ein Problem. Oder genauer gesagt: zwei Probleme. Denn das Bild bestätigt nur, dass Marius aus Pedersker die Person ist, nach der Daniil suchte. Es verrät weder, ob Daniil seine Familie ausfindig machen konnte, noch ob Tove Kofoed ihn aus redlichen Gründen beerdigen lassen will.

„Und was jetzt, Ms. Holmes?“

Agnethe zieht die Zeitung näher heran und starrt durch die Lupe auf das Bild.

„Ich bin keine Detektivin, ich will nur sicher sein, dass Daniil eine anständige Beerdigung erhält. Aus ehrlichen und ehrbaren Motiven.“

„Schön, schön, aber …“, Henrik setzt sich auf den Tisch, „… was will die Pfarrerin, die nicht Sherlock Holmes ist, jetzt unternehmen? Einpacken?“

„So wie ich das sehe, werden wir nicht klüger, indem wir auf dieses Foto glotzen“, sagt sie und lässt die Lupe mit einem dumpfen Laut, der von dem staubigen Papier in den endlosen Regalmetern des Kellers sogleich verschluckt wird, auf das Zeitungsbuch fallen.

„Hier finden wir keinen Beweis dafür, dass Tove die Wahrheit gesagt oder Daniil die Familie seines Großvaters doch aufgespürt hat.“

„Da hast du recht. Aber wenn du nicht an das glaubst, was ich im Radio gehört habe, also dass er ein Drogengangster oder so was Ähnliches war, dann muss es einen anderen Grund dafür geben, dass jemand ihn umgebracht hat. Vielleicht weil er mit seinen Nachforschungen weiter gekommen ist? Zu weit?“

„Aber die Familie hatte doch keinen Kontakt zu ihm.“

„Sagen sie. Aber nehmen wir mal für einen Moment an, dass Marius’ Familie lügt. Wie hat Daniil es dann angestellt, sie aufzuspüren? Also nur mit diesem Foto da und dem, was Krista ihm gesagt hat?“ fragt Henrik, hüpft vom Tisch und beginnt, Zeitungsbücher zusammenzuräumen. Bornholms Avis, Tidende und Social-Demokraten.

Ihr Blick folgt seinen Bewegungen.

„Er könnte jemand von den anderen auf dem Bild aufgesucht und nach Marius gefragt haben.“

„Ganz genau.“

„Aber wen? Der da, Erik, ist tot“, sagt sie und zeigt auf das Bild.

„Also bleiben nur noch ein namenloser Zugereister und ein Kerl namens Svend übrig."

„Aber dieser Svend hat ja wohl auch einen Nachnamen, oder? Wäre ich Daniil, würde ich die alte Dame nach einem Nachnamen fragen", sagt Henrik, bevor er in dem Gang zwischen den Schränken verschwindet und die 1945er-Ausgaben der Bornholms Tidende zurück an ihren Platz zwischen der übrigen Geschichte der Insel stellt.

Er hat recht. Doktor Watson hat gerade eine Tür geöffnet, durch die sie gehen muss.

24

„Sie meinten, der Mann ganz links heiße Svend, aber Sie könnten sich nicht mehr an den Nachnamen erinnern", sagt Agnethe, nachdem sie Krista Sommer erklärt hat, sie habe das Zeitungsfoto mit Karl Henning und dem mutmaßlichen Großvater des jungen Russen entdeckt.

Krista brummt etwas Unverständliches, sodass Agnethe sie bitten muss, es zu wiederholen.

„Ich glaube, es war Hansen oder Jensen", sagt Krista, diesmal übertrieben deutlich.

Ist sie etwa immer noch sauer, weil sie wegen Agnethe zu spät ihrem gymnastischen Kaffeekränzchen mit den Golden Girls gekommen ist?

„Oder so ähnlich", fügt Krista hinzu. „Aber ehrlich gesagt kann ich mich nicht genau erinnern."

Keine Nachnamen. Natürlich nicht, das hätte sie sich ja denken können. Wahrscheinlich war Svend auf Bornholm nur als *Svend aus der Hütte hinter den Hügeln im Osten* oder so bekannt. Mit einem Nicken fordert Henrik sie auf nachzuhaken.

„Lebt er noch?"

„Svend? Ja, ich glaube schon", erwidert Krista.

„Wissen Sie, wo er wohnt?"

„Ja, in Rønne. Draußen im Almindingsvej, meine ich. Aber es geht ihm nicht besonders gut."

„Warum? Was meinen Sie?"

„Nun ja, man soll ja nicht über andere Leute reden, aber es ist ihm schon besser gegangen. Die meiste Zeit sitzt er wohl im Kreuz oder irgendeiner anderen Spelunke herum."

Agnethe sieht Henrik an, der mit einem kurzen Nicken bestätigt, das Kreuz zu kennen.

„Haben Sie Daniil erzählt, er könne Svend in einer der Kneipen in Rønne treffen?"

Wenn Krista mit Ja antwortet, hat Henrik recht. Dann haben sie nicht nur das Bild gefunden, sondern auch die Antwort darauf, wie und wo Daniil seine Suche fortgesetzt haben könnte.

Aber an dem Telefon in Østermarie herrscht Schweigen, und Agnethe kommt der Gedanke, die Verbindung zu checken. Sie spürt jeden einzelnen Pulsschlag, während sie auf das Ende der Stille wartet, könnte die Schläge zählen, wenn sie nicht anderes im Kopf hätte.

„Tja, ich weiß nicht mehr genau, was ich gesagt habe", meldet sich Krista endlich wieder zu Wort. „Das Meiste ging ja sowieso in Zeichensprache vor sich."

Natürlich. Keine Klarheiten.

Sie bedankt sich für die Hilfe und sinkt mit einem Seufzer zurück in Sven-Åges Bürostuhl.

„Also, wo fangen wir an? Im Kreuz?" Henrik klingt viel zu aufgekratzt, als sei eine Kneipentour durch Rønne am Mittwochabend das Normalste auf der Welt. „Wenn dieser Svend immer im Kreuz rumlungert und Daniil davon erfahren hat, könnte er ihn doch dort angetroffen haben, oder?"

„Es ist ja gar nicht sicher, dass Daniil Krista überhaupt verstanden hat."

„Das werden wir wissen, wenn wir mit Svend gesprochen haben. Jetzt komm schon."

Henrik wirft ihr eine Cola zu.

„Ein bisschen Koffein wird dir guttun. Ich fahre."

Auf dem Weg zum Auto streifen sich ihre Hände wieder, aber dieses Mal greift Henriks Hand nicht nach ihrer.

Es würde auch niemals gutgehen mit ihnen.

Zigarettenrauch hüllt den Eingang zu dem alten Gasthaus ein, das vom Store Torv aus gesehen nach ein paar Metern auf der linken Seite der Krystalgade auftaucht. In dem Dunst vor der Kneipe lungern eine Handvoll Typen und ein spindeldürres Mädchen herum, qualmen und trinken Flaschenbier. *Krystal-caféen* steht in weiß getünchten, hölzernen Buchstaben an der Fachwerkfassade. Die Hälfte des *a* in *caféen* hat offenbar irgendjemand als Andenken mitgenommen.

„Das ist das Kreuz. Keine Ahnung warum, aber alle nennen es so“, sagt Henrik, als sie näherkommen. Anscheinend hat man selbst im letzten Winkel Dänemarks keine Verwendung mehr für so schöne altmodische Wörter wie Krystal-caféen.

Das erste, was Agnethe wahrnimmt, ist der Gestank nach verschüttetem Bier, der aus dem vermutlich Jahrzehnte alten Teppich aufsteigt. Dann die Musik, die klingt, als stünde John Mogensen in irgendeiner Ecke und würde vor sich hin klimpern. Henrik schiebt sie weiter in den Teil, der früher mal die Gaststube gewesen sein muss.

„Herzlich willkommen“, sagte er und nickt in Richtung der Bar. „Dann sehen wir mal, ob wir diesen Svend auftreiben.“

Auf dem Weg zur Theke drängen sie sich an einem Tisch vorbei, der mit Bier- und Schnapsgläsern übersät ist und an dem fünf, sechs Schnösel hocken, die nach gymnasialer Oberstufe aussehen. Henrik nickt ihnen zu.

„Hast wohl ’ne neue Freundin, Henrik?“ ruft ihm einer von ihnen hinterher.

Henrik dreht sich um und zwinkert ihnen zu.

„Du bringst mir Pluspunkte nach den Ferien“, sagt er zu Agnethe.

Am liebsten würde sie ihm sagen, dass sie niemandes Freundin ist, aber stattdessen bestellt sie zwei Bier, nimmt einen Schluck und hält Ausschau nach Svend.

Direkt vor ihnen spielen zwei Männer Poolbillard. Der eine versucht, sich auf den nächsten Stoß zu konzentrieren, während der andere lauthals von einem „verdammt heißen Geschoss“ erzählt und offensichtlich nichts anderes im Sinn hat, als seinen Kontrahenten so zu irritieren, dass der die anvisierte Kugel verfehlt. Dem unsicheren Stand seines Gegenspielers nach zu urteilen hat das Vorhaben gute Aussichten auf Erfolg.

Noch ein Schluck Bier.

An den meisten Tischen sitzen drei, vier Männer und eine oder zwei Frauen. Ein paar Leute sind alleine da – so wie der Mann mittleren Alters mit dem Würfelbecher und dem dunklen Bier vom Fass drüben in der Ecke.

Ihrer ersten Einschätzung nach sind vier Männer im Lokal, die alt genug sind, um Svend sein zu können. Sie lehnt sich über die Theke und fragt den Barkeeper nach Svend.

„Svend? Der alte Svend oder Skipper-Svend?"

Seeleute bauen ja wohl keine Häuser.

„Der alte Svend."

„Das ist der da hinten."

Der Typ hinter der Theke deutet auf einen Tisch am anderen Ende der Kneipe, an dem zwei Männer sitzen. Der eine, der Svend sein muss, scheint dem anderen, der augenscheinlich um einiges jünger ist, irgendetwas zu erklären. Der andere hört zu, verfolgt aber gleichzeitig das Dartspiel, das in Svends Rücken abläuft. An dem Tisch steht noch ein freier Stuhl, daran lehnt ein Gehstock.

Als sie die Theke verlässt und sich in Richtung der beiden Männer bewegt, pfeift ihr einer von Henriks Schülern hinterher. Sie ignoriert es und fragt den Älteren der beiden, ob sie sich setzen darf.

„Zur Gesellschaft junger Damen sagen wir niemals nein, was Niels?"

Svend lacht und nimmt seinen Stock weg. Sie setzt sich, stellt ihr Bier ab und sich vor, ohne einen Plan, wie sie vorgehen will.

„Was verschafft uns die Ehre?" fragt Svend.

Sie kann nicht einfach so und ohne Weiteres fragen, ob er mit dem Russen gesprochen hat, den man tot oben in Vang gefunden hat. Sie muss anders anfangen, mit dem Zeitungsfoto von 1945. Es ist ihre letzte Chance.

„Ich suche nach diesen Personen hier", sagt sie und legt eine Kopie des Bildes auf den Tisch. „Sie sind zwar ein bisschen älter geworden, aber ich glaube, das hier sind Sie."

Sie zeigt auf die jüngere Ausgabe des Mannes, der ihr gegenüber sitzt. Svend nimmt das Bild und hält es sich dicht vors Gesicht. Dann fischt er eine Brille aus der Innentasche seiner Weste und schaut wieder auf das Bild. Dieses Mal hält er es ein Stück weiter weg.

„Ah, das geht besser. Ja, stimmt schon, das da links bin ich. Ist verdammt lange her, dass ich so ausgesehen habe. Aber schauen Sie sich mal die Oberarme an. Die Muskeln habe ich immer noch."

Er schiebt das Bild weiter zu Niels, der höflichkeitshalber einen

Blick darauf wirft. Der junge Mann spült den Anblick vergangener Stärke mit einem kräftigen Schluck Bier herunter.

„Wie kommt es nur, dass dieses Foto plötzlich so interessant ist?“

Svend klingt jetzt ernst und sieht ihr in die Augen.

„Wie meinen Sie das?“

„Nun ja, das ist das zweite Mal innerhalb von ein paar Wochen, dass jemand hier hereingeschneit kommt und mir dieses Foto unter die Nase hält.“

„Das zweite Mal?“

Das Herz pocht jetzt etwas heftiger gegen die Rippen.

„Der junge Mann war also kein Bekannter von Ihnen? Er sagte, sein Großvater sei auf dem Foto. Und er wollte wissen, ob ich das da links bin. Genau wie Sie. Das kann ja wohl kein Zufall sein.“

Svend beugt sich vor, nimmt die Brille ab und steckt sie zurück in seine Westentasche. Dann sieht er wieder Agnethe an.

„War er Russe?“

„Russe? Nein, das glaube ich nicht. Er sprach Englisch. Andreas hat gedolmetscht, der freundliche Herr hinter der Theke, den Sie ja schon kennengelernt haben.“

„Erinnern Sie sich, ob er Daniil hieß? Daniil Khristov?“

„Das weiß ich nicht mehr. Daniel … klingt gut, könnte sein.“

Daniil hat also nicht aufgegeben! Er hat nach Svend gesucht, vielleicht in sämtlichen Kneipen Rønnes, nach einem trinkfesten älteren Herrn, der nach dem Krieg half, die Stadt wieder aufzubauen.

Hat Svend Daniil den Weg zu Marius’ Familie gewiesen? Sind Tove Kofoed und Axel Kure Nielsen ihm doch begegnet? Und haben gelogen?

„Daniil Khristov ist der Russe, den man in dem Granitbruch oben in Vang gefunden hat“, sagt sie und erklärt, sie sei in dessen Fußstapfen getreten, was die Suche nach dem Großvater angehe.

„Hm, das passt. Jedenfalls hat er behauptet, einer der Männer auf dem Bild wär’ sein Großvater. Aber ich verstehe nicht, was das mit Russland zu tun hat.“

„Sein Bornholmer Großvater war Ende des Krieges mit einer

russischen Frau zusammen."

Überrascht richtet Svend sich auf seinem Stuhl auf.

„Sie meinen eine Soldatin? Eine Soldatin der Roten Armee? Wollen Sie das damit sagen? Sie glauben, einer von uns fünf auf dem Foto da hatte etwas mit einer Russenschlampe?"

„Daniil meinte, seine Großmutter ..."

„Dieses Bürschchen hat nichts davon gesagt, dass es während der Besatzung war – also der russischen. Wissen Sie eigentlich, dass sie zehn Menschen, zehn Bornholmer, umgebracht und Rønne und Nexø dem Erdboden gleichgemacht haben? Diese Hunde haben sogar das Krankenhaus bombardiert. Und das Haus meiner Schwester! Es war völlig zerstört. Sie waren erst drei Monate vorher eingezogen. Eins kann ich Ihnen sagen, junge Dame, Tag und Nacht haben wir geschuftet, damit meine Schwester und ihr Mann ein ordentliches Zuhause hatten, und dann ... Bumm!"

Svend schlägt so hart mit der Faust auf die Tischplatte, dass die Reste in den Biergläsern ins Schaukeln geraten. Die Dartspieler hinter ihm drehen sich überrascht um.

„Diese Russenschweine haben es weggebombt, einfach so. Und jetzt kommen Sie hierher und behaupten, einer von uns hätte etwas mit einem dieser Weibsbilder gehabt ... Das ist doch wohl ..."

Svend bringt den Satz nicht zu Ende, sondern greift resolut nach seinem Bierglas und leert es in einem Zug. Mit der anderen Hand tastet er nach dem Stock. „Mir reicht's, ich gehe."

Er darf nicht gehen. Svend ist möglicherweise der Letzte, der Daniil lebend gesehen hat. Und vielleicht hat er Daniil auf die Spur von Marius' Familie gebracht.

Svend hat den Stock gefunden und macht Anstalten aufzustehen.

„Entschuldigen Sie bitte, Svend. Ich wollte Sie nicht ..."

„Typisch, immer diese Besserwisser von drüben. Kommen hierher und werfen uns Bornholmern alles Mögliche an den Kopf ..."

Svend ist jetzt aufgestanden. Er geht, wenn sie nichts unternimmt.

„Es war nicht meine Absicht, Sie zu beleidigen. Oder Ihre

Freunde … Aber es muss eine Verbindung geben."

„Ha", brummt Svend.

„Agnethe!"

Henrik nähert sich ihrem Tisch. Auf einem Tablett balanciert er vier große Gläser frisch gezapftes Bier.

„Dachte mir doch, dass du es bist. Ist lange her, was? Der Knilch an der Bar sagte, es sei happy hour, also dachte ich mir, ich geb' einen aus. Also falls ihr noch ein Glas vertragen könnt", sagt er und stellt das Tablett auf dem Tisch ab.

Svend zögert. Sie sieht Henrik dankbar an und stellt ihn als einen alten Bekannten vor. Die Aussicht auf ein großes Bier scheint Svend milde zu stimmen, noch dazu ein Freibier. Er sinkt wieder auf seinen Stuhl, und Henrik gesellt sich zu ihnen.

„Wir haben gerade über dieses Bild hier gesprochen. Sieh mal, Svend in seinen jungen Jahren", sagt sie und hält ihm das Foto hin.

Henrik nickt und fragt, wie das Wetter wohl werden wird.

„Laut Fünf-Tage-Prognose trocken", meint Niels. „Die Bauern sind ziemlich stinkig", fügt er etwas zu schnell hinzu.

Svend sagt nichts. Hinter ihnen werfen die Dartspieler wieder ihre Pfeile.

Plötzlich kramt Henrik sein Handy hervor. „Wichtiger Anruf", entschuldigt er sich und geht Richtung Ausgang.

„Svend, ich muss etwas missverstanden haben. Es tut mir wirklich leid."

Svend kratzt mit dem Stock an einem unsichtbaren Flecken auf dem Boden herum. Natürlich hat sie nichts missverstanden, aber Svend hat die Antworten, die sie braucht, um das Rätsel um Daniils Tod zu lösen. Und sie sind nirgendwo anders zu finden.

Prüfend nimmt Svend einen Schluck von dem frisch gezapften Bier.

„Ein Classic. Ich trinke kein Classic."

„Wenn Sie mir helfen, gebe ich nachher noch ein Hof aus."

„Hm", grunzt Svend und fügt etwas Unverständliches hinzu, das hoffentlich bedeutet, dass er die Einladung ebenso wie die Entschuldigung annimmt. Jedenfalls bleibt er sitzen.

Vielleicht ist es klug, Marius nicht als Daniils Großvater zu bezeichnen. Vorläufig zumindest nicht.

„Daniil war auf der Suche nach Marius. Ihm hier."

Sie zeigt auf die entspannte Gestalt auf dem Bild. „Kannten Sie ihn?"

„Nein."

Er kratzt immer noch mit seinem Stock auf dem Boden herum. Als könne er sich nicht entscheiden, ob er sitzen bleiben oder doch gehen soll.

„Aber nach ihm hat Daniil doch gefragt, oder?"

„Ja, schon."

Svend nickt und trinkt einen ordentlichen Schluck Bier. Die Hälfte des Classic ist bereits unschädlich gemacht. Dann legt er den Stock beiseite.

„Ja, aber ich kannte diesen Marius kaum. Karl Henning hatte ihn angeschleppt, um bei der Bauerei zu helfen. Damals haben sich noch alle gegenseitig geholfen. Aber danach habe ich ihn nicht mehr gesehen, glaube ich. War er aus Rønne?"

„Aus Pedersker, wie ich gehört habe."

Offenbar war Marius aus Pedersker hauptsächlich unter den heiratswilligen Frauen auf der Insel eine Berühmtheit.

„Hm, nein, das sagt mir nichts."

„Und seine Familie kennen Sie also auch nicht?"

Svend schüttelt den Kopf, setzt wieder sein Glas an, trinkt und wischt sich anschließend mit einem schmierigen Taschentuch den Schaum von der Oberlippe.

Sie spürt, dass die Prozente des Fassbiers bereits Wirkung zeigen. Es fühlt sich an wie an den Abenden, an denen sie alleine eine ganze Flasche Rotwein trinkt, bis ihr Kopf summt und nicht mehr in der Lage ist, einfache Gedankengänge zusammenzuhalten. All die Stunden im Archivkeller, nur um hier im Kreuz zu sitzen und festzustellen, dass sie wieder in einer Sackgasse gelandet ist. Svend muss etwas wissen!

„Hat Daniil Sie noch etwas anderes gefragt? Ich meine, als ihm klar wurde, dass Sie Marius' Familie nicht kannten?"

„Daran kann ich mich nicht mehr erinnern. Auf jeden Fall wollte er noch wissen, wer die anderen auf dem Foto waren."

„Und was haben Sie ihm gesagt?"

„Ich weiß nicht mehr genau."

„Wer sind denn die anderen auf dem Bild? Und woher kannten Sie Karl Henning?"

„Ich kannte ihn eigentlich gar nicht. Erik hier, er kannte ihn", sagt Svend und deutet nickend auf das Bild. „Sie waren gut befreundet. Erik und ich sind zusammen zur Schule gegangen, und wir haben uns immer gegenseitig geholfen, wenn es irgendwo auf der Insel Arbeit und was zu verdienen gab. Aber das mit dem Haus im Borgmester Nielsens Vej, das hat Karl Henning organisiert. Es steht immer noch. Wir haben damals gute Qualität abgeliefert."

„Also kannten Sie eigentlich nur Erik?"

„Ja, und Hans natürlich."

„Welchen Hans?"

„Ihn da, ganz außen."

Svend zeigt auf den schlaksigen Zugereisten.

„Hans Jensen. Gerda und er wohnten drüben in Melsted, Sie wissen schon, auf der anderen Seite der Insel. Hans war Knecht auf dem Hof von Gerdas Eltern. Tja, und dann hat er ein Auge auf Gerda geworfen, obwohl ihren Eltern das nicht sonderlich gefiel. Sie hat jedenfalls keinen roten Heller geerbt, als sie starben. Gerda und Hans sind dann kurz nach dem Krieg nach Rønne gezogen. Ich habe ihnen geholfen, das Haus draußen am Haselvej instandzusetzen. Hans war in Ordnung – obwohl er von drüben war."

Agnethe trinkt einen Schluck Bier und versucht, ihre Gedanken zu sammeln, obwohl die Lautstärke in der Kneipe ein neues Niveau erreicht hat, nachdem die Dartspieler ihr Match beendet haben und der Verlierer eine Runde Bacardi Breezers für die ganze Gruppe ordert. Daniil hat Karl Hennings Witwe und Svend aufgesucht. Erik und Marius sind tot. Übrig ist nur noch der Zugereiste. Hans.

Daniil muss seine Suche fortgesetzt haben in der Hoffnung, Hans würde wissen, wo Marius' Familie zu finden ist. Es sei denn, er wurde vorher ermordet. Hans ist der einzige Weg.

„Lebt Hans noch?"

„Hans? Ja, er wohnt im Schloss. Manchmal sehe ich ihn in der Stadt, in letzter Zeit aber immer seltener. Früher war er noch öfter draußen. Ich sollte ihn mal besuchen, aber wahrscheinlich weiß er sowieso nicht mehr, wer ich bin."

„Im Schloss?"

„Ja, dieses Pflegeheim, in dem die Kommune die Dementen gefangen hält. Ausgerechnet da, wo die Russen hausten, als sie Rønne besetzt hatten."

„Also ist das hier in Rønne?"

„Ja, im Zahrtmannsvej. Mit Aussicht über den Hafen und das Kanonental."

„Was ist mit seiner Frau? Lebt sie auch dort?"

„Gerda? Nein, sie ist schon vor vielen Jahren gestorben."

Svend hat sein Bier beinahe ausgetrunken.

„Haben Sie Daniil erzählt, wo er Hans finden konnte?"

Svend zuckt mit den Schultern.

„Was weiß ich? Mein Gedächtnis ist nicht mehr besonders gut. Aber offen gesagt kommt nichts dabei heraus, mit Hans zu sprechen. Er ist inzwischen ziemlich …"

Svend hebt einen Zeigefinger in Höhe der Schläfe und führt kleine, kreisrunde Bewegungen aus. Dann trinkt er den letzten Rest seines Bieres. Daniils letzte Chance, seine Familie ausfindig zu machen, lag also in den Händen eines stark dementen Mannes.

„Mir reicht's für heute", erklärt Svend. „Das Hof müssen wir auf ein anderes Mal verschieben."

Niels hilft ihm auf die Beine und gibt ihr die Hand, bevor sie gehen.

Natürlich hat Daniil weitergemacht. Wenn er hier im Kreuz war, dann war er auch im Schloss.

Es sind noch sieben Schritte bis zum Ausgang, als jemand von hinten ihren Arm packt. Sie dreht sich um und braucht einen Augenblick, bis sie das Gesicht wiedererkennt.

„Jesper?"

Die Pupillen sind geweitet, und seine Augen glänzen. Das ganze Gesicht wirkt zerknautscht.

„Komm mit", näselt Toves Sohn und zerrt sie in einen Winkel der Kneipe, in dem Bänke um einen Tisch herum stehen, auf dem kleine Bierpfützen ein unbeachtetes Dasein fristen. Der einsame Mann mit dem Würfelbecher sieht ihnen nach.

„Du wirst nie wieder mit meiner Mutter sprechen, verstanden?"

Jespers Gesicht ist so nah an ihrem, dass sie sehen kann, wie sich die Härchen in den Nasenlöchern beim Sprechen bewegen.

„Du hältst dich von ihr fern und lässt dich in Tejn nicht mehr blicken, kapiert?"

Er stößt sie auf eine der Bänke und blockiert mit seinem Körper den Fluchtweg zwischen Bank und Tisch.

„Jesper, ich wollte gerade gehen."

„Du lässt uns in Frieden. Geht das in deinen Schädel?"

Er ist nicht besonders groß. Schmächtig. Sie könnte ihn mit Leichtigkeit zur Seite stoßen. Oder um den Tisch herumrutschen und auf der anderen Seite verschwinden.

„Meine Mutter heult nur noch, seit du da warst."

Mit dem *s* in *warst* fliegt ein Tropfen Speichel aus seinem Mund und landet auf ihrer Wange.

„Dann solltest du vielleicht besser bei ihr sein anstatt hier rumzusitzen."

Sie steht auf.

„Ich gehe jetzt", sagt sie und will um den Tisch herum auf die andere Seite kommen. Jesper hält ihren Arm fest und zerrt sie zurück auf die Bank.

„Ich bin noch nicht fertig."

„Oh doch, das bist du. Ich habe deine Botschaft verstanden. Und wenn du mich jetzt nicht gehen lässt, dann werde ich dich anzeigen. Bei der Polizei. Wegen Nötigung. Und dafür gibt es doch hoffentlich keinen Grund, oder?"

„Entspann dich, Häschen. Und lass uns einfach in Ruhe."

Er lässt ihren Arm los. „Und jetzt verzieh dich."

Sie zwängt sich um den Tisch herum.

Die Gerüchte der Fischer am Hafen in Tejn.

Der Besuch der Polizei bei Tove.

Die Gerüchte, die sie am liebsten vergessen würde. Sind sie doch wahr?

Als sie an Jesper vorbei zum Ausgang will, hält er sie noch einmal fest. Beugt sich zu ihr, bis sein Mund ganz nah an ihrem Ohr ist.

„Ich meine es ernst: Ich bringe dich um, wenn du noch einmal in Tejn auftauchst."

Draußen wartet Henrik auf sie. Telefoniert tatsächlich, beendet das Gespräch aber, als sie sich einen Weg durch Zigarettenrauch und Teenager mit muskelbepackten Oberarmen bahnt.

„Danke für deine Hilfe. Svend wäre mit Sicherheit gegangen, wenn du nicht gekommen wärst."

Es gibt keinen Grund, Jespers Drohung zu erwähnen.

„Keine Ursache. Es sah so aus, als könntest du einen Quarterback gebrauchen", sagt er. „Und deshalb bin ich schließlich mitgekommen. Als dein Doktor Watson."

16. Mai 1945, Nyker

Die Fahnen wehten heute auf der ganzen Insel auf Halbmast. Wir haben die Opfer der russischen Bomben beerdigt.

Schon eineinhalb Stunden vor Beginn des Gottesdienstes war die Kirche in Rønne bis auf den letzten Platz gefüllt. Die Beerdigung erinnerte uns alle an die entsetzlichen Tage der Bombenangriffe, und nicht nur in der Kirche herrschte eine bedrückende Stille, sondern auch überall in den Straßen der Stadt.

Auf dem Weg zum Friedhof erwiesen hunderte Menschen den Verstorbenen die letzte Ehre. Stolz und hoch erhobenen Hauptes wurde der Dannebrog hinter den Leichenwagen getragen, und die Freiheitskämpfer gaben jedem der Wagen ihr Ehrengeleit. Vor dem Trauerzug marschierte ein russisches Militärorchester und spielte schlechte Interpretationen des Trauermarsches.

Aus Respekt vor den Toten sagte es niemand laut, aber ich glaube nicht, dass die Abscheu vor russischen Uniformen jemals größer gewesen ist als heute.

Donnerstag, 16. Juli

25

Das Schloss ist ein sozialdemokratisches Prestigeobjekt vom Anfang des zwanzigsten Jahrhunderts. Damals bescherte der Staat den betagten Inselbewohnern ein menschenwürdiges Zuhause mit Meerblick und Türmchen und Zinnen, praktischerweise in unmittelbarer Nähe des Friedhofs. Die Mehrheit der Sozialdemokraten des neuen Jahrtausends überlegt, Asylsuchende in dem Alten- und Pflegeheim inklusive Meerblick unterzubringen, wie Agnethe in der Tidende gelesen hat, aber vorläufig wird nur eifrig diskutiert. Noch beherbergen die grauen Mauern Demenzkranke, unter ihnen einen früheren Arbeiter mit Namen Hans Jensen, der Daniil vielleicht die Antworten gegeben hat, nach denen er suchte.

Das Mädchen an der Rezeption kann nicht behilflich sein, was einen Bewohner namens Hans Jensen betrifft, sondern muss Unterstützung in Form einer Endvierzigerin hinzuziehen, die offenbar berechtigt ist, Auskunft über die Pflegebedürftigen zu erteilen. Sie stellt sich als Karin Maj vor, Stationsleiterin, und nickt zu jedem Satz, mit dem Agnethe zu erklären versucht, warum Rønnes neue Pfarrerin mit einem demenzkranken Bewohner des Heims sprechen muss. Die Stationsleiterin begleitet ihr Nicken beständig mit einem *Uhm* und bittet Agnethe dann, ihr in den Aufenthaltsraum für das Hauspersonal zu folgen. Dort angekommen, schenkt sie zwei Tassen bitter schmeckenden grünen Tee ein.

„Haben Sie Hans in den letzten Wochen mal besucht?“ fragt Karin Maj und hält ihr ein Döschen mit Zucker hin.

Mit einem Kopfschütteln verneint Agnethe die Frage und lehnt gleichzeitig den Zucker ab.

„Tja, ich muss Sie leider darüber informieren, dass Hans Jensen uns verlassen hat.“

„Ist er tot?“

Die Stationsleiterin lehnt sich mit der Tasse Tee in den Händen gegen die Fensterbank unterhalb eines Sprossenfensters, von dem aus man den Friedhof überblicken kann.

„Ja, tut mir leid. Er hatte einen schlimmen Anfall und war am nächsten Morgen friedlich eingeschlafen. Es passiert häufig auf diese Weise."

Ihre Stimme ist neutral, sicherlich ist diese Art von Gespräch Alltag für sie.

„Wenn ein Bewohner so krank ist wie Hans Jensen es war, ist es in der Regel das Beste für ihn, wenn er friedlich einschläft. Zuletzt erkannte er noch nicht einmal mehr seine Tochter."

Der Funken Hoffnung, der gestern im Kreuz aufglomm, verglüht bereits wieder. Einmal mehr. Sie ist zu spät gekommen. Ob es Daniil genauso gegangen ist?

„Wann ist er gestorben?"

Karin Maj stellt die Teetasse auf der Fensterbank ab.

„Genau betrachtet ist das vertraulich, aber ich gehe mal davon aus, dass Sie es in den Kirchenbüchern auch selbst nachschlagen können", sagt sie und geht zu einem Tisch, auf dem ein Laptop döst.

Durch das Fenster beobachtet Agnethe zwei Krähen, die über einer mächtigen Blutbuche kreisen. In ihrem Schatten befinden sich die Gräber unbekannter Toter.

Die Information über Hans' Tod ist der allerletzte Strohhalm. Danach bleibt nur noch die Beerdigung, und Daniils Spuren auf dieser Erde werden rasch verwischen.

„Wenn ich das hier richtig sehe, dann ist er Anfang Juli gestorben", sagt Karin Maj über den aufgeklappten Bildschirm hinweg.

„Hatte Hans zuletzt vielleicht außergewöhnlichen Besuch? Also jemand, der sonst nicht hierher kam?"

„An einen Ort wie diesen kommen nicht sehr viele Leute zu Besuch. Wird jemand dement, wenden sich Freunde und Bekannte meistens ab. Sie haben Angst, der Kranke würde sie nicht mehr erkennen. Es ist eine Art Selbstschutz, getarnt als vorauseilende Rücksichtnahme."

„Erinnern Sie sich an einen jüngeren Mann? Es muss ein paar Wochen her sein. Er hat Englisch gesprochen."

„Ach ja, der. Das gab eine Menge Ärger."

„Wieso das?"

Daniil war also noch rechtzeitig gekommen. Es gibt doch noch eine Spur, der sie folgen kann. Folgen muss.

„Sprechen Sie am besten mit Sørine Larsen, eine der Pflegerinnen. Sie hat den jungen Mann zu Hans gebracht."

„Aber was meinen Sie mit *eine Menge Ärger*?"

„Nun ja, wir sind nicht besonders stolz auf diesen Vorfall. Es war Sørines fachliche Einschätzung, dass Hans Jensen diese Art von Besuch durchaus verkraften könne."

„Ich verstehe immer noch nicht, was Sie meinen."

Karin Maj nimmt Agnethe die halb ausgetrunkene Teetasse aus der Hand und schüttet den Rest des Inhalts ins Waschbecken.

„Wie gesagt, sprechen Sie mit Sørine. Sie ist heute Nachmittag wieder im Haus."

Warum will sie nicht sagen, was vorgefallen ist, als Daniil hier war? Hat es etwas mit dem Mord zu tun?

26

Frank fährt Rad, als wäre er dreißig Jahre älter, als er es tatsächlich ist. Im Schneckentempo und aufrecht sitzend. Agnethe hat ihn einmal gesehen, als er für seinen nächsten Ironman trainierte. Dann liegt er förmlich auf seinem Carbon-Rennrad und rast mit atemberaubender Geschwindigkeit über die Insel. Aber heute radelt er ganz entspannt an ihrer Seite, redet dabei wie ein Wasserfall und vergisst beinahe, wenigstens ab und zu mal in die Pedale zu treten.

Zum Glück.

Denn in weniger als einem Kilometer Entfernung wartet eine trauernde Familie. Und ein Beerdigungsgespräch.

Als sie vom Schloss zurückkam, informierte sie Thorkild über Toves Wunsch, Daniil auf Bornholm zu beerdigen und darüber, Agnethe möge die Zeremonie vornehmen. Natürlich fasste Thorkild es so auf, als würde seine Mentee um Erlaubnis fragen.

„So so, sie hat also den Wunsch geäußert, dass du das übernimmst. Wie sieht's denn mit seiner Familie aus? Vielleicht wollen sie ihren verlorenen Sohn ja nach Hause holen."

„Er hat keine Familie."

Ein Teil von ihr hoffte beinahe, Lars oder die russischen Behörden würden einen entfernten Verwandten ausfindig machen. Irgendjemanden, der die Erinnerung an Daniil bewahren würde. Damit sie sich nicht länger mit ihren Zweifeln an Toves Motiven für die Beerdigung herumschlagen muss. Nicht am Grab stehen und mit einer kleinen Schaufel eine Handvoll Erde hinunter in ein schwarzes Loch werfen muss. Hinunter auf Daniil.

„Er war kein Mitglied der Kirche, soviel ich weiß", setzt Thorkild nach.

„Es geht nur um eine Andacht auf dem Friedhof."

„Nein. Du bist noch nicht soweit."

An diesem Punkt schaltete Frank sich ein.

„Es geht nur um eine Andacht. Ich habe heute Nachmittag noch ein Beerdigungsgespräch. Agnethe kann mich begleiten, als eine Art Vorbereitung."

In diesem Moment erschien der Probst in der Tür zu seinem Büro und pflichtete Franks Vorschlag bei. Sie hatte erwartet, Thorkild werde schnurstracks seine Ecco-Sandalen von der Schreibtischkante schwingen, in das Büro des Probstes marschieren und ihn über ihre missbräuchliche Nutzung der Kirchenbücher in Kenntnis setzen. Aber er blieb sitzen.

Jetzt radelt sie neben Frank her und strampelt atemlos einer trauernden Familie im Brovangen entgegen. Und einem unvermeidlichen Beerdigungsgespräch.

„Das Beerdigungsgespräch ist oft die erste Gelegenheit, bei der sich die Hinterbliebenen pragmatisch mit der Tatsache auseinandersetzen müssen, dass sie einen Verlust erlitten haben", erklärt Frank, während sie die Østergade entlang rollen. „Normalerweise fange ich mit ganz konkreten Dingen an."

Sie hat einmal an einem Beerdigungsgespräch teilgenommen. Auf der mutlosen Seite des Tischs. Seitdem hat sie sich davor gedrückt, sowohl im Praktikum als auch im Studium und hier in Rønne. Bis jetzt.

Vielleicht weiß Frank es. Er redet jedenfalls über nichts anderes als Beerdigung und Tod, trotz ihrer Versuche, die Unterhaltung auf Handball oder Radsport zu lenken.

„Das Leben ist das Wichtigste. Es ist uns von Gott gegeben. Dass wir sterben – das ist sekundär", sagt Frank.

Am liebsten würde sie ihn fragen, ob er nicht einfach den Mund halten könne. Sie muss sich vorbereiten, und ihre Haut ist klamm. Frank redet einfach weiter.

„Siehst du, den Tod gibt es nur, weil es das Leben gibt. Das Leben, das jede Menge Freude und Liebe für uns bereithält, auch wenn es unweigerlich mit dem Tod endet. Und der Tod, er lässt uns trauern, weil wir einen Menschen verlieren, der uns sehr viel bedeutet hat."

Etwas reißt an der Wunde tief im Inneren. An der Stelle, die niemals heilt.

Sie versucht, sich ein Stück vor Frank zu schieben, um seine Stimme ausblenden zu können.

Warum sagt er immer *wir*? Es gibt kein *wir*.

Nur ich.

Ich verliere einen Menschen, der mir viel bedeutet hat. So ist das. Andere verlieren auch Menschen, die ihnen viel bedeutet haben, aber erst wenn *ich* verliere, begreift der Körper den Schmerz in seiner ganzen Heftigkeit. Der Schmerz ist nicht begreifbar für das *Wir*. Kann nur mit Gott geteilt werden.

„Als ich jung war, habe ich meine Schwester verloren. Die Trauer war unfassbar groß, aber gleichzeitig war ich mir auch der Freude darüber bewusst, sie gekannt, geliebt und einen Teil meines Lebens mit ihr verbracht zu haben. Diese Freude ist so viel größer als die Trauer. Viel wichtiger. Verstehst du?"

„Hm."

In ein paar Minuten sind sie im Brovangen. Warum hat sie sich bloß auf das hier eingelassen? Frank kennt all die richtigen Worte und kann sie im Überfluss austeilen, und sie hat nichts, womit sie den Trauernden gegenübertreten könnte. In ihrem Mund sammelt sich nur Speichel und wird zu einem Kloß im Hals, wenn sie schluckt.

„Ich sehe das so", fährt Frank fort. Unermüdlich. „Trauer ist Liebe, die ihr Zuhause verloren hat. Sie ist die Liebe, die wir für einen anderen Menschen empfunden haben, und wenn dieser Mensch stirbt – oder zu Gott gerufen wird – wissen wir nicht, was wir mit unserer Liebe tun sollen. Und dann wird sie zu Trauer. Wenn wir trauern, müssen wir erkennen, dass es die Liebe ist, die einen neuen Platz sucht. Man kann vielleicht sagen, dass sie ihren Platz im Herzen finden muss – oder bei Gott."

Sie biegen auf den Radweg des Wohngebiets ab und fahren an einer dichten Hecke entlang. Frank wird noch langsamer, sein Wortschwall versiegt aber nicht.

„Das ist das Schöne am Christentum – dass wir an die Auferstehung glauben. Und dadurch, dass wir unsere heimatlos gewordene Liebe bei Gott parken können, gibt es immer eine Möglichkeit, dass sie aufhört, heimatlos zu sein und sich auch so anzufühlen."

Sie kommen vor einer mit Zierkies ausgelegten Einfahrt zum Stehen, die vom Bürgersteig weg und an einem von Unkraut überwucherten Blumenbeet vorbei zu einem Eigenheim führt.

„Sagst du so etwas auch, wenn du mit Hinterbliebenen sprichst?"

„Nein, nicht immer. Jeder trauert auf seine Weise, und für jeden hat sie eine andere Bedeutung. Es ist nur mein Verständnis von Trauer."

„Sind Sie so nett und halten Maja? Ich wärme nur schnell ihre Milch auf."

Ohne eine Antwort abzuwarten, liefert die Frau einen schreienden Säugling in Agnethes Armen ab. Der Klumpen fühlt sich heiß an, und das Mädchen windet sich und boxt mit den Fäustchen in die Luft. Das Weinen war schon draußen vor dem Haus zu hören, noch bevor sie klingelten.

Frank hat vorgeschlagen, sie solle das Gespräch führen. Aber es ist unmöglich, das untröstliche Baby zu übertönen, und den Namen der Frau hat sie bereits wieder vergessen.

Wie soll sie hier jemandem Trost spenden?

Es gibt nichts zu sagen. Nur Schmerz.

Wenigstens liegt die Maria-Ikone in ihrer Tasche. Als ob ihr die Heilige Mutter mit ihrer Anwesenheit da unten zwischen Gesangbuch und den Kritzeleien auf dem Notizblock etwas von dem Unbehagen nehmen könne.

„Versuchen wir es mal damit."

Die Frau schiebt ein Fläschchen zwischen die Lippen des Mädchens und übernimmt das Baby.

Mit einem Mal wird das Haus von vollkommen scheinender Stille eingehüllt. Nur gestört vom Ticken der Uhr im Wohnzimmer. Das Kind saugt Milch in sich hinein. Ein Nachbar mäht den Rasen – weit weg in einer Parallelwelt, in der die Länge der Grashalme im Garten noch von Bedeutung ist.

„Wie geht es Ihnen?"

Ihre Stimme zittert ganz leicht, aber die Frau scheint es nicht zu bemerken.

„Ich vermisse Kasper, in jedem Augenblick. Ich glaube immer noch, gleich seinen Schlüssel in der Haustür zu hören. Dann kommt er herein und setzt sich mit einer Tasse Kaffee an den Küchentisch", sagt die Frau und wiegt das Kind sanft hin und her. „Es ist … unerträglich."

Frank bietet an, das Baby zu halten, und es geht klaglos in seine Arme über. Mit geübter Hand justiert er den Winkel des Fläschchens.

„Wie nimmt Matthias es auf?" fragt er betont verständnisvoll.

„Er versteht noch nicht … Es ist so schwer."

Sie schüttelt den Kopf.

„Kaffee?"

Im Wohnzimmer lassen sie sich auf einem braunen Ecksofa nieder, im Rücken einen Flachbildfernseher, der zwar läuft, aber auf lautlos gestellt ist. Kaffee aus einer Thermoskanne wird eingeschenkt und eine Packung Karen-Volf-Kekse kommt auf den Sofatisch.

In der Tür zum Flur entdeckt Agnethe zwei Hände, die sich am Rahmen festhalten. Dann taucht das Gesicht eines blonden Jungen auf, gefolgt von einem Arm und einem Bein in einer Jeans mit dem aufgenähten Emblem irgendeines Fußballclubs am Knie. Als er entdeckt, dass Agnethe ihn gesehen hat, verschwindet der Junge wieder.

„Du kannst ruhig reinkommen, Matthias", ruft die Frau.

Der kleine Kerl lugt wieder hervor, schätzt das Sicherheitsrisiko ein und hüpft dann auf einer nur ihm bekannten Route, die sicher irgendetwas mit dem Muster des Teppichs zu tun hat, quer durch das Zimmer. Soweit wie möglich entfernt von den beiden Priestern, klettert er neben seine Mutter auf das Sofa und starrt Frank an, der seine kleine, mit einer Stoffwindel ausgerüstete Schwester an der Schulter hängen hat und auf ein Bäuerchen wartet. Seine Mutter stellt ihm Agnethe und Frank als Pastoren vor, die dabei helfen, Papa zu beerdigen.

„Hm," antwortet er nur und greift nach einem der Kekse.

Agnethe müht sich, den Jungen anzulächeln und versucht, nicht so viel Druck auf ihre Kaffeetasse auszuüben, dass sie zerspringt. Frank nickt ihr zu. Auffordernd. Was denkt er, das sie sagen soll? Der Junge hat gerade seinen Vater verloren. Es gibt keine Worte, die den Schmerz lindern können, den er erleben wird.

„Wie geht es dir, Matthias?" fragt Frank. Bestimmt hat er schon die Geduld mit ihr verloren.

„Gut."

„Vermisst du deinen Papa?"

„Ja, wir wollten morgen angeln gehen. Aber daraus wird nichts, obwohl er es versprochen hat."

Enttäuscht schiebt der Kleine die Unterlippe vor.

„Papa kann nichts dafür, Matthias", sagt die Frau mit feuchten Augen und streicht mit der Hand über die blonden Locken.

„Ja, ich weiß. Er ist ja jetzt tot."

Die Unterlippe zieht sich auf ihren angestammten Platz zurück, und er sieht Agnethe mit erwartungsvollem Blick an. Sie soll etwas sagen, sagen, dass sein Vater nicht tot ist. Dass morgen doch eine Angeltour und keine Beerdigung auf dem Programm steht. Ein Kloß bildet sich in ihrem Hals.

„Was glaubst du, wo dein Papa jetzt ist?" bringt sie mühsam hervor.

„Im Himmel. Zusammen mit Sigrid."

„Sigrid?"

„Unserer Katze. Papa kümmert sich um sie."

„Oben im Himmel? Also ist Sigrid auch gestorben?"

„Ja."

„Und was machen dein Vater und Sigrid im Himmel?"

„Er angelt."

Matthias fingert an dem Vereinsemblem auf seinem Knie herum. Auf der einen Seite hat sich die Naht gelöst.

„Und er genießt die Aussicht. Wenn wir mit dem Fahrrad zum Fluss fahren, um zu angeln, machen wir auf dem Hügel immer eine Pause und genießen die Aussicht. Obwohl es total langweilig ist. Aber Papa macht das gerne."

Hört es niemals auf zu kratzen?

Sie sollte auf Frank hören. Beerdigungen nicht länger ausweichen, denn sie hat kein Recht mehr auf Trauer. Der Junge vor ihr auf dem Sofa wird ohne seinen Vater aufwachsen. Er hat ein Recht auf Trauer – und die Frau. Sie ist das Einzige, woran sie Halt finden können.

Sie muss loslassen – und sich anstrengen. Für diese beiden Menschen.

„Das klingt, als ginge es deinem Papa dort sehr gut."

Der Junge nickt.

„Aber es wäre schöner, wenn er bei uns wäre. Sigrid schläft ja sowieso immer nur."

Die Frau wischt mit dem Handrücken eine Träne von der Wange, bevor Matthias sie entdecken kann.

„Willst du nicht auf dein Zimmer gehen und ein bisschen spielen, Schatz?"

Wieder nimmt Stille das Wohnzimmer ein, und die Bornholmeruhr in der Ecke neben dem Kaminofen gibt einen einzelnen Schlag von sich.

„Was für ein Mensch war Ihr Mann?" fragt Agnethe.

Sie sagt es, um das hartnäckige Ticken der Uhr zu übertönen. Um das Schweigen zu brechen. Um Kasper am Leben zu erhalten. Solange noch jemand da ist, der sich an ihn erinnert. Anekdoten und den Kindern erzählen kann, wer ihr Vater war. Solange lebt er. Irgendwo.

Wenn sie Daniil beerdigt, wird niemand da sein, der ihre Frage beantworten kann. Niemand, der ihn kannte. Außer ihr selbst. Und sie kannte ihn ja auch nicht wirklich.

„Wir waren nicht verheiratet."

„Das tut mir leid zu hören."

Die Frau schüttelt den Kopf.

„Wir dachten, wir hätten alle Zeit der Welt. Wir wollten nächsten Sommer heiraten, draußen im Garten. Dann wäre Maja alt genug, um dabei zu sein."

„Dass Sie und Kasper keinen Trauschein hatten, macht ihre Liebe nicht kleiner."

Die Frau zuckt mit den Achseln, während sie mit einem Finger behutsam über einen Sprung in ihrer Kaffeetasse fährt, als wolle sie den kleinen Fehler in dem Porzellan streicheln.

„Erzählen Sie mir von Kasper. Was haben Sie beide besonders gerne gemacht?"

Die Frau schließt die Augen und sucht nach einer Antwort. Eine Träne löst sich aus ihrem Auge.

„Manchmal, wenn meine Mutter auf die Kinder aufgepasst hat, sind wir übers Wochenende nach Malmø gefahren. Wir sind dann immer an den Kanälen spazieren gegangen, haben in der Sonne gesessen und Kaffee getrunken und uns vorgestellt, Bornholm sei niemals dänisch geworden, sondern wir seien Schweden und würden Köttbullar mit Würstchen essen."

Sie lächelt. Gleichzeitig rollt noch eine Träne über ihre Wange. Es kommen keine Worte mehr, nur Gefühle.

Frank reicht ihr eine Packung Papiertaschentücher und bietet an, das Baby ins Bett zu bringen, das an seiner Schulter eingeschlafen ist.

Die Frau bedankt sich und putzt die Nase.

Mitten in der Stille ergibt es einen Sinn.

Das, was Frank auf dem Weg hierher auf seinem Fahrrad sagte.

Liebe hört nicht auf, weil der, den man liebt, stirbt. Sie blüht weiter.

Sie rückt näher an die Frau heran und legt ihren Arm um sie. Und dann fällt ihr der Name ein. Helene! Die Frau heißt Helene.

Helene gibt nach und lässt den Kopf auf Agnethes Schulter sinken. Ein feuchter Fleck breitet sich auf ihrem T-Shirt aus, aber das macht nichts.

„Helene, ich weiß, es tut schrecklich weh. Aber denken Sie daran, dass Ihre Trauer von Ihrer Liebe zu Kasper kommt. Schmerz ist die andere Seite der Liebe, und Ihre Liebe hat ihr Zuhause verloren. Frank nennt es heimatlose Liebe. Ich glaube, das stimmt. Und irgendwo unter all dem Fürchterlichen ist darin etwas Schönes."

Helene blickt auf.

Agnethe nimmt ihr das Papiertaschentuch aus der Hand.

„Aber es braucht Zeit und Mut, dem Schönen mehr Raum zu geben als dem Fürchterlichen", sagt sie und tupft Helenes Tränen ab. „Zeit, für die man am liebsten *fast forward* drücken möchte, aber leider funktioniert das nicht. Trauer muss ihre Zeit bekommen … Ich spreche aus Erfahrung."

27

Thorkild blickt nicht einmal von seinen Papieren auf, als Agnethe das Pfarrbüro betritt. Sie war davon ausgegangen, es sei niemand da, aber vielleicht hat Thorkild sogar darauf gewartet, dass sie zurückkommt. Auf dem Rückweg zusammen mit Frank traute sie sich nicht, zum Schloss abzubiegen. Sie hätte erklären müssen warum. Die Schicht der Pflegerin müsste inzwischen begonnen haben.

„Karina vom Gemeinderat hat angerufen“, begrüßt Thorkild sie. „Sie wundert sich, dass sie noch nichts von dir gehört hat. Wegen des Spaghetti-Gottesdienstes.“

„Spaghetti-Gottesdienst?“

„Ja. Wie du ja sicher weißt, verwenden wir von Zeit zu Zeit einen Teil unserer Arbeitskraft darauf, den Schäfchen der Gemeinde Spaghetti anstelle der geistlichen Kost zu servieren, für die wir ausgebildet sind. Wie auch immer, ich habe ihr gesagt, dass du es sicher nur vergessen hast und sie so schnell wie möglich zurückrufen wirst. Wo ist Frank?“

„Zu Hause. Er schreibt die Predigt für die Beerdigungsmesse. Also ich weiß nichts von einem Spaghetti-Gottesdienst.“

„Wie auch immer, hier steht jedenfalls dein Name. Siehst du?“

Thorkild zeigt auf seinen Computerbildschirm. Das Ereignis steht in ihrem internen Kalender, in weniger als einer Woche. Und daneben hat jemand ihre Initialen eingetragen. Die Stichworte informieren darüber, dass es sich um einen halbstündigen Gottesdienst für Familien mit kleinen Kindern handelt, bei dem gespielt und gesungen und geklatscht wird. Und hinterher gibt es für alle Spaghetti Bolognese. Thema soll dieses Mal die Taufe sein, schlägt der Gemeinderat vor.

Es liegt etwas Ironisches und doch Lebensbejahendes darin, dass sie sich innerhalb nur weniger Stunden sowohl mit dem Ende des Lebens als auch mit seinem Anfang auseinandersetzen muss.

„Ich habe ihr deinen Rückruf zugesagt. Heute noch.“

Thorkild sieht sie an. Funkelt Schadenfreude in seinem Blick? „Oder hast du Wichtigeres zu erledigen?“

Sie ignoriert seine letzte Bemerkung, stellt ihren Rucksack ab und ruft Karina an. Das Schloss und die Pflegerin müssen noch ein Weilchen warten. Sie will Thorkild nicht noch mehr Stücke für seine Sammlung ihrer Dienstversäumnisse liefern.

Karina nimmt schon nach dem ersten Klingeln ab. Sie ist die Jüngste im Gemeinderat, mit Feuereifer dabei und Agnethe wohlgesonnen. Sie wird Karinas Unterstützung brauchen, wenn Thorkild sich entschließt, dem Probst von den Kirchenbüchern zu erzählen.

„Ich stelle mir eine ganz kurze Predigt von Ihnen vor. Ich bringe ein paar Puppen mit, die die Kinder im Anschluss taufen können. Ich glaube, das ist ein schönes Thema, bei dem die Kleinen gut mitmachen können."

Agnethe nickt. Mit Sicherheit gibt es im Gemeinderat – und wahrscheinlich auch im Pfarrbüro – ein paar Leute, die es für Gotteslästerung halten, wenn Puppen getauft werden. Andererseits kann eine solche Gelegenheit einigen der Eltern vielleicht ins Gedächtnis rufen, dass es bei der Taufe nicht nur um Namen, Kleidchen und die besten Plätze für die Gäste in der Kirche geht. Manchmal muss man Kompromisse eingehen, was die Form betrifft, um mit der Botschaft durchzudringen.

„Der Organist kann leider nicht da sein. Ich habe mal überlegt, Jacobsen zu fragen, Sie wissen schon, den Geiger aus Allinge. Was meinen Sie?"

Die Orgel ist das einzige Instrument, das dem Probst gefällt, und das auch nur als Begleitung für den Gesang der Gemeinde. Vielleicht, weil sie hemmungslos die oft zerbrechlichen Stimmen der wenig musikalischen Sängerinnen und Sänger übertönt. Aber eigentlich darf sie nur bei richtigen Gottesdiensten gespielt werden.

„Gute Idee."

Karina bittet Agnethe, ihr noch heute Nachmittag ein paar Stichworte ihrer Minipredigt zuzumailen, damit sie eventuell noch weitere Requisiten vorbereiten kann. Agnethe verspricht, sie gleich anschließend zu schicken. Sie verabschieden sich, und zum ersten Mal seit Tagen fällt ihr etwas leicht.

Die Taufe als Tor zum Glauben. Die Reinheit der kleinen Seelen. Die Unschuld.

Rasch fließen die Worte aufs Papier. Bis Thorkild sich einmischt, indem er aufsteht und das ewig nervende Radio lauter dreht. Irritiert blickt sie von ihrem Block auf.

„Gleich kommen die Lokalnachrichten", sagt Thorkild, als würde das rechtfertigen, ihre Konzentration mit den letzten Versen von *Walking on Sunshine* zu pulverisieren.

Sie versucht, den Faden wieder aufzunehmen, aber der Flow ist weg. Stattdessen kramt sie die Jungfrau Maria aus ihrem Rucksack. Die Rückseite hat ein paar winzige Kratzer davongetragen, aber wenn die Ikone mit der Rückseite zur Kirchenwand steht, sieht man es nicht. Sie rückt einen der Papierstapel auf ihrem Schreibtisch so zurecht, dass das Licht der Heiligen Mutter Gottes weder Thorkild noch Munk Mortensen allzu sehr in den Augen schmerzt. So. Und die Regeln über Einrichtungsgegenstände in der Kirche hat sie auch eingehalten.

Die letzten Akkorde von Katrina and the Waves' Popsong verklingen und werden vom Nachrichtenjingle abgelöst.

„Zunächst zum Mordfall in Vang", beginnt der Moderator. „Wie Bornholms Radio aus anonymer Quelle erfahren hat, wurde der sechsunddreißigjährige Russe, den man vor einer Woche in einem stillgelegten Granitbruch bei Vang tot aufgefunden hat, vermutlich erstochen."

Der Moderator legt eine kurze Kunstpause ein.

„Lange war unklar, auf welche Weise genau der junge Mann aus Russland ums Leben gekommen ist", fährt er fort. „Die Polizei geht von einem Tötungsdelikt im Umfeld von Drogenkriminalität aus. Unsere Kriminalreporterin Mathilde Kroager, die mehr über die Ermittlungen weiß, ist der Meinung, dass die neuen Erkenntnisse diese Theorie stützen."

Natürlich, Mathilde Kroager hat eine anonyme Quelle ausfindig gemacht und zeigt wieder einmal ihre Fähigkeiten, wenn es um die Jagd nach Sensationen geht. Vielleicht wird ihr Traum von einer Reporterstelle bei einer Kopenhagener Tageszeitung ja noch Wirklichkeit. Hoffentlich.

„Noch hat die Polizei die vorliegenden Informationen nicht bestätigt, was aber der üblichen Vorgehensweise in einem laufenden

Ermittlungsverfahren entspricht", erklärt Mathilde Kroager. „Allerdings passt die Tatsache, dass das Opfer mit einem Messer umgebracht wurde, sehr gut zur Theorie der Ermittler, wonach es sich um einen Mord im Drogenmilieu handelt. Besonders im Ausland ist diese Methode immer häufiger zu beobachten."

Das Tempo ist atemberaubend. Eifrig ist sie bemüht, in den wenigen Sekunden, die ihr zur Verfügung stehen, soviel wie möglich von sich zu geben.

„Während es in Verbindung mit Bandenkriegen verstärkt zu Schießereien kommt, ist in anderen kriminellen Umfeldern verstärkt eine Tendenz zur Benutzung anderer Waffen festzustellen, und meine Einschätzung ist …"

Wurde Daniil tatsächlich mit einem Messer getötet? Im Leichenschauhaus hatte Agnethe nur sein Gesicht gesehen, ob er erschossen oder erstochen worden war, hatte für sie keine Rolle gespielt. Und von wem hat die Journalistin ihr Wissen? Von Lars jedenfalls nicht.

Und ganz egal, wie viel Mathilde Kroager über Liquidierungen innerhalb krimineller Banden weiß: Ein Mord mit einem Messer im Drogenmilieu klingt in Agnethes Ohren seltsam. Vielmehr müsste die Polizei diese absurde Drogentheorie doch jetzt endgültig zu den Akten legen.

Durch die offen stehende Tür späht sie in das Büro des Probstes. Niemand da. Wenn sie Lars anruft, wird es heißen, sie vernachlässige ihre Arbeit.

Das Handy.

Thorkild wird sich nur zu gern das Maul zerreißen.

Nein, zurück zum Spaghetti-Gottesdienst. Karina braucht ihre Stichworte. Die Taufe. Das Wasser. Die Aufnahme in die christliche Gemeinschaft. Nein, das ist dann wohl doch ein bisschen zu viel. Und wie soll sie das einem Zweijährigen vermitteln? Unschlüssig blättert sie die Notizen in ihrem Block durch. Plötzlich springt ihr die Mailadresse ins Auge, die sie auf Thorkilds Computer entdeckt hat. Heiße Küsse. *welcome_mister@hotmail.com.*

Er sitzt immer noch da drüben und sieht verstohlen zu ihr herüber. Sammelt Beweise dafür, dass sie ihren dienstlichen Pflichten nicht nachkommt. Dabei ist er es, der während der Arbeitszeit schlüpfrige Mails an merkwürdige Adressen schickt.

Sie gibt die Adresse ins Google-Suchfeld ein. Nur zwei Ergebnisse.

Auf der ersten Seite tauchen asiatische Schriftzeichen auf, eine Sprache, die sie nicht kennt. Die Mailadresse kann sie nirgends entdecken. Der andere Treffer leitet sie auf eine Seite, die damit wirbt, Dänemarks größter und seriösester Escortservice zu sein. Vier, fünf Bilder mit halbnackten Frauen materialisieren sich vor ihren Augen.

Sie zögert. Es gibt Grenzen, und man will nicht alles über seine Kollegen wissen. Aber dann entdeckt sie die Mailadresse in einem Text neben dem Bild eines Mädchens, das sich *Miss25* nennt. Zwar ist auf dem Bild nicht viel mehr als der Hintern der Frau zu erkennen, aber nicht zuletzt das Alter verrät, dass es sich nicht um Thorkilds Frau handeln kann.

In den wenigen Zeilen ihres Profils gibt Miss25 einige intime Details über sich preis. Unter der Überschrift *Praktisches* teilt sie mit, sie residiere auf Bornholm, ganz in der Nähe von Rønne. Die Honorarliste beginnt bei achthundert Kronen, und wenn man interessiert ist, kann man per Mail Kontakt mit ihr aufnehmen. Es ist die Adresse, von der Thorkild die Heiße-Küsse-Mail bekommen hat.

Mit einem Mal riecht das ganze Büro nach Thorkilds selbstgedrehten Zigaretten, die er immer dann raucht, wenn sonst niemand da ist. Jetzt hält er keine Kippe zwischen den Fingern, sondern sitzt gemütlich zurückgelehnt mit einem Buch auf dem Schoß in seinem Bürostuhl. Es ist schwer auszumachen, ob er liest oder döst.

Thorkild sagt oft, ein Priester predige nicht nur mit seinem Wort, sondern auch mit seiner Art zu leben. Was Thorkilds Art zu leben predigt, gefällt ihr in diesem Moment ganz und gar nicht. Sie schließt die Escortseite, doch das Bild des Hinterteils von Miss25 hält sich hartnäckig vor ihrem geistigen Auge, während sie Karina die Mail mit ihren Stichworten schickt und sich für deren unaufgeräumte Struktur entschuldigt.

Muss sie den Probst über Thorkilds Eskapaden informieren? Ihm die Entscheidung darüber auferlegen, ob der Lebenswandel des Pfarrers Thorkild Andreasen vielleicht doch keine so vorbildliche

Predigt für seine Gemeinde ist? Thorkild würde nicht zögern, ihre unautorisierte Benutzung der Kirchenbücher aufzudecken.

Sie muss weg, muss raus aus diesem Büro. Kann es nicht länger ertragen, mit einem Pfarrer in einem Raum zu sein, der für Sex bezahlt.

Als sie den abgewetzten Messinggriff der Eichentür nach unten drückt, rührt Thorkild sich.

„Na, Bohn, wieder mal die Stellung aufgeben?“

Sein Blick verrät ihr, dass er immer noch glaubt, er habe die Oberhand. Sie zwingt ihre Stimme auf normale Lautstärke und Tonfall.

„Du bist ein Idiot, Thorkild.“

28

Pillengläser in vier verschiedenen Größen stehen auf dem Tisch der kleinen Küche. Das Namensschild an der Tür der dazugehörigen Wohnung besagt, dass hier M. Ipsen sein Zuhause hat. Diskret bleibt Agnethe auf der Fußmatte vor dem Eingang stehen, während drinnen die Pflegerin Sørine Larsen Pillen abzählt.

„Karin sagte, Sie wollen mit mir über den jungen Mann sprechen, der kürzlich bei Hans zu Besuch war?" Einen Moment lang sieht sie Agnethe fragend an, bevor sie wieder die Liste über die wöchentliche Medizin und ihre Dosierung zu Rate zieht. Sorgfältig verteilt sie gelbliche Kapseln in eine Plastikschachtel mit Fächern für Morgen, Mittag, Abend und Nacht. In Nacht liegen bereits eine weiße und eine blaue Kapsel.

„Ja, Daniil Khristov."

Sie ist nicht sicher, ob sie erwähnen soll, dass es ja Ärger gegeben habe, wie ihr die Stationsleiterin am Vormittag verraten hat. Vielleicht gibt es einen Zusammenhang zwischen dem, was Daniil eventuell herausgefunden hat, und den Unerfreulichkeiten.

„Hieß er so?" fragt Sørine und packt die Medizin zurück in den Hängeschrank über dem Zweiplattenherd. „Er war nachmittags hier, suchte nach irgendeinem Verwandten und wollte mit Hans sprechen."

„Waren Sie bei dem Gespräch dabei?"

Sørine verschwindet im Wohnzimmer, und einen Augenblick später wird die Lautstärke des Fernsehers heruntergedreht und gedämpfte Stimmen sind zu hören. Es geht um eine Tablette extra für die Nacht.

Dann taucht die Pflegerin wieder auf.

„Ihr Freund hat nur Englisch gesprochen, und ich habe ihm erklärt, dass Hans kein Englisch versteht. Und dass es sowieso schwierig sein wird, mit ihm zu sprechen, wegen seiner Krankheit. Alzheimer."

„Also haben Sie Daniil wieder weggeschickt?"

Hat es deswegen Ärger gegeben?

Die Pflegerin schließt die Tür zu M. Ipsens Wohnung und geht den Flur hinunter. Agnethe folgt ihr, vorbei an weiteren Namensschildern und gut gemeinten Verschönerungsversuchen. Mal sind es gerahmte Aufnahmen von Enkelkindern in einem Fotostudio an der Tür, mal ein Kaktus oder ein Flammendes Käthchen in einem Blumentopf auf der Fußmatte. Überall Hansens und Kofoeds, die hinter den Türen sitzen oder liegen und darauf warten, dass es zu Ende geht.

„Besser wär's gewesen."

„Warum?"

Sørine bleibt stehen und sieht ihr in die Augen.

„Ich muss nachher noch die Kinder aus dem Kindergarten abholen. Ich will nicht unhöflich sein, aber worum geht es Ihnen eigentlich ganz genau?"

„Ich möchte wissen, was passiert ist. Haben Daniil und Hans miteinander gesprochen?"

„Na gut, aber dann müssen Sie mitkommen, ich habe noch ein paar Bewohner, um die ich mich kümmern muss."

Die Pflegerin macht sich auf den Weg zur nächsten Wohnung, klopft an, bevor sie aufschließt. „Poul besteht darauf, immer abzuschließen", sagt sie und deutet mit einem erklärenden Nicken auf den Schlüsselbund. „Also, ihr Freund hat tatsächlich mit Hans gesprochen, aber als er ihm irgendeinen Zeitungsausschnitt zeigte und sagte, er sei auf der Suche nach seinem Großvater, hat Hans die Schotten dicht gemacht."

„Die Schotten dicht gemacht?"

„Ja, er hat sogar nach ihm geschlagen. Ich habe noch versucht, ihm gut zuzureden, aber es hat überhaupt nichts genützt. Es kam mir fast so vor, als hätte er Angst vor dem Russen. Warten Sie bitte drüben im Aufenthaltsraum, ich muss einen Verband wechseln."

Sørine zeigt zum Ende des Flurs. „Ich komme dann gleich."

Im Aufenthaltsraum sind die Gardinen zugezogen, und im Halbdunkel starrt ein halbes Dutzend älterer Frauen verliebt auf Poul Reichhardt, wie er das Gut Enekær und die roten Pferde rettet. Nur eine der Damen scheint dem Geschehen auf dem Fernsehschirm nicht zu folgen. Agnethe nimmt neben ihr auf einem freien

Sitzkissen Platz.

„Sind Sie so nett und reichen mir ein Plätzchen?"

Die gegen Poul Reichardts Charme offenbar immune Dame zeigt mit einer Stricknadel auf ein Tablett mit Plätzchen und Keksen. Kaum ist es in Reichweite, greift sie sich eine ganze Handvoll des süßen Gebäcks. Einige der anderen Damen reißen sich ebenfalls kurz vom Idol ihrer Jugend los und langen zu. Einen Moment später ist das Tablett leer.

„Wir stricken einen Flickenteppich. Für Hanne. Sind Sie neu hier?" fragt die Frau mit dem Heißhunger auf Plätzchen. Sogleich erhebt sich ein mehrstimmiges „Psst", obwohl so lautstark auf den Backwaren herumgekaut wird, dass die Repliken aus dem Fernsehgerät kaum zu verstehen sind. Agnethe erklärt, was sie hergeführt hat.

„Ach ja, Hans, den vermisst wohl niemand hier. Hat immer nur rumgeschrien."

Wieder setzt ein mahnendes „Psst" ein.

„Er hat rumgeschrien?"

„Ja, und geschlagen. Einmal hat er Merete geschlagen."

„Nein, das war nicht Merete, das war Inger. Sie wurde kurz danach entlassen", mischt sich ihre Nachbarin in leicht belehrendem Tonfall ein. Ihre Äußerung wird nicht von einem „Psst" unterbunden.

„Kannten Sie Hans?"

„Er war schon hier, als ich vor vier Jahren eingezogen bin", sagt die Plätzchenfrau. „Er war damals schon ziemlich plemplem, immer schlecht gelaunt und hielt ständig Moralpredigten, wenn er meinte, wir anderen hätten etwas falsch gemacht."

„Ja, er hat sich andauernd über alles Mögliche beschwert", ergreift die Nachbarin wieder das Wort. „Besonders über das Personal. Dann hat er meistens irgendwann angefangen, rumzubrüllen. Auf Deutsch."

„Er hat Deutsch gesprochen?"

„Ja, manchmal Deutsch, manchmal Dänisch. Wenn keine Kaffeesahne mehr da war, schrie er immer *Das wird Gott euch nicht verzeihen.*"

„Oder wenn er Rosenkohl auf seinem Teller hatte. Einmal hat er Merete mit Rosenkohl beworfen."

„Es war nicht Merete."

„Doch."

„Nein, Merete ist tot."

„Ich sage dir, es war Merete. Holen Sie uns noch ein paar Plätzchen?"

Wieder richtet die Plätzchenfrau eine Stricknadel auf das leere Tablett. Augenblicklich meldet sich der Rest der Gesellschaft mit einem unzweideutigen „Psst". Im selben Moment kommt Sørine herein.

„Wir müssen rüber in den anderen Flügel. Ein Bewohner klagt über starke Magenschmerzen."

Sie hat den Aufenthaltsraum schon wieder verlassen, bevor Agnethe überhaupt von ihrem Sitzkissen aufgestanden ist.

„Ich habe ein bisschen mit den Damen geplaudert", sagt Agnethe, als sie die Pflegerin einholt.

„Inge-Lise sagt viel, wenn der Tag lang ist, aber das haben Sie sicher selber schon gemerkt."

„Sie sagen, Hans habe sie angeschrien."

„Ja, er war ein sehr gottesfürchtiger Mann. Hätte er die Bibel noch in der Hand halten können, wäre er wahrscheinlich damit herumgelaufen und hätte sie den anderen Bewohnern auf den Kopf gehauen. Aber zum Glück war er dazu nicht mehr im Stande. Also erledigte er das verbal."

„Und er sprach Deutsch?"

„Ja, soviel ich weiß, stammt er aus Südjütland, und manchmal sprach er eben Deutsch, wenn er sich aufregte oder einen seiner Anfälle hatte."

„Merkwürdig."

Sørine ist es ganz offensichtlich gewohnt, kilometerlange Gänge mit grauem Linoleumboden in einem atemberaubenden Tempo hinter sich zu lassen. An einer Ecke biegen sie scharf ab und passieren ein Sofa-Arrangement, das eine Kreuzstichstickerei des Ekkodals zeigt und von einer Stehlampe mit Fransen am Lampenschirm komplettiert wird.

„Eigentlich nicht, wenn Sie mich fragen. Es gibt viele Demenzkranke, die sich an schöne und sichere Zeiten in ihrem Leben erinnern und darin so etwas wie Ruhe finden."

„Und Sie meinen, für Hans war seine Kindheit in Südjütland so eine Zeit? Was sagte er denn, wenn er Deutsch sprach?"

„Meistens waren es nur einzelne oder mal ein paar Worte, die, glaube ich, eigentlich gar nichts zu bedeuten hatten. Irgendwelcher Unsinn eben."

„Und was passierte, als Daniil ihm das Zeitungsfoto zeigte?"

„Ihr Freund bekam einen ganz schönen Schrecken, kann ich Ihnen sagen. Und er entschuldigte sich ein paar Mal, übrigens auch auf Deutsch, aber es half nichts. Nachdem ich Hans etwas beruhigen konnte, versuchte der Russe noch einmal, ihm zu erklären, was es mit dem Bild auf sich hatte. Ich glaube, er wollte wissen, wer die Personen auf dem Bild waren."

„Und? Konnte Hans ihm helfen?"

Sie versucht, sich den Zugereisten vorzustellen – der mit dem schelmischen Lächeln ganz außen auf dem Foto in einer älteren Ausgabe – wie er in einer der kleinen Wohnungen des Schlosses Besuch von Daniil bekommt. Es gelingt ihr nicht.

„Ich glaube nicht. Hans brabbelte etwas vor sich hin und regte sich immer mehr auf. Schließlich mussten wir seine Tochter anrufen und den Russen wegschicken. Das Wohl der Bewohner hat Vorrang, wie Sie sicher verstehen werden."

„Und das meinte Ihre Stationsleiterin, als sie sagte, es habe Ärger wegen Daniils Besuch gegeben?"

„Ja, ganz genau. Hans ist in der Nacht darauf verstorben, der Besuch und die ganze Aufregung waren wohl zu viel für ihn. Wäre das in den USA passiert, hätten Ihr Freund und ich uns auf eine Klage wegen fahrlässiger Tötung oder so gefasst machen können. Na ja, jedenfalls sollen die Richtlinien für Besuche hier im Haus verschärft werden, wie ich gehört habe."

Sørine klopft an eine Tür und betritt das dahinterliegende Zimmer, ohne eine Antwort abzuwarten. Ein Pfleger sitzt neben einem älteren Mann, der zu groß ist für das Sofa, auf dem er liegt. Die Füße in ihren Pantoffeln baumeln über die Armlehne.

„Er hat starke Schmerzen in der Magengegend“, teilt ihnen der Pfleger mit. Agnethe fühlt sich fehl am Platz und will die Wohnung wieder verlassen, als Sørine sie am Arm festhält.

„Reden Sie mit ihm, während ich seinen Puls nehme.“

Mit einem Mal kommt es ihr so vor, als sei sie wieder im Krankenhaus. Der Unterschied ist nur, dass es hier keine Hoffnung für die Bewohner gibt, noch einmal in ein Leben außerhalb dieses Hauses zurückzukehren. Alles endet hier – auch Daniils Suche nach seiner Familie. Aber sie muss ganz sicher sein.

Sie gibt dem Mann auf dem Sofa die Hand und stellt sich vor.

„Hartvig Mikkelsen“, grüßt der Bewohner sie.

„Hartvig Mikkelsen? Sind Sie mit dem ehemaligen Pfarrer hier in Rønne verwandt?“

Wenn sie sich richtig erinnert, steht ein Hartvig Mikkelsen auf der Ehrentafel im Waffenhaus der Kirche.

„Mein Urgroßvater. Er war Møllerianer. Hat die Bewegung mit aufgebaut, zusammen mit Christian Møller.“

„Ah, der Priester, der am Friedhof in Rønne begraben ist?“

Munk Mortensen sollte Hartvig Mikkelsen mal einen Besuch abstatten. Schließlich ist er ein bibeltreuer Anhänger der Møllerianer.

„Ganz genau.“

„Die Lutherische Mission legt immer noch jeden Sonntag Blumen auf sein Grab.“

„Wie schön. Ich allerdings halte nichts von diesem ganzen Gefasel über Umkehr und Erweckung“, sagt Hartvig Mikkelsen, während Sørine dem Pfleger mitteilt, der Puls sei normal. Dann fragt sie den älteren Herrn nach Stuhlgang und der Art der Schmerzen.

Agnethe spürt, dass sie die Privatsphäre verletzt, wenn sie bleibt, schleicht sich hinaus auf den Gang und versucht, ihre Gedanken zu sammeln.

Daniil hat mit Hans gesprochen, aber der hat sich fürchterlich aufgeregt, als Daniil ihm das Zeitungsfoto zeigte. Ist doch irgendetwas auf dem Foto, das sie übersehen hat?

„Ich packe jetzt zusammen“, teilt Sørine ihr mit, als sie aus Hartvig Mikkelsens Wohnung kommt und schon wieder an

Agnethe vorbeistürmt. „Sie haben genau drei Minuten."

„Sind Sie sicher, dass Hans Daniil nicht doch irgendetwas erzählt hat?"

„Er hat einfach nur rumgebrüllt, und Ihr Freund musste erst mal durchatmen, glaube ich. Jedenfalls saß er noch ein Weilchen draußen auf der Bank, nachdem wir ihn rausgeschickt hatten."

„Und worüber hat Hans sich so aufgeregt?"

Sørine zuckt mit den Achseln.

„Das wusste man bei ihm nie so genau. Es passierte einfach."

„Aber was hat er denn gesagt? Oder besser gebrüllt?"

„Ich habe nicht so genau darauf geachtet. Irgendein Name war dabei."

„Was für ein Name?"

„Tja, wenn ich das noch wüsste. Er erinnerte mich an meinen Onkel Johannes."

„Vielleicht Marius?"

„Nein", antwortet Sørine und bleibt ruckartig vor einer Tür stehen, die ein Kranz aus vertrockneten, blassblauen Blumen ziert. „Hier hat er gewohnt."

Das Namensschild links neben der Tür bestätigt ihre Worte. Hans Jensen.

„Normalerweise gehen wir nicht alleine in eine Wohnung, wenn der Bewohner nicht da ist. Aber Sie sind ja schließlich so etwas wie eine offizielle Amtsperson, und dann ist es wohl in Ordnung. Kommen Sie, ich möchte Ihnen etwas zeigen", sagt sie und schließt auf. Drinnen empfängt sie der abgestandene Geruch vergessenen Lebens. Die Wohnung gleicht den beiden anderen, in denen sie waren, doch fühlt sich die Leere hier anders an. Kälter.

„Johann Eberhard", sagt Sørine plötzlich laut und deutlich und bleibt stehen. „Das war der Name, den er ein paar Mal gerufen hat."

Gespannt sieht sie Agnethe an, als erwarte sie, dass die Pfarrerin Einblick in die unergründlichen Wege eines dementen Gehirns habe.

„Johann Eberhard? Sagt Ihnen das etwas?" fragt Agnethe stattdessen.

Sørine schüttelt den Kopf. „Manchmal erfinden sie Namen oder

Dinge oder Erlebnisse", sagt sie und greift nach einem Umschlag, der auf der obersten Ablage eines Sekretärs an einem Eisbär aus königlichem Porzellan lehnt. „Ihr Freund hat in dem ganzen Durcheinander das hier vergessen."

„Was ist das?"

Eigentlich weiß sie es schon, bevor sie den Umschlag öffnet und seinen Inhalt in ihre Hand schüttelt. Daniil muss es hier für sie hinterlegt haben – als habe er gewusst, dass sie kommen würde.

Das Passfoto von Polyfoto, das Marius aus Pedersker zeigt, wie er mit seinem schelmischen Blick in die Kamera des Fotografen sieht, vor mehr als sechzig Jahren. Dann das Bild aus Bornholms Social-Demokrat, eine Kopie aus dem Archiv, wie sie auch in ihrer Tasche steckt – nur, dass diese Kopie hier mit Strichen, Namen und kyrillischen Buchstaben übersät ist.

„Das sind Daniils Bilder."

Es kommt noch ein Bild zum Vorschein, etwas größer als das Passfoto und stark vergilbt. Eine junge Frau mit nackten, sonnengebräunten Schultern ist zu sehen, darauf die schmalen Träger einer Sommerbluse. Das Haar sieht aus, als sei es einigermaßen planlos geschnitten, kurz und mit einer Andeutung von Locken. Die Augen blicken in die Kamera – lächelnd und ernst zugleich. Nichts an ihr deutet darauf hin, dass sie Russin ist, aber es kann nur die Soldatin aus der Roten Armee sein. Die Frau, die nach Bornholm kam, Marius aus Pedersker begegnete und Daniils Großmutter wurde.

8. September 1945, Nyker

Die erste Familie hat aufgegeben. Anna und Christian werden ihr Haus an der Hauptstraße verkaufen und so bald wie möglich nach Schweden ziehen. Sie glauben nicht länger daran, dass Bornholm wieder dänisch wird. Die Russen scheinen sich hier mehr und mehr einzuleben.

Ich habe lange mit Anna gesprochen und versucht, ihr neue Hoffnung zu geben, aber sie hat nur wieder und wieder gesagt, ihre Kinder sollten nicht unter der Knute der Russen aufwachsen. Mir graut davor, dass viele so denken wie sie und ihrem Beispiel folgen werden. Jedenfalls sind sie nicht die einzige Familie, in der darüber diskutiert wird.

Gestern Abend kam es zu einer Versammlung im Konfirmandenzimmer. Ein paar Mitglieder der Freiheitsbewegung hatten gefragt, ob sie das Zimmer für ein vertrauliches Treffen haben könnten, um sich zu beratschlagen. Fünfunddreißig Bewohner aus Nyker stellten sich ein, und wir mussten noch ein paar Stühle aus dem Haus holen und dazustellen.

Anlass für die Versammlung war wohl der Überfall auf Karen vom Myregård. Am Mittwochabend wurde sie von zwei betrunkenen russischen Soldaten belästigt. Der eine hat ihr das Fahrrad und die Armbanduhr gestohlen, der andere hat sich an ihr vergriffen.

Ihre Familie hatte mich noch am selben Abend um Beistand gebeten. Ich habe versucht, sie zu beruhigen, und für die arme Karen gebetet.

Natürlich sind wir alle erschüttert über das, was passiert ist, aber die Polizei hat keine Möglichkeit, der Sache nachzugehen. Für derartige Vorfälle sind die russischen Behörden zuständig. Immerhin hat der Polizeidirektor zugesichert, den Fall beim russischen Kommandanten anzusprechen.

Seit diesem schrecklichen Vorkommnis reden einige hier in Nyker hinter vorgehaltener Hand darüber, eine Bürgerwehr aufzustellen, die in den Straßen patrouillieren und zu Hilfe kommen soll, wenn sich die Russen nicht ordentlich aufführen. Das war einer der Vorschläge, über die im Konfirmandenzimmer gesprochen wurde. Mir kam die Rolle des Versammlungsleiters zu, und ich habe zu Besonnenheit geraten.

Gutsbesitzer Asger Holm ergriff als Erster das Wort. Er führte aus, dass er die Frauen der Familie nach Einbruch der Dunkelheit nicht mehr alleine nach draußen gehen und auch nicht mehr alleine auf dem Hof lasse. Er meinte, eine Bürgerwehr könne wieder für mehr Sicherheit in unserem Ort sorgen.

Viele unterstützten ihn, und besonders die Unsicherheit darüber, wie lange die Russen noch auf der Insel bleiben, bereitet vielen Kummer und Sorgen. Es sieht so aus, als bereiteten sie sich auf den Winter vor, und in Rønne gehen einige der Offiziere mit Frau und Kindern spazieren, die sie aus Russland haben kommen lassen.

Die Russen sagen, dass sie abziehen, sobald die „deutsche Frage" geklärt sei, aber die letzten Deutschen wurden schon längst weggebracht. Es ist unvorstellbar, dass wir ein Teil des russischen Territoriums werden sollen. Dennoch hält die Angst uns alle gepackt.

Allerdings waren auch nicht alle der Meinung, die Russen seien so schlimm. Jens Kofoed sagte, es seien nur einige schwarze Schafe, die alles kaputtmachten. In seinem Schmiedebetrieb hat er mit ein paar Russen zu tun gehabt, und ihr Lager in Hasle ist Anlaufstelle für Jungs und junge Männer, die mit ihnen Fußball spielen. Er hat sogar von einem Offizier gehört, der den Kindern kleine Geschenke geben wollte.

Das veranlasste Kaufmann Svendsen, von seinem Stuhl aufzustehen. Er sagte, er wünschte, wir hätten die Schweden 1658 nicht davongejagt. Wären wir heute ein Teil von Schweden, stünden wir nicht mit unserem russischen Problem da. Bei Svendsen ist schon siebenmal eingebrochen worden, und allem Anschein nach waren es jedes Mal russische Soldaten auf der Suche nach Alkohol, Zigaretten oder Essbarem. Daher meinte er, eine Bürgerwehr sei die einzige vernünftige Lösung.

Nach langen Debatten einigte man sich darauf, vorläufig noch abzuwarten und einen vertraulichen Brief an den Minister zu schicken und auf die Probleme aufmerksam zu machen, die wir hier haben. Unterdessen können wir nur beten, dass die Russen bald abziehen.

Freitag, 17. Juli

29

Agnethe sitzt am offenen Fenster zur Straße und kritzelt auf ihrem Notizblock herum. Außer ihr sind nur die Möwen schon wach, ansonsten ist der Morgen so still, dass sie sogar hören kann, wie die Schnellfähre unten im Hafenbecken die Hilfsmotoren startet, um klar Schiff zu machen für die erste Überfahrt nach Ystad an diesem Tag. Unterhalb ihrer Kritzeleien entsteht ein Zeitstrahl:

Krista —> Svend —> Hans —> ?

Wem ist Daniil nach seinem Besuch bei Hans begegnet? Er muss jemanden getroffen haben, sonst wäre er nicht umgebracht worden. Irgendwelche Rockertypen, von Drogengangstern damit beauftragt, die Hoheit über den örtlichen Amphetaminhandel sicherzustellen? Oder war es jemand, der Daniil getötet hat, weil er mit den Nachforschungen über seine Bornholmer Familie zu weit gekommen war? Dann hätte Henrik recht mit dem, was er neulich abends im Archivkeller sagte.

Sie muss etwas übersehen haben. Das einzige, was sie noch nicht unter die Lupe genommen hat, ist der Name, den Hans gerufen hat: Johann Eberhard. Hat Daniil den Namen verstanden? Kann Johann Eberhard das Fragezeichen auf ihrem Zeitstrahl sein? Sie muss wissen, wer er ist.

Google zeigt über sechs Millionen Suchergebnisse an, in denen die Namen Johann und Eberhard vorkommen, in unterschiedlichen Schreibweisen. Ein Werkzeugfabrikant aus Österreich mit dem Namen Johann Eberhard und dem Slogan *Qualität, Präzision und Härte seit 1946* führt die Liste an, aber ihr Deutsch war nie besonders gut. Hans hatte nach dem Krieg beim Wiederaufbau von Häusern geholfen. Ist Johann Eberhard vielleicht nur eine Werkzeugmarke? Ein Bruchstück aus einem dementen Gehirn, das die Fähigkeit verloren hat, wichtige Informationen von unwichtigen zu unterscheiden?

Die nächsten zwei Suchergebnisse kann sie ausschließen, es sei denn, das demente Gehirn hatte auch noch einen Hang zum Autismus: ein österreichischer Jesuit und der Gründer einer berühmten

Keramikmanufaktur, die im 18. Jahrhundert vor den Toren Stockholms residierte.

Es ist hoffnungslos. Sie muss die Suche eingrenzen und gibt zusätzlich das Wort *German* in die Google-Maske ein, aber das beschert ihr nur eine Auflistung des Who-is-who aus dem 18. Jahrhundert. Offenbar waren Johann und Eberhard die Modenamen der damaligen Zeit.

Der einzige halbwegs interessante Treffer erscheint auf einer Liste über deutsche Soldaten, die vermutlich im Zweiten Weltkrieg umgekommen sind, mit einem Link zu Informationen über die Einheit eines Johann Eberhard. Auf Deutsch. Trotzdem bleibt ihr Blick an zwei Wörtern hängen, die sie wiedererkennt. Wörter, die aus der morgendlichen Brise eine Hitzewelle machen: *Ostseeinsel Bornholm*.

Sie steht auf, geht ein paar Schritte. Setzt sich wieder. Verflixt, warum hat sie sich im Deutschunterricht auch nicht die Spur für Karstens Deklinationen und Konjugationen interessiert?

Ihr bleibt nichts anderes übrig, als den deutschen Text mit Googles Übersetzungsfunktion zu übertragen. Anschließend gleicht sie das Resultat mit der englischen und italienischen Übersetzung ab und kommt zu dem Schluss, dass die Einheit des Marinesoldaten Johann Eberhard unter anderem auf Bornholm stationiert war. Allerdings bleibt unklar, ob Eberhard der Kompanie zu dieser Zeit tatsächlich angehörte, und weitere Informationen über einen deutschen Soldaten namens Johann Eberhard hat Google nicht zu bieten.

Dafür stößt sie auf die Seite Wehrmacht-History.org, ein Netzwerk, in dem Zweiter-Weltkriegs-Experten aller Art Daten und Theorien austauschen. Sie schickt ein paar auf Englisch formulierte Fragen über Johann Eberhard und die deutschen Soldaten auf Bornholm an das Netzwerk.

Außerdem entdeckt sie ein Foto, das den Hafen von Rønne und den für Bornholm verantwortlichen Major zeigt, wie er mit ernster Miene und zahlreichen Orden an der Brust eine Gangway hinunterschreitet. *Die Deutschen hatten Bornholm vergessen* lautet die Überschrift über dem Bild, und aus dem Artikel darunter geht hervor, dass die Insel erst am 10. April 1940 besetzt wurde – einen Tag später als der Rest Dänemarks. Unaufgeregt und in aller Ruhe.

Kurz darauf waren um die tausend deutsche Soldaten auf Bornholm stationiert, liest sie, aber als gegen Ende des Krieges weitere Soldaten und deutsche Zivilisten auf der Flucht vor der vorrückenden Roten Armee dazukamen, stieg die Zahl der Deutschen auf der Insel auf zwanzigtausend. Die Eintragungen im Tagebuch ihres Großvaters über zerlumpte Flüchtlinge, die durch Rønnes Straßen irrten, kommen ihr in den Sinn. Viele überlebten nicht und liegen auf den Friedhöfen überall auf Bornholm begraben. Allein auf dem Friedhof der Hauptstadt haben an die hundert deutsche Soldaten und Flüchtlinge ihre letzte Ruhestätte gefunden. Auf einigen Grabsteinen sind sogar Name und Dienstgrad der Soldaten zu lesen, wie ihr der Friedhofsverwalter gezeigt hat.

Kann Hans den Namen Johann Eberhard auf einem der Grabsteine am Friedhof gelesen haben? Sie schickt eine Mail an die Friedhofsverwaltung, in der sie nach dem Grab eines Johann Eberhard fragt.

Es muss eine Verbindung geben.

Aber selbst wenn Hans den Namen eines deutschen Soldaten gerufen hat: Wie kann das etwas mit Daniils Großmutter zu tun haben? Nach dem Eintreffen der Russen auf der Insel wurden die deutschen Soldaten, die nicht mehr rechtzeitig fliehen konnten, als Kriegsgefangene per Schiff nach Russland verbracht. Innerhalb weniger Tage war die Insel von Deutschen wie leergefegt. Johann Eberhard und Daniils Großmutter können höchstens ein paar Tage gemeinsam auf Bornholm gewesen sein. Das alles ergibt einfach keinen Sinn.

Hans. Sie muss ihn in den Kirchenbüchern nachschlagen und mit seiner Tochter reden. Vielleicht weiß sie, wer Johann Eberhard ist.

30

„Sie müssen mir helfen“, schluchzt Tove Kofoed aus Tejn. „Ich wusste nicht, wen ich sonst anrufen soll.“

Die hastigen Atemzüge, die in ihr Ohr dringen, stehen in krassem Gegensatz zu der Stille im Pfarrbüro, das sie eben erst betreten hat. Draußen schläft die Stadt noch immer. „Sie haben Jesper verhaftet, und ich kann meinen Mann nicht erreichen.“

„Jesper? Warum?“

„Man hat mir nur gesagt, dass es mit Drogen und diesem toten Russen zu tun hat …“

Dann scheint an Henriks Gerüchten also tatsächlich was dran zu sein. Nur dass die Polizei nicht in Tejn war, um mit Tove zu sprechen, sondern mit Jesper.

„Ich fahre gleich los.“

Henrik steht mit nassen Haaren und einem Handtuch um die Hüften in der Haustür.

„Du bist ziemlich früh dran. Was ist denn los?“

Agnethe will ihn fragen, ob sie sein Auto haben kann. Den Saab. Für eine Fahrt nach Tejn.

Aber Henriks nackter Oberkörper füllt den Türrahmen und ihr Blickfeld aus. Zieht mit seiner gut trainierten Brustmuskulatur und den Bauchmuskeln darunter ihre ganze Aufmerksamkeit auf sich. Geschmeidig. Es ist unübersehbar, dass er mehrmals die Woche trainiert. Bizeps und Trizeps sind eindeutig seine Spezialdisziplinen.

Sie zwingt ihren Blick auf ein paar strapazierte Laufschuhe in dem Flur hinter ihm.

„Ich …“

„… bin zu früh aufgestanden“, lacht Henrik. „Komm rein.“

Sie folgt dem stramm sitzenden Frottee durch den Flur.

„Ich wollte fragen, ob ich dein Auto haben kann. Der Sohn von Tove Kofoed oben in Tejn ist verhaftet worden. Ich muss zu ihr.“

„Verhaftet? Was Ernstes?“

„Ich weiß es nicht. Vielleicht hat es etwas mit dem Mord an

Daniil zu tun – und mit Drogen. Mehr weiß ich noch nicht."

„Ja, klar kannst du den Wagen haben, aber du musst um halb zehn wieder hier sein. Warte, der Schlüssel muss hier irgendwo liegen."

Sie sind jetzt in der Wohnküche angekommen, die den größten Teil des Erdgeschosses einnimmt, genau wie bei ihr.

Die Treppe zum ersten Stock knirscht.

Agnethe dreht sich um.

Auf der obersten Stufe erscheinen zuerst Füße, dann ein Paar Beine, gefolgt von Knien und einem roten Satin-Nachthemd, das eng an schmalen Hüften anliegt, einem Spitzen-BH in Körbchengröße D und schließlich einem Gesicht. Henriks Journalistenfreundin im *Out-of-Bed-Look.*

Agnethe spürt ein Prickeln in der Brust. Hat sie ihr Gespräch mitangehört?

„Was machen Sie denn schon so früh hier?"

Warum übernachtet sie bei Henrik?

„Ich will mir Henriks Auto ausleihen – ein Notfall."

„Gibt es auf dieser Insel eigentlich noch was anderes als Notfälle?" murmelt die Reporterin nicht annähernd so artikuliert wie bei ihren Statements *on air.*

Henrik lacht, während er eine der Küchenschubladen durchwühlt.

„Du hast Mathilde ja schon kennengelernt, oder?"

Natürlich hat sie das, und das weiß er auch ganz genau.

Mathilde ignoriert sowohl sie als auch Henrik und kriecht unter die Decke auf dem Sofa, das von einer Übernachtung gezeichnet ist. Henrik versetzt der Schublade einen leichten Stoß, die daraufhin lautlos zurück unter die Arbeitsplatte gleitet.

„Wo hab' ich bloß den Schlüssel …? Ach ja, in der Hosentasche."

Suchend geht er um das Sofa herum, klaubt eine Jeans vom Boden auf und durchsucht die Taschen. „Hier."

Sie macht ein paar Schritte auf die Schlüssel in seiner Hand zu. Rund um das Sofa verteilt liegen Kleidungsstücke herum. Einige davon gehören Henrik.

Haben sie etwa …?

31

„Glauben Sie, er hat es getan?“

Sie stehen noch im Flur, als Tove die Frage stellt.

„Glauben Sie, es war Jesper?“ fragt sie und die Worte stolpern in einem unnatürlichen Rhythmus aus ihrem Mund und bleiben in dem kalten Flur hängen, zwischen Mänteln, Jacken, einem Paar Gummistiefel und einem leicht adipösen Wachhund aus Gips, der über den gefliesten Boden starrt. Wie beantwortet man eine solche Frage? Kann man sagen: *Ja, ich glaube, Ihr Sohn hat einen anderen Menschen getötet?*

Nein. Und deshalb ist sie auch nicht gekommen. Natürlich ist sie gekommen, um eine unglückliche Mutter zu trösten. Aber da ist noch etwas anderes: Daniils Bilder. In ihrer Tasche steckt der Umschlag mit den Fotos von Marius aus Pedersker und der Frau mit den sonnengebräunten Schultern und dem zufälligen Haarschnitt.

„Warum glaubt die Polizei, dass Jesper etwas mit dem Mord an Daniil zu tun hat?“

Tove dreht den Kopf und sieht durch sie hindurch, so kommt es ihr vor.

„Kommen Sie mit.“

Sie durchqueren die Küche mit den Panoramafenstern samt Meerblick, die von Tove buchstäblich links liegen gelassen werden.

Agnethe bemüht sich, die Gedanken an die Journalistin beiseite zu schieben. Hoffentlich hat sie von der Verhaftung in Tejn nichts mitbekommen. Hoffentlich ist sie nicht schon auf dem Weg ins Studio des Senders, um in die Welt zu posaunen, dass die Polizei einen jungen Mann aus Tejn festgenommen hat, der des Mordes verdächtigt wird. Dann hätten die Fischer unten im Hafen noch mehr, worüber sie sich das Maul zerreißen können. Denn selbst wenn die Nachricht nicht in sämtlichen Bornholmer Medien auftaucht kann es schwer werden, Tove dazu zu bringen, sich ihr anzuvertrauen.

Sie folgt Tove eine schmale, mit braunem Teppich belegte Treppe hinauf. In dem Aufgang ist es so dunkel, dass Tove das

Licht einschalten muss, obwohl draußen strahlender Sonnenschein herrscht.

„Sie haben Jesper einfach mitgenommen, heute Morgen, in Jeans und mit nackten Füßen. Er durfte sich nicht einmal ein T-Shirt anziehen."

Die komplette erste Etage scheint Jespers Reich zu sein. Eine gemauerte Theke trennt vier Küchenelemente vom Rest des Raums. Parkettboden, weiß getünchte Raufasertapete, ein Kühlschrank und ein Backofen, der noch glänzt wie neu und sicher andere Ambitionen hat, als Mamas Fleischgerichte aufzuwärmen.

„Mit welcher Begründung wurde er festgenommen?"

Tove ist vor einer ungemachten Futon-Matratze stehen geblieben. Sie macht sich daran, die Schlafstatt in Ordnung zu bringen.

„Verdachtsmomente in Verbindung mit dem Drogenmord in Vang. Sein Auto soll an dem Tag in Vang gesehen worden sein."

Ein paar Mal fegt sie mit der Hand über die Bettdecke, bis die meisten Falten geglättet sind, bevor sie sich wieder Agnethe zuwendet. „Aber es gibt ja wohl noch ein paar andere, die einen Land Rover fahren, oder? Jesper sagt, irgend so ein Klub veranstaltet illegale Rennen in dem alten Granitbruch, mit seinen Land Rovern."

Agnethe nickt.

„Hat er es getan?"

Tove wiederholt die Frage, obwohl sie weiß, dass sie beide die Antwort darauf nicht kennen. Agnethe kennt sie jedenfalls nicht, auch wenn sie dazu neigt, sie mit Nein zu beantworten. Warum sollte Jesper so etwas tun? Sein handfestes Auftreten im Kreuz hat einen blauen Fleck an ihrem Handgelenk hinterlassen, aber Mord ist eine ganz andere Liga. Andererseits wird die Polizei kaum jemanden ganz ohne Grund festnehmen.

„Ich würde Ihnen gerne etwas zeigen", weicht sie aus und holt den Umschlag mit Daniils Bildern hervor. Beim Anblick des Passfotos von Marius aus Pedersker breitet sich ein Lächeln auf Toves Gesicht aus.

„Ist das Ihr Vater in jungen Jahren?"

„Ja", nickt Tove. „Er sah sehr gut aus, finden Sie nicht?"

„Ein charmanter junger Mann."

Tove nimmt das Foto und drückt es an die Wange. „Ich vermisse ihn."

„Hatten Sie ein gutes Verhältnis zueinander, Sie und Ihr Vater?"

„Ich konnte mit meinem Vater über alles reden – jedenfalls bis zu der Heirat mit Poul. Papa konnte Poul nicht leiden. Keiner in meiner Familie konnte ihn leiden. Papa nannte ihn einen *Windhund.*" Sie lächelt vor sich hin. „Nachdem meine Mutter gestorben war, haben wir viel miteinander geredet. Papa kam einigermaßen allein zurecht, wollte auf keinen Fall ins Pflegeheim. So oft ich konnte, bin ich zu ihm gefahren und habe ihm geholfen. Im Kopf war ja noch alles in Ordnung."

Tove streicht mit dem Zeigefinger über Marius' Gesicht.

Agnethe hält ihr das Bild von Daniils Großmutter hin.

„Hat er jemals von dieser Frau erzählt?"

Sie bemüht sich, nicht zu neugierig zu klingen. Mit der freien Hand nimmt Tove das Foto der jungen russischen Soldatin.

„Sie ist hübsch", sagt Tove. Studiert das Bild. „Ich habe sie noch nie gesehen, aber mein Vater sagte, sie sei schön gewesen. Schön und gefährlich. Das hat er über sie gesagt."

„Wie meinte er das: gefährlich?"

„Sie war Russin. Sie trug die falsche Uniform."

Es fühlt sich an, als habe sie tagelang mit Grippe im Bett gelegen und wache jetzt auf, gesund und munter, ohne Kopf- und Gliederschmerzen. Daniil hatte recht! Es gibt keinen Zweifel mehr. Keine Angst mehr, dass er einfach vergessen wird. Tove wird sich an ihn erinnern – so, wie sie sich an ihren Vater erinnert. Er kann beerdigt werden und im Bewusstsein eines anderen Menschen weiterleben.

Tove gibt ihr die Bilder zurück und geht hinüber zu einem Schrägfenster.

„Hier muss mal durchgelüftet werden", sagt sie und reißt es auf. Kalte Luft dringt herein, kälter noch als die morgendliche Brise in der Damgade, denn sie kommt direkt vom Meer. Wenn Tove nicht in den Mord an Daniil verwickelt ist und Daniil nichts mit der russischen Drogenmafia zu tun hatte, wer hat ihn dann umgebracht? Jesper? Aber warum?

Sie tritt neben Tove und sieht aus dem Fenster. Ein Stück weiter unten liegt der Hafen verlassen da, dahinter das Meer, glänzend und dunkel bis zum Horizont.

„Hat Ihr Vater noch anderen außer Ihnen von seiner russischen Bekannten erzählt?“

„Es war sehr viel mehr als eine Bekanntschaft. Jedenfalls für Papa.“ Tove dreht sich zu ihr hin. „Er hat immer von ihr geträumt. Ljubov hieß sie. Als meine Mutter gestorben war, wollte er nach Russland und nach ihr suchen. Aber es war mehr als vierzig Jahre her, und er wusste nicht das Geringste über sie. Er hatte keine Ahnung, wo er anfangen sollte.“

„Weiß außer Ihnen noch jemand etwas über das Verhältnis Ihres Vaters mit ihr?“

Tove gibt einen Laut von sich, der an eine Mischung aus trockenem Lachen und Schnauben erinnert.

„Nein, er war nicht besonders stolz darauf. Thit weiß gar nichts. Sie lebt drüben und redet so gut wie gar nicht mehr mit jemandem von hier. Und Axel … der hatte immer alle Hände voll zu tun, um Karriere zu machen. Hatte nie Zeit, sich um Papa zu kümmern, meinte nur, wenn Papa nicht freiwillig ins Pflegeheim wolle, dann müssten wir ihn eben einweisen lassen. Sie müssen versprechen, dass Sie niemandem etwas davon verraten.“

„Und Sie sind ganz sicher, dass sonst niemand etwas davon weiß? Auch nicht Ihr Mann – oder Jesper?“

Tove schließt die Augen.

„Vielleicht weiß Jesper es.“

„Wie das?“

„Ich bin nicht sicher, aber er war oft dabei, wenn ich bei Papa war. Es kann sein, dass er etwas mitbekommen hat. Papa sprach sehr oft von ihr, besonders zuletzt.“

Vierzehn Minuten vor halb zehn parkt Agnethe den Saab am Bordstein der Damgade. Die Rostlaube ist rechtzeitig zurückgekehrt. Ihr Handy zeigt vier unbeantwortete Anrufe von der selben Nummer an. Lars kann es nicht sein, mit ihm hat sie vorhin auf der Rückfahrt von Tejn gesprochen. Er wollte nicht mehr sagen, als dass Tove ihren Sohn im Arrest besuchen kann, sobald die Vernehmungen abgeschlossen sind.

„Er bleibt vorläufig die zulässigen vierundzwanzig Stunden in Gewahrsam. Alles Weitere muss ein Richter entscheiden. Und Agnethe: Diesmal behältst du das bitte für dich."

Ein unangenehmes Gefühl hatte sie beschlichen, und während der Fahrt zurück zur Kirche blieb das Radio stumm. Konnte es wirklich sein, dass Jesper Kofoed Daniil ermordet hatte, weil sie denselben Großvater hatten?

Sie ruft die unbekannte Nummer an. Es meldet sich die Sekretärin des Krankenhauspfarrers, Else, mit der kleinen Brille auf der Nasenspitze und einer Schwäche für die Schweinelendchen in der Kantine.

„Schön, dass Sie zurückrufen. Ich habe ein etwas ungewöhnliches Anliegen, aber einer unserer Patienten hat nach Ihnen gefragt. Offenbar haben Sie einen guten Eindruck hinterlassen, als Sie neulich hier waren. Verner Nielsen, er liegt im Sterben und möchte gerne mit Ihnen sprechen."

Else fährt mit ihren Erklärungen fort, aber es ist ohne Bedeutung.

Denn Werner hat nicht nach dem Krankenhauspfarrer gefragt.

Er hat nach *ihr* gefragt.

Nach seiner Pfarrerin: Agnethe Bohn.

Zur Pfarrerin wird man nicht ausgebildet. Pfarrerin wird man, indem jemand einen als seine Pfarrerin auserwählt. Als die Pfarrerin, die er in seinem Leben braucht. Oftmals in den schweren Stunden. Deshalb heißt es *von der Gemeinde berufen werden.*

Und Verner ist der zweite aus ihrer Gemeinde, der heute nach ihr ruft.

Natürlich wird sie kommen.

Sie wirft die Autoschlüssel in Henriks Briefkasten und holt ihr Fahrrad.

„Hallo, Frau Pfarrerin. Hat man Sie inzwischen zur Nachfolgerin von Munk Mortensen befördert?"

Erst jetzt, als sie seine Stimme hört, erkennt Agnethe den jungen Arzt wieder, der sich ein paar Meter neben ihr am Fahrradständer des Krankenhauses mit den Klammern an seinen Hosenbeinen zu schaffen macht. Anders Nielsen. Bei dem sie sich entschuldigen musste. Und der etwas über Daniil wusste.

„Nein, ich wurde zu einem dringenden seelsorgerischen Gespräch gerufen." Es tut gut, es zu sagen. Dass jemand sie braucht. Und nur sie. Nicht irgendjemanden.

Das Gespräch mit Verner war sehr gut verlaufen. Sie hatten darüber gesprochen, wie es sein wird, bei Gott zu sein. Verner meinte, es müsse so sein, wie an einem warmen Frühlingstag durch Almindingen zu wandern. Wenn die Bäume ausschlagen. Er bat sie, ihm *Ein jegliches hat seine Zeit* aus dem Buch der Prediger vorzulesen, während er einschlief. Danach hatte sie das Zimmer verlassen. Sie hatte getan, was in ihrer Macht stand. Alles andere lag bei Gott.

Der junge Arzt fummelt die Klammern zurecht und richtet sich auf. Sie geht auf ihn zu.

„Gibt's was Neues von Ihrem Oberarzt?" fragt sie und hofft, es wirkt nicht aufdringlich, sondern professionell interessiert. Am liebsten würde sie ihn fragen, ob es stimmt, dass Daniil mit einem Messer ermordet wurde, aber das kann sie natürlich nicht tun.

„Darüber möchte ich lieber nicht sprechen. Jedenfalls nicht hier. Wir können ja ein Stück zusammen fahren", antwortet Anders Nielsen und deutet mit einer Kopfbewegung in Richtung Rønne-Zentrum.

Sie steigen auf ihre Fahrräder und biegen schweigend in den Ullasvej ein. Erst, als sie ein paar hundert Meter vom Krankenhaus entfernt sind, räuspert sich der Arzt.

„Ich überlege, mich auf eine andere Stelle zu bewerben."

„Ist es so schlimm?"

„Hoffnungslos ... Mein Chef ist so in längst überholten Entscheidungsprozessen verhaftet, dass er gar nicht mehr merkt, dass er Zeit verschwendet und manchmal sogar Leben gefährdet. Auf der Station haben wir darüber gesprochen, offiziell Beschwerde gegen ihn einzureichen, aber ich fürchte, den Worten werden keine Taten folgen."

„Das tut mir leid zu hören."

Sie erreichen den Bellmansvej und kommen an den

Schwedenhäusern vorbei, kleine Villen aus Holz, von schwedischen Helfern nach den Bombardements der Russen errichtet. Entspannt fällt Anders Nielsen in den Rücktritt und lässt sein Rennrad ein ganzes Stück weit einfach rollen.

„In dieser Sache mit dem toten Russen, über die Sie ja auch Bescheid wissen, sind die Fronten völlig verhärtet."

Er bremst und kommt vor einer der Villen zum Stehen. „Sie haben doch Schweigepflicht, oder?"

Sie steigt ab.

„Aha?"

Anders Nielsen sieht sich um. Außer einem älteren Herrn, der ein Stück entfernt den Rasen mäht, ist niemand zu sehen. Trotzdem beugt er sich zu ihr, als sei er im Begriff, ein Staatsgeheimnis zu verraten.

„Der Obduktionsbericht ist erst gestern fertiggeworden, aber dass er erstochen wurde, wussten wir schon unmittelbar nachdem die Leiche reingekommen ist. Fünf Stichwunden in der Brust sind schließlich nicht zu übersehen. Nichtsdestotrotz bestand der Oberarzt darauf, keine Informationen an die Polizei zu geben, solange nicht der offizielle Bericht vorliegt. Er begreift einfach nicht, dass er wertvolle Zeit vergeudet."

Es fühlt sich unpassend an, dass er auf Daniil zu sprechen kommt, aber offenbar haben die anonymen Quellen der Journalistin recht. Daniil wurde erstochen. Sie würde gerne nach Einzelheiten fragen, aber das geht nicht. Sie muss sich professionell verhalten, sich auf den jungen Arzt und seine Probleme konzentrieren.

„Sie haben recht, das klingt nicht gut, wenn die Polizei dabei behindert wird, ein Verbrechen aufzuklären."

„Ganz genau! Aber der Oberarzt beharrt darauf, dass die Gerichtsmediziner drüben ihre Arbeit tun müssen, bevor wir unser Wissen überbringen können."

Anders Nielsens Stimme wird lauter. Wütender. „Es ist einfach nicht zum Aushalten! Natürlich sieht man nicht auf den ersten Blick, dass es ein Brotmesser war, aber wir hätten immerhin sagen können, dass es ein Messer mit einer spitzen, gezackten Klinge war und dass mehrfach auf ihn eingestochen wurde."

„Das klingt, als hätten Sie Ihre Entscheidung schon getroffen."

Anders nickt langsam. Fingert an der Handbremse seines Fahrrads herum.

„Ja, so ist es wohl. Ich dachte, es wäre cool, nach Bornholm zurückzukommen."

Plötzlich macht er einen eher mutlosen als wütenden Eindruck auf sie. „Na ja, ich sollte jetzt wirklich … Schönes Wochenende", sagt er und tritt in die Pedale.

Ein Brotmesser?

32

Das Pfarrbüro ist immer noch menschenleer. Am Freitag steht es den Pfarrern der St.-Nicolai-Gemeinde frei, von zu Hause zu arbeiten und sich in das Schreiben ihrer Predigten zu vertiefen. Das passt Agnethe ausgezeichnet. Sie hat sich vorgenommen, in den Kirchenbüchern nach Hans Jensen zu forschen, vielleicht auch nach seiner Tochter. Und eventuell nach dem mysteriösen Johann Eberhard. Aber zuerst studiert sie die Karte der Insel, die hinter Munk Mortensens Schreibtisch hängt, und findet Pedersker, einen Flecken im Süden Bornholms, aus dem Marius stammt. Heute hat sie erfahren, dass er Zeit seines Lebens von einer russischen Soldatin träumte, Ljubov. Daniils Großmutter.

Sie fährt mit dem Finger Richtung Westen bis zu dem Granitbruch bei Vang. Hier hat jemand versucht, Daniils Leiche zu verstecken, nachdem ihn jemand erstochen hatte. Mit einem Brotmesser. Weiter nach Tejn im Norden. Dieser Jemand könnte Jesper Kofoed sein, der möglicherweise von der Affäre seines Großvaters wusste und in Drogengeschäfte verwickelt ist. Möglicherweise. Davon geht die Polizei jedenfalls aus. Zurück nach Rønne, wo Daniil Hans im Schloss besucht hat, das einzige, was sie mit Sicherheit weiß. Danach sind eines oder mehrere der folgenden Ereignisse eingetreten: Daniil könnte Hans' Tochter begegnet sein, er könnte weiter nach Johann Eberhard gesucht haben und er muss seinem Mörder begegnet sein. Aber wem?

Sie lässt sich auf Munk Mortensens Schreibtischstuhl sinken. Ihr Blick fällt auf das Radio. Es ist kurz vor halb. Irgendwann muss sie sich die verdammten Nachrichten so oder so anhören.

Sie schaltet den Apparat ein. Genau zur richtigen Zeit.

„Heute Morgen hat die Polizei eine Verhaftung in der Mordsache im Granitbruch bei Vang vorgenommen."

Oh nein! Ein eisiges Gefühl stellt sich oberhalb der Nasenwurzel ein und verbreitet sich über ihre Stirn.

„Unsere Kriminalreporterin Mathilde Kroager weiß mehr."

Natürlich tut sie das.

„Heute am frühen Morgen hat die Polizei einen jungen Mann aus Tejn in Verbindung mit dem Mord an einem sechsunddreißigjährigen Russen verhaftet, über den Bornholms Radio mehrfach berichtet hat."

Es pocht in ihrem Kopf. Wie kann diese Journalistin hemmungs- und skrupellos andere Leute ausnutzen, nur um die Schlagzeile des Tages zu liefern?

„Die Polizei will sich momentan zwar nicht zu der Festnahme äußern, aber Quellen, die mit den Ermittlern in engem Kontakt stehen, bestätigen, dass aller Wahrscheinlichkeit nach ein Zusammenhang zur Drogenkriminalität der Ostseeregion besteht. Inwieweit der junge Mann aus Tejn in den Mord verwickelt ist, will die Bornholmer Polizei derzeit ebenfalls nicht kommentieren, da der Verdächtige zurzeit noch verhört wird."

Sie schlägt mit der flachen Hand auf den On-Off-Knopf des Radios. Zum Teufel! Warum in aller Welt musste sie Henrik heute Morgen auch davon erzählen? Wie soll Lars ihr jemals wieder vertrauen, wenn sie ihm einen Grund nach dem anderen liefert, genau das nicht zu tun?

Wütend stampft sie mit dem Fuß auf den Granitboden, geht ein wenig in die Knie, und wippt mit dem Becken. Tai-Chi. Sie zwingt sich durch den ersten Teil der Form, obwohl sie ein paarmal gegen Thorkilds Schreibtisch stößt und das Pochen in ihrem Kopf ignorieren muss. Und ihr Handy, das in unregelmäßigen Abständen in ihrer Tasche vibriert. Er ruft sechsmal an, bevor sie zu zählen aufhört, weil sie das Brummen der einzelnen Anrufe nicht mehr auseinanderhalten kann.

Danach ist ihr Körper einigermaßen entspannt, aber die Kopfschmerzen sind immer noch da. Wenn Lars sie hasst, muss sie beweisen, dass er mit seinem Gespür richtig liegt. Dass hinter dem Mord an Daniil etwas anderes steckt als Drogenschmuggel. Dass die Suche nach der Familie mit einem Mord endete.

Sie loggt sich in die Kirchenbücher ein.

Gibt *Johann Eberhard* ein und klickt auf das Suchfeld. Einige Treffer mit Johann und ein einzelner Eberhard werden angezeigt, aber keine Kombination aus beiden Namen.

Hans Jensens gibt es dagegen in Hülle und Fülle. Über den Bewohner des Schlosses, der vor knapp einer Woche beerdigt wurde, finden sich keine Informationen, was Geburt oder Taufe betrifft – normalerweise ein Indiz dafür, dass er nicht von Bornholm stammt. Die erste Eintragung ist aus dem Jahr 1946, als er den Bund der Ehe mit Gerda Pedersen einging. Drei Jahre nach ihrer Heirat ließen Gerda und Hans eine Tochter taufen. Pia Jensen. Andere getaufte Nachkommen sind nicht verzeichnet, Pia muss also die Tochter sein, die das Pflegeheim angerufen hat, als Daniil bei Hans zu Besuch war. Gerda ist vor elf Jahren gestorben.

Agnethe dirigiert den Mauszeiger zurück auf den Namen Pia Jensen und klickt. Der Computer durchstöbert die Archive und zeigt die Daten zu Pia Jensen an. Geboren 1949 in Rønne. Als Zwanzigjährige Heirat mit Axel Kure Nielsen. Hat seinen Namen angenommen.

Kure Nielsen.

Axel Kure Nielsen.

Die Muskeln hinter ihrer Stirn lösen sich nur ein wenig, aber genug, um klarer denken zu können: Axel, Marius' Sohn, hat Hans' Tochter geheiratet. So sieht es jedenfalls aus. Oder kann es ein Irrtum sein? Hat sie sich vertippt? Sie wiederholt die Suche. Überprüft, ob in Rønne oder sonstwo auf Bornholm noch weitere Axel Kure Nielsens existieren. Nein, und das Taufdatum stimmt.

Knapp ein Vierteljahrhundert, nachdem ein Fotograf im Borgmester Nielsens Vej exemplarisch die Wiederaufbauarbeiten in Rønne dokumentiert hatte, heiratete Marius' Sohn also Hans' einzige Tochter. Aus Arbeitskollegen wurde Familie. Wäre Daniil zuerst zu Hans gegangen, hätte er die Antwort auf die Frage gefunden, wer Marius war. Sofern Hans gesundheitlich in der Lage gewesen wäre, die Frage zu beantworten.

Sie schließt die Kirchenbücher, steht auf und bezieht wieder vor der Bornholm-Karte Stellung. Scannt Rønne. Der Borgmester Nielsens Vej mit den wiederaufgebauten Häusern. Das Pflegeheim direkt an der Søndre Allee, die in den Strandvejen mit der Villa der Kure Nielsens übergeht.

Als sie bei Axel Kure Nielsen war, sagte er, dass sie Daniil nicht kennen. Dass sie noch nie von ihm gehört hätten. Aber die Kure Nielsens wohnen nicht weit vom Schloss entfernt, mit dem Fahrrad sind es nur fünf Minuten. Die Pflegerin hat gesagt, Daniil habe noch draußen gesessen, um sich zu sammeln. Kann Axels Frau Daniil begegnet sein? Haben sie vielleicht sogar miteinander gesprochen? Pia Kure Nielsen ist möglicherweise die letzte, die Daniil lebend gesehen hat.

Agnethe bekommt einen Platz auf einem cognacfarbenen Wegner-Sofa im Wohnzimmer der Kure Nielsens zugewiesen.

„Worum geht es?"

Pia Kure Nielsen ist beinahe nicht wiederzuerkennen. Das Haar ist zu einem Knoten hochgesteckt, hochhackige Schuhe und diskretes Make-up, mit sicherer Hand aufgelegt. Sie wirkt deutlich gefasster als bei Agnethes letztem Besuch.

„Um Ihren Vater."

„Meinen Vater? Die Beerdigung hat stattgefunden, was gibt es also noch?"

Pia streicht ihren Bleistiftrock glatt und nimmt mit einer kontrollierten Bewegung am vorderen Rand eines Sessels Platz, der aus dem gleichen Leder wie das Wegner-Sofa gefertigt ist, die Knie aneinander gedrückt und den Rücken gerade.

„Fassen Sie sich bitte kurz. Ich habe noch einen Termin."

Agnethe räuspert sich und berichtet von Daniil, seiner Großmutter und vergeblichen Bemühungen, Verwandte in Russland aufzuspüren.

„Deshalb versuche ich, seine Bornholmer Familie ausfindig zu machen. Damit er eine ordentliche Beerdigung bekommen kann."

Es fühlt sich wie eine Lüge an – nicht, weil es nicht wahr wäre, sondern weil sie nicht mehr nach Daniils Familie sucht. Die hat sie gefunden. Sie sucht nach einem Mörder. Einem Motiv. Und wenn Pia Daniil begegnet ist, dann hat sie möglicherweise auch seinen Mörder getroffen.

„Was hat das mit meinem Vater zu tun?"

Pias Blick ist fest auf einen Punkt hinter Agnethe geheftet. Vielleicht das Bücherregal.

„Daniil meinte, Ihr Schwiegervater Marius … sei dafür verantwortlich, dass die russische Soldatin schwanger wurde."

Pia lacht. Nachsichtig.

„Wie in aller Welt kommen Sie denn darauf?"

Das Lachen, das nie wirklich da war, ist wieder verschwunden.

„Ihre Schwägerin Tove sagt, es sei tatsächlich so, und darum möchte sie, dass Daniil hier auf Bornholm beerdigt wird."

„Herrgott, Tove? Sie sitzt oben in Tejn mit ihrem versoffenen Mann und denkt sich alle möglichen Geschichten aus."

Hat Axel ihr nichts von Toves Absicht erzählt?

„Ich war Anfang der Woche hier und habe mit Ihrem Mann gesprochen, Axel. Kurz nach der Beerdigung Ihres Vaters, vielleicht erinnern Sie sich …"

„Nach dem Tod meines Vaters stand ich ein wenig neben mir."

Es sieht nicht danach aus, als machten die Kure Nielsens es sich regelmäßig im Wohnzimmer bequem, um über die Ereignisse des Tages zu plaudern. Das Sofa ist wie neu, und es fühlt sich so an, als sitze man auf einem Brett.

„Sind wir fertig? Wie gesagt, ich habe noch einen Termin."

„Ihr Mann sagte, sie hätten beide nichts von einem jungen Mann aus Russland gehört oder gesehen. Aber das verstehe ich nicht. Ich habe mit dem Personal im Pflegeheim Ihres Vaters gesprochen, und …"

„Sie haben was?"

„Am Tag bevor er starb, hatte Ihr Vater Besuch von einem jungen Mann aus Russland, Daniil. Ihr Vater war sehr … aufgebracht."

Pia sagt nichts. Vielmehr scheint sie bemüht, den Zusammenhang in den Informationen zu verstehen.

Agnethe muss weitermachen, muss wissen, ob Pia Daniil gesehen hat. Ob es noch eine letzte Spur von Daniil gibt, der sie folgen kann.

„Man hat Sie angerufen, wie ich weiß. Aber mit Daniil haben Sie nicht gesprochen?"

„Mit dem Russen? Nein."

„Sie wohnen nicht weit vom Pflegeheim entfernt, also müssten Sie doch sehr schnell dort gewesen sein. Er hat noch draußen auf der Bank vor dem Heim gesessen. Aber Sie sind sicher, dass Sie ihn nicht gesehen oder vielleicht sogar mit ihm gesprochen haben?"

„Natürlich bin ich sicher. Ich wollte so schnell wie möglich zu meinem Vater."

Noch eine Sackgasse.

„Ist Ihnen irgendetwas Ungewöhnliches aufgefallen, als Sie bei Ihrem Vater waren?" Ein Schuss ins Blaue. Pia muss ihr doch irgendwie weiterhelfen können. Aber Agnethes Gegenüber schüttelt nur mit dem Kopf.

„War Axel bei Ihnen? Kann er vielleicht mit Daniil gesprochen haben?"

Pia lacht. Wieder eher künstlich.

„Sie meinen bei dem Besuch im Pflegeheim? Nein, er war noch nie dort."

„Aber Sie haben ihm erzählt, dass Ihr Vater sich fürchterlich aufgeregt hat?"

„Tja, das habe ich wohl, aber das war nichts Besonderes. Es kam öfter vor, dass er Anfälle hatte."

„Daniil hat Ihrem Vater ein Bild gezeigt, auf dem auch Marius zu sehen war. Glauben Sie, Ihr Vater könnte Marius wiedererkannt und Daniil von ihm erzählt haben?"

„Möchten Sie einen Sherry?"

In ergonomisch korrekter Haltung schießt Pia von ihrem Stuhl hoch. Agnethe mag Sherry nicht besonders, nimmt das Angebot aber trotzdem dankend an. Pia holt zwei Gläser, die klirrend aneinanderstoßen, und eine Flasche aus der Hausbar.

„Nein, die Demenz hatte ihn schwer getroffen, und jetzt ist er glücklich bei Gott. Die Rechnung ist endlich beglichen."

„Die Rechnung?"

Pia platziert zwei Tischschoner von Stelton auf dem Couchtisch und stellt die Gläser lautlos darauf ab.

„Wie Sie wissen, behält Gott uns stets im Auge. Führt Buch über unsere Sünden", sagt sie und öffnet die Sherryflasche. Es gluckert, als sie einschenkt.

„Zum Wohl."

Pia leert ihr Glas. Agnethe nippt nur. Es schmeckt grässlich.

„In meiner Vorstellung wacht Gott über uns, er behält uns nicht im Auge", wendet Agnethe ein.

„*Behält uns im Auge* trifft es am besten. Er führt Buch über unsere Sünden, damit wir bestraft werden können. Ohne Strafe könnten wir uns niemals rein von Sünden Jesus Christus anschließen, wenn der jüngste Tag gekommen ist."

Pia wirkt aufrichtig, aber ihre Wortwahl klingt nach Munk Mortensen – nur noch unversöhnlicher. Agnethe stellt ihr Glas ab und beugt sich vor.

„Gott straft nicht. Er vergibt. Das ist das Geschenk Jesu an uns. Er starb, um uns von unseren Sünden zu befreien."

Sie kommt sich vor wie im Konfirmationsunterricht. Selbst Munk Mortensens Predigten verkünden die Vergebung durch den Herrn – zumindest bis zu einem gewissen Grad.

Pia geht zum Bücherregal und nimmt eine Bibel heraus. Blättert.

„*Ich strafe die Schuld der Väter an Kindern, Kindeskindern und deren Kindern all derer, die mich hassen*", liest sie vor. „Das lässt nicht viel Spielraum für Interpretationen."

Die Bücher Mose, natürlich. Das Alte Testament.

„Nein, aber Sie müssen auch weiterlesen."

Pia sieht sie an, blickt dann wieder auf die aufgeschlagene Seite.

„*... aber denen, die mich lieben und meine Gebote einhalten, werde ich noch tausend Generationen Güte erweisen.*"

„Das ist die Güte, auf der das Neue Testament aufbaut."

Die Bibel kommt zurück auf ihren Platz neben Lademanns Lexikon.

„Sie haben natürlich recht", sagt Pia und schenkt ihr Glas wieder voll. Wirft einen Blick auf Agnethes Glas und registriert, dass so gut wie nichts von dem Sherry verschwunden ist. Dennoch schenkt sie nach, bis nur noch die Oberflächenspannung verhindert, dass die Flüssigkeit überläuft.

„Im Pflegeheim sagten sie, Ihr Vater habe Deutsch gesprochen."

„Er stammt aus Südjütland und ist zweisprachig aufgewachsen. Aber nachdem er hierhergekommen war, hat er das Deutsche immer mehr vergessen. Das war während des Krieges."

„Die Pflegerin sagte, Ihr Vater habe mehrmals einen Namen

gerufen. Johann Eberhard. Ich glaube, Daniil hat den Namen als solchen verstanden. Sagt Ihnen das etwas?“

Pia blickt auf die Fransen des beigen Teppichs unter dem Sofatisch.

„Nein, er schrie und brüllte alles Mögliche, nichts ergab irgendeinen Sinn. Zuletzt mussten sie die Dosis der Beruhigungsmittel sogar verdoppeln.“

Pia lehnt sich in ihrem Sessel zurück und wirkt gleich nicht mehr so perfekt korrekt.

Agnethe kippt ihren Sherry in einem Zug herunter. Kratzend rinnt er durch den Hals.

„Haben Sie noch mit Ihrem Vater sprechen können, bevor er …“

Bevor er fortgegangen ist, wollte sie sagen, aber es klingt mehr nach freiem Willen als nach der Endlichkeit des Lebens.

„Bevor er gestorben ist, meinen Sie?“

Pia hat offensichtlich kein Problem mit der Wortwahl.

„Ja, bevor er gestorben ist.“

Im selben Moment fällt ihr die Beerdigung ein, bei der sie dabei sein muss. Bei der Matthias Abschied von seinem Vater nimmt. Heute. In weniger als einer halben Stunde.

33

Die Fahne vor der Kirche weht auf halbmast. Männer in dunklen Hemden und Frauen in sittsam langen Röcken bewegen sich mit festen Schritten und starren Blicken über den Kirchplatz.

Agnethe stellt ihr Fahrrad neben der Eichenholztür ab und geht durch das Pfarrbüro in die Kirche. Frank steht schon mit gesenktem Kopf vor den voll besetzten Bänken. Dennoch kommt es ihr so vor, als trete sie in ein akustisches Vakuum; kein Schniefen, kein Rascheln mit Gesangbüchern. Nur Stille. Leere.

Sie nickt Helene und dem Sohn zu, die in der ersten Reihe sitzen, bevor sie sich auf eine freie Bank im Seitenschiff setzt.

Die Kirchenglocke schlägt das Angelus-Läuten.

Von Weitem gleicht der Sarg einer weißen Schlange, die stoisch zwischen den schwarz gekleideten Familienmitgliedern über den grauen Granitschotter des Kirchplatzes gleitet. Stumm steht Agnethe neben Frank, während sich die Trauergemeinde nähert und zu einem Klumpen verdichtet.

Vor der Grube.

Vorne Helene und Matthias. Helene mit Streifen aus verlaufenem Mascara auf den Wangen und Matthias, der wie abwesend ein verwaschenes Stofftier am Schwanz in der Hand hält.

In der Kirche hat Frank über die Liebe zwischen Kasper und Helene gesprochen, der zwei wunderbare Kinder entsprungen sind. Darüber, dass Helenes Liebe nicht ohne Zuhause sein muss – weil sie Kasper bei sich im Herzen trägt, jeden Tag, und ihn in ihren Kindern sehen kann, wenn sie es will.

Drinnen hatten seine Worte so tröstlich geklungen. Hier draußen offenbart das Tageslicht gnadenlos Helenes Schmerz und die dunklen Ringe unter den Augen. Sie drückt Matthias an sich und kann kaum die weiße Rose festhalten, die ihr jemand in die Hand gegeben hat.

Langsam verschwindet der Sarg in der Grube, und Frank wirft die erste Schaufel Erde auf den Deckel. Die Versammlung steht da, wie zu Salzsäulen erstarrt, die Blicke auf den Boden gerichtet.

„Und aus Staub sollst du wieder auferstehen“, schließt Frank, und Helene tritt vor und wirft ihre Rose in das Grab.

Matthias steht einen Schritt hinter seiner Mutter mit Augenbrauen, die für einen fünfjährigen Jungen viel zu dicht zusammengezogen sind. Dann wirft er plötzlich das Stofftier in die Grube, ohne die Hand seiner Mutter loszulassen.

„Pass gut auf Sigrid auf, Paps“, ruft er.

Helene hebt ihn hoch und nimmt ihn auf den Arm, vergräbt das Gesicht in seinen Haaren, während der Klumpen aus Menschen noch dichter um sie zusammenrückt.

Frank nickt und fordert dazu auf, gemeinsam das Vaterunser zu beten, aber außer Agnethe leistet niemand seiner Aufforderung Folge. Und während sie beinahe automatisch das Gebet murmelt, ergibt es Sinn. Der Körper im Sarg als ein vergänglicher Gegenstand unserer Liebe. Einer Liebe zu etwas Größerem, das nicht durch physische Grenzen fassbar wird. Sehnsucht ist das einschränkende Bedürfnis unseres Bewusstseins danach, Trauer, Freude oder den Abwasch auf physische Art zu teilen – aber das, was wir wirklich lieben, lebt weiter bei Gott.

Aber diese Erkenntnis können die Hinterbliebenen nicht fassen. Nicht hier auf dem Friedhof. Nicht am Grab.

Frank vollendet das Ritual mit einem Segen und einem Amen.

Es ist vorbei.

Aber niemand geht, niemand bewegt sich.

Als hofften sie, die Zeit werde nicht wieder anspringen, wenn sie still hier verharren.

Frank tritt zu Helene, reicht ihr die Hand und kondoliert. Der Rest der Familie folgt, und Händedruck für Händedruck löst sich die Stille und wird von innigen Umarmungen, Füßen, die auf dem Granitschotter auftreten und geflüsterten Worten verdrängt, die zu trösten versuchen.

Agnethe umarmt Helene und den kleinen Kerl.

„Sie stehen das durch“, verspricht sie der Witwe. „Ich komme und besuche sie.“

Am Fahnenmast auf dem Kirchplatz flattert der Dannebrog

träge auf halbmast im Sommerwind, gleitet aber bis zur Spitze, während die Familie geschlossen den Friedhof verlässt. Dort oben greift der Wind den Stoff, der ein munteres Schnalzen von sich gibt. Als wolle er daran erinnern, dass die Trauer eines Tages schwindet und das Leben weitergeht.

„Du machst dir immer noch mit dem Mord zu schaffen, oder?"

Frank sieht Agnethe an, während sie zum Büro des Friedhofsverwalters gehen, um ihre Priestergewänder abzulegen.

Sie schüttelt den Kopf, aber in diesem Moment fühlt es sich ganz besonders falsch an, zu lügen.

„Ich werde meinen Verpflichtungen nachkommen. Aber ich muss das tun."

„Helene und Matthias haben heute nach dir gefragt. Du kannst dir sicher vorstellen, dass es ihnen geholfen hätte, wenn du sie heute vor der Beerdigung begrüßt hättest."

„Ja, natürlich."

Vor dem Ausstellungsbereich von Steinmetz Holm mit seinen zahlreichen Varianten von Grabsteinen aus grauem Granit bleibt er stehen.

„Agnethe, ich wollte warten, bis ich mit dir gesprochen habe, aber ich kann das hier dem Probst gegenüber nicht unerwähnt lassen. Du musst die Vergangenheit loslassen. Als Pfarrerin bist du zuallererst für die Lebenden da. Nicht für die Toten. Deine Gemeinde braucht dich, und für den Russen kannst du nichts mehr tun."

Sie nickt, obwohl sie anderer Meinung ist. Frank sieht sie mit seinen freundlichen Augen forschend an, als wisse er sehr genau, was sie denkt.

„Das Pfarrbüro ist jetzt gleich für eine Stunde geöffnet. Ich glaube, den Job hast du dir heute verdient", sagt er und deutet mit dem Kopf in Richtung Kirchplatz. Ihr bleibt nichts anderes übrig als zu gehorchen.

34

Zwölf unbeantwortete Anrufe. Allesamt von Lars, der schließlich aufgegeben und stattdessen eine Nachricht auf ihrer Mailbox hinterlassen hat.

Während der letzten halben Stunde hat Agnethe versucht, sich zusammenzunehmen und die Nachricht abzuhören. Eine halbe Stunde, in der zum Glück niemand die Öffnungszeit des Pfarrbüros in Anspruch nehmen und die Pfarrerin sprechen wollte, also hat sie wie angewurzelt auf Franks Bürostuhl gesessen und auf den Sonnenstrahl gestarrt, der durch das Sprossenfenster in den Raum fällt und längliche Würfel auf den Boden zeichnet.

Nach zwölf Anrufen wird etwas von seiner Wut ja wohl verraucht sein.

Sie legt das Handy auf den Schreibtisch und spielt Lars' Nachricht über den Lautsprecher in dem Gerät ab.

„Lars hier. Ruf mich an, sofort!"

Mehr nicht. Zu wenig, um den Grad der Wut oder der Enttäuschung in seiner Stimme einschätzen zu können. Bestimmt hat der Polizeichef schon Beschwerde Nummer zwei über die widerspenstige neue Pfarrerin und ihr wiederholtes Einmischen in die Ermittlungen eingereicht.

Der Probst wird gezwungen sein, seine Heimarbeit zu unterbrechen, seinen Morgenmantel abzulegen und übellaunig im Büro aufzumarschieren, um den Bischof zu informieren, der sie mit Sicherheit auffordern wird, Priestergewand und -kragen zurückzugeben.

Aber bevor das passiert, muss sie herausbekommen, wer Daniil getötet hat.

Sie geht in die Kirche. Weg von dem Echo, das Lars' Stimme hinterlassen hat und dorthin, wo sich die Gedanken entfalten und aufsteigen können. Das Kirchenschiff duftet nach Kampfer. Und sonnenwarmem Holz.

Daniil hatte das Pflegeheim nach seinem Treffen mit Hans durch die große Schwingtür wieder verlassen. Unverrichteter Dinge und mit einem Großvater, den er immer noch nur als den Charmeur Marius aus Pedersker identifiziert hatte. Ein paar Minuten später ging Marius' Schwiegertochter, Pia Kure Nielsen, durch dieselbe Tür. Vielleicht hatte Daniil draußen auf der Bank gesessen und gesehen, wie Pia auf ihren hohen Absätzen hastig ins Schloss eilte – ohne zu wissen, dass diese Frau im Besitz der Antworten war, nach denen er suchte.

War es eine Laune des Schicksals?

Oder hat Pia gelogen? Sind sie sich doch begegnet? Und haben sogar miteinander gesprochen? Agnethe lehnt sich gegen eine der grauen Granitsäulen, die das Deckengewölbe an seinem Platz halten. Spürt die Kälte der glatten Oberfläche, die durch den Stoff der Hemdbluse an ihren Rücken dringt. Es fühlt sich angenehm an, ein kontrollierter kalter Schauer.

Es wäre möglich. Pia könnte Daniil begegnet sein. Aber warum sollte sie lügen? Axel dagegen war so erpicht darauf, dass der gute Ruf und die Ehre seines Vaters unangetastet bleiben. Er muss doch zwei und zwei zusammengezählt und sich ausgerechnet haben, dass der junge Mann aus Russland, wegen dem Agnethe bei ihm war, derselbe ist, der seinen Schwiegervater nur wenige Tage zuvor zu Tode erschreckt hatte? Pia hat gesagt, sie habe ihm davon erzählt.

Irgendetwas stimmt nicht. Sie muss Lars zurückrufen.

Lars ist nach dem ersten Klingeln am Apparat.

„Agnethe, verdammt noch mal!"

Sie kommt nicht einmal zu einem *Hallo*.

„Was ist eigentlich los mit dir?" fährt er sie an. „Ich sage dir, dass wir jemanden festnehmen und nichts davon an die Öffentlichkeit kommen darf, und du rufst als Erstes die Presse an. Ich bemühe mich wirklich, aber wie zum Teufel soll ich dir vertrauen, wenn du …"

Sie nimmt das Handy vom Ohr und drückt die Taste mit dem roten Hörersymbol. Die Frustration hat sich bereits in den Augenwinkeln gesammelt. Sie stößt sich von der Säule ab und geht in die Sakristei. Er soll sie nicht anschreien und ausschimpfen, als sei sie ein Kind.

Mit dem Handrücken wischt sie sich über die Augen. Zählt bis zwanzig. Dann ruft sie wieder an.

„Wir wurden unterbrochen."

„Oder du hast einfach aufgelegt."

Er klingt jetzt nicht mehr so rasend vor Zorn, aber immer noch wütend.

„Lars, ich glaube, du hast recht. Der Mord an Daniil hat nichts mit Drogen zu tun."

„Agnethe, verdammt noch mal! Ich bin bei meinem Chef zurzeit alles andere als hoch im Kurs. Und das wird nicht besser dadurch, dass du ständig alles Mögliche vor der Presse ausplauderst."

„Es war ... ein Versehen."

„Ein Versehen? Come on!"

Sie lässt sich auf den einzigen Stuhl in der Sakristei sinken und erklärt ihm, wie es dazu kam, dass die Journalistin ihr Gespräch mit Henrik mitangehört hat.

„Agnethe, eben genau das ist mit *vertraulich* gemeint. Dass man nicht herumläuft und mit Gott und der Welt darüber spricht. Und erst recht nicht mit seinem Nachbarn. In diesem Moment stecken der Polizeichef und mein Vorgesetzter die Köpfe zusammen und diskutieren darüber, mich von den Ermittlungen abzuziehen. Sie glauben, ich gäbe gezielt Informationen weiter."

„Aber Lars, ich bin sicher, dass du recht hast. Bei deinem Mord geht es um ein familiäres Motiv, nicht um Drogen."

Lars seufzt.

„Na schön, du hast dreißig Sekunden, bevor ich wie ein Schuljunge auf der Chefetage antreten muss und mir einen Anschiss abholen kann. Und danach gibt es keinen Kontakt mehr zwischen uns, hast du verstanden?"

Sie nickt, obwohl sie es eigentlich nicht verstehen will. Stattdessen nutzt sie die dreißig Sekunden, um ihm von Jesper aus Tejn zu berichten, der vielleicht die Wahrheit über seinen Großvater kennt. Und von dem Zusammenhang zwischen Hans und Marius und Pia und Axel. Dass Axel leugnete, irgendetwas von Daniil zu wissen, als sie mit ihm gesprochen hat.

„Deine dreißig Sekunden sind vorbei."

„Lars, du musst überprüfen, ob Axel Kure Nielsen oder seine Frau mit Daniil gesprochen haben."

„Wir ermitteln nicht in diese Richtung. Und du weißt schon, wer Axel Kure Nielsen ist, oder?"

Sollte sie das wissen? Ist er noch etwas anderes als ein Mann in den besten Jahren mit einem etwas aufbrausenden Temperament, guten Verbindungen zum Probst und einem tadellosen Garten?

„Axel Kure Nielsen ist Vorstandsvorsitzender von Østkraft, du weißt schon, dem Energiekonzern. Außerdem ist er Direktor von BAF."

„BAF?"

„BAF versorgt praktisch sämtliche Bornholmer Bauernhöfe mit Futtermitteln. Man kann sagen, er ist ein vielbeschäftigter Mann, mit Aufsichtsratsposten hier und Beraterfunktionen dort. Einer, der sich um die großen Zusammenhänge kümmert und nicht mit Kleinigkeiten aufhält."

„Aber du musst doch zugeben, dass das merkwürdig ist."

„Wir können uns bei unseren Ermittlungen nicht danach richten, ob sich jemand merkwürdig verhält."

„Aber ihr könnt doch einen Verdacht nicht einfach ignorieren, nur weil der Verdächtige Direktor irgendeiner Futtermittelfirma ist!"

„Es geht doch dabei nicht um Direktorsposten, sondern darum, dass wir Beweise brauchen – oder zumindest einen begründeten Verdacht, bevor wir losziehen und den Leuten Fragen stellen."

„Dann frag Jesper Kofoed wenigstens nach der Affäre seines Großvaters mit einer russischen Soldatin hier auf der Insel. Er hat …"

„Agnethe, meine Karriere steht auf dem Spiel! Du hast Khristovs Familie gefunden, schön, ausgezeichnet. Aber jetzt solltest du dich wohl besser um seine Beerdigung kümmern. Und ruf mich nicht mehr an."

„Aber Lars …"

„Einen Moment lang dachte ich wirklich, meine Familie hätte sich in dir geirrt. Dass wir wieder Freunde werden könnten. Besonders, als du hier auf dem Revier aufgetaucht bist."

Er flüstert jetzt beinahe. „Aber sie haben recht – das können wir nicht. Alles Gute, Agnethe.“

35

Es sind ein Paar leicht feuchte und etwas unsicher blickende Augen, die Agnethe im Spiegel über dem Waschbecken in der Sakristei anschauen. Die Bohnsche Familienversöhnung hat soeben ihren Todesstoß erhalten. Sie spritzt sich kaltes Wasser ins Gesicht und macht sich erst auf den Weg durch die leere Kirche, nachdem die Augen nicht mehr so rot und wieder einigermaßen normal aussehen.

Axel Kure Nielsen gibt sich nicht mit Kleinigkeiten ab. Schön und gut, aber die Polizei kann sich das ja wohl nicht leisten. Warum weiß Axel nichts von Daniils Besuch im Pflegeheim? Pia sagte doch, sie habe ihm davon erzählt.

Zurück im Pfarrbüro, holt sie das örtliche Telefonbuch hervor und schlägt die Gelben Seiten auf. BAF, noch eine von diesen Bornholmer Abkürzungen, die anscheinend zu einem vollgültigen Wort mutiert sind, das außer ihr jeder kennt. BAF hat seinen Hauptsitz am Hafen in Rønne, neunhundertfünfzig Meter entfernt, weil man um das Hafenbecken herum muss, Luftlinie nur ungefähr die Hälfte. Wenn Lars Axel nicht fragt, warum er lügt, dann muss sie es tun.

Agnethe hat die schwere Eichenholztür fast erreicht, als plötzlich Thorkild im Türrahmen erscheint.

„Wie ich höre, bist du um ein Haar zu spät zu der ersten Beerdigung gekommen, für die du zuständig warst, Bohn", sagt er und kommt auf sie zu. „Man hört Gerüchte, du seist zu sehr damit beschäftigt, Verbrecher zu jagen, als dass du deinen Dienstverpflichtungen nachkommen könntest."

Gerüchte? Er muss Frank meinen.

„Oder hattest du etwa keine Zeit für die Belange deiner Gemeinde, weil du Privatangelegenheiten in den Kirchenbüchern recherchieren musstest?"

Er legt ihr eine Hand auf die Schulter, wie ein Vorzeichen, das sie nicht deuten kann.

„Thorkild, ich bin auf dem Sprung. Was willst du von mir?"

Die Hand auf ihrer Schulter verstärkt den Griff.

„Ausgezeichnet, reden wir nicht länger um den heißen Brei herum", sagt er. „Bohn, ich verstehe ehrlich gesagt nicht, warum du dich auf diese Stelle beworben hast. Es ist unübersehbar, dass du dafür nicht geeignet bist."

Das Klebrige in seiner Stimme ist verschwunden. Nur blanke Wut ist noch zu hören.

„Hier haben wir Respekt vor dem uns anvertrauten Amt. Wir glauben an die Vergebung der Sünden und die göttliche Wahrheit, und diesen Glauben geben wir an unsere Gemeinde weiter. Wir sind bei Beerdigungen frühzeitig vor Ort, tun unsere Arbeit und respektieren die Privatsphäre Anderer. All das tust du nicht."

Sie versucht, den Oberkörper zu drehen und sich aus seinem Griff zu befreien, aber die Hand packt noch entschlossener zu.

„Natürlich tue ich das."

Er hat den Knochen jetzt fest umklammert. „Bohn, wenn du unbedingt hier bei uns weitermachen willst, musst du dich anpassen. Und zwar schleunigst."

Sie zwingt sich dazu, ihren Körper zu spüren. Die Füße. Besonders die Füße. Von dort kommt die Kraft in allen Bewegungen.

Aber die erste Waffe müssen immer Worte sein.

„Thorkild, hast du vielleicht mal darüber nachgedacht, dass wir eben ganz einfach unterschiedlicher Meinung darüber sind, was einen guten Pfarrer ausmacht? Dass ich es womöglich bin, die dem Amt den angemessenen Respekt entgegenbringt? Dass *ich* dem Nächsten helfe? Während du ständig herumscharwenzelst, heimlich selbstgedrehte Zigaretten rauchst und dich nur um dich kümmerst?"

Mit einem kräftigen Ruck dreht er sie herum, sodass sich sein Gesicht direkt vor ihrem befindet. Sein Atem riecht nach schwedischem Kautabak.

Ihre Füße finden festen Stand auf dem Granitboden. Bereit zum Angriff, wenn er sie nicht loslässt.

„Thorkild, lass uns …"

„Junge Dame, du wirst dich in Zukunft ordentlich aufführen." Seine Augen sind zu Schlitzen zusammengekniffen, die in der durchfurchten Landschaft seines Gesichts beinahe verschwinden. „Du wirst dich fügen, und zwar ab sofort."

Ein Nerv über seinem linken Auge beginnt zu zittern. „Du wirst von der Kanzel predigen", donnert er. „Dafür halte ich den Mund, was deine Dienstvergehen angeht. Ich gehe davon aus, dass wir eine Abmachung haben."

Der Körper sinkt automatisch ein wenig zusammen. Die Knie werden elastisch, das Becken wippt in Position und erdet sie. Er soll ihr nicht drohen. Der gute Hirte setzt sein Leben für seine Schäfchen ein. Aber Thorkild ist zum Teufel noch mal kein Hirte.

„Du ..."

Sie beißt die Zähne zusammen, um das Zittern in ihrer Stimme unter Kontrolle zu bringen.

Thorkild schnaubt verächtlich. Ganz offensichtlich hält er sich für unverwundbar.

„Du lässt mich in Ruhe", sagt sie und dreht den Oberkörper mit einer ruckartigen Bewegung weg. Gleichzeitig fegt ihr rechter Arm die Hand auf der Schulter mit einem harten Schlag weg.

Thorkild taumelt rückwärts, stößt an seinen Schreibtisch und fuchtelt überrascht mit den Armen in der Luft herum. Es ist verlockend, die Form mit einem Schlag ins Gesicht zu vollenden, aber Pfarrer schlagen sich für gewöhnlich nicht gegenseitig ins Gesicht.

„He, ganz ruhig. Ich habe keine Lust, mich mit dir zu prügeln."

„Das ist auch gar nicht nötig. Du hast schon verloren."

„Ha", zischt er.

„Ich weiß, dass du Miss25 für Sex bezahlst. Prostitution. Während der Arbeitszeit."

Thorkild erstarrt.

Sein Mund scheint in dem aufgesetzten Lächeln festgefroren zu sein, aber die Augen werden größer. Sind weit aufgerissen. Vielleicht sogar aus Angst.

Die Abmachung liegt auf der Hand. Sie schweigt, wenn er schweigt. Sie will nicht so sein. Will nicht das Schwert gegen einen Kollegen erheben. Aber soll sie die andere Wange hinhalten? Einmal mehr? Ihre Ideale und die Suche nach Daniils Mörder aufgeben?

Ein jeder stehe fest zu seiner Überzeugung, solange wir es aus dem

Glauben tun. Paulus. Der Römerbrief. Es gibt Kämpfe, bei denen man zurückschlagen muss. Verbal.

„Sollte der Probst von meinen Recherchen in den Kirchenbüchern erfahren oder sollte mich jemand zwingen, von der Kanzel zu predigen, wird der Probst mit deinem Verhältnis zu Miss25 Bekanntschaft machen."

Die Knie und der Rest des Körpers richten sich auf. Sie atmet aus. „Ich gehe davon aus, dass wir eine Abmachung haben."

Thorkild steht da, ohne sich zu rühren. Die Arme hängen schlaff an den Seiten herunter. Sein Blick ist fliehend.

Sie bückt sich, um ihre Tasche aufzuheben und bemerkt dabei, dass ihre Hände zittern. Mit einem resoluten Schwung wirft sie sie über die Schulter, schiebt sich an Thorkild vorbei und schlägt die Eichenholztür krachend hinter sich zu. Mit Absicht.

„Ich würde gerne mit Axel Kure Nielsen sprechen."

„Dem Direktor? Wenn Sie keinen Termin haben, lässt sich da nichts machen. Sein Kalender ist vollkommen ausgebucht."

Die BAF-Sekretärin wirft nicht mal einen Blick in den Kalender, sieht kaum von der gestrigen Ausgabe der BT auf.

Natürlich hat Agnethe keinen Termin. Nachdem sie aus dem Pfarrbüro gestürmt war und Thorkild einfach stehen gelassen hatte, war sie schnurstracks hinunter zum Hafen marschiert, wo ihr das rotschwarze Logo des Futtermittelgiganten unübersehbar den Weg zu dem Gebäude am Kai wies. Axel Kure Nielsens Residenz. Axel, der sie angelogen hat. Wegen Daniil.

„Ich brauche nur ein paar Minuten. Es geht um seine Familie."

Sie beugt sich vor und stützt die linke Hand auf den Schreibtisch der Sekretärin. „Ich bin Pfarrerin hier in Rønne, wissen Sie, und der Direktor hat mich gebeten, ihm bei einer Familienangelegenheit behilflich zu sein."

Sie versucht, es so klingen zu lassen, als sei es ganz sicher in Axels Interesse, mit ihr zu sprechen, noch heute, und nicht einfach nur eine Lüge.

„Hm …"

Die Sekretärin sieht sie mit ausdrucksloser Miene an. „Nehmen

Sie bitte Platz.“

Nickend deutet sie auf ein paar leicht abgewetzte Lederstühle in einer Ecke. Dankbar lässt sich der Körper nieder. Das Adrenalin pulsiert immer noch.

Was zum Teufel ist los mit Thorkild? Und durfte sie sich dazu hinreißen lassen, ihn unter Druck zu setzen? Ein leuchtendes Beispiel von Nächstenliebe hat sie damit nicht gerade abgegeben.

Sie greift nach einer Hochglanzbroschüre auf dem runden Beistelltisch. BAFs Bilanz vom vergangenen Jahr. Ohne besonderes Interesse blättert sie darin herum, um den Körper abzulenken und hoffentlich zu beruhigen. Auf einer der ersten Seiten lächelt Axel Kure Nielsen ein zurückhaltendes Lächeln unter einem Vorwort mit der Überschrift *Noch ein Rekordjahr*. Ein paar Seiten weiter bestätigt eine unendliche Reihe aus Pluszeichen und mehrstelligen Millionenüberschüssen die Überschrift.

„Sie wollen mit mir sprechen, wie ich höre?“

Axel Kure Nielsen steht vor ihr.

Sie streckt die Hand aus, aber er ergreift sie nicht. Nach ihrem Gespräch wird er sich als Erstes bei seinem Rotary-Freund, dem Probst, über sie beschweren, so viel steht fest.

Und was soll sie tun, wenn er der Mörder ist?

36

„Meine Frau hat mich bereits angerufen. Sie waren heute auch schon bei ihr."

Axel spuckt die Worte förmlich aus, während er Agnethe mit einer Armbewegung in sein Büro dirigiert. „Ich war der Meinung, wir hätten eine Abmachung."

Plötzlich meinen wohl alle möglichen Leute, sie hätten eine Abmachung mit ihr getroffen.

„Ja, ich habe heute Vormittag mit Ihrer Frau gesprochen."

„Warum?"

„Es schien, als brauche sie jemanden, mit dem sie über den Verlust ihres …"

„Und wer sagt, dass Sie das sind?"

Ein Tablett mit einer Kaffeekanne, Tassen, Untertassen und einer Schale Plätzchen balancierend, kommt die Sekretärin herein. Offenbar glaubt sie immer noch, ihrem Chef einen Gefallen damit getan zu haben, ein Zeitfenster in seinem Kalender zu finden. Akkurat richtet sie Tassen samt Untertassen und Plätzchen auf dem Besprechungstisch an. Axel dreht ihnen den Rücken zu. Die Schultern sind etwas zu weit nach oben gezogen, in die Nähe der Ohren, während er hinter seinem Schreibtisch sitzt und aus dem Fenster und auf die schöne Aussicht über den Hafen bis hinauf zur Kirche sieht.

Die Sekretärin schenkt Kaffee ein.

In Agnethes Mund zerfasern die Worte und wollen nicht heraus, aber sie muss nach dem fragen, weshalb sie gekommen ist.

Mit einem leisen Klicken schließt sich die Tür hinter der Sekretärin.

„Warum hören Sie nicht auf, mich und meine Familie zu schikanieren?"

Axel dreht sich zu ihr um.

Der bittere Duft von Thermoskannenkaffee erreicht ihre Nase, aber der Direktor hat natürlich nicht im Sinn, ihr eine Tasse anzubieten.

„Obendrein waren Sie auch noch bei Tove, obwohl ich Sie

ausdrücklich gebeten hatte, uns in Ruhe zu lassen."

Die Gesichtsfarbe des Direktors ist ein paar Töne röter geworden, und die kleidsamen Falten auf der Stirn sind zu tiefen Furchen geworden.

„Ich bestehe darauf, dass Sie sich von uns fernhalten. Und zwar von uns allen."

Er spricht laut. Lauter, als es einem Direktionsbüro gut zu Gesicht steht. Aber sie muss eine Antwort haben, muss die Frage stellen.

„Ihre Frau sagte, sie habe Ihnen davon erzählt, dass Daniil Ihren Schwiegervater beinahe zu Tode erschreckt hat."

„Ja. Na und? Was geht Sie das an, worüber wir sprechen?"

Axel geht zum Besprechungstisch und nimmt einen Schluck Kaffee. Irritierend kontrolliert.

„Als wir beide uns unterhalten haben, sagten Sie, weder Sie noch Ihre Frau wüssten etwas von einem Russen. Hätten nie von ihm gehört. Aber das haben Sie doch. Und zwar von Ihrer Frau."

Axel stellt die Kaffeetasse auf der Untertasse ab.

„Agnethe Bohn, ich kann schlicht und einfach nicht erkennen, was Sie das angeht."

„Und ich kann schlicht und einfach nicht verstehen, warum Sie nicht einfach auf meine Fragen antworten. Sind Sie Daniil begegnet?"

„Nein. Ich besuche dieses Pflegeheim nicht und habe es auch nie besucht. Und wie gesagt, die Sache mit diesem toten Russen geht, soweit ich weiß, weder Sie noch mich etwas an."

„Aber Sie könnten ihm auf dem Weg nach Hause begegnet sein. Oder ihn später aufgesucht haben. Er hat Ihren Schwiegervater beinahe buchstäblich zu Tode erschreckt. Das wäre ein Motiv, um …"

Wie bringt man einen solchen Satz zu Ende? Einen Menschen des Mordes anklagen. Getötet zu haben. Einem anderen Menschen das Leben genommen zu haben.

Axel macht einen Schritt auf sie zu.

„Sie denken also, ich hätte ihn umgebracht? Ist es das, was Sie sagen? Sie sind ja krank im Kopf."

Eine Sekunde lang oder vielleicht auch zwei sieht Axel tatsächlich so aus, als würde er sich über sie und ihre Theorie amüsieren. Dann wandern die Schultern wieder ruckartig nach oben.

„Warum um alles in der Welt sollte ich einen Russen ermorden? Und warum zum Henker mischen Sie sich in polizeiliche Ermittlungen ein? Soweit mir bekannt, hat die Polizei deutlich gemacht, Sie mögen sich aus …"

„Sie befürchten, der Ruf Ihres Vaters könnte beschmutzt werden. Man stelle sich nur mal vor, Ihr Vater sei mit einer Soldatin der Besatzungsmacht zusammen gewesen. Daniil hat Ihren Schwiegervater und vielleicht auch Ihre Frau in Angst und Schrecken versetzt, gänzlich unbeabsichtigt. Und Sie rufen mich an und drohen mir. Ich finde, das alles spricht nicht dafür, dass Sie nichts mit …"

„Behaupten Sie wirklich allen Ernstes, ich hätte einen dahergelaufenen russischen Herumtreiber umgebracht? Jetzt hören Sie aber auf!"

Der Brustkorb des Direktors hebt sich, und er holt mit dem rechten Arm aus, als wolle er ihr einen Schlag versetzen. Vielleicht hat er seine Wut doch nicht so gut unter Kontrolle.

„Raus! Verschwinden Sie aus meinem Büro!" ruft er, und sie weicht zurück. Erreicht die Tür und spürt den Griff, der gegen ihre Hüfte drückt.

„Wenn Sie nicht mit mir sprechen wollen, bin ich gezwungen, mit meinen Beweisen zur Polizei zu gehen."

„Beweisen?"

Axels Stimme ist jetzt nur noch ein Fauchen.

„Sie haben keine Beweise. Das Ganze geht nur in Ihrem Kopf vor. Sind Sie sich eigentlich darüber im Klaren, was Sie mir vorwerfen? Ich bin Direktor eines der größten Unternehmen Bornholms. Ich rate Ihnen, sich nicht mit mir anzulegen."

„Jemand hat Daniil ermordet. Und ich glaube, Sie sind es gewesen."

Er steht jetzt direkt vor ihr.

„Diese Beerdigung, die Ihnen anscheinend so wichtig ist – ich will, dass ein anderer Pfarrer das übernimmt."

Sie schiebt die Hand hinter den Rücken. Drückt den Türgriff

nach unten und geht rückwärts nach draußen. Spürt sofort den Blick der Sekretärin.

„Das ist Toves Entscheidung. Nicht Ihre."

„Tove? Tove hat überhaupt nichts zu sagen. Und jetzt verschwinden Sie endlich."

Sie schafft es gerade noch, sich in Sicherheit zu bringen, bevor die Tür zugeschlagen wird. Die neugierigen Blicke der Sekretärin im Rücken, verlässt Agnethe das Büro des Futtermittelversorgers.

Wahrscheinlich geht in diesem Moment schon die nächste Beschwerde über sie beim Probst ein.

Das Kreischen der Möwen im Hafen klingt wie ein halbherziges Lachen. Als würden sich die Vögel über ihren naiven Versuch lustig machen, einen Mord aufzuklären.

Was glaubt sie eigentlich, wer sie ist? Pfarrer klären keine Morde auf, und Pfarrer werfen den führenden Geschäftsleuten in ihrer Gemeinde nicht an den Kopf, jemanden umgebracht zu haben.

Eine Möwe mit einem Furunkel auf dem Schnabel, das wie eine Warze aussieht, spaziert neben ihr her und hat es sich anscheinend zur Aufgabe gemacht, sie höchstpersönlich vom Gelände zu eskortieren.

Warum hat sie nur gesagt, sie werde zur Polizei gehen? Die Ermittler werden genauso über sie lachen wie die Möwen, bestenfalls. Wahrscheinlicher ist, dass sie Anklage wegen Behinderung der Ermittlungen gegen sie erheben, auch wenn Lars ihrer Familientheorie immer noch Glauben schenkt. Denn sowohl Axel als auch Lars haben ja recht: Sie hat keine Beweise, nur das nagende Gefühl, dass sich jemand um Daniil kümmern muss. Dass jemand der Theorie nachgehen muss, die Familienverhältnisse könnten eine Rolle spielen.

Im Hafenbecken liegt die Schnellfähre und wartet darauf, eine lange Schlange aus Touristen aufzunehmen und von der Insel wegzubringen. Autos mit Wohnwagen, Dachboxen und von Gepäck erblindeten Heckscheiben stehen in Reih und Glied mit Wohnmobilen und Bussen.

Sie kann nicht aufgeben.

Nicht aufgeben. Auch nicht, wenn sich die einzige Spur, die sie noch hat, als unbedeutendes Detail eines dementen Sinns entpuppen kann. Johann Eberhard. Nur ein Name auf einem Grabstein am deutschen Teil des Friedhofs in Rønne oder der letzte Puzzlestein in einem Mysterium, das Daniil zu enträtseln im Begriff war? Kann dies das Motiv für den Mord sein?

Gerade als Agnethe an Henriks Tür in der Damgade vorbeigeht, öffnet er sie – als habe er die ganze Zeit dagestanden und gewartet.

„Agnethe?"

Sie erwidert seinen Gruß ohne Anstalten zu machen, stehenzubleiben. Schließlich ist es zum Teil auch seine Schuld, dass die ganze Insel über Jesper und seine Verhaftung in Verbindung mit dem Mord Bescheid weiß. Das muss ihm doch klar sein. Henrik hat ihr doch selbst beigebracht, wie das mit Gerüchten hier auf der Insel läuft.

„Hast du Lust reinzukommen? Auf ein Glas Rotwein zum Wochenende?"

Er begreift offenbar überhaupt nichts.

Sie steckt den Schlüssel ins Schloss ihrer Haustür.

„Komm schon. Ich werfe irgendwas auf den Grill."

„Ich habe zu arbeiten."

„Agnethe, es ist Freitagabend. Jetzt sei nicht so kratzbürstig."

„Warum? Brauchst du Gesellschaft, weil deine Journalistenfreundin im Studio ist?"

Es muss das Peinlichste sein, was sie jemals gesagt hat.

„Seid ihr zusammen, du und diese Journalistin?"

Agnethe will den Namen nicht nennen, obwohl sie weiß, dass es kindisch ist. Fast noch schlimmer, als die eigene Eifersucht öffentlich auf einer Straße in Rønnes Innenstadt hinauszuposaunen. Und sie ist ja auch nicht eifersüchtig. Es ist nur dieses schwachsinnige Herz, dem jemand fehlt, für den es schlagen kann.

Henrik lacht, während er mit der Grillzange in der Glut herumstochert.

„Das beschäftigt dich schon lange, was?" sagt er und dreht sich zu ihr um. Agnethe sitzt ganz am Rand der Bank in Henriks Garten, der, im Gegensatz zu ihrem, gut gepflegt und mit ein paar Quadratmetern Rasen, einem kleinen Feigenbaum und ein paar Tomatenpflanzen in Töpfen ausgestattet ist.

„Na ja, beschäftigt würde ich nun nicht gerade sagen."

„Wie auch immer, die Antwortet lautet nein. Schenkst du uns schon mal den Rotwein ein?"

Nickend deutet er in Richtung der Flasche und der beiden Gläser auf dem Gartentisch, und gehorsam gießt sie den halbdünnen Barbera d'Asti ein, damit er wenigstens noch etwas atmen kann. Es geht sie ja auch nichts an, ob Henrik Mathilde Kroager bumst. Er ist ihr Nachbar.

„Findest du meinen Wein wirklich so hoffnungslos, dass er erst noch atmen muss?" fragt Henrik und lacht, während er sich etwas zu nah neben sie auf die Bank setzt. Kleine Rotweinspritzer zieren den Gartentisch rings um die beiden Gläser.

„Du willst also wissen, wie ich zu Mathilde stehe?"

Wieder dieser schelmische Ton. Er legt den Arm hinter Agnethe auf die Rückenlehne der Bank und dreht sich zu ihr hin, sodass sie sich direkt ansehen.

„Nein, eigentlich nicht", antwortet sie und sieht in ihr Rotweinglas. „Aber sie hat heute Morgen im Radio von der Verhaftung in Tejn berichtet. Das musst du doch gehört haben."

Henriks Lachen lässt die Bank leicht erzittern.

Die Farbe des Rotweins ist zu blass, als dass es ein anständiger Barbera sein könnte. Im Grunde weiß sie nicht, wen sie für das morgendliche Chaos verantwortlich machen soll: Henrik, die Journalistin oder sich selbst?

„Das ist typisch Mathilde", sagt er immer noch lachend. „Wenn sie dabei ist, darf man nichts sagen, was nicht der Rest Bornholms zu hören bekommen soll. So ist sie eben."

„Das ist nicht witzig. Die Polizei glaubt, ich hätte vertrauliche Informationen an die Presse weitergegeben. Einer der Ermittler wurde von dem Fall abgezogen – und der Probst sitzt wahrscheinlich gerade beim Bischof und diskutiert darüber, welcher Grund der beste ist, um mich zu feuern. Inzwischen haben sie ja die Qual der

Wahl. Aber das Schlimmste ist, dass es für die Ermittlungen schädlich sein kann. Vielleicht wird der Mord an Daniil nie aufgeklärt."

„Entschuldige. Du hast recht. Das ist nicht witzig."

All die Nachsicht. Vergebung. Aber das ist natürlich einfacher, wenn man nicht selbst unter Druck steht. „Es tut mir leid, sollte Mathilde dich in Schwierigkeiten gebracht oder die Ermittlungen behindert haben. Wirklich."

Der Barbera schmeckt besser, als er aussieht. Noch einen Schluck. Zwei. Sie könnte die Flasche nehmen und rüber in ihre eigenen vier Wände gehen. Oder runter zum Friedhof und nach dem Grabstein suchen.

„Mathilde ist Vollblutjournalistin", fährt Henrik fort. „Sie hat nie frei. Ein bisschen so wie du."

„Aber *sie* verbreitet ihre Storys auf Kosten anderer. Und so bin ich nicht!"

„Ich glaube, sie denkt überhaupt nicht darüber nach", sagt er, steht auf und schiebt den Rost über die weiß glühenden Kohlen. „Mir ist schon klar, dass sie manchmal übers Ziel hinausschießt – und ich billige auch nicht alles, was sie tut. Wir sind nur gute Freunde … also tatsächlich sind wir …"

Er legt ein paar Hähnchenspieße auf den Grill, während er überlegt, was er und Mathilde Kroager eigentlich sind. „Ich weiß wirklich nicht so genau, was wir sind … Wir kennen uns von der Hochschule und sind auf derselben Insel mitten in der Ostsee gelandet. Aber wir sind nicht zusammen – falls es dich interessieren sollte."

„Aber sie übernachtet hier?"

Ach, verdammt!

Das. Ist. Nicht. Wichtig.

Er ist ihr Nachbar. Mit einem äußerst durchschnittlichen Geschmack, was Rotwein betrifft. Sonst nichts. Und ein Herz kann gar nicht für jemanden schlagen. Nur für sich selbst. Das Klopfen ist nichts anderes als das Geräusch des Bluts, das zwischen den Kammern hin- und hergepumpt wird.

„Manchmal übernachtet sie hier. Sie wohnt in Hasle und schläft auf dem Sofa, wenn sie Frühschicht und keine Lust auf ein Taxi hat."

Aber das erklärt nicht, wieso heute Morgen sowohl Mathildes als auch Henriks Kleidungsstücke überall auf dem Boden herumlagen.

Agnethe nimmt einen Schluck Wein.

„Und was ist mit uns beiden? Ist zwischen uns alles okay?“ fragt Henrik und setzt sich. Legt seine Hand auf ihr Knie und tätschelt es auf eine Weise, die nicht leicht zu deuten ist. Ist es ein pädagogischer Kniff, den er sich zugelegt hat, oder will er sie berühren?

Sie nickt und schenkt Rotwein für sie beide ein. Das Hähnchenfleisch brutzelt auf dem Grill. Zwischen ihnen ist wohl alles okay. Sie sind ja nur Nachbarn. Es gibt Grenzen dafür, wie okay es zwischen ihnen sein muss.

Und trotzdem liegt Henriks Hand immer noch auf ihrem Knie. Genau an der Stelle, von der aus es in beide Richtungen gehen kann. Er hat die Augen geschlossen und genießt die Abendsonne auf seinem Gesicht. Scheint seine Hand völlig vergessen zu haben.

„Wahrscheinlich werde ich es sein, die Daniil beerdigt, sobald die Polizei die Leiche freigibt.“

Es fühlt sich wie eine Befreiung an, es laut zu sagen. Zu anderen als Thorkild oder Frank. Obwohl sie es gar nicht wollte. Und obwohl sie sich erst noch an den Gedanken gewöhnen muss, einen toten Körper in die Dunkelheit der Erde hinab- und dort liegen zu lassen bis in alle Ewigkeit. Bis er verwest ist. „Es ist meine erste Beerdigung. Das heißt, genau betrachtet, ist es gar keine Beerdigung, sondern eine Zeremonie. Auf dem Friedhof.“

Henrik nimmt die Hand weg. Ist wohl der Ansicht, dass ihr Gesprächsthema und die Platzierung seiner Hand eine unanständige Kombination darstellen. Stattdessen greift er nach seinem Weinglas.

„Du hast das bisher noch nie gemacht? Weder in der Praxis noch in der Ausbildung?“

„Du meinst im Studium? Nein. An dem Tag habe ich wohl gefehlt.“

Er sieht sie prüfend an, als wisse er, dass sie lügt.

„Beerdigungen liegen mir nicht besonders“, fügt sie hinzu, ohne zu wissen warum. „Viele Priester sind der Ansicht, Beerdigungen stellen einen essentiellen Teil des Priestertums dar, wohl wegen Jesu Auferstehung und weil wir weiterleben bei Gott."

„Hat das etwas mit der Narbe an deinem Oberarm zu tun, die du immer zu verbergen versuchst?"

Wie hat er sie entdeckt? Es hat sie noch nie jemand darauf angesprochen, geschweige denn sie gesehen. Sie achtet darauf, nur T-Shirts zu kaufen, die sie vollständig bedecken. Er muss etwas aufgeschnappt haben. Natürlich. Wahrscheinlich sind auch darüber Gerüchte im Umlauf. Über sie.

Sie nickt und trinkt wieder von dem Rotwein. Weniger als die halbe Flasche ist noch übrig.

Die Hähnchenspieße müssen gewendet werden. Sie steht auf und nimmt die Grillzange. Da, wo der Holzpinn hindurchgestochen wurde, ist das Fleisch fast noch roh. Trotzdem wird es gewendet.

„Mein Vater ist gestorben. Deshalb liegen mir Beerdigungen nicht besonders", wiederholt sie, als sei der direkte Zusammenhang offensichtlich.

„Weil sie dich an ihn erinnern?"

„Es war eine etwas … heftige Beerdigung."

„Heftig? Wieso?"

Es tut nicht mehr weh, daran zu denken. Inzwischen sind die familiären Nachwirkungen das Schlimmste.

„Die Familie meines Vaters meinte – und meint es übrigens immer noch –, ich sei schuld an seinem Tod. Seine Schwester, meine Tante, hat mir nicht nur die kalte Schulter gezeigt, sondern mich auch noch geohrfeigt, auf der Beerdigung.

„Puh, das klingt wirklich heftig."

Sein munterer Tonfall ist verschwunden. Vielleicht zum ersten Mal an diesem Abend.

„Warum meinen sie, es sei deine Schuld gewesen?"

„Papa war nicht angeschnallt. Ein LKW kam uns entgegen, viel zu schnell, und ich konnte nicht ausweichen. Er ist noch am Unfallort gestorben. Am Segenvej, auf dem Stück kurz vor Almindingen."

„Das klingt nach einem Unglück, nicht nach deiner Schuld."

„Ja, so sehe ich das heute auch, die Familie meines Vaters allerdings nicht."

„Und deshalb liegen dir Beerdigungen nicht besonders?"

Sie schüttelt den Kopf.

„Ich glaube, es liegt eher daran, dass sie so unwiderruflich sind. Weil ich über die Wiederauferstehung und das ewige Leben predigen soll. Darüber, dass wir uns bei Gott wiedersehen. Und natürlich glaube ich auch daran, auf eine ganz bestimmte Art. Aber das tröstet nicht. Nur in der Theorie. Ich vermisse ihn ja immer noch."

„Ist es schon lange her?"

Wie misst man die Ewigkeit, die vergangen ist, seit sie in dem Auto saßen und Blue Suede Shoes mitsangen? Seit Kjeld Olsen im Lokalradio noch Hörerwünsche erfüllte?

„Ich war achtzehn Jahre und neunundzwanzig Tage alt, als es passierte. Hatte gerade erst meinen Führerschein bekommen."

„Ist es okay, dass ich frage?"

„Ja. So ist es einfach. Der Tod ist unbegreiflich für uns, deshalb fragen wir nach dem, was wir verstehen können, *wann* es passiert ist und *wie*. Aber am dringendsten brauchen wir eine Antwort auf die Frage *warum*. Aber darauf hat niemand eine Antwort – nur Gott."

Sie legt die Grillzange weg.

„Er war nicht angeschnallt, weil er sagte, er vertraue mir. Er vertraue darauf, dass ich ordentlich fahre. Es war so … sinnlos. Wir haben darüber gelacht. Und ich bin ordentlich gefahren. Aber der LKW rutschte auf unsere Spur. Ich habe noch versucht auszuweichen, aber es ging zu schnell."

Mehr Rotwein.

„Mir war nichts passiert. Nur eine Risswunde am Oberarm." Sie reibt über die Narbe, als wolle sie ihre Worte unterstreichen. „Als sie meinen Vater auf der Trage an mir vorbeischoben, wusste ich sofort, dass er tot war."

Die Trage, die auf ihren Rollen an ihr vorbeiglitt, während sie mit nackten Füßen auf dem schwarzen Asphalt stand. Hunderte Male ist der Moment vor ihrem inneren Auge abgelaufen. Sie und neben ihr der Notarzt, der versucht, die Wunde an ihrem Arm mit Pflaster zu flicken. Die Trage, die wie in Zeitlupe vorbeirollt.

„Sein Gesicht war anders. Beinahe entspannt."

Henriks Arm gleitet von der Rückenlehne und legt sich um ihre

Schulter. Zieht sie an sich. Er riecht nach Deodorant und Grillkohle. Es fühlt sich schön an.

„Lange habe ich gedacht, es sei meine Schuld gewesen, dass er sterben musste. Dass ein erfahrener Autofahrer noch ausgewichen wäre, aber es war einfach eine Verkettung unglücklicher Umstände. Das sagte auch die Polizei. Meine Mutter beantragte Akteneinsicht, um mich davon zu überzeugen, und der LKW-Fahrer bekam eine Bewährungsstrafe."

„Es ist doch wohl kein Wunder, dass du dir Selbstvorwürfe gemacht hast, wenn die Familie deines Vaters meint, es sei deine Schuld gewesen, oder?"

„Ich dachte, es sei der Schock. Ich habe nicht verstanden, dass es leichter für sie war, mir Vorwürfe zu machen als sich ihrem Verlust zu stellen. Denn man liebt den, den man verloren hat, ja immer noch. So wie ich meinen Vater immer noch liebe, obwohl da keine physische Person mehr ist, auf die ich meine Liebe richten könnte."

Franks Worte. Jetzt ergeben sie einen Sinn.

Vom Kirchplatz her begleiten die Glocken die Sonne bei ihrem täglichen Untergang.

„Bist du deshalb Pfarrerin geworden?"

„Vielleicht. Zuerst wollte ich Krankenschwester werden. Menschenleben retten. Aber das Leben ist keine Gleichung, also habe ich die Ausbildung abgebrochen und angefangen, Theologie zu studieren."

„Aber dir war doch klar, dass du als Pfarrerin auch mit Beerdigungen zu tun haben wirst?"

„Ja, aber erst während des Studiums habe ich erkannt, was es bedeutet, sich praktisch dazu zu verhalten. Dass ich diejenige sein würde, die Familien helfen soll, endgültig Abschied zu nehmen und zu ihrer Trauer zu stehen."

„Und jetzt wirst du den Russen beerdigen?"

„Ja, und es fühlt sich okay an. Ich fange an zu verstehen, dass der Tod nicht endgültig ist, solange es jemanden gibt, der dich liebt und sich an dich erinnert. Und der dich beerdigen lässt. Tove will, dass Daniil beerdigt wird. Und mehr brauche ich nicht."

5. April 1946, Nyker

Heute Morgen, als der Küster und ich unter einem blauen Frühlingshimmel den Dannebrog an der Kirche hissten, hatten wir bereits eine Ahnung, dass der heutige Tag als einer der wichtigsten in die Geschichte unserer Insel eingehen würde.

Zeitig bestiegen Martha und ich die Räder und begaben uns nach Rønne. Wir hielten am Store Torv, wo die dänischen Soldaten Aufstellung genommen hatten und die Dannebrogflaggen endlich die Freiheit ankündigten. Obwohl sich die Soldaten bemühten, die Fassung zu wahren, waren Vorfreude und Jubel in Augen und Mundwinkeln doch unübersehbar. Uns ging es ganz genauso.

Die letzten zwei Wochen glichen dem Erwachen aus einem Albtraum, geprägt von der Angst, er könne vielleicht doch nicht zu Ende sein. Dass der Traum es sich anders überlegen und einfach weitergehen oder zurückkommen könne. Aber heute sollten die letzten Zweifel ausgeräumt werden, denn die letzten Russen ziehen ab. Die Lager überall auf der Insel stehen seit zwei Wochen leer. Das einzige, was die Russen nicht mitnehmen, sind die vollen Latrinen-Eimer, ansonsten haben sie die Lager ausgeplündert bis auf das letzte Waschbecken und den letzten Türgriff. Aber das spielt überhaupt keine Rolle.

Wochenlang konnten wir zusehen, wie russische Soldaten in langen Reihen am Kai standen und auf die großen Dampfer warteten, die sie zurück in die Heimat bringen sollten. Wie Vieh wurden sie an Bord eingepfercht, und erst wenn keine Maus mehr auf ein Schiff passte, legte es ab und glitt aus dem Hafen, nur um dem nächsten Platz zu machen. Es ist, als habe eine unendliche Kette aus Schiffen die Russen und ihre Kriegsbeute von unserer Insel weg und ins Nichts verfrachtet, genau dorthin, wohin wir sie schon lange gewünscht hatten.

Als wir uns dem Hafen näherten, konnten wir an den Kais keine russischen Pelzmützen und keine schweren Uniformen mehr ausmachen. Ich glaube, fast ganz Bornholm hatte sich am Hafen eingefunden. Als wollten alle sicher sein, dass es wirklich wahr sei und die Russen tatsächlich abziehen.

Wenn überhaupt möglich, waren heute noch mehr Zuschauer am Hafen als vor zwei Wochen, als die ersten dänischen Soldaten auf die Insel kamen. Endlich sollten ängstliche Stille und Besatzung von Ausgelassenheit und Freiheit abgelöst werden. Das wollte sich nach sechs Jahren voller harter Prüfungen niemand entgehen lassen.

Martha und ich standen unten bei den Schuppen der Fischer. Kinder und Jugendliche waren auf die Dächer geklettert, um besser sehen zu können. Als der letzte russische Soldat die Gangway hinauf auf die Kriegsschiffe hinter sich gebracht hatte, wurde es Frühling auf Bornholm. Endlich spürten wir wieder die wärmende Kraft der Sonnenstrahlen. Alles, wovon wir geträumt, worauf wir gehofft, wofür wir gebetet hatten, war tatsächlich Wirklichkeit geworden.

Viel zu langsam legte der letzte Dampfer ab, und plötzlich eröffneten die Russen das Feuer. Ein ohrenbetäubendes Krachen nach dem anderen war aus den Geschützen an Bord zu hören. Einen Augenblick lang packte uns alle wieder der Schrecken jener zwei fürchterlichen Tage im Mai, als die Bomben auf Rønne und Nexø niederprasselten.

Aber nichts geschah, und mit einem Mal ging allen am Kai auf, dass es der russische Abschiedssalut war. Auf den meisten Gesichtern breitete sich ein Lächeln aus, und als der letzte Schuss verklungen war, kannten Freude und Jubel keine Grenzen mehr. Wir klatschten, riefen Hurra, und überall begannen die Menschen zu tanzen und sangen *Es ist ein lieblich Land.*

Es war wahrhaftig ein Feiertag, aber die elf Monate russischer Besatzung werden wir Bornholmer der dänischen Regierung in nächster Zeit nicht verzeihen. Ich fürchte, die Verlängerung des Krieges wird eine Wunde bleiben, die niemals ganz verheilen wird.

Samstag, 18. Juli

37

Einer der Weltkriegs-Experten auf Wehrmacht-History.org hat Johann Eberhard gefunden.

Nach einem ausgiebigen Wannenbad, nur mit Handtuch bekleidet und noch mit nassem Haar, überfliegt Agnethe die Mail. Der Typ schreibt, er sei in Deutsche Kriegsgräberfürsorge – offenbar eine Datenbank, die Namen und Schicksale deutscher Soldaten sammelt, die in einem der beiden Weltkriege ihr Leben verloren – auf mehrere Johann Eberhard gestoßen. Danach gebe es nur einen Johann Eberhard, der den Aufzeichnungen zufolge zuletzt auf Bornholm stationiert war. In Melsted.

Das Telefon klingelt.

Das muss warten.

Der Hobbyhistoriker hat die Informationen und die Suchanfrage der Familie von 1946 aus der Datenbank kopiert und das meiste davon sogar ins Englische übersetzt. Seit 1944 hat die Familie nichts mehr von Johann Eberhard gehört.

Wieder das Telefon.

„Agnethe?"

„Ja …"

„Entschuldige, dass ich dich an deinem freien Tag störe, aber ich muss mit dir sprechen. Und zwar heute."

Die Stimme kommt ihr bekannt vor, und offensichtlich hält der Anrufer es nicht für nötig, sich vorzustellen.

Ihre Augen folgen weiter dem Text der Mail. In seinem letzten Brief an die Familie schrieb Johann Eberhard, es ginge ihm gut und er hoffe, nicht wieder zurück an die Front geschickt zu werden. Er befinde sich auf einer kleinen dänischen Insel, Bornholm, und sei sehr froh über die vergleichsweise ruhigen Verhältnisse dort.

„Agnethe, bist du noch dran?"

„Ja. Worum geht es denn?"

Die Beschreibung des Soldaten in der Suchanfrage der Familie ist sehr allgemein gehalten: ein junger, hochgewachsener Mann mit braunem Haar, und im Grunde könnte es jeder mit einer Größe von mindestens einsachtzig sein. Den einzigen persönlichen Angaben zufolge wurde Johann Eberhard in der Nähe von Flensburg geboren und lebte vor dem Krieg in einem Ort namens Heide, wo er Mitglied der örtlichen Neuapostolischen Kirche war. Außerdem war er Vater zweier kleiner Jungen, Albrecht und Abel.

„Wie gesagt, mir ist schon klar, dass Samstag ist, aber dennoch muss ich heute noch ein Gespräch mit dir führen. Agnethe, hörst du mir überhaupt zu?"

„Ja, natürlich."

Der Experte von Wehrmacht-History.org fügt noch hinzu, in den Listen gefallener deutscher Soldaten sei Johann Eberhard 1945 als verstorben registriert, vermutlich umgekommen während der Bombardierung Bornholms durch die Russen oder in einem russischen Kriegsgefangenenlager. Mehr sei nicht bekannt.

„Nachdem du gestern gegangen warst, habe ich mit den Kollegen über dich gesprochen. Darüber hinaus gibt es einige externe ... Eingaben über dich, die ich nicht am Telefon besprechen will."

Es ist der Probst. Es ist der Anruf, vor dem sie sich gefürchtet hat, seit Thorkild sie mit den Kirchenbüchern erwischt hat.

„Sagen wir in einer Stunde in meinem Büro?" fragt der Probst und legt auf, ohne ihre Antwort abzuwarten.

Sie sinkt auf das Bett. Wahrscheinlich haben Thorkild, Axel Kure Nielsen und die versammelte Bornholmer Polizei Schlange gestanden, um sich über sie zu beschweren.

Sie braucht nur noch etwas Zeit, um mehr über Johann Eberhard rauszukriegen, vielleicht ein paar Tage. Er ist der Schlüssel zum Mord an Daniil. Es muss so sein. Sie hat keinen anderen Strohhalm, an den sie sich klammern könnte.

Ist der Johann Eberhard, der sich in Hans' Kopf eingenistet hatte, der Vater von Albrecht und Abel? Kannte Hans ihn hier von Bornholm? Und warum kam ihm der Name ausgerechnet in den Sinn, als Daniil ihm das Foto zeigte?

Hat ihn der Wiederaufbau Rønnes an den Krieg erinnert? An die Deutschen? Und wenn es so ist, warum erinnert er sich an den Namen eines deutschen Soldaten der Besatzungsmacht? Das ist mehr als sechzig Jahre her.

38

Der Probst gibt ihr die Hand. Das hat er erst einmal getan. An ihrem ersten Tag.

Er bittet sie, Platz zu nehmen, deutet mit dem Arm auf das Sofa in der Ecke des Büros und nimmt einen dünnen Schnellhefter vom Schreibtisch, bevor er sich in dem Sessel auf der anderen Seite des kleinen Couchtischs niederlässt. Die Lesebrille wird in Position geschoben und der Schnellhefter aufgeschlagen.

Er murmelt ein paar unverständliche Worte vor sich hin und blättert in den Papieren. In ein paar Minuten wird er sagen, dass sie sich morgen beim Bischof einfinden soll. Dass ihre Dienstvergehen geprüft werden und dass sie nicht länger das Amt der Pfarrerin bekleiden werde. Jedenfalls nicht in Rønne. Hätte sie wenigstens Daniils Mörder gefunden. Und hätte sie wenigstens das Loch schließen können, dass der Familienstreit in ihr hinterlassen hat. Sie braucht doch nur noch etwas mehr Zeit, um die Wahrheit zu finden.

„Agnethe, dieses Gespräch fällt mir nicht leicht, aber es ist unvermeidlich", beginnt er und lässt den Schnellhefter auf den Schoß sinken. „Sowohl der Gemeinderat als auch ich haben einige … Hinweise über dich zur Kenntnis nehmen müssen. Beschwerden. Gleichzeitig höre ich von den Kollegen, dass du deine dienstlichen Verpflichtungen vernachlässigst, unter anderem dadurch, dass du erst im letzten Augenblick zu einer Beerdigung erscheinst, die in deinen Zuständigkeitsbereich fällt."

Der Probst zögert, bevor er den nächsten Satz ausspricht, von dem beide wissen, dass er gesagt werden muss. „Ich habe mit dem Bischof gesprochen. Er hat mich gebeten, ihn umgehend nach diesem Gespräch zu kontaktieren, sollte ich mich veranlasst sehen, dich mit sofortiger Wirkung vom Dienst freizustellen."

Freistellen. Es kommt einer Suspendierung gleich.

Ein Rausschmiss aus der Kirche.

Eine Feder des abgenutzten dunkelgrünen Plüschsofas spannt unter ihrer Pobacke und scheint sie förmlich in das Möbel zu saugen. Aber immerhin sieht es so aus, als habe Thorkild bisher nichts über ihre unautorisierte Benutzung der Kirchenbücher verraten.

„Ich muss sagen, dies ist nicht unbedingt das, was ich mir von dir versprochen habe", fährt der Probst fort. „Ich kannte deinen Großvater als einen tüchtigen und stets pflichtbewussten Pfarrer, und ja ... ich hatte mir erhofft, du wärst ein wenig mehr wie er."

Der Probst sieht sie an, erwartet eine Antwort. Eine Verteidigung. Eine Rückkehr zur Normalität. Aber leider gibt es in der Welt des Probstes nur Schwarz oder Weiß. Die Nuancen, die Grautöne zwischen Richtig und Falsch zählen nicht. Wenn sie noch ein paar Tage für ihre Nachforschungen gewinnen will, muss sie mit etwas beginnen, das er versteht: die Kirche.

„Du hast recht. Mein Großvater war ein tüchtiger Pfarrer, und ich versuche, den Erwartungen zu entsprechen. Ich weiß, dass ich hierher gehöre. Dass ich in Verbindung mit der Beerdigung die Erwartungen der Angehörigen nicht erfüllt habe, bedaure ich zutiefst. Etwas Derartiges wird selbstverständlich nicht noch einmal vorkommen. Aber es kam dazu, weil mich ein anderer um Hilfe gebeten hatte."

Der Probst macht eine Geste, als wolle er sie unterbrechen, aber sie muss das hier zu Ende bringen. Zum eigentlichen Problem kommen. „Ich bin mir sehr wohl bewusst, dass wir im Pfarrbüro nicht immer einer Meinung sind – und auch nicht in der Kirche. Aber ich glaube fest daran, dass wir uns in der Verkündigung der frohen Botschaft begegnen. Auch wenn wir unterschiedlicher Ansicht sind, wie sie hier in der Gemeinde zu vermitteln ist. Mir ist natürlich klar, es wäre euch allen lieber, ich würde von der Kanzel predigen. Aber ich möchte denjenigen ein Signal senden, die nicht so oft zur Kirche kommen, dass wir eine moderne und offene Kirche sind."

Der Probst sitzt jetzt zurückgelehnt in seinem Sessel. Vielleicht ist trotz all des Unerfreulichen doch ein Lächeln auf dem Weg an die Oberfläche.

„Aha", brummt er und deutet ein Lächeln zumindest an. „Jetzt erinnerst du mich doch an deinen Großvater. Obwohl er deutlich konservativer war als du. Aber er war auch ein sehr eifriger Diskutant, wenn es um die Frage ging, wie sich die Kirche generell aufzustellen habe. Er brannte für seinen Beruf."

Der Probst hält ihren Blick fest. Natürlich ist er noch nicht fertig. Das wäre auch zu einfach.

Die Miene wird wieder ernst.

„Aber obwohl ich keine Zweifel habe, dass auch du für deinen Beruf brennst, kann ich die Beschwerden über dich nicht ignorieren. In meinen Jahren als Pfarrer und Probst habe ich etwas Vergleichbares noch nicht erlebt. Und ich weigere mich schlichtweg, einen Großteil meiner Zeit damit zuzubringen, die Wogen zu glätten. Ich gehe davon aus, dass du dafür Verständnis hast."

Agnethe gibt einen undefinierbaren Laut von sich.

„Gestern Abend erhielt ich einen Anruf von BAF-Direktor Axel Kure Nielsen. Er war ziemlich aufgebracht. Er sagt, du schikanierst seine Frau und ihn. Er sprach sogar davon, sich an seinen Anwalt zu wenden, um ein Näherungsverbot gegen dich zu erwirken. Bist du dir eigentlich darüber im Klaren, wie das auf der Titelseite der Tidende aussieht?"

Sie kann beinahe sehen, wie sich die Schlagzeile in den Augen des Probstes spiegelt. *Einstweilige Verfügung gegen Pfarrerin – darf sich Direktor nicht nähern.* Ein Pfarrer predigt auch durch sein Verhalten, und eine so schlechte Presse wäre mit Sicherheit sowohl ein Dienstvergehen als auch ein Entlassungsgrund – vielleicht nicht nur für sie.

„Er sagt, du seist unangemeldet in seinem Büro bei BAF aufgetaucht und hättest ihn des Mordes an dem Russen beschuldigt. Stimmt das? Bitte sag mir, dass das nicht stimmt, Agnethe!"

Dieses Mal ist die Verteidigungsstrategie ein klein wenig komplizierter. Was Axel angeht, changieren die Grautöne ins Schwarze.

„Ich schikaniere Axel Kure Nielsen nicht. Und seine Frau ebenso wenig."

Die Wangen beginnen, sich zu röten. Der Probst sieht sie immer noch abwartend an.

„Axels Frau hat gerade ihren Vater verloren. Sie braucht jemanden, mit dem sie sprechen kann. Ihr Mann versteht sie nicht. Vielleicht empfindet er mich deshalb als eine Bedrohung."

Der Probst nickt bedächtig. Mehr aus Freundlichkeit als aus

Verständnis, so scheint es.

„Aber Munk Mortensen war doch für die Beerdigung zuständig, nicht wahr?"

„Ja."

„Entsprechend unseren Absprachen unterstützt er also die Hinterbliebenen bei der Trauerarbeit. Korrekt?"

Sie nickt. Der Plüsch des Sofas sticht unbarmherzig. Wenn ihr Gespräch noch lange dauert, wird der Stoff die Rückseite ihrer Oberschenkel und die Kniekehlen perforieren.

„Und was hat es mit diesem Vorwurf auf sich, Axel habe den Russen ermordet?"

„Es gibt Beweise, die in diese Richtung deuten, und …"

„Ich hatte dich angewiesen, dich aus den Ermittlungen in dieser Sache herauszuhalten. Wie ich höre, sollst du eine Zeremonie für den Verstorbenen auf dem Friedhof abhalten. Aber das ist kein Grund, sich in die Arbeit der Polizei einzumischen. Ich dachte, ich hätte mich klar ausgedrückt."

„Ja, aber …"

„Und dann ruft mich der Polizeichef an und berichtet mir, du hättest vertrauliche Informationen an die Presse weitergegeben. Zum zweiten Mal. Sein Beschwerdeschreiben liegt mir vor."

Wütend tippt er mit dem Zeigefinger auf den Aktenordner. „Agnethe, ich bin sprachlos. Ich verstehe schlicht und einfach nicht, was mit dir los ist."

„Die Polizei ermittelt in eine völlig falsche Richtung. Daniil wurde ermordet, weil er nach seiner Familie suchte und nicht, weil er angeblich in irgendwelche russischen Drogengeschäfte verwickelt war, obwohl die Polizei das gerne glauben und den Fall abschließen will. Ich bin es Daniil schuldig, ihm zu helfen. Er ist zu mir gekommen und hat mich um Hilfe gebeten."

Ihre Wangen brennen jetzt. Daniil. Warum kann er nicht wenigstens begreifen, dass sie Daniil helfen muss?

„Aber er ist tot. Du schuldest ihm nichts. Konzentrier dich auf deinen Einsatz für die Lebenden."

Wieder sieht der Probst ihr fest in die Augen. Erwartet eine Reaktion. Reue vielleicht. Dann seufzt er beinahe resignierend, beugt sich in seinem Sessel vor und legt den Schnellhefter auf dem Tisch ab.

„Du hast die Polizei wiederholt dabei behindert, ihre Arbeit zu tun, Agnethe. Und ich betone: wiederholt. Kannst du mir einen Grund nennen, warum ich den Bischof *nicht* anrufen und darum bitten soll, dich vom Dienst freizustellen und mich um jemanden anderen für deine Stelle zu bemühen, jetzt gleich?"

Jetzt passiert es also. Er wirft sie raus. Suspendiert sie. Sie wird zu Hause hocken und auf das Disziplinarverfahren warten. Irgendwann wird ihr Vikariat abgelaufen sein, und dann ist er sie los.

Unter ihr hat das Sofa seine anfänglichen Stichattacken eingestellt und versucht nun, sie mit Haut und Haar in den schäbigen Plüsch und die uralten Fasern zu saugen. Sie zu verschlingen.

Der Probst darf sie nicht rauswerfen. Noch nicht. Sie braucht mehr Zeit, um die Wahrheit zu finden. Der gute Hirte gibt sein Leben für seine Schafe, und wenn es sein muss, hält sie auch die andere Wange hin.

Und plötzlich begreift sie es: Sie muss nur die Taktik ändern. Dem Probst ist die innere Dynamik des Pfarrbüros wichtiger als ihre Anwesenheit. Sie muss ihm seinen Seelenfrieden wiedergeben – ohne ihren Job zu verlieren.

„Du musst niemand anderen für meine Stelle suchen. Ich bin die Richtige für dieses Amt", sagt sie und atmet so tief ein, dass es hoffentlich ausreicht, sich hochzustemmen und dem Sofa zu entkommen. „Ich stehe für die Modernisierung deiner Pfarrei, sowohl mit meinem Alter als auch mit der Tatsache, dass ich eine Frau bin. Meine Einstellung hat für Ruhe im grundtvigianischen Flügel des Gemeinderats gesorgt. Und du brauchst jemanden, der bereit ist, Geschiedene zu trauen."

Sie dreht die Handflächen zu einer einsichtigen Geste nach oben. „Aber du hast recht, ich habe zu viel Zeit auf etwas verwendet, das mich nicht direkt betrifft. Und das hat sich bedauerlicherweise auf meine Arbeit ausgewirkt. Ich würde mich freuen, wir könnten das unter Einarbeitungsschwierigkeiten abheften und nach vorne schauen. Und natürlich ist klar, dass ich mich in Zukunft voll und ganz aus der Arbeit der Polizei heraus- und von den Kure Nielsens fernhalte."

Sie heftet den Blick unbeirrbar auf die grässliche Pastell-Ausgabe von Jesus Christus an der Wand, als wolle sie dem Geschmack des Probstes in Sachen Kunst eine Art Ehrerbietung erweisen. Tatsächlich will sie vermeiden, dass ihre Augen sie verraten. Hoffentlich sind ihre Argumente und die an den Tag gelegte Einsicht ausreichend, um den Probst davon zu überzeugen, dass wieder Friede zwischen den Schreibtischen des Pfarrbüros und in seinen Gedankengängen einkehren wird und er seine Ressourcen nicht mehr für Konfliktmanagement aufbringen und an anpassungsresistente Pfarrerinnen verschwenden muss, sondern in Ruhe und ungestört das Projekt einer gemeindeübergreifenden Zusammenarbeit auf verschiedenen seelsorgerischen Feldern weiterentwickeln kann.

„Wie gesagt erwartet der Bischof, dass ich ihn über das Ergebnis unseres Gesprächs unterrichte – und darüber, inwieweit ich der Ansicht bin, du solltest mit sofortiger Wirkung vom Dienst freigestellt werden."

Er arrangiert sich neu in seinem Sessel. „Zwar fürchte ich, dass ich es bereuen werde, aber ich meine, du solltest erst einmal weitermachen. Natürlich unter der Voraussetzung, dass du zukünftig die Finger von den polizeilichen Ermittlungen lässt. Ich denke, das versteht sich von selbst. Außerdem lässt du mir eine ausführliche schriftliche Darstellung der in Rede stehenden Vorwürfe zukommen, die ich an den Bischof weiterleiten werde."

„Ja, natürlich."

„Und sollte ich noch einen Anruf erhalten oder ein negatives Wort über dich hören, werde ich dem Bischof empfehlen, dich umgehend vom Dienst freizustellen und ein Disziplinarverfahren gegen dich einzuleiten."

„Dazu wird es nicht kommen. Das verspreche ich."

„Ich meine es ernst, Agnethe. Ich kann nicht länger die Hand über dich halten. Du musst ganz einfach deine Verpflichtungen der Gemeinde gegenüber erfüllen. Ist das klar?"

Pflichtschuldig blickt sie zu Boden und nickt.

Die Lüge brennt, aber das macht nichts. Sie hat noch ein paar

Tage bekommen. Hoffentlich genug, um die Wahrheit zu finden.

Agnethe hat alle einhundertundacht Tai-Chi-Übungen sowohl in einer langsamen als auch einer schnellen Version absolviert. Die Muskeln sind geschmeidig und warm und es fühlt sich so an, als könne ihr Körper jeden Moment schmelzen und über den lackierten Dielenboden zerfließen.

Der Probst hat sie nicht rausgeworfen, sie darf ihren Job behalten – jedenfalls vorläufig. Dafür kann sie das Büro nicht verlassen, ohne über jeden ihrer Schritte Rechenschaft abzulegen. Wie soll sie dann nach Johann Eberhard suchen? Er muss gefunden werden. In der Mail hieß es, er sei zuletzt in Melsted gesehen worden, einer kleinen Ansammlung von Häusern unterhalb des Hügels auf dem Weg nach Gudhjem.

Irgendjemand hat etwas über Melsted gesagt. War es Svend?

Sie fährt mit dem Training fort, übt den kreisförmigen Lotus-Tritt, bei dem die Bewegung aus dem Hüftgelenk kommt. Das Schwierigste daran ist, den Rest des Körpers zu entspannen und die Bewegung voll und ganz der Hüfte zu überlassen. Eine Wohnküche, in der die Küche den größten Teil einnimmt und vom Gemeinderat ausgewählte und gut gemeinte Glasbläserkunst die Bücherregale schmückt, ist sicher nicht optimal, um diese Art von Tritt zu vollführen. Noch dreimal, dann die andere Seite. Es ist wichtig, jede Seite des Körpers gleichmäßig zu trainieren.

Sie muss zum Friedhof gehen und die Kriegsgräber der deutschen Soldaten überprüfen. Aber würde jemand über die Information verfügen, dass hier ein Johann Eberhard begraben liegt, dann hätten die Familie oder die deutschen Behörden sicher Bescheid auf die Suchanfrage erhalten.

Jemand klopft an das Fenster zur Straße – so laut, dass sie den meditativen Tritt abbrechen muss. Henrik steht draußen und schwenkt eine Tüte mit dem Aufdruck einer Bäckerei in der Hand. Sie schiebt den Sofatisch an seinen Platz und geht zur Tür.

Im Flur fällt ihr ein, was Svend über Melsted gesagt hat. Hans arbeitete auf dem Hof von Gerdas Eltern, in Melsted. Hat Hans vielleicht auch für die Deutschen gearbeitet und kannte Johann

Eberhard? Er sprach ja Deutsch. Wusste Hans etwas über den Tod des deutschen Soldaten?

Sie lässt Henrik herein.

„Training auf leeren Magen ist überhaupt nicht gesund", sagt er, umarmt sie flüchtig, sodass sie die Umarmung kaum erwidern kann, bevor er sich an ihr vorbei in die Küche schiebt. „Du siehst müde aus. Alles okay?"

Er wirft die Tüte auf den Tisch und öffnet einen der Küchenschränke.

„Lass dich nicht stören. Ich mache inzwischen Kaffee. Wo hast du noch mal die Kaffeebohnen?"

Sie reicht ihm die Dose, die neben der Maschine auf der Arbeitsplatte steht.

„Nicht so ganz. Und Tai-Chi ist am besten morgens auf leeren Magen. Außerdem bin ich fertig."

„Dann willst du vielleicht lieber grünen Tee und Tofu als Brötchen und Kaffee?"

Das Handy auf dem Tisch vibriert und bewahrt sie davor, noch mehr nervige Fragen über Essens- und Trainingsgewohnheiten beantworten zu müssen.

„Sie wollen Jesper wegen Mordes an dem Russen anklagen!"

Am anderen Ende der instabilen Handyverbindung schreit Tove beinahe. Die Worte wachsen zu einem wollenen Klumpen zusammen.

Der Kaffee läuft bereits durch, und Henrik rafft sämtlichen Käse und Marmelade aus dem Kühlschrank. Agnethe muss sich konzentrieren, um Tove verstehen zu können.

„Er wurde einem Richter vorgeführt", fährt Tove etwas leiser fort. „Sie sagen, er hätte ebenfalls Drogen geschmuggelt."

„Drogen geschmuggelt?"

Henrik unterbricht die Inspektion des Kühlschranks und sieht prüfend zu ihr herüber, breitet die Arme aus und formt ein tonloses *Wer?* mit den Lippen. Viel zu neugierig. Sie dreht ihm den Rücken zu.

„Ja, und sie glauben, dass er auch selber Drogen nimmt. Sie

haben das Zeug unter seinen Sachen auf der Fähre gefunden … Heroin oder Amphetamin … was auch immer. Sie sagen, er sei auf Drogen!“

Der Tonpegel liegt immer noch deutlich über Zimmerlautstärke. „Dem Richter hat Jesper gesagt, es sei nur Eigenbedarf, aber dazu muss ihm der Anwalt geraten haben. Ich hätte doch mitgekriegt, wenn mein eigener Sohn Drogen nimmt.“

„Und was sagt die Polizei?“

„Sie behaupten, dass er das Amphetamin zwischen Seeland, Schweden und Bornholm schmuggelt, weil es so viel ist. Dass er Teil eines Drogennetzwerks hier auf der Insel ist, aber das kann nicht sein. Solche Freunde hat er nicht.“

„Und sie beschuldigen ihn auch, Daniil ermordet zu haben?“

Es ergibt immer noch keinen Sinn. Jesper? Drogen vielleicht, aber Mord?

„Ich weiß nicht. Ich weiß überhaupt nichts mehr“, sagt Tove, und Agnethe hört, wie in dem Haus in Tejn ein Küchenstuhl über den Boden gezogen wird und Tove sich seufzend niederlässt. „Als die Sache mit dem Mord zur Sprache kam, mussten alle den Saal verlassen. Ich auch, deshalb habe ich den Rest nicht gehört. Hinterher konnte ich noch mit einem der Polizisten sprechen. Sie behaupten immer noch, Jesper sei an dem Abend, an dem Daniil ermordet wurde, in Vang gesehen worden. Sie glauben, Jesper hat es getan, und dass es irgendetwas mit dem Drogenschmuggel zu tun hat.“

„Und Sie? Glauben Sie das auch?“

„Nein, natürlich nicht.“

Sie zögert. „Aber er bleibt die nächsten vierzehn Tage in Untersuchungshaft. Bis dahin müssen dem Richter Beweise vorgelegt werden.“

„Vermissen Sie ein Brotmesser?“

Die Frage muss aus ihrem Unterbewusstsein kommen. Sie klingt absurd, aber der Drang, sie zu stellen, ist überwältigend. Das Brotmesser ist wichtig.

„Ein Brotmesser … Nein, nicht, dass ich wüsste. Was hat das mit …“

„Sehen Sie bitte nach.“

Durch das Telefon klingen Toves gehorsame Schritte an ihr Ohr. Eine Schublade wird herausgezogen und von einer Hand durchwühlt.

„Nein, es sind beide da", lautet das Urteil vom anderen Ende. Agnethe spürt, dass da etwas ist, das sie nicht zu fassen kriegt, etwas, das Sinn ergibt. Wenn ihre Gedanken doch nur einmal zur Ruhe kommen könnten.

„Wurde er mit einem Brotmesser ermordet?" fragt Tove leise. Erst jetzt dämmert ihr, warum sie gerade ihre Küchenschublade durchwühlt hat.

Henrik zerteilt ein Brötchen in zwei Hälften und reicht sie herüber auf Agnethes Teller.

„Ging es um diesen Typen aus Tejn?"

Sie sinkt auf ihrem Küchenstuhl zusammen, kann sich nicht aufraffen, Henrik die Zusammenhänge zu erklären oder das Risiko einzuschätzen, dass er alles gleich an seine Journalistenfreundin weitertratscht.

Da Tove kein Brotmesser vermisst, müsste Jesper sich also anderswo eins besorgt haben, um Daniil damit zu ermorden. Bringen sich Drogenkuriere neuerdings mit Brotmessern um? Das klingt ziemlich abwegig.

„War das die Polizei?"

Was hatte der junge Arzt gesagt? Dass die Polizei den Obduktionsbericht erst vorgestern bekommen habe?

„Nein. Lars und ich reden nicht mehr miteinander."

Pflichtschuldig beißt sie in eine der beiden Brötchenhälften. Henrik gießt ihr Kaffee ein.

„Schon okay, wenn du nicht darüber sprechen willst."

Er schweigt. Nur das Kauen der beiden durchdringt die Küche.

Wer tötet mit einem Brotmesser? Ein Drogenkurier jedenfalls nicht. Und was hat es mit Hans und Johann Eberhard auf sich? Wo ist die Verbindung zwischen ihnen, mal abgesehen von Melsted? Vielleicht weiß Pia Kure Nielsen etwas darüber … Hatte sie nicht gesagt, Gott werde alle Sünder strafen, und dass man am Jüngsten Tag reinen Gewissens vor Jesus treten solle? Nicht vor den Heiligen

Petrus am Himmelstor.

„Hast du Lust, heute Nachmittag mit an den Strand zu kommen? Das Wetter sieht gut aus", versucht sich Henrik zwischen zwei Bissen Brötchen mit Schwarze-Johannisbeer-Marmelade an Alltagskonversation.

„Hm."

Agnethe fokussierte sich damals auf Pias düsteres Verständnis von Sünde und der fehlenden Vergebung durch Gott. Aber hatte Pia nicht vielmehr davon gesprochen, dass sie reinen Gewissens vor Jesus Christus treten müsse? Glaubt sie vielleicht tatsächlich an Christus' bevorstehende Wiederkunft? Glaubt Pia, der Messias werde innerhalb eines überschaubaren Zeitraums auf die Erde zurückkehren und die wahren Gläubigen auserwählen, um sie mit sich in sein ewiges Reich zu nehmen? In diesem Punkt gibt es zahlreiche mehr oder weniger christliche Auslegungen, und auch innerhalb der Kirche existieren verschiedene Interpretationen der Wiederkunft Jesu Christi. Aber nur die wenigsten gehen davon aus, dass Jesus wieder auf Erden wandeln wird, und das schon übermorgen.

„Wir wollen uns unten am Antoinette-Strand treffen und abends noch grillen. Ich würde mich freuen, wenn du kommst."

„Ich habe … Ich muss noch etwas erledigen."

Endlich ergibt der Satz in der Mail des Hobbyhistorikers einen Sinn: Johann Eberhard war Mitglied der Neuapostolischen Kirche in Heide. Jene Kirche, die für ihre feste Überzeugung bekannt ist, dass die Wiederkunft Jesu unmittelbar bevorsteht.

Was zum Teufel verschweigt Pia ihr?!

39

In der Søndre Allé riecht es nach Meer und warmem Asphalt. Erwartungsfrohe Kinderstimmen und das Geräusch eiliger Badeschlappen auf dem Weg zum Strand bevölkern Bürgersteig und Radweg, und ein paarmal muss Agnethe knallbunten Schwimmringen, Fischernetzen und aufblasbaren Delfinen ausweichen.

Die meisten biegen zum Strand am Galløken ab, ziemlich genau da, wo die Søndre Allé in den Strandvejen übergeht. Das letzte Stück bis zur Hausnummer 133 wirkt die Straße beinahe wie leergefegt.

Wo ist die Verbindung zwischen Pia Kure Nielsen und Johann Eberhard? Und Hans? Sie versucht, sich Hans auf dem Zeitungsfoto ins Gedächtnis zu rufen. Sie hat sich so sehr auf Marius konzentriert, dass sie sich nur an Hans' hochgewachsene, schlaksige Statur erinnern kann. Johann Eberhard war einszweiundneunzig – ist das hochgewachsen und schlaksig? Hatte er braunes Haar? Hatte Hans braunes Haar? Ist sie dabei durchzudrehen oder ist es nur ein Name zu viel? Sind Johann Eberhard und Hans ein und dieselbe Person?

Dann steht sie vor der 133. Ein Stück entfernt kann sie das Hotel Fredensborg erahnen.

„Sie schon wieder?"

Pia Kure Nielsen sieht sie mit einem Blick an, als wolle Agnethe ihr ein Zeitschriftenabonnement oder eine Mitgliedschaft in den Zeugen Jehovas aufschwatzen. „Axel ist nicht da. Er ist Golf spielen, in Rø."

„Das trifft sich gut. Tatsächlich wollte ich mit Ihnen sprechen."

„Das ist sehr freundlich von Ihnen, aber Axel und ich möchten nicht mit Ihnen sprechen und auch darüber hinaus nichts mit Ihnen zu tun haben."

Pia macht Anstalten, die Tür zu schließen.

„Ich glaube, Sie wissen, wer Johann Eberhard ist!"

Sie hatte es nicht auf diese Weise sagen wollen, aber jetzt stehen die Worte zwischen ihnen und türmen sich zu einer Woge auf. Pia hält in der Bewegung inne und sieht Agnethe mit einem bohrenden

Blick an.

„Nein“, sagt sie. Irgendwo im Haus klingelt ein Telefon, doch Pia reagiert nicht. Stattdessen verändert sich ihr Blick, wird fliehend und unsicher. Ein altmodischer Anrufbeantworter mit einem kleinen Kassettenband springt klickend an, dann folgen ein paar undeutliche Worte und ein Pfeifton, schließlich ein Tuten. Anschließend spult das Band zurück. Unter den Schichten aus Rouge nimmt die Blässe in Pias Gesicht unübersehbar zu.

Sie beugt sich vor und greift sich mit einem Stöhnen an die Brust. Ein Keuchen begleitet die nächsten Atemzüge, die Pias gesamte Kraft zu beanspruchen scheinen. Sie schwankt bedrohlich.

Agnethe macht einen schnellen Schritt über die Schwelle, hält Pia fest und wirft die Tür hinter sich zu. Mühsam bugsiert sie die Hausherrin in die Küche, die mit ihren klaren Linien und der perfekten Ordnung eher an ein Wohnzimmer erinnert. Beleuchtung und Lichteinfall lassen selbst die Zutaten für die gefüllten Frikadellen, die Pia gerade zubereitet, wie ein gezielt platziertes Detail in einem Hochglanzmagazin für modernes Wohnen erscheinen.

Pia murmelt ein paar unverständliche Worte.

Agnethe schüttelt den Kopf. Sie versteht nicht, was gerade passiert und was Pia zu sagen versucht.

„Ganz ruhig …“

„Meine …“, setzt Pia an.

Sie setzt Pia auf einen der Küchenstühle. Aber es steckt keine Spannung in dem kraftlosen Körper, der aussieht, als habe ihn die Schwerkraft in dieser zusammengesunkenen Haltung auf den Designerstuhl gezwungen. Kiefer und Mund haben aufgegeben. Das ganze Gesicht hat resigniert, gleicht dem Gesicht ihres Vaters, als ihn die Rettungssanitäter auf der fahrbaren Trage an ihr vorbeischoben und mit einem Kopfschütteln das Todesurteil fällten. Trotzdem juckt die Narbe an ihrem Oberarm diesmal nicht.

Pia stöhnt. Hier, in dieser Küche, gibt es noch ein Leben, das gerettet werden kann.

„Meine Tabletten.“

Die beiden Worte stellen eine gewaltige Anstrengung für sie dar, dennoch schafft Pia es, eine Hand an die Brust zu legen und stöhnend zwei weitere zu formulieren: „Das Herz."

Erst jetzt bemerkt Agnethe den Puls, der durch den Körper der schmächtigen Frau jagt. Sie muss das Handgelenk nur einen Augenblick halten, dann ist die Schlussfolgerung klar: Der Puls ist viel zu hoch.

„Ihre Herztabletten? Wo sind sie? Im Bad?"

Ein Nicken übersteigt Pias Kräfte, die nur zweimal mit den Augen blinzelt. Vielleicht ist es ein Ja.

Sie muss das Bad finden. Aber kann sie Pia alleine lassen? Was, wenn sie stirbt?

Der Körper hat keinen Zweifel. Es darf nicht noch mehr stumme Todesurteile geben. Als ob die Beine wüssten, wo das Bad ist, laufen sie in den Flur und fliegen die Treppe zum ersten Stock hinauf. Zwei Stufen auf einmal. Geradeaus scheint das Schlafzimmer zu liegen, am anderen Ende der Villa war vermutlich einmal ein Kinderzimmer zu finden. Links von ihr steht eine Tür offen, dahinter leuchten Fliesen, weiße Fliesen. Das Bad.

Schränke. Überall Schränke. Der über dem Waschbecken beheimatet Kämme, Bürsten, Zahnbürsten und Toilettenpapier. Unter dem Waschbecken sind ordentlich gefaltete Handtücher in nussbraunen Tönen zu Hause.

Wie lange kann sie Pia alleinlassen? Sie versucht, sich an alles zu erinnern, was sie jemals über hohen Puls und Herzprobleme gehört hat, aber ihr Kopf ist leer. Abgesehen davon, dass sie sich unaufhörlich selbst sagen hört *Ich glaube, Sie wissen, wer Johann Eberhard ist!*

Verdammt, sie hätte es anders formulieren müssen.

In einem Hochschrank rechts neben der Toilette findet sie noch mehr Toilettenpapier – wer investiert sein halbes Vermögen in Toilettenpapier? In einer Schublade entdeckt sie einige Gläser mit Tabletten. Aspirin und andere schmerzstillende Mittel.

Kalktabletten.

Ein Nasenspray.

Ein Glas mit dem Etikett einer Apotheke. Endlich. Pia Kure Nielsen, liest sie, darunter Herztabletten.

Auf dem Weg nach draußen packt sie einen Zahnputzbecher und kippt die Bürste ins Waschbecken. Die Treppe runter.

Wie lange war sie weg? Wie schnell geht so etwas? Hätte sie den Notarzt rufen sollen?

Pia hängt in der gleichen Haltung auf dem Stuhl, in der Agnethe sie zurückgelassen hat. Schweißperlen bedecken die Stirn.

Während sie sich zur Spüle umdreht und Wasser in den Becher laufen lässt, verdoppelt sich die Anzahl der Schweißperlen auf der Stirn. Nicht gut. Gar nicht gut! Sie fummelt ein paar der kleinen Tabletten aus dem Glas, einige fallen auf den Boden. *Unter der Zunge auflösen*, lautet die Empfehlung auf dem Etikett der Apotheke Rønne – was heißt das?

Sie zwingt eine Tablette zwischen Pias Lippen. Zum Glück ist Pia noch anwesend genug, um die kleine runde Scheibe unter die Zunge gleiten zu lassen. Agnethe hält den Becher mit Wasser an Pias Lippen und versucht, ihr einen Schluck einzuflößen. Pia reagiert nicht, wartet einfach nur, mit geschlossenen Augen, gleichbleibend blass im Gesicht.

„Pia? Pia?“

Kein Kontakt. Sie muss den Puls nehmen.

Immer noch exorbitant hoch – wann wirken die Tabletten? Es dauert verflucht noch mal doch hoffentlich nicht eine halbe Stunde wie bei Aspirin? Sie zwingt sich zu einer kontrollierten Atmung. Ruhig bleiben. Keine Panik. Das haben sie ihnen in der Ausbildung zur Krankenschwester als Erstes beigebracht. Warum hat sie die Ausbildung bloß abgebrochen, bevor sie zu Herzerkrankungen gekommen waren? Sie muss etwas tun.

40

„Anders, Agnethe hier, die Pfarrerin. Sie müssen mir helfen. Ich bin bei einer Frau, die gerade einen Herzanfall hat. Sie ist völlig weggetreten, und ihr Puls rast."

„Rufen Sie die 112. Ich kann nicht …"

„Anders, Sie hat gesagt, ich soll ihr ihre Medizin geben. Man muss sie unter die Zunge legen."

Sie klemmt das Handy mit dem jungen Arzt am anderen Ende zwischen Schulter und Ohr und fummelt an dem Glas herum. „*Nitroglycerin DAK* steht auf dem Glas."

„Okay … Trotzdem sollten Sie …"

„Wie lange dauert es, bis sie wirken?"

„Haben Sie sie flach hingelegt?"

„Nein."

„Okay, legen Sie sie flach auf den Boden …"

Sie schaltet auf Lautsprecher und legt das Telefon auf den Boden.

„Bleiben Sie dran", sagt sie, packt Pia mit beiden Händen und befördert sie auf den Fußboden.

„Wie ist die Atmung?" ruft Anders aus dem Telefon, hörbar beunruhigt. Kein gutes Zeichen. Sie greift nach dem Handy.

„Nicht gut, unrhythmisch, und der Puls ist immer noch sehr hoch. Sie sieht fiebrig aus."

„Wie viele Tabletten haben Sie ihr gegeben?"

„Eine."

„Okay, Sie können ihr noch eine geben, wenn die Wirkung der ersten einsetzt. Sie wirken mindestens eine halbe Stunde lang. Es sollte nicht länger als ein paar Minuten dauern, bis der Puls fällt. Der Körper arbeitet jetzt gerade mit Hochdruck – eine Art Überhitzung. Es dauert ein bisschen, bis sich das normalisiert."

Keiner von ihnen sagt etwas. Mit einem Zipfel der kreideweißen Schürze wischt Agnethe den Schweiß von Pias Stirn. Es kommt ihr wie eine Ewigkeit vor. Das Rouge färbt die Schürze bräunlich.

„Wie lange kann sie das aushalten?"

„Zehn Minuten – höchstens eine Viertelstunde. Dauert es länger, kann es sein, dass sich ein Blutgerinnsel im Herz gebildet hat. Dann muss sie sofort ins Krankenhaus. Wie viel Zeit ist vergangen?"

Die Küchenuhr zeigt sieben Minuten vor elf an. Sie hat keine Ahnung, wie viel Zeit vergangen ist. Ein paar Minuten? Mehr als eine Viertelstunde?

Dann spüren Agnethes Zeige- und Mittelfinger, wie das hitzige Pochen an Pias Handgelenk langsamer wird. Ihr Blick folgt dem Sekundenzeiger der Küchenuhr.

Ja, der Zeitraum zwischen den Schlägen wird länger.

„Der Puls fällt."

„Gott sei Dank", stöhnt Anders. „Geben Sie ihr noch eine Tablette, und reichlich Wasser dazu. Am besten wäre, wenn ein Arzt nach ihr sieht."

Ton für Ton überwindet Pias Gesichtsfarbe die Blässe und kehrt zu dem perfekten Make-up zurück. Sie keucht immer noch ein wenig und drückt eine Hand auf die Brust, da, wo das Herz schlägt.

„Was machen Sie hier?" fragt sie.

„Sie haben mich hereingelassen, aber dann wurde Ihnen plötzlich übel. Erinnern Sie sich nicht?"

Pia schließt die Augen, als wolle sie sich in Erinnerung rufen, warum in aller Welt sie die Pfarrerin hereingelassen hat.

„Nein, nicht genau."

Sie muss noch einmal nach Johann Eberhard fragen. Aber was ist, wenn Pia wieder einen Anfall bekommt?

„Der Arzt sagte, Sie sollen noch eine von denen hier nehmen."

Sie hält ihr das Glas mit den Tabletten hin. Pia schüttelt den Kopf.

„Nein, mir geht es bestens. Das war nur ein Herzkrampf."

„Vielleicht ist es besser, wenn ein Arzt nach Ihnen sieht. Ich kann Sie hinbringen."

Pia ignoriert ihr Angebot, steht auf und bringt Frisur und Rock in Ordnung. Richtet die Schürze. Auf wackligen Beinen und hohen Absätzen durchquert sie die Küche und füllt an der Spüle ein Glas mit Wasser, während sie sich an der Arbeitsplatte festhält.

Agnethe hält immer noch das Glas mit den Tabletten in der

Hand.

„Nehmen Sie noch eine, bitte."

Sie wünschte, sie könnte Pia zwingen, nur, um auf der sicheren Seite zu sein.

„Wie gesagt, mir geht es ausgezeichnet."

Pia dreht sich um und macht einen Schritt auf Agnethe zu.

„Was wollen Sie überhaupt hier?"

Erstaunlich, wie schnell sie die Fassung wiedergewonnen hat.

„Wir haben über den Tod Ihres Vaters gesprochen."

Pia weicht zurück.

„Über den Tod meines Vaters?"

Die rechte Hand greift nach der Arbeitsplatte aus hellem Granit. Die Finger wechseln die Farbe und nehmen einen ähnlichen Ton an.

„Warum?"

Kann sie es riskieren, noch einmal den Namen Johann Eberhard zu nennen? Auf jeden Fall muss sie diesmal behutsamer vorgehen. Und sie muss Pia dazu bringen, ins Krankenhaus zu fahren und sich durchchecken zu lassen.

„Das Personal im Pflegeheim sagte, Daniils Besuch habe Ihren Vater sehr aufgeregt. Und dann habe er etwas auf Deutsch gerufen."

Pia lässt die Arbeitsplatte los und verschränkt abwartend die Arme vor der Brust.

„Wie schon gesagt, er ist aus Südjütland. War aus Südjütland."

„Er hat den Namen eines deutschen Soldaten gerufen, Johann Eberhard."

Sie beobachtet Pia ganz genau, die Reaktionen ihres Körpers. Bitte nicht noch ein Krampf hinter verschränkten Armen, aber Pia rührt sich nicht, hebt nur das Kinn ein paar Millimeter an.

„Das sagten Sie schon. Darüber weiß ich nichts."

„Ich glaube doch. Ich glaube, Sie wissen, wer Johann Eberhard ist."

Obwohl sie sich bemüht, die Worte harmlos klingen zu lassen, sind sie es nicht. Sie wissen es beide.

Es ist, als habe ihr Körper für einen Moment sämtliches Tai-Chi-Training vergessen. Die Ausgeglichenheit ist verschwunden, die Muskeln sind angespannt. Das Zwerchfell scheint nicht mehr existent zu sein.

Stille.

„Gehen Sie jetzt bitte."

Pias Stimme ist brüchig, aber ihr Körper behält die steife Ausstrahlung bei. Anders sagte, die Tabletten würden etwa eine halbe Stunde lang wirken.

„Geht es Ihnen gut?"

Pia nickt und macht den Eindruck, als wage sie kaum zu atmen, um die Tränen zu unterdrücken, die sich in ihren Augen ankündigen.

„Setzen Sie sich doch, und ich mache uns eine Tasse Kaffee."

Agnethe macht einen Schritt auf Pia zu und streicht ihr über den Arm. Die Berührung ruft sofort eine Gänsehaut auf Pias Arm hervor. „Wenn es Ihnen danach nicht besser geht, rufe ich ein Taxi und fahre mit Ihnen ins Krankenhaus."

Aber Pia lässt sich nicht erweichen, dreht sich um und macht sich an den Zutaten für die gefüllten Frikadellen zu schaffen.

„Ich muss nicht ins Krankenhaus. Das war nur ein Krampf."

„Wo haben Sie denn den Kaffee?"

Pia zeigt auf den Schrank über der Kaffeemaschine, hält inne und starrt auf die Tüte Weizenmehl von Valsemøllen, während Agnethe Filtertüten und eine Packung Merrild hervorholt.

„Kommen Sie, setzen wir uns an den Esstisch."

Es gelingt ihr, Pia auf einen der Stühle zu komplimentieren. Sie stellt zwei Tassen auf den Tisch und setzt sich neben Pia.

„Ich habe den Eindruck, dass Ihnen nicht nur die Herzkrämpfe zu schaffen machen."

Sie muss langsam vorgehen. Pia muss erkennen, dass sie loslassen kann, dass sie nicht die Schuld anderer tragen muss. „Sie tragen das Geheimnis Ihres Vaters mit sich herum. Aber er ist tot. Sie müssen ihn nicht mehr beschützen."

Die Kaffeemaschine hat eine Entkalkung dringend nötig, sie klingt wie ein Fischkutter. Seltsam, dass sie in dieser perfekten Umgebung so verkalken konnte.

„Das Hackfleisch muss in den Kühlschrank, sonst verdirbt es."

Pia steht auf und hantiert hinter Agnethes Rücken herum. Öffnet eine Schublade und den Kühlschrank und kommt mit der Kaffeekanne zurück.

„Schwarz?"

Agnethe nickt, und Pia füllt beide Tassen bis zum Rand, bevor sie die Kanne auf einem Ernährungsmagazin abstellt, das am Ende des Tischs liegt. Dann nippt sie probierend von dem Kaffee.

„Erzählen Sie mir von Ihrem Vater."

Einige Tropfen fallen zischend auf die heiße Platte der Kaffeemaschine. Pia blickt auf.

„Er konnte Deutsch, weil er aus Südjütland stammt."

„Ja, aber das ist nicht die ganze Wahrheit, oder?"

Es duftet nach verbranntem Kaffee.

Pia fingert an der Kanne herum. Die Überschrift des Magazins kommt zum Vorschein: *Die Blumen des Sommers für Ihren Salat.*

„Wie haben Sie es herausgefunden?" fragt Pia dann.

Agnethe trinkt einen Schluck Kaffee. Die Antwort wäre einfacher, würden sie die Wahrheit kennen.

„Es gibt ein deutsches Internetforum, das sich damit beschäftigt, Soldaten aus dem Zweiten Weltkrieg zu identifizieren. Dort hat man mir geholfen."

Mehr kann sie nicht sagen ohne zu verraten, dass sie eigentlich nichts weiter weiß, als dass es einen Namen zu viel in ihrer Gleichung gibt. Und dass Johann Eberhard nie nach Deutschland zurückgekehrt ist, zuletzt aber auf Bornholm gesehen wurde.

„Pia, helfen Sie mir, die Zusammenhänge zu verstehen. Wo ist Johann Eberhard?"

Wieder verschränkt Pia die Arme vor der Brust. Diesmal presst sie sie förmlich an den Körper.

„Ist Ihr Vater, Hans, in Wirklichkeit Johann Eberhard, der deutsche Soldat, der auf Bornholm verschwand?"

So muss es zusammenhängen. Pia blickt zu Boden.

„Ja", murmelt sie dann. „Mein Vater hat Hans umgebracht. Hans sollte als Knecht auf dem Hof der Eltern meiner Mutter arbeiten."

Ihre Stimme ist belegt, und sie kämpft mit den Tränen. Vergebens.

Agnethe nimmt ihre Hand.

„Warum hat er ihn umgebracht?“

Pia schnieft, zieht ihre Hand zurück und steht auf. Sie hat die hochhackigen Schuhe abgestreift, die jetzt unter dem Tisch liegen. Aus einem der Schränke nimmt sie eine Küchenrolle und tupft sich die Augen ab, bevor sie sich räuspert.

„Meine Mutter und mein Vater lernten sich während des Krieges kennen und verliebten sich, aber mein Vater war deutscher Soldat und hatte Familie in Deutschland. 1945 glaubte er nicht mehr daran, dass er zu ihnen zurückkehren könnte, und meine Mutter war vollkommen vernarrt in ihn. Sie war bereit, alles zu tun, damit er bleiben konnte.“

Wieder tupft sie sich die Augen ab.

Wie kann man als Eltern seinem Kind solche Dinge anvertrauen? Eine solche Schuld weitergeben?

„Ihr Vater war also Johann Eberhard. Und was geschah mit dem richtigen Hans?“

Pia lässt die Hände samt der Küchenrolle in den Schoß sinken. Die Mascara hat braunschwarze Flecken unter den Augen hinterlassen.

„Hans war ein junger Knecht, der auf dem Hof anfangen sollte“, sagt sie mit brüchiger Stimme. „Er war von drüben und meinem Großvater empfohlen worden. Hier auf der Insel kannte ihn niemand, nicht einmal mein Großvater. Meine Mutter bot an, ihn von der Fähre abzuholen. Und dann haben sie ihn umgebracht.“

Pia legt eine Pause ein. Trocknet sich die Augen, obwohl keine Tränen mehr da sind.

„Ich glaube, mein Vater hat es getan. Er hatte sich wohl ans Töten gewöhnt, als Soldat, meine ich. Meine Mutter half, ihn zu begraben, nachts, im Wald hinter dem Hof. Ich weiß nicht genau, wo …“

„Gab es niemanden, der Hans vermisste?“

Pia zuckt die Achseln.

„Ihre Eltern haben also den Knecht getötet, damit der deutsche Soldat Johann Eberhard dessen Platz einnehmen und so verhindern konnte, wieder an die Front oder in ein russisches Lager geschickt zu werden, richtig?“

Sie hat es verstanden, aber es ist so unwirklich, dass sie ein bestätigendes Nicken von Pia braucht. Sie bekommt es.

„Meine Mutter sagte, Papa sei nicht der Einzige gewesen, der so etwas getan hat. Sie verbrannten seine Uniform und seine Papiere, und so wurde er zu Hans Jensen."

„Und niemand schöpfte Verdacht?"

„Nein, er war ja aus Norddeutschland und konnte etwas Dänisch. Und außerdem war er ja schon eine Zeit lang auf der Insel."

„Wussten Ihre Großeltern davon?"

Es hat nichts zu bedeuten, aber sie fragt trotzdem. Versucht zu verstehen, wie extreme Umstände einen Menschen dazu bringen können, wissent – und willentlich Böses zu tun und einen Unschuldigen zu ermorden.

„Ich glaube, sie wussten es. Meine Eltern heirateten schon im Jahr darauf und zogen nach Rønne. Meine Mutter hatte kaum Kontakt mit ihren Eltern. Sie müssen es gewusst haben."

„Wie kommt es, dass Sie davon wissen?"

Pia fingert wieder an der Kanne herum.

„Wer will schon Astern in seinem Salat?" sagt sie, zeigt auf das Bild und die Überschrift, die das Titelblatt des Magazins zieren.

„Pia, warum wissen Sie das alles?"

Sie atmet langsam aus.

„Meine Mutter hat es mir erzählt, kurz bevor sie starb. Tausend Mal schon habe ich mir gewünscht, sie hätte es nicht getan, ich hätte ihre Sünde nicht geerbt, ihrer beider Sünde. Aber sie sagte, ich müsse es wissen und ich solle gut auf Papa aufpassen."

„Seiner Tochter eine solche Verantwortung aufzuerlegen …"

Pia nickt.

„Ja, nachdem er ins Heim gekommen war, musste ich ständig Geschichten erfinden, warum er merkwürdige Dinge sagte und Deutsch sprach. Anfangs hatten wir ihn hier bei uns zu Hause, aber das trieb Axel in den Wahnsinn, und die Kinder hatten Angst vor ihm. Das Heim war die einzige Lösung."

Pia sieht ihr in die Augen, will den Segen der Pfarrerin dafür, dass sie ihren Vater ins Heim gebracht hat, weil es keine andere Lösung gab.

Aber sie hätte immerhin die Wahrheit sagen können.

Im selben Moment wird die Haustür geöffnet, und aus dem Flur sind Geräusche zu hören.

„Mama? Mama, bist du zu Hause?“ ruft eine Frauenstimme.

Pia reißt sich die Schürze vom Leib und greift nach der Küchenrolle.

„Ja, wir sind hier“, ruft sie mit überraschend klarer Stimme zurück, während sie die verlaufene Wimperntusche bearbeitet.

Gerade als Pia die letzten Reste Mascara verrieben hat, schießt ein ungefähr fünfjähriges Mädchen in die Küche.

„Omi, Omi“, ruft die Kleine in die Stille der Küche und stürzt sich in Pias Arme. Pia drückt die Enkelin in dem hellroten Sommerkleid an sich.

Eine Frau in Agnethes Alter betritt die Küche.

„Clara wollte unbedingt bei dir reinschauen. Wir haben Scones gebacken, ganz frisch, und sie meinte, die müsstest du unbedingt … Oh, hallo.“

Die Frau ändert den Kurs und steuert auf Agnethe zu. „Entschuldige, ich wusste nicht, dass du Besuch hast.“

Mit dem Kind auf dem Schoß stellt Pia Agnethe vor, die der Frau die Hand hinhält.

„Malene, und das ist Clara, mein Goldklumpen.“

„Wir haben gerade von deinem Urgroßvater gesprochen“, erklärt Pia dem Mädchen. „Aber ich glaube, wir sind auch soweit fertig.“

Die Änderung des Tonfalls in Pias Stimme zwischen dem ersten Satz an ihre Enkelin und dem zweiten, bei dem sie sich Agnethe zuwendet, ist wie ein abrupter Wetterumschwung.

Malene scheint nichts zu bemerken, stellt den Fahrradkorb auf dem Boden ab und nimmt eine Tüte heraus. „Sie haben ja noch einen Schluck Kaffee. Also, wenn Sie ein Scone dazu mögen … Clara hat sie ganz allein gebacken, na ja, fast.“

„Vielen Dank, aber ich wollte gerade gehen.“

Das Kind hüpft von Pias Schoß.

„Mama, da muss doch noch Butter drauf.“

Das Mädchen düst zu einem der Schränke, öffnet die unterste Schublade und nimmt ein paar Teller heraus. Lachend kommt ihr Malene zu Hilfe. „Vorsichtig, Schatz.“

Pia begleitet Agnethe zur Tür.

„Ich gehe davon aus, dass Sie sich an Ihre Schweigepflicht als Pfarrerin halten."

Aus der Küche dringt das Klappern von Besteck und das Lachen des Kindes zu ihnen. Die Wärme schafft es nicht bis in den Flur.

„Selbstverständlich."

„Mama", ist Malenes Stimme zu hören. Noch eine Schublade wird aufgezogen, etwas zu heftig. Gabeln und Löffeln klirren aneinander. „Wo ist denn dein Brotmesser?"

41

Der Flur der Kure Nielsens zieht sich um Agnethes Brustkasten zusammen. Als sei die Reihe jetzt an ihr, was Herzkrämpfe angeht. Das Brotmesser. Zum Teufel.

„Mama, ich kann dein Brotmesser nicht finden." Malenes Kopf taucht in der Tür zur Küche auf.

„Ich glaube, Axel hat es im Garten gebraucht. Es ist schon seit ein paar Tagen verschwunden."

Im Garten? Wer arbeitet im Garten mit einem Brotmesser?

„Es ist auch keine Butter mehr da."

„Schau mal im Tiefkühlfach."

„Ach, Mama, bis die aufgetaut ist … Ich hole schnell welche."

Wie in Trance registriert Agnethe, dass sich Malene an ihr vorbei nach draußen schiebt.

„Das ist doch nicht nötig."

„Scones ohne Butter geht gar nicht. Ich bringe auch ein Messer mit", beharrt die Tochter. „Wir wohnen direkt um die Ecke", fügt sie noch hinzu, sicher an Agnethe gerichtet, aber das Ganze scheint in einer anderen Dimension abzulaufen, in einem verschwommenen Paralleluniversum. Dann fällt die Tür zu und die rothaarige Enkelin kommt in den Flur geschossen und fragt, wo Mama hin will.

„Darf ich mit dem Puppenhaus spielen, bis wir Scones essen?"

Agnethe blinzelt, versucht, die Parallelwelt zu verjagen und in die Wirklichkeit mit Pia und ihre Enkelin zurückzukehren.

Mit flehendem Blick sieht die Enkeltochter die Großmutter an, die lächelnd nickt. Mit einem Jubelschrei trommelt das Kind die Treppe hinauf, dann hören sie die eiligen Schritte über ihren Köpfen.

„Wir haben noch ein Puppenhaus von früher, mit dem Clara …"

„Darf ich mal Ihre Toilette benutzen?"

„Ja, sicher. Dort." Pia zeigt auf eine Tür.

Die Gästetoilette riecht nach frisch versprühtem Lavendelduft. Synthetisch rein.

Ihre Lungen brauchen frische Luft. Das kleine Fenster ist fast direkt unter der Decke angebracht, und Agnethe muss sich auf die Zehenspitzen stellen, um überhaupt ein paar saubere Sauerstoffmoleküle einatmen zu können.

Das Brotmesser.

Pia vermisst ihr Brotmesser. Daniil. Sie sieht Daniil vor sich, wie er aufgebahrt in der Kapelle liegt. Der Geruch nach Parfüm, um den Gestank der Verwesung zu überdecken.

Mehr Luft.

Mehr.

Mehr.

Pia hat gesagt, Axel hätte das Messer im Garten benutzt. Bedeutet das, Axel hat Daniil mit dem Messer umgebracht? Er muss es gewesen sein. Sie hat die ganze Zeit gewusst, dass er es getan hat. Warum sollte er sonst so wütend auf sie sein? Warum sollte er sonst Druck auf sie ausüben, damit sie ihre Nachforschungen einstellt?

Soll sie Lars anrufen?

Nein, Lars braucht Beweise. Ist ein fehlendes Brotmesser ein Beweis?

Als Agnethe von der Toilette zurückkommt, lärmt ein Handmixer in der Küche.

Pia hat sich eine saubere Schürze umgebunden und steht über einer Schüssel mit Gehacktem halb und halb und Ei, die von den Teighaken verrührt werden, gebeugt an der Arbeitsplatte.

„Du liebe Zeit, ist Ihnen nicht gut?“ fragt Pia über den Motorenlärm des Mixers hinweg.

Sie schüttelt den Kopf.

„Hat Axel Daniil umgebracht?“

Es gibt keine andere Art, die Frage zu stellen. Keine Art, die verhindert, dass die Familie Kure Nielsen sich über sie beschweren wird. Egal, wie sie die Frage stellt, ihren Job wird sie verlieren. So ist es. Aber wenn sie nicht fragt, wird der Nebel in ihrem Gehirn nie wieder verschwinden. Wenn sie nicht fragt, wird Daniils Geschichte nie ein Ende finden und Lars nie seine Beweise bekommen.

Pia schaltet den Handmixer ab.

„Was sagen Sie da?"

Sie hat sie genau verstanden. Sie will nur Zeit gewinnen.

„Hat Axel Daniil umgebracht?"

„Haben Sie jetzt völlig den Verstand verloren? Was bilden Sie sich eigentlich ein? Mein Enkelkind ist hier. Raus!"

„Nein, ich will wissen, warum."

„Sie sind ja …"

„Daniil wurde mit einem Messer ermordet – einem Brotmesser. Und in Ihrer Küchenschublade fehlt ein Brotmesser. Axel hat es benutzt, behaupten Sie, und jetzt wüssten Sie nicht, wo es ist. Aber das stimmt nicht, habe ich recht?"

Pias Mund erstarrt in einem Fluch. Der Körper gefriert mitten in der Bewegung. Dann beugt sie sich vor und ringt nach Luft. Ein weiterer Herzkrampf.

Dieses Mal spürt Agnethe eine sonderbare Gleichgültigkeit. Pias Atmung wird flach und unregelmäßig.

„Meine … Tabletten", stöhnt sie.

Die Küchenuhr zeigt genau acht Minuten nach. Es muss ungefähr eine halbe Stunde vergangen sein, seit sie die erste Tablette genommen hat. Pia hätte auf ihren Rat hören und einen Arzt aufsuchen oder wenigstens noch eine Tablette nehmen sollen.

Pia rutscht an dem Schrank unter der Arbeitsplatte auf den Boden und verharrt sitzend mit dem Rücken an den Schrank gelehnt, die Beine krampfhaft zusammengezogen, der Rock ist in ungewohnte Unordnung geraten.

Agnethe geht vor ihr in die Hocke, bis ihr Gesicht auf gleicher Höhe mit dem Pias ist. Die Nasenflügel der Hausherrin sind aufgebläht, und sie greift sich an die Brust.

„Hat Axel Daniil ermordet?"

Pias bleiches Gesicht wackelt von einer Seite auf die andere und wieder zurück, während sie viel zu kleine Portionen Sauerstoff einatmet. Wieder zuckt der Körper krampfhaft zusammen, als wolle das Herz sie für ihre Lüge bestrafen. Oder der Herr.

„Ne … eein", stößt sie keuchend hervor.

Warum hört sie nicht auf zu lügen?

Die Haustür wird geöffnet.

„Hier kommt die Butter", dröhnt Malenes Stimme weit weg.

Das Glas mit den Tabletten steht auf dem Tisch. Sie muss es haben.

Zu ihrer eigenen Überraschung gehorchen die Beine und wackeln auch kaum, als sie zum Tisch läuft, nach dem Glas mit den Tabletten greift und sich wieder Pia zuwendet. Diesmal geht sie neben der röchelnden Frau auf die Knie.

„Sagen Sie jetzt endlich die Wahrheit, verflucht noch mal!"

Pia starrt Agnethe in die Augen.

„Nein, es war nicht Axel", antwortet sie mit zusammengebissenen Zähnen, was den Worten einen sonderbaren Zischlaut verleiht.

„Was ist denn hier los?"

Malene ist zurück, entdeckt ihre Mutter auf dem Boden und kniet sich auf die andere Seite der nach Atem ringenden Frau. Ein Päckchen Kærgården rutscht über das Linoleum. „Mama, Mama? Ist es das Herz? Oh Gott!"

Die Tochter streicht ihrer Mutter über die Stirn und greift nach der Hand der älteren Dame.

„Sie hat Herzkrämpfe. Ihre Medizin ist oben im Bad!"

Agnethe reagiert nicht, und Malene sieht offenbar ein, dass die Pfarrerin keine große Hilfe ist. Rasch steht sie auf, und einen Moment später hört Agnethe die Schritte auf der Treppe.

Dann kommen sie. Die Worte, von denen sie nicht wusste, dass sie in ihr sind. Der Satz, den niemals zu sagen sie jedes Gelübde abgelegt hätte, es aber dennoch tut.

„Sie bekommen Ihre Tabletten erst, wenn Sie mir gesagt haben, wer Daniil ermordet hat, mit Ihrem Messer."

Erst, als sie das Glas mit den Tabletten in Pias begrenztes Gesichtsfeld hält, wird ihr klar, was sie gesagt hat. Die beiden Paralleluniversen rotieren endlich im gleichen Takt. Der Nebel in ihrem Gehirn lichtet sich.

Was tut sie hier eigentlich?

Bekommt Pia ihre Medizin nicht, kann sie sterben. Es könnte ein Blutgerinnsel im Herz entstehen.

Wie viel Zeit ist vergangen? Laut Küchenuhr nur fünf Minuten. Kann das sein? Geht sie falsch?

Was ist sie für ein Mensch, dass sie sich anmaßt, die Entscheidung über Leben und Tod in ihre nichtswürdigen Hände zu nehmen? In die Hände, die viel zu sehr zittern, als dass sie den Deckel von dem Glas schrauben könnten.

„Sie sind eine jämmerliche Pfarrerin", bringt Pia neben ihr zwischen zwei krampfhaften Zuckungen hervor, und die Anstrengung lässt sie hustend nach Atem ringen.

Schritte auf der Treppe.

„Mama, ich kann deine Tabletten nicht finden. Wo sind sie?"

Malenes Stimme klingt atemlos. Die Augen sind weit aufgerissen. Dann fällt ihr Blick auf das Glas in Agnethes Hand.

„Sie haben sie. Geben Sie sie ihr!"

Sie kommt auf sie zu, aber Agnethes Körper schießt in die Höhe.

„Stopp!"

Ihre Stimme ist dunkel, fast nicht wiederzuerkennen.

„Stopp", wiederholt Agnethe, und Malene bleibt ein paar Schritte entfernt wie angewurzelt stehen, den Blick starr auf ihre am Boden sitzende Mutter gerichtet. „Ich kippe sie in den Abguss, wenn Sie näher kommen."

Die Worte klingen unwirklich, aber fest entschlossen, und sie kommen aus ihrem Mund. Sie glaubt ihnen tatsächlich, und Malene offensichtlich auch, denn die Verwunderung in ihrem Gesicht weicht Hilflosigkeit. Sie fängt an zu heulen. Jetzt sind wieder Schritte auf der Treppe zu hören, und das kleine rothaarige Mädchen erscheint mit einem fragenden *Mama?* in der Küche.

„Bringen Sie sie nach oben."

Malene starrt Agnethe an.

„Mama, was macht Omi denn auf dem Boden?"

Und dann gehorcht Malene, so, wie sie es sicher ihr Leben lang getan hat. Sie packt das Kind, nimmt es auf den Arm und trägt es mit schnellen Schritten die Treppe hinauf. „Omi ist okay", hört Agnethe sie mit erstickter Stimme murmeln.

Aber Omi ist nicht okay. Pias Körper ist noch weiter in sich zusammengesunken und auf den Boden gerutscht.

„Helfen Sie mir jetzt, dann bekommen Sie Ihre Tabletten. Was ist mit Daniil passiert?"

Agnethes Hände packen Pias Arme mit festem Griff. Warum sagt sie nicht einfach die Wahrheit. Sie muss sie kennen.

„Sie bekommen Ihre Tabletten, sobald Sie mir die Wahrheit gesagt haben. Jetzt kommen Sie schon, Pia!"

Sie schüttelt die Frau in dem Versuch, eine Antwort zu erzwingen. Noch fünf Minuten, verrät die Küchenuhr, vielleicht nicht mal mehr. Sie soll flach auf dem Boden liegen, hat Anders gesagt, damit das Blut etwas besser zirkulieren kann. Aber zuerst muss sie antworten.

„Sie wissen etwas über Daniil. Haben Sie doch mit ihm gesprochen, unten am Schloss?"

Pia hustet. Vielleicht versucht sie zu antworten, aber die halb sitzende Haltung, gegen den Küchenschrank gelehnt, blockiert die Atmung – und eventuelle Geständnisse. Agnethe packt Pias Arme und lässt sie langsam auf den Linoleumboden gleiten. Jetzt liegt der Körper ausgestreckt, aber völlig kraftlos da, als habe ihn jemand auf dem Boden verschüttet. Wenigstens haben es die Lungen leichter, ihre Arbeit zu tun.

Agnethe hält das Glas über Pias Gesicht und schüttelt es leicht, sodass die Tabletten rascheln. Ein Köder, um ein Tier anzulocken. Als ginge es nicht um das Leben eines Menschen. Töricht.

Mühsam schüttelt Pia den Kopf mit ein paar kurzen Bewegungen.

„Nein, ich habe ihn nicht gesehen … aber …"

„Aber?"

Sie schraubt den Deckel von dem Glas und schüttet eine Tablette in die flache Hand. Zwölf Minuten sind vergangen. Sie muss ihr die Medizin geben.

„Als ich wieder zu Hause war, stand er plötzlich vor der Tür."

„Habt ihr ihn umgebracht, Sie und Axel?"

Sie hält die flache, weiße Tablette jetzt zwischen den Fingerspitzen. Über Pias Mund.

„JETZT GEBEN SIE SIE IHR ENDLICH!"

Malene ist wieder da. „Oder ich rufe die Polizei!"

Pia beachtet sie nicht. Wie Agnethe hat sie den Blick fest auf die Pille wenige Zentimeter vor ihrem Mund geheftet.

„Er sagte …"

Die Worte kommen in arrhythmischen Stößen aus ihrem Mund.

„Was sagte er?"

„Er … suchte … nach … seinem Großvater."

„Und was haben Sie getan? Haben Sie ihn getötet?"

Pia wendet den Kopf ab und starrt auf den Sockel der Küchenelemente.

„Jetzt lassen Sie sie doch endlich in Ruhe! Sie hat doch niemanden umgebracht!"

Malene wirft sich neben Agnethe auf die Knie. „Geben Sie mir die Tabletten."

Sie bekommt das Glas zu fassen und reißt es an sich. Der heftige Ruck schickt eine Explosion weißer Tabletten in die Luft, die mit leisem Klicken überall verteilt auf dem Boden landen.

Pia wirft den Kopf herum. Begegnet Agnethes Blick.

„Ja, ich habe ihn ermordet."

Dieses Mal sind die Worte klar und deutlich. Nur die Zuckungen verraten, dass Pia immer noch Krämpfe hat. Malenes Hände halten in dem fieberhaften Versuch inne, eine Tablette vom Boden aufzuheben, als Agnethe die kleine weiße Scheibe zwischen ihren Fingerspitzen unter Pias Zunge schiebt.

In den schwarzen Feldern des schwarzweiß gewürfelten Linoleumbodens leuchten die Nitroglyzerin-Tabletten auf wie verlorene Hosenknöpfe. Eine der Tabletten hat sich bis zur Tür in den Flur verirrt, die meisten haben sich dicht vor dem offenen Glas verteilt, das neben Agnethe auf dem Boden liegend leise wenige Zentimeter vor und zurück rollt.

Agnethe sitzt inmitten des willkürlichen Stilllebens aus Tabletten und rührt sich nicht. Neben ihr hockt Malene. Tränen laufen ihr in lautlosen Streifen übers Gesicht. Pias Atmung normalisiert sich allmählich.

Innerlich fühlt sich Agnethe vollkommen leer. Keine Worte mehr, kein Drang, irgendetwas zu tun. Als sei das Gehirn dabei, die Ereignisse der letzten halben Stunde aus dem Gedächtnis zu löschen. Mit jedem Augenblick, der verstreicht, erinnert sie sich an weniger. Nur das Gefühl, dass sie sich wie eine Wahnsinnige benommen hat, unverantwortlich, bleibt auf der Innenseite der Haut kleben. Wie ein schlechter Geschmack im Mund, der sich hartnäckig hält, nachdem das Aroma des Essens schon längst verflogen ist.

„Ich habe ständig Albträume."

Pia sitzt jetzt aufrecht und blickt ins Leere. „Es ist immer der gleiche Traum. Jemand klopft an die Tür. Draußen steht ein Mann in meinem Alter, immer derselbe, immer mit demselben Oberlippenbart. Und den Augen meines Vaters. *Ich suche meinen Vater – er heißt Johann Eberhard*, sagt er. Also muss ich ihn hereinlassen. Aber noch bevor ich irgendetwas erklären kann, beschimpft er mich schon, schreit und brüllt herum, auf Deutsch, und sagt, er werde mir meine Kinder wegnehmen, zur Strafe, dass ich ihm den Vater genommen habe … Jede Nacht. Der gleiche, verfluchte Traum jede Nacht."

Agnethe steht auf. Ihre Knie sind weich und sie schwankt ein wenig, aber sie muss mehr Abstand zwischen sich und Pia bringen.

„Sie dachten also, Daniil wäre …"

„Ja … oder nein. Ich weiß nicht, was ich dachte. Ich bekam Panik. Er kam herein, stand hier in der Küche. Ich hatte einen Stuten gebacken und war gerade dabei, ihn in Scheiben zu schneiden. Clara wollte noch zu Besuch kommen."

Pia blickt auf, will, dass Agnethe sie versteht. „Ich war überzeugt, er würde *Ich suche nach Johann Eberhard* sagen. Dass meine Welt zusammenbrechen würde. Dass alles ans Tageslicht kommen würde …"

Der Blick ist klar und fest auf Agnethe gerichtet.

„Ich weiß nicht, wie es passiert ist, aber ich hatte das Brotmesser in der Hand, und ich hatte solche Angst …"

Schluchzend schlägt sie die Hände vors Gesicht. Resignierend. Daniil ist hier gestorben. Auf diesem Küchenboden. Sein Blut ist über die schwarzen und weißen Quadrate gelaufen und hat sie rot gefärbt, hat die klaren Linien des Musters in Unordnung gebracht.

Agnethe stützt sich am Tisch ab, immer noch unsicher, ob ihre Beine sie tragen. Malenes Tränen sind versiegt, einige hängen noch am Kinn und an den Wangen. Vielleicht denkt sie dasselbe. Die Küche ihrer Kindheit ist nicht länger der Inbegriff von

Familienidylle, sondern Schauplatz eines Mordes, eines Blutbads. Oder vielleicht ist auch sie innerlich leer.

Oder zerstört. Zerbrochen.

„Warum musste er auch hierherkommen? Ich verstehe es nicht. Er muss mir gefolgt sein. Woher sollte er sonst wissen, wo ich wohne?"

„Er saß draußen vor dem Pflegeheim, auf der Bank, als sie kamen. Es kann sein, dass er sie auf dem Weg zurück zum Fredensborg wiedererkannt hat …"

Es ist vollkommen gleichgültig, fast schon schwachsinnig, darüber zu spekulieren, wie Daniil Pia gefunden hat. Aber was bleibt sonst noch zu sagen? Dass Daniil tot ist – und dass ein Mord einem Menschen das Leben nimmt, zu Unrecht? Dass niemand – niemand – außer Gott das Recht hat zu entscheiden, ob andere leben oder sterben? Sie war selbst kurz davor, diese Entscheidung über einen anderen Menschen zu fällen. Über Pia, die sie über Daniil gefällt hat.

Aber sie hätte Pia die Medizin gegeben.

Das hätte sie getan.

Vorher. Bevor es kritisch geworden wäre.

„Und es gibt keinen Zweifel, dass er Axels Neffe war?" fragt Pia. „Dass er kein Deutscher war, dieser Daniil?"

„Nein, Daniil war mit Axel verwandt. Nicht mit Ihnen."

„Wie können Sie da so sicher sein?"

Agnethe erzählt ihr von Marius' Affäre mit Daniils Großmutter. Von dem Passfoto, mit dem sich Daniil auf den Weg nach Bornholm gemacht hatte, um seinen Großvater und letztlich seine Familie zu finden. Und davon, dass Daniil Pias Vater nur besucht hatte, weil er Marius finden wollte.

„Armer Papa."

Pias Stimme zittert. Nur einen Hauch, beinahe kontrolliert.

„Er hat nichts verstanden. Er muss geglaubt haben, der Russe sei zu ihm gekommen und habe ihm das Bild gezeigt, weil er unser Geheimnis kannte …"

Sie schüttelt den Kopf und atmet tief durch. Richtet sich auf.

„Axel war sicher, man würde ihn oben in Vang nicht finden.

Dieser verdammte Köter. Vier Stunden hat es gedauert, bis wir ihn unter dem Granit verscharrt hatten. Meine Gartenhandschuhe waren völlig zerrissen, als wir wieder hier waren. Axel hatte fürchterliche Rückenschmerzen. Er musste vier Tabletten nehmen, bevor er am nächsten Morgen runter ins Büro fahren konnte. Wer lässt seinen Hund auch an einem solchen Ort frei herumlaufen …?“

„Er muss ein ordentliches Begräbnis bekommen. Das alles war nicht seine Schuld. Verstehen Sie das?“

Stille.

Pia bewegt sich nicht. Nicht das kleinste Nicken. Möglicherweise versteht sie es nicht. Vielleicht wird Dannil Khristov für sie immer der Name bleiben, der ihre Familie auseinander gerissen hat. Vielleicht wird Pia nie erkennen, dass es ihre eigene Schuld war. Ihre Angst – und ihr Geheimnis, ihre Lebenslüge.

Im Flur knarrt die Treppe.

„Mami?“

Hastig wischt sich Malene mit dem Ärmel übers Gesicht, steht auf und geht zu dem rothaarigen Mädchen.

„Ist Omi krank?“

Die Zerbrechlichkeit der Kinderstimme steht in scharfem Kontrast zu der Gräueltat, die sich hier abgespielt hat. Macht sie noch unbarmherziger und unverzeihlicher.

Sie hören, wie Malene und das Mädchen miteinander flüstern.

„Soll ich meinen Cousin anrufen?“ fragt Agnethe. „Er ist bei der Polizei und wird sofort kommen, diskret und unauffällig. Ist das okay?“

Malene kommt mit der Kleinen auf dem Arm herein. Das Mädchen hat das Gesicht an ihrer Schulter vergraben und drückt sich an seine Mutter. Malene erwidert die Intensität der Umarmung.

Pia nickt ein einziges Mal.

„Ja, rufen Sie an“, sagt sie und steht entschlossen auf.

„Was ich getan habe … wird Gott mir nie vergeben.“

Sie hat recht.

Es ist unverzeihlich, was sie getan hat.

Daniils Augen. Die Ruhe in seinem Blick. Die Sicherheit, Pia hat alles zerstört, mit einem Brotmesser. Es ist unverzeihlich. Für

Menschen, aber nicht für Gott. Gott vergibt. Immer. Aber noch bevor sie sich dazu aufraffen kann, es auszusprechen, legt Malene ihren freien Arm um Pia und zieht sie an sich.

„Nein, Mama. Gott wird dir vergeben."

So stehen sie da, ein fragiles Stück Familie auf einem schwarzweißen Küchenboden.

5. Mai 1947, Nyker

In diesen Maitagen, in denen der Rest des Landes feiert, dass die Deutschen zwei Jahre zuvor kapitulierten, prägt eine gänzlich andere Stimmung unsere Insel. Hier ist erst ein Jahr vergangen, seit wir tatsächlich den Flügelschlag der Freiheit spürten und die Russen endlich von Bornholm abzogen. Hier sitzt der Krieg uns allen immer noch in den Knochen. Bei den meisten sitzt er tief in der Brust und drückt schwach, aber beständig auf die Herzgrube, Seite an Seite mit dem Zweifel: War Dänemark wirklich bereit, uns zu opfern, wäre das großpolitische Schachspiel anders verlaufen? Bei anderen sitzt der Krieg im Gesicht, unter der Kleidung oder über den ganzen Körper verteilt. Wie bei der Frau, die am Fenster saß, als die ersten Bomben fielen. Ihr Körper ist von den Narben übersät, die die Glasscherben hinterlassen haben.

In den letzten Wochen, als ich Pastor Rømer in Rønne vertreten habe, spürte ich es besonders deutlich. In Rønne sind die Schatten der Russen allgegenwärtig, obwohl die Stadt bald wieder aufgebaut ist. Die trostlosen Ruinen werden durch funkelnd rote Backsteinhäuser ersetzt. In der Damgade sah ich eine Frau, die Gardinen hinter ihren frisch geputzten Fenstern aufhing, da, wo früher Kapitän Holms Haus stand. Und an der Ecke Kapelvej und Kirkepladsen stehen neue, doppelstöckige Häuser.

Die schlimmsten Schatten sind die, die man nicht mit dem Auge sieht. Die Erinnerungen, für welche die Gemeinde eine Erklärung ihrer Kirche verlangt, die ich aber nicht anders erklären kann, als dass es Gottes Wille war. Manchmal denke ich selber, es klingt hohl – wie in dem Moment, als ich der Frau mit den Glasscherben begegnete. Oder dem Arzt, der sterbende Patienten an die Russen ausliefern musste. Oder Ejner Nielsens Frau, die immer noch nicht begreift, dass Mikkel von uns gegangen ist, für immer.

Sechs Jahre Krieg haben auch gute Menschen in Versuchung geführt. Einige von ihnen kommen zur Kirche und bitten um Vergebung ihrer Sünden. Heute Morgen traf ich auf dem Kirchplatz einen jungen Mann. Er blickte über das Meer und fragte nach Pastor Rømer, gab sich aber auch mit mir zufrieden. Er sagte, er habe gesündigt, habe während des Krieges Ehebruch begangen, und jetzt bat er um Vergebung. Ich fragte, ob er seine Sünden bereue. Zuerst nickte er, dann trat eine Träne in seine dunklen Augen. Er wandte sich wieder dem Meer zu und sagte, es sei doch sonderbar, dass wir die Ostsee einen See nennen. Es klinge so klein. Als könne man mit Leichtigkeit hinüber zum anderen Ufer schauen, obwohl sich die Ostsee doch über unendliche Kilometer bis hin zu unwegsamem Land und unzugänglichen Bergen hinter Churchills Eisernem Vorhang erstrecke. Ich antwortete, ich hätte noch nie die östlichen Küsten der Ostsee besucht. Er besuche sie jede Nacht, entgegnete er. Seine Worte schmerzten ihn sichtlich, und so gab ich ihm, wonach ihn verlangte. In Zeiten wie diesen kann sich niemand erlauben, kleinlich zu sein, nicht einmal der Herr.

Danach

„Denn Staub bist du.“

Agnethe wirft die erste Schaufel Erde in das Loch. Mit einem dumpfen Schlag trifft sie auf den weißen Sarg und verteilt sich über den Lilien.

„Und zum Staub sollst du zurückkehren.“

Die nächste Schaufel fällt auf den Sargdeckel.

„Und aus dem Staub wirst du auferstehen.“

Sie tritt einen Schritt zurück, und die sieben Menschen, die um das Grab herumstehen, beenden die Zeremonie, indem sie das Vaterunser sprechen. Der Friedhof ist still, sieht man von der Krähenkolonie, die sich in einem der Baumwipfel krächzend bemerkbar macht, und dem gedämpften Brummen der Autos am Zarthmannsvej ab.

Mit gesenktem Kopf bleibt sie stehen, sieht auf die Lilien unten in dem Loch.

Das Grab.

Daniils Ende.

Der Eindruck, dass etwas unwiderruflich vorüber ist, ergreift Besitz von ihr, wie ein Seufzer, der bis in alle Winkel des Körpers dringt. Sie hebt den Blick und geht hinüber zu Tove.

„Mein Beileid.“

„Danke. Und danke für die Zeremonie“, sagt Tove und drückt ihre Hand. „Ich bin sehr froh, dass Daniil hierbleiben konnte.“

„Das bin ich auch.“

Tove dreht sich um und geht zum Parkplatz. Sie wird Daniil Khristov auf die richtige Weise in Erinnerung behalten – auf eine Weise, auf die er in der Familie weiterlebt, die er nie fand.

Henrik steht schon auf dem Parkplatz und winkt, zeigt entschuldigend auf seine Armbanduhr und breitet in einer hilflosen Geste die Arme aus. Er schickt ihr einen Luftkuss, bevor er in den Saab steigt.

Sie sehen sich heute Abend.

Sowohl Thorkild als auch Andrzej, der polnische Handwerker, sind verduftet. Der Rest der Trauergemeinde besteht aus Krista

Sommer, die einen Strauß Rosen neben dem Grab ablegt.

Und Lars.

„Das hast du gut gemacht."

Während der Zeremonie hat er sich im Hintergrund gehalten, aber jetzt, nachdem die anderen gegangen sind, kommt er zu ihr und umarmt sie. Steif zwar, aber ehrlich und lange genug, dass ihr Priesterkragen gegen ihre linke Wange gedrückt wird. Sie kann nicht anders und fängt an zu lachen.

„Danke."

Sie hatte nicht zu hoffen gewagt, dass er kommen würde.

„Wie ich höre, habt ihr Jesper Kofoed gehen lassen", sagt sie und richtet den unpraktischen Kragen.

Lars nickt.

„Ja, aber die Anklage wegen Besitz von und Handel mit Drogen wird aufrechterhalten."

Sein Blick ist auf die Schuhspitzen und den Granitschotter des Friedhofs gerichtet. Die Krähen krächzen immer noch.

„Du hast nie an Khristovs Unschuld gezweifelt. Das war sehr mutig", sagt er und sieht sie an. „Ich glaube, unser Großvater wäre sehr stolz auf dich gewesen."

Der Polizeiermittler ist verschwunden.

Vetter Lars mit dem Grübchen ist zurück.

Und er meint, was er sagt. Sie kann es sehen. Er legt einen Arm um ihre Schulter und zieht sie an sich.

„Aber nächstes Mal überlässt du die Ermittlungen bitte mir, okay?"

„Selbstverständlich."

Über dieses Buch

Diese Erzählung ist eine Fiktion, die Figuren sind fiktiv. Die meisten Orte und die Begebenheiten aus dem Zweiten Weltkrieg sind real, wurden aber der Handlung angepasst.

Die Tagebuchnotizen aus der Zeit des Krieges sind erfunden, basieren aber auf umfangreichen Recherchen und tatsächlichen historischen Ereignissen. Die Überschriften aus den Bornholmer Zeitungen von 1945 passen zwar zu realen Artikeln, sind aber von mir erfunden. Eine Überschrift ist jedoch nicht fiktiv: *Als der Frieden im Rest des Landes Einzug hielt, kam der Krieg nach Bornholm* ist ein Zitat von der Titelseite der Bornholms Tidende vom 7. Mai 1945.

Im Zusammenhang mit meiner Arbeit an *Das Granitgrab* habe ich mit einer ganzen Reihe Pfarrer gesprochen, jedoch nicht mit den Pfarrern in Rønne. Sowohl die Pfarrer als auch der Probst und ihre Streitigkeiten untereinander sind erfunden, doch spiegeln ihre Konflikte Themen, die regelmäßig in landesweiten Medien debattiert und diskutiert werden.

Danke

Ich bin nachtblind. Im Dunklen kann ich weder Wege noch Pfützen oder Löcher sehen, nur den Himmel, der eine Spur heller ist als die übrige Dunkelheit. Meinen ersten Roman zu schreiben war wie eine Wanderung durch die Nacht, auf der ich nur die Konturen von etwas Unbestimmbaren erahnen konnte. Zum Glück gibt es eine ganze Reihe Menschen, die mir auf meinem Weg beigestanden haben.

Jens ist einer von ihnen. Auf der Wanderung zu diesem Roman hat er so Vieles möglich gemacht, was ohne ihn unmöglich gewesen wäre. Gleichzeitig hat er viel zu oft den Abwasch machen und am Herd stehen müssen. Meine Dankbarkeit ist so tief wie die Dunkelheit einer Winternacht.

Ein ebenso großes Dankeschön geht an Sanne Søndergaard für ihre Ideen, unzählige Korrekturlesungen und Spaziergänge (leider nicht immer gemeinsam).

Danke an Agnethe – meine Großmutter väterlicherseits, die den Namen, die Beharrlichkeit und die Tatkraft mit Agnethe Bohn teilt. An meinen Vater, meinen Bruder und an den Rest meiner Familie sowie alle in der Familie Wibe, die gelesen und Fragen zu allem beantwortet haben, von der Aussprache sonderbarer Bornholmer Wörter bis zur Platzierung von Straßenschildern und allen möglichen Bornholmer Sitten und Gebräuchen. Außerdem ein Dankeschön an die Pfarrer Thomas Nedergaard und Henriette Knudsen und die anderen Pfarrer, die sowohl gelesen als auch kommentiert und mir Einblicke in ihren Alltag gewährt haben. Danke an die Krankenhauspfarrerin Lotte Blicher Mørk für ihre Inspiration. Durch sie habe ich verstanden, dass Trauer Liebe ohne ein Zuhause ist, die ihren Platz im Herzen finden muss.

Ohne meinen Redakteur Nils Bjervig und meine wunderbaren Autorenkolleginnen Sille Jensen, Malene Ravn und Birgitte Bregnedal hätte dieses Buch viel zu viele langweilige Adjektive und langsame Passagen. Ich bin unendlich dankbar für ihr gründliches Korrekturlesen.

Ein Dank geht an Rasmus Paaske Larsen vom Kirchenministerium und an das Løgumkloster Refugium für Ruhe und gutes Essen. Und danke an meine Testleser und alle anderen, die auf Fragen zu Leichtmetallrädern ebenso geduldig geantwortet haben wie auf Fragen zu den Motoren der Fährschiffe und den Farben von Krankenpflegerhosen. Und natürlich ein Dank an all die wunderbaren Bornholmer, die gelesen, zugehört, kommentiert und mich klüger gemacht haben, was Bornholmer Geschichte ebenso wie Bornholmer Gegenwart angeht.

Dass diese deutsche Ausgabe zustandegekommen ist, verdanke ich dem Einsatz und der Arbeit meines Übersetzers Patrick Zöller. Tusind tak!

Für eventuelle Unkorrektheiten und Fehler bin ausschließlich ich verantwortlich.

Schauplätze aus Das Granitgrab

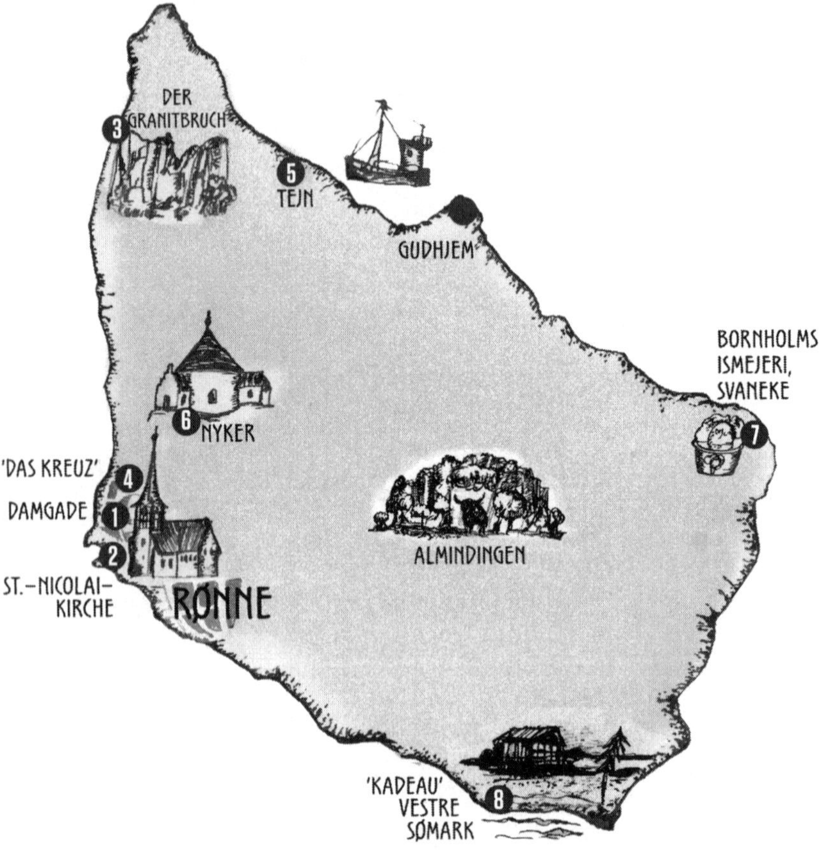

Zeichnung: Sille Jensen

❶

Hier wohnt die Hauptfigur des Kriminalromans, Pfarrerin Agnethe Bohn.

❷

In der St.-Nicolai-Kirche begegnet Agnethe dem Russen Daniil Khristov, der nach seinen Bornholmer Verwandten sucht.

❸

Daniil Khristov wird ermordet in dem stillgelegten Granitbruch gefunden. Ein schöner, aber Unheil verkündender Ort.

❹

Agnethe mischt sich in die Ermittlungen ein. Unter anderem trifft sie sich mit Svend, einem älteren Herrn, im *Kreuz*, einer Kneipe in der Hauptstadt Rønne.

❺

Agnethe besucht Tove, Frau des Fischers Poul Kofoed, die vielleicht etwas weiß …

❻

Eine hübsche Rundkirche. Hier war Agnethes Großvater Pfarrer.

❼

Hier gibt es das wohl beste Eis auf ganz Bornholm.

❽

Würde Agnethe essen gehen, ginge sie ins Kadeau ...

Einen Kurzkrimi gratis lesen

Als im Jachthafen Nørrekås in Rønne die Leiche eines Familienvaters gefunden wird, sieht zunächst alles nach Selbstmord aus. Doch etwas stimmt nicht.

Agnethe Bohn und ihr Cousin Lars nehmen die Ermittlungen auf …

Erhalten Sie den Newsletter und den Kurzkrimi *Die Leiche in Nørrekås* gratis.
www.dasgranitgrab.de/mehrkrimi